Thea Harrison

Classée en tête de liste des meilleures ventes du *New York Times* et du *USA Today*, elle est l'auteur d'une dizaine de livres. Récompensée à plusieurs reprises pour ses écrits, elle a connu le succès avec sa série *La chronique des Anciens*, qui l'a fait connaître au grand public. Le premier tome, *Le baiser du dragon*, a été primé par le célèbre RITA Award 2012 de la meilleure romance paranormale.

Elle a également été publiée sous le pseudonyme d'Amanda Carpenter.

Un cœur de pierre

Du même auteur
aux Éditions J'ai lu

LA CHRONIQUE DES ANCIENS

1 – Le baiser du dragon
N° 10145

THEA

HARRISON

LA CHRONIQUE DES ANCIENS – 2

Un cœur de pierre

Traduit de l'anglais (États-Unis)
par Laurence Murphy

J'AI LU

POUR elle

Vous souhaitez être informé en avant-première
de nos programmes, nos coups de cœur ou encore
de l'actualité de notre site *J'ai lu pour elle* ?

Abonnez-vous à notre *Newsletter* en vous connectant
sur **www.jailu.com**

Retrouvez-nous également sur Facebook pour avoir
des informations exclusives.

Titre original
STORM'S HEART

Éditeur original
The Berkley Publishing Group,
published by the Penguin Group (USA) Inc., New York

Remerciements

J'ai tellement de raisons d'éprouver de la reconnaissance et tellement de personnes à mentionner. Tout au long du voyage que j'ai fait avec ce livre et qui a abouti à sa publication, j'ai eu la chance de rencontrer et de travailler avec des gens formidables.

J'aimerais tout d'abord remercier ma fabuleuse agente, Amy Boggs de la Donald Maass Literary Agency pour avoir cru en moi et en ce livre d'une manière absolument indéfectible. Je n'ai pas les mots pour remercier avec suffisamment d'éloquence mon éditrice, Cindy Hwang, pour son extraordinaire enthousiasme et son expertise, son assistante, Leis Pederson, pour ses réponses promptes et amicales, et toute l'équipe de Berkley pour leur sensationnel travail.

J'aimerais aussi particulièrement remercier Ann Aguirre, Nalini Singh, Shannon Butcher, J. R. Ward, Christine Feehan, Angela Knight, et Anya Bast. Ce sont des femmes étonnantes et des écrivains accomplis, et je suis honorée d'avoir leur soutien.

Et puis je dois acclamer mes super héroïnes : mes premières lectrices. Merci à Anne, Shawn, Fran B.,

Suzi, Fran H., et Amanda pour leur implication et leur participation. Et je ne sais pas ce que j'aurais fait ces dernières années sans les encouragements et l'amitié de Steven, Pamela, et Anne ; ils m'ont aidée à rester saine d'esprit à des moments difficiles.

J'aimerais aussi adresser mes remerciements les plus sincères à Lorene et Carol pour leur formidable soutien. Elles savent ce qu'elles ont fait et que cela relève du miracle. Enfin, mais certainement pas en dernier, merci à Matt pour son travail généreux sur le site web, et à Erin, qui m'aime, même si je suis une drôle de fille.

Reine, substantif féminin :

1. L'épouse ou la veuve d'un roi.
2. Un monarque femme.
3. Une femme remarquable et éminente de par son titre, son pouvoir ou ses charmes et attraits, telle la lauréate d'un prix de beauté. *Ex : une reine de l'écran.*

Reine, substantif féminin :

4. Une royale emmerdeuse. *Ex : Niniane Lorelle, reine des Faes noires.*

1

On ne faisait pas la sourde oreille quand le seigneur wyr de New York vous convoquait en rugissant, vu que cela annonçait en général un désastre. Et on ne faisait surtout pas la sourde oreille si l'on était une de ses sentinelles.

Tiago sortit d'un pas rapide du Starbucks situé au rez-de-chaussée de la tour Cuelebre. Il gravit au pas de course les soixante-dix-neuf étages de l'escalier nord. Il aurait pu prendre l'ascenseur, mais il s'y sentait piégé, à l'étroit. Il aurait pu également sortir du café par la porte donnant sur la rue, se métamorphoser, prendre sa forme wyr et se rendre sur le toit en volant, puis descendre deux étages, mais il se sentait frustré et il voulait sentir l'effort brûler ses muscles et ses poumons.

Il n'aimait pas les espaces urbains modernes. Il comptait les minutes qui le séparaient de son départ de New York. Le printemps pluvieux et moite s'était évaporé, remplacé par une chaleur étouffante avec des températures dépassant les trente degrés, dignes d'un mois d'août, alors que l'on était seulement en juin. Les gaz d'échappement, les détritus des sites de construction, les ordures, les odeurs de cuisine, les produits chimiques des teinturiers et toutes les autres odeurs de l'humanité moderne grésillaient dans la chaleur. Les émanations nauséabondes lui brûlaient la gorge. Il était irritable et ne se sentait pas à sa place dans cette ville.

Il était l'un des anciens Wyrs, en vie depuis tellement longtemps qu'on les tenait pour immortels. Les vénérables avaient été formés dans le feu de création entraîné par l'éclosion du système solaire ou bien étaient nés il y a tellement longtemps que leurs origines restaient un mystère, même pour eux. Ils avaient existé sous leur forme animale pendant des millénaires, mais lorsque la nouvelle espèce, les êtres humains, avait commencé à se multiplier, les anciens Wyrs avaient appris à se métamorphoser afin de pouvoir vivre en secret parmi eux.

La civilisation était une danse à laquelle les anciens Wyrs n'avaient pris part que tardivement. Ils avaient mis des masques et s'étaient glissés sans bruit dans la salle de bal avec la grâce de prédateurs. Ils avaient observé les humains de leurs regards aiguisés qui étincelaient derrière leurs déguisements, enregistrant et apprenant les mouvements et le rythme de la danse, les mœurs sociales, quand il fallait saluer, baiser une main, sourire et dire bonsoir, s'il vous plaît et merci, et oui, je veux bien un morceau de sucre avec mon thé.

Et en même temps, ils avaient noté le pouls qui battait sur les cous des danseurs, l'odeur de leur sueur et l'accélération de leurs souffles. Ils prenaient note de ces détails parce qu'ils n'oubliaient pas qu'ils étaient des animaux qui jouaient un rôle. *Primal* fut le premier mot qu'ils comprirent quand ils apprirent à parler, puisque telle était leur nature. Sous leurs masques souriants d'humains, ils étaient des créatures sauvages qui survivaient en faisant usage de leurs crocs et de leurs griffes. Le flot de sang giclant de la jugulaire au moment où ils tuaient leur proie était gravé dans leur mémoire.

Les vénérables s'accoutumèrent à leur nouvelle apparence et s'y sentirent à l'aise, certains avec davantage de charme, de talent et de plaisir que d'autres. Mais ils portaient tous, au plus profond d'eux, cette féroce sauvagerie et la conviction qu'il leur fallait explorer les lieux magiques, secrets et primitifs du monde.

Le temps et l'espace s'étaient gondolés au moment de la formation de la terre. Et l'altération entraînée par ce phénomène avait créé des poches dimensionnelles d'Autres Contrées où la magie s'était accumulée, où le temps ne s'écoulait pas au même rythme, où les technologies modernes ne marchaient pas et où le soleil brillait d'un éclat différent. Ceux qui étaient désormais connus sous le nom des Anciens, des Wyrs, des Elfes, des Faes noires et des Faes lumineuses, des démons, des Créatures de la Nuit, des sorcières et des mages humains, mais aussi toutes sortes d'êtres monstrueux, tendaient à se regrouper dans ou autour des Autres Contrées.

Ceux parmi les vénérables Wyrs qui avaient choisi de s'adapter à la civilisation humaine souhaitaient s'échapper de temps à autre des villes modernes. Ils se dépouillaient alors de leur apparence humaine et se plongeaient dans les rayons d'argent du soleil immémorial en s'abandonnant dans les airs ou bien se retiraient au cœur de la verdure saturée de magie de la plus ancienne des forêts sauvages. Une différence fondamentale distinguait les vénérables Wyrs de leurs congénères plus jeunes : les jeunes Wyrs avaient toujours connu la civilisation, ils étaient nés alors qu'elle était déjà constituée. Ils étaient entrés dans la danse déjà apprivoisés.

Tiago n'était pas apprivoisé. Il était plus sauvage que la majorité des Wyrs les plus vénérables. Il avait besoin de bouger, d'user de sa force jusqu'à l'épuisement, de relever des défis impossibles. Il avait besoin d'espace et de liberté. Le confiner trop longtemps dans une ville n'était pas une bonne chose.

Cela faisait maintenant plus de deux semaines que Rune l'avait rappelé d'Amérique du sud. Dragos Cuelebre, le seigneur du domaine des Wyrs, était alors porté disparu. Tiago venait juste d'arriver aux États-Unis que Dragos avait fait sa réapparition, accompagné d'une mystérieuse jeune femme. Ils avaient fait un récit qui parlait de vol, de kidnapping, de magie et de meurtre.

Beaucoup de choses s'étaient passées depuis le retour de Tiago et la réapparition de Dragos. Son intérêt avait été piqué par moments, comme lorsqu'il avait pisté la nouvelle compagne de Dragos après son second kidnapping et lorsqu'il avait pu participer à la mise à mort du vieil ennemi de Dragos, Urien, le roi des Faes noires.

Une vengeance, servie bien chaude. C'était le type de festivités à son goût.

Depuis, tout ce qu'il faisait se résumait à des opérations de nettoyage et des petites corvées, comme vérifier que tous les orques impliqués dans les kidnappings avaient été éliminés. Fait. Pourchasser et tuer toutes les Faes noires qui s'étaient trouvées avec Urien au moment de sa mort. Fait. Se foutre au pieu. Fait.

Il frappa du plat de la main pour ouvrir la porte sur laquelle le chiffre 79 était peint. Il traversa de ses longues jambes le hall au sol de marbre.

Cuelebre Enterprises était une société multinationale qui générait d'invraisemblables revenus. Les employés de ses filiales et tous ceux qui participaient à la gestion et à la direction du domaine wyr étaient extrêmement bien payés. Les sentinelles wyrs avaient des allocations pour leurs frais professionnels qu'elles utilisaient pour leurs vêtements (l'aspect violent des vies des sentinelles faisait de cette allocation un avantage tout à fait substantiel), leurs déplacements, leur nourriture et leurs armes. De quoi d'autre un mec avait-il besoin ? De temps en temps, Tiago vérifiait le solde de son compte en banque qui ne cessait de grimper, histoire de s'assurer que les additions étaient justes, mais le reste du temps, il n'y prêtait aucune attention.

Il se souvenait de l'époque où la tour Cuelebre avait été construite. Les années soixante-dix avaient connu l'invention de la bombe à neutrons, le désastre de Three Mile Island, l'attaque terroriste aux Jeux Olympiques de Munich, et la construction de la tour Cuelebre.

Oui, cela avait été une bonne idée de ne pas s'impliquer dans ce projet. Il avait été parfaitement satisfait alors de partir à l'autre bout du monde traquer, destituer et enfin assassiner un obscur sorcier d'Afrique du Sud qui avait acheté sa propre armée et un goût prononcé pour la Force qu'il pouvait obtenir par le biais de rites sacrificiels humains et wyrs. Lorsque Tiago était revenu à New York, et il avait pris tout son temps, la tour Cuelebre se dressait majestueusement sur New York, changeant à jamais la physionomie de la ville.

La surface extérieure de la tour était lisse, élégante et étincelante, et reflétait le ciel changeant, tandis que l'intérieur était décoré avec un luxe fastueux : sols en marbre turc veiné d'or, vitres dépolies et appliques en bronze. De nombreuses œuvres d'art inestimables, peintures et sculptures, y étaient également exposées avec goût. Le gratte-ciel entier proclamait la fortune et la puissance du seigneur Dragos Cuelebre.

La réalisation de la tour dépassait sa portée architecturale et son importance économique ; elle était aussi, et peut-être surtout, une déclaration politique adressée aux autres Anciens. L'année de la construction de la tour avait marqué la mémoire récente des Wyrs. Cette édification était entrée dans leur folklore en tant que miracle de coopération collective, de domination personnelle et d'impitoyable autorité. De la même manière que Dragos avait ramené sous son joug les Wyrs récalcitrants et capricieux de nombreux siècles auparavant, il venait de les précipiter dans la modernité et de les forcer à s'y conformer.

Il y avait bien eu quelques échauffourées entre certains Wyrs lors des moments les plus tendus de la construction de la tour et lors de l'installation du siège des entreprises et de l'administration du domaine wyr, mais personne n'était toutefois allé jusqu'au meurtre. Ils finissaient de s'installer, à l'époque, quand un Tiago amusé avait visité le gratte-ciel pour la première fois. Tous les Wyrs avaient été dépêchés dans leurs quartiers respectifs pour se calmer, panser leurs blessures, réelles aussi bien que métaphoriques, aménager leurs bureaux et sortir leurs dossiers. Aujourd'hui, sans la moindre exception, tous ceux qui avaient participé à la création de la tour évoquaient cette époque avec fierté et sans la moindre trace d'ironie.

Tiago arriva dans la salle de conférences. C'était un vaste espace meublé de fauteuils en cuir noir, d'une grande table en chêne, de matériel de téléconférence dernier cri et d'étranges bidules en métal noir qui étaient des machines à cappuccinos et à expressos. C'est en tout cas ce qu'on lui avait dit. Il ne se souvenait pas comment il fallait s'en servir. Dès qu'il avait compris qu'il ne s'agissait pas d'une nouvelle arme ultramoderne destinée aux sentinelles, il s'était désintéressé de la conversation.

Dragos et toutes les autres sentinelles étaient déjà présents. Tiago faillit faire la grimace en constatant que la nouvelle compagne de Dragos, Pia, était là, elle aussi. Elle avait surgi de nulle part et jouait soudain un rôle majeur dans la prise de décisions du dragon.

Quand les Wyrs s'unissaient, c'était pour la vie. Cela se produisait rarement, surtout au vu de leur espérance de vie exceptionnellement longue. De plus, c'était un phénomène irréversible. Aussi l'union était-elle pérenne. Celle de Dragos avait provoqué de vifs remous au sein du domaine wyr et certainement des autres domaines aussi. Ce n'était pas un changement au goût de Tiago mais il avait dû, comme le reste du monde, faire bonne figure et tenter de s'y faire. Dragos, un colosse à la peau sombre et aux yeux dorés, faisait les cent pas à l'autre bout de la pièce.

— C'est pas trop tôt, fit le seigneur wyr d'un ton sec.

Tiago se dirigea avec raideur vers son coin habituel, où il s'adossait toujours au mur lors de ses discussions avec les autres sentinelles.

— Je suis là maintenant, non ?

L'ouïe fine de Tiago saisit le murmure de la compagne de Dragos, Pia, quand elle se pencha pour glisser à l'oreille du griffon Graydon qui se trouvait à côté d'elle :

— Tu es sûr qu'il est domestiqué ?

Tiago décida de faire comme s'il n'avait rien entendu et choisit plutôt d'observer les personnes présentes. Il y avait le groupe habituel, moins une personne. Les quatre griffons, Bayne, Constantine, Graydon et le premier lieutenant de Dragos, Rune, étaient tous bronzés, musclés, et leur peau était mordorée. Leur tâche était de maintenir la paix dans le domaine. La harpie, Aryal, était chargée des investigations ; elle était assise, bras et jambes croisés et balançait un pied. Cette nana n'appréciait pas trop le concept d'être assise et immobile. Le chef de la sécurité de Cuelebre Enterprises, la gargouille Grym, était comme toujours assis à côté d'elle, et lui accordait une bonne partie de son attention. Lorsque le tempérament explosif d'Aryal lui jouait des tours, c'est-à-dire assez souvent, Grym était là pour arranger les choses.

Tiago fronça les sourcils en s'apercevant de l'absence d'une personne. Une personne qui ne se joindrait plus jamais à eux, Tricks, la fée qui avait dirigé le département des Relations publiques pour Cuelebre Enterprises, et qui avait fait partie intégrante du groupe pendant de nombreuses années. Il était curieux de voir à quel point l'absence d'une mignonne petite fée pouvait laisser un si grand vide dans la pièce.

Et puis il y avait votre humble serviteur. Connu sous sa forme wyr par les nations amérindiennes comme le gigantesque Oiseau-Tonnerre, la majorité des gens ne le voyaient que sous sa forme humaine, à savoir un géant de près de deux mètres et de plus de cent kilos aux biceps musclés marqués de tatouages représentant des fils de fer barbelés et aux cheveux noirs coupés très court où le rasoir avait tracé un motif de volutes. On aurait dit que son visage avait été taillé à la machette et qu'il avait presque oublié comment sourire. Lorsqu'il le faisait, de toute façon, il suscitait plus de peur qu'autre chose.

La dynamique centrale de son existence était la suivante : il était un soldat, un guerrier et, de ce fait, ses journées étaient étonnamment paisibles. La raison en était toute simple : les gens évitaient de le contredire.

Des centaines d'années plus tôt, il était devenu le chef de l'armée privée de Dragos, armée qui était sur le chemin du retour après l'annulation d'un engagement militaire en Amérique du Sud. Il aurait dû se trouver avec ses troupes, à se préparer pour sa prochaine mission, et non à se tourner les pouces à New York. Merde alors.

Il finit par prendre conscience de l'atmosphère tendue qui régnait dans la salle. Tout le monde semblait contrarié.

— Que se passe-t-il ?

Dragos fit volte-face, puis reprit ses allées et venues.

— Tricks a disparu. Et son portable ne répond pas.

Tiago se redressa et plaqua les mains sur ses hanches.

— Elle est partie il y a seulement quatre jours. Que s'est-il passé ?

Dragos se tourna vers l'immense écran plat fixé de l'autre côté de la pièce et pointa une télécommande dans sa direction.

— Certains ont déjà vu ce reportage, déclara-t-il.

Tiago se retourna. L'écran s'alluma sur une chaîne de nouvelles. Le bandeau au bas de l'écran indiquait que le reportage datait du matin même. L'enregistrement remontait à deux heures à peine.

Une journaliste à l'expression grave faisait face à la caméra.

— C'est une histoire qui aurait pu devenir un conte de fées, fictionnel bien sûr. Un récit qui a embrasé les imaginations, tout comme Marilyn Monroe a enflammé les cœurs dans le monde entier. Pendant de nombreuses années, Thistle Periwinkle a été la petite fiancée de l'Amérique et l'un des personnages publics les plus célèbres des Anciens. Elle était la porte-parole de Cuelebre Enterprises depuis le début des années soixante-dix. Les paparazzi aussi bien que le public l'adorent. Elle a fait la couverture de magazines internationaux, est souvent passée à la télévision et fut même l'invitée de Johnny Carson dans son *Tonight Show*...

Le visage de Tiago s'assombrit tandis que des photos de Tricks et des extraits de ses apparitions télévisées défilaient à l'écran. Émanant de plusieurs sources, elles montraient la fée, toute menue, arborant divers styles au fil des ans. Il en apprit plus sur elle en quelques minutes qu'il n'en avait appris en des années.

Dans l'une des séquences, elle portait ses cheveux dans un style très années cinquante. Dans une autre, ses cheveux noirs étaient bouclés et faisaient penser à Marilyn Monroe ; elle faisait alors un clin d'œil à la caméra. Dans le troisième clip qui datait des années soixante, elle portait de longues tresses, des chaussures à semelles compensées et une minirobe délavée. Les tresses révélaient des oreilles fines et pointues, des yeux étirés et gris foncé. Les Faes avaient des yeux plus grands que la plupart des humains, des pommettes saillantes, un petit nez et un visage mince où une bouche charnue affichait presque toujours un grand sourire.

Tout cela n'augurait rien de bon. Il sentit son estomac se nouer.

— Pourquoi parlent-ils d'elle au passé ? demanda-t-il.

Plusieurs sentinelles, absorbées dans la contemplation de l'écran, lui intimèrent de se taire. Elles avaient toutes l'air tendues. Il plissa encore davantage le front mais se tourna de nouveau vers le film. La caméra était revenue sur la journaliste qui déclarait :

— Et puis il y a seulement quelques jours, l'Amérique a été choquée d'apprendre le décès du roi des Faes noires, Urien Lorelle, tué dans un accident d'équitation inattendu et imprévisible…

— Accident d'équitation inattendu et imprévisible, ricana Graydon. Oui, c'est ça, il s'est fait accidentellement déchiqueter par un dragon en pétard.

Cette fois-ci, ce fut au tour de Tiago de demander le silence.

— ... et il a été annoncé que Thistle Periwinkle était en réalité Niniane Lorelle, la fille disparue de feu le roi des Faes noires, Rhian, et de sa reine Shaylee. Niniane Lorelle était présumée morte, mais des tests d'ADN et de magie ont confirmé les affirmations de Thistle Periwinkle. Elle était en effet l'héritière légitime du trône des Faes noires. (La journaliste marqua une pause empreinte de théâtralité.) Nous allons interrompre brièvement le programme pour une page de publicité et nous continuerons en vous montrant la vidéo saisie par un passant sur son téléphone portable et qui a déjà été diffusée un peu partout. Les images montrent un incident qui s'est conclu par la mort de trois Faes noires et la disparition de l'héritière. Publiée sur YouTube tard la nuit dernière, la vidéo est rapidement devenue virale. Elle a provoqué un véritable tsunami sur Internet et a laissé la police de Chicago et les autorités représentant les Faes en proie à de nombreuses questions. Que s'est-il vraiment passé la nuit dernière dans cette sombre ruelle de Chicago ? Niniane Lorelle est-elle responsable de la mort de ces Faes noires ? Où se trouve-t-elle à l'heure actuelle ? Pour en savoir plus, restez avec nous.

Toute la pièce explosa de colère quand la scène fut coupée pour laisser place à une publicité pour du papier toilette.

— Merde, s'exclama Dragos. Attendez une seconde.

Il appuya sur la touche accéléré.

— Elle savait ce qu'elle disait avant de partir. Il faut que nous changions notre manière de la voir et que nous pensions à l'appeler Niniane désormais, fit remarquer Rune.

— Elle doit avoir tellement peur, fit Pia.

La société des Faes noires avait été soumise au joug implacable d'Urien pendant plus de deux cents ans et était restée essentiellement retranchée du reste du monde. Tricks – ou Niniane – était allée seule rencontrer des représentants de leur gouvernement, des individus dont les allégeances et les motivations demeuraient floues.

Tiago secoua la tête, envahi par la colère. Il lutta pour la contenir avant qu'elle n'explose.

— Je vous avais bien dit qu'un certain nombre d'entre nous aurait dû l'accompagner !

— Il est inutile de remettre ce débat sur la table, répliqua Dragos en le fusillant du regard. Thi... Niniane et moi avions décidé qu'aucun Wyr ne l'accompagnerait car cela aurait donné l'impression que les Wyrs voulaient se mêler des affaires du domaine des Faes noires.

Les Anciens avaient sept domaines qui recouvraient les États-Unis. Le domaine wyr que Dragos dirigeait depuis des siècles était basé à New York. Le siège du pouvoir elfique était basé à Charleston en Caroline du Sud.

Le domaine des Faes noires était basé à Chicago et celui des Faes lumineuses à Los Angeles. Indépendamment des différences géographiques et politiques au demeurant plutôt insignifiantes, les Faes noires et les Faes lumineuses se distinguaient aussi par leur teint et la manière dont elles manifestaient leur Force. Les Faes lumineuses étaient blondes, charismatiques, avaient des yeux bleus ou verts et elles éprouvaient une véritable aversion pour le fer. Les Faes noires avaient des cheveux noirs, une peau pâle et des yeux gris, et elles avaient souvent un don pour la métallurgie.

Les Créatures de la Nuit, qui comprenaient toutes les formes vampiriques, contrôlaient la région de la baie de San Francisco ainsi que le Nord-Ouest pacifique, et les sorcières humaines, qui étaient considérées comme faisant partie des Anciens, du fait de leur maîtrise de la Force de la magie, étaient basées en Louisiane. Les démons, à l'instar des Wyrs et des Créatures de la Nuit, regroupaient plusieurs types différents, dont les orques et les djinns, et leur siège était basé à Houston.

Dragos et la fée avaient eu de bonnes raisons de prendre cette décision. Tous les Anciens étaient extrêmement possessifs quand il s'agissait de leurs territoires et de l'équilibre actuel de la Force. Si un domaine tentait d'en annexer un autre, il n'y avait aucune chance que cela se passe sans heurts...

— Oui, bon, c'était peut-être justifié sur le moment, mais la situation a changé désormais, nota Tiago.

— C'est vrai, convint Dragos en laissant échapper un long soupir.

Tiago se frotta la nuque. Des émotions déroutantes le traversaient. Niniane avait réussi à s'enfuir quand son oncle Urien était monté sur le trône des Faes noires suite à un sanglant coup d'État et à l'assassinat de sa famille. Elle s'était réfugiée auprès de Dragos et lui avait demandé asile. Elle faisait partie du cercle intime des Wyrs depuis lors, c'est-à-dire depuis presque deux cents ans.

Et pourtant, Tiago la connaissait à peine. La plupart du temps, il était en mission à la tête de l'armée de Dragos, impliqué dans des conflits lointains. Il l'avait rencontrée peut-être une vingtaine de fois, généralement dans des réunions semblables à celle-ci lors de ses rares passages à New York. Il avait dû avoir une dizaine d'échanges en tête-à-tête avec elle.

Mais elle était l'un d'eux. Il s'était habitué à son sourire craquant et à son petit déhanchement sexy quand elle flirtait avec la caméra ou avec un interlocuteur en chair et en os. Que quelqu'un puisse penser à lui faire du mal le remplissait de colère. Elle était si menue et délicate, une miniature d'à peine un mètre cinquante qui devait peser quarante-cinq kilos à tout casser. Et elle avait disparu.

Il serra les poings.

— Voilà, gronda Dragos en appuyant sur une touche.

Tiago et les autres tournèrent leur regard vers l'écran plat.

La journaliste envahit de nouveau l'écran, déblatérant ce qu'il y avait sur son prompteur, *bla, bla, bla*. Encore d'autres séquences de Niniane, faisant des clins d'œil à la caméra et envoyant un baiser. Oh cette bouche... Il écarta la pensée qui lui vint et se concentra sur ce qui importait.

Elle était arrivée à Chicago avec une escorte de Faes noires, constituée de cousins éloignés et de gardes. Elle avait rencontré une petite délégation conduite par l'un des membres du gouvernement les plus puissants des Faes noires, le chancelier Aubrey Riordan. Niniane et sa délégation étaient descendues dans la suite du Regent, soit le penthouse de l'hôtel, et se préparaient à passer dans l'Autre Contrée des Faes noires pour son couronnement. Elle avait, au dire de tous, quitté l'hôtel la veille au soir pour sortir dîner avec un cousin et une petite escorte.

L'essaim habituel de paparazzi s'était lancé à leur suite. Les Faes noires les avaient semés après une poursuite à vive allure. On ne savait pas ce qui s'était passé au cours des deux heures suivantes.

Tiago serra les dents de colère, les yeux rivés sur l'écran. *Allez, allez, arrive à l'essentiel.*

Et l'essentiel apparut soudain sur l'immense écran. La vidéo avait apparemment déjà fait le tour d'Internet, puisqu'elle comptait plus d'un million sept cent cinquante mille vues à une heure trente du matin.

Le segment mal cadré et de mauvaise qualité montrait une ruelle sale qui aurait pu se trouver dans n'importe quelle ville du monde. L'image tressauta. La personne qui avait filmé n'aurait pas pu faire pire si elle avait essayé.

Mais on reconnaissait clairement Niniane dans une robe dos nu rouge qui soulignait sa silhouette de rêve. Deux Faes noires étaient déjà à terre. Elle était aux prises avec une troisième.

La Fae noire la frappa violemment au niveau des côtes. Le souffle manqua à Tiago et il gronda comme si c'était lui qui avait encaissé le coup. L'ordure qui avait le téléphone portable avait continué à filmer cette scène révoltante et n'était pas intervenue pour lui venir en aide ? L'image se brouilla. Merde !

Puis elle redevint claire. La dernière Fac noire était à terre.

Niniane se tenait à côté de son agresseur, haletante et échevelée, une main pressée sur le côté. Elle se mit à lui donner des coups de pied.

— Je hais ma famille ! Je hais ma famille ! hurlait-elle.

La journaliste réapparut, mais Tiago en avait vu assez. Il se tourna vers Dragos.

— Congé, gronda-t-il.

Le dragon le regarda d'un air sombre.

— Pars, fit-il.

Rune suivit Tiago dans le couloir. Le guerrier se retourna pour faire face au griffon.

Toutes les sentinelles immortelles bouillonnaient d'une énergie qui réchauffait l'air autour d'elles. Le premier lieutenant de Dragos était aussi grand que Tiago, mais moins massif. Rune était le plus séduisant des quatre griffons. On aurait dit un dieu grec se faisant passer pour un admirateur des Grateful Dead. Il portait un tee-shirt à l'effigie de Jerry Garcia qui moulait son torse et ses biceps, un jean délavé et déchiré aux genoux et des bottes aux bouts renforcés qui avaient laissé leur marque sur plus d'un postérieur wyr. Il avait une peau bronzée par le soleil et des rides d'expression prononcées autour de ses yeux mordorés. Les caméras aussi bien que les femmes semblaient adorer ses traits fins, son sourire canaille, et la masse de cheveux fauve qui lui arrivait aux épaules et avait des reflets d'or pâle, de châtaigne et de cuivre.

Tiago l'examina avec le regard d'un guerrier toujours en éveil. Il avait vu Rune combattre sous sa forme de griffon à de nombreuses reprises. En tant que griffon, Rune faisait la taille d'un 4 × 4 et avait le corps d'un lion. Il avait une agilité de félin aussi bien sous sa forme humaine qu'animale et dégageait une indolence tranquille qui pouvait, lorsqu'il était provoqué, se dissiper en une seconde pour laisser place à une attaque fulgurante. Sous sa forme humaine, il avait la silhouette élancée et la musculature nerveuse d'un épéiste. Sa force résidait dans une puissance alliée à une extraordinaire vivacité. Tiago, quant à lui, se battait souvent les pieds solidement ancrés au sol, une hache dans une main et un marteau de guerre dans l'autre. Il avait la réputation de mettre ses ennemis en pièces ou de les terrasser simplement par sa force et son endurance exceptionnelles. Beaucoup de qualificatifs lui avaient été attachés au cours des siècles, mais *délicat* et *subtil* ne figuraient pas sur la liste.

— Parle à Riehl ou à Jamar pour qu'ils me remplacent jusqu'à... commença Tiago.

— Ti, fit Rune. Ne t'en fais pas pour les soldats. Je m'en occupe, camarade. Je vais appeler Tucker à Chicago pour que tu aies une bagnole et du matériel qui t'attendent à ton arrivée.

— Merci, fit Tiago en échangeant un regard grave avec lui.

Ils ne partagèrent pas leurs réflexions. Il y avait une myriade de raisons susceptibles d'expliquer pourquoi ils n'avaient pas eu de nouvelles de la fée depuis l'incident, et aucune n'était réjouissante.

— Tricks est saine et sauve, fit Tiago.

Il valait mieux qu'elle le soit ou il veillerait à ce qu'il y ait du grabuge pour la venger.

— Niniane, corrigea Rune.

— Peu importe, répliqua Tiago avec impatience.

Rune lui donna une claque amicale sur l'épaule.

— Bon, va la retrouver et veille à ce qu'elle reste saine et sauve.

— Tu me connais.

Tiago grimpa en courant les marches qui menaient au toit de la Tour. Il leva la tête afin de regarder le globe éblouissant du soleil. Puis avec un sentiment de soulagement indescriptible, il laissa sa forme humaine s'évanouir et avec elle les chaînes qui le reliaient à la ville. Il s'élança à la rencontre du ciel. D'immenses ailes se mirent à battre tandis qu'il s'élevait et un coup de tonnerre déchira le ciel.

Il glissa dans la partie la plus ancienne, la plus authentique, de son âme.

Il ne savait pas quel âge il avait exactement, mais il se souvenait de son survol des Grandes Prairies alors que d'immenses troupeaux de bisons couvraient des hectares et des hectares de territoire. Le bison était sa proie préférée, à l'époque. Il plongeait de très haut, énorme créature meurtrière qui fondait sur la bête choisie pour lui rompre l'échine. Le reste du troupeau se dispersait avec panique, le laissant se gorger seul et en paix tandis que le vent balayait l'étendue infinie de la prairie sous l'immense voûte d'un ciel turquoise.

Pour de nombreuses nations amérindiennes, il était celui qui commandait le tonnerre et les éclairs, prompt à rugir de colère ou à entrer dans la bataille, mais sa véritable identité était celle d'un nomade. Il pouvait voler pendant des jours et des jours, détaché de tout, regardant simplement défiler les océans et les continents sous l'ombre démesurée de ses ailes déployées.

Quand la curiosité l'avait poussé à se poser enfin à terre, il s'était métamorphosé pour la première fois afin de déambuler parmi les humains dans un pays rempli de temples, de tombeaux de rois et de cités des morts érigés dans un désert immense. Les humains s'étaient regroupés sur une bande de terre verte et fertile qui suivait le parcours sinueux d'un fleuve évoquant les plis d'une robe de soie sur les formes d'une femme voluptueuse.

Il passa un moment avec des individus de petite taille, bruns de peau et intelligents qui parlèrent de lui dans les Textes des Pyramides, à l'époque de l'ancien royaume d'Égypte. Le peuple vénérait sa forme ailée et l'appelait le dieu du vent. Ils affirmaient qu'il apportait avec lui le souffle de vie.

Les Égyptiens lui offrirent tout ce qu'un être humain peut désirer, mais il n'était pas humain. Ils essayèrent de le garder auprès d'eux en lui offrant de l'or, de le retenir par la vénération, le sexe, et le pouvoir, mais il ne voulait pas être enchaîné ou retenu. Ce fut seulement quand le grand serpent ailé Cuelebre le traqua, le cloua au sol et s'adressa à lui en usant de tout son charme et de tout son pouvoir de persuasion pour lui parler avec éloquence de sa vision d'une nation unie de Wyrs, qu'il consentit à prêter l'oreille.

Cuelebre avait eu à relever un défi de taille avec les anciens Wyrs les plus vénérables et les plus forts. Il ne pouvait pas les forcer à se soumettre s'il voulait ensuite pouvoir leur faire confiance en leur conférant une autorité à un haut niveau. Non, il fallait qu'il fasse preuve de persuasion pour les rallier à sa cause et leur demander de s'associer à lui dans la création d'une nation wyr. Cuelebre avait réussi à convaincre Tiago qu'il était inévitable pour l'humanité aussi bien que pour les Anciens de se développer et de croître en nombre. La danse de la civilisation entraînait la terre entière dans une valse inexorable.

Tiago se devait d'entrer dans la danse. Le monde changeait, et lui aussi devait changer ou il n'aurait plus sa place dans l'univers. Il refusait d'être laissé de côté par le nouvel ordre mondial.

Il avait donc accepté, il y avait bien longtemps, de prendre part à cette coalition, qui était certes parfois divisée. Il en était arrivé à reconnaître que cela ne le diminuait pas, au contraire, mais le grandissait et que chacun en tirait bénéfice.

Il était un seigneur de la guerre. Pour un peuple ancien, il était un dieu de la tempête et de la foudre, un prince du ciel.

Il était wyr.

2

Le Motel 6 n'était pas si mal en fin de compte. C'était même plutôt coquet, si on appréciait le polyester et le plastique.

Ce n'était pas le Regent ou le Renaissance, bien entendu, ni le Ritz-Carlton, mais la personne à la réception s'était montrée aimable et joviale, et même désintéressée quand Niniane avait signé le registre. Et puis les tarifs étaient raisonnables et surtout, il y avait des chambres où l'on pouvait fumer. Adjugé.

Certes, il n'y avait pas de service de chambre, ni de mignonnettes dans le petit réfrigérateur, mais il n'y avait pas non plus de tentatives d'assassinats ni de couronnement imminent. *Hmm*. Niniane se demanda s'ils offraient un bail à l'année, tiens.

Elle entra dans la chambre en boitant. Elle baissa ses nouvelles lunettes de soleil et inspecta longuement et attentivement les alentours. Le soleil chaud de l'après-midi faisait griller l'asphalte du parking du motel et un vent changeant et capricieux faisait tourbillonner la poussière et transformait les gaz d'échappement en un nuage toxique. Le motel, situé près d'une sortie d'autoroute, était environné d'enseignes de restauration rapide, de stations-service et de drugstores. Le bruit de la circulation était constant, mais il ne devrait pas trop la déranger une fois qu'elle aurait refermé la porte.

Elle ne voyait ni n'entendait rien d'alarmant ou d'insolite dans le voisinage immédiat du motel, or sa vue et son ouïe, conjuguées à sa réceptivité à la magie, étaient hypersensibles. Elle n'avait pas le courage de faire une inspection plus poussée. Un balayage visuel depuis le seuil de la chambre suffirait.

La porte une fois fermée et la chaînette de sécurité en place, elle commença par retirer ses élégants talons aiguilles qui devaient bien faire dix centimètres. Ah, merci, dieu des pieds. Elle posa ses lunettes de soleil sur le poste de télévision. La chambre double était tapissée d'un papier peint beige, les dessus-de-lit avaient un motif orange vif, la fenêtre était masquée par des rideaux lourds et courts qui recouvraient un long appareil de climatisation fixé au mur, une table toute simple et une chaise poussées contre le mur complétaient la décoration intérieure. Elle se déchargea de ses sacs de course sur le lit le plus proche, s'approcha en boitant de l'appareil de climatisation et le régla au maximum.

C'était vraiment le bordel depuis que Dragos avait tué son oncle. Il fallait qu'Urien meure, ce n'était pas le problème. Elle était même contente qu'il soit mort. Simplement, elle aurait préféré que cela arrive dans deux ou trois décennies. Cette histoire de devenir la reine des Faes noires ? Ça la gonflait à un point…

Elle vida les sacs sur le lit. Les articles qu'ils contenaient attestaient d'une journée longue et bousculée.

Elle avait eu fort à faire après avoir tué son cousin Geril et ses deux sbires. En premier lieu, prendre la fuite. Ensuite, acheter des trucs et fuir de plus belle.

Elle était rentrée dans un drugstore ouvert vingt-quatre heures sur vingt-quatre, avait acheté des pansements, un jogging, des lunettes de soleil et un tee-shirt, s'était changée dans les toilettes et était ressortie.

Des lunettes de soleil à minuit. Ben voyons. Quelle nouille.

Elle les avait fourrées dans son premier sac jusqu'au matin. Puis elle avait volé une voiture et avait tourné plus ou moins en rond en essayant de réfléchir ou plutôt de faire fondre le bloc de glace que semblait être devenu son cerveau. Elle s'était arrêtée dans un immense centre commercial pour acheter d'autres trucs, avait laissé la voiture volée dans le parking et pris un taxi. Elle s'était fait conduire à l'aéroport où elle était montée dans un second taxi, et voilà où elle en était.

Elle avait suivi un itinéraire si aléatoire et fantasque, qui avait découlé de décisions impromptues dictées par le stress, qu'elle défiait quiconque de déterminer où elle se trouvait actuellement. Elle en était elle-même bien incapable. Elle savait seulement qu'elle se trouvait toujours dans la banlieue de Chicago. Aucun des trajets effectués n'avait duré suffisamment longtemps pour l'amener ailleurs, hélas. Elle n'avait pas voulu laisser une impression trop marquante aux chauffeurs de taxi et avait donc essayé de faire en sorte que les deux courses ne soient pas trop longues. Elle pouvait toujours voler une autre voiture et s'éloigner davantage, mais elle avait besoin d'abord de quelques heures pour récupérer et réfléchir à un plan d'action. Pour l'heure, elle était trop submergée par des impulsions contradictoires, de douleur et d'épuisement pour décider quoi que ce soit.

L'un des sacs contenait sa robe rouge froissée et le petit sac à main assorti dans lequel elle avait glissé un poudrier, un rouge à lèvres, son porte-monnaie et deux petits stylets. Elle veillait à ce que leurs pointes soient toujours enduites de poison. Il y avait une foule d'endroits où les dissimuler : dans la poche extérieure d'un sac à main, ou bien fixés à ses bras, ses cuisses, ou sous sa robe.

C'était une bonne chose que la couleur rouge de la robe dissimule les taches de sang car elle aurait attiré l'attention dans le drugstore. Elle mit le sac de côté. Un autre contenait une bouteille de vodka encore pleine, un sac de chips, trois paquets de Marlboro rouges et un briquet.

De quoi faire la fête en solo. Pourquoi voulait-elle toujours fumer quand elle était stressée ? Elle soupira et déposa le tout sur la table de chevet du second lit.

Le troisième sac contenait une trousse de premiers soins, encore des pansements, des affaires de toilette et des sous-vêtements de rechange. Des vêtements, jean, sandales, short et deux ou trois hauts étaient fourrés dans le dernier sac.

Elle s'assit au bord du lit et inspecta les ampoules sur ses talons. Elle aurait dû changer de chaussures dès qu'elle en avait acheté d'autres. Elle aurait dû acheter les sandales au premier magasin et les lunettes plus tard, mais après l'attaque, elle n'avait eu qu'une chose en tête : ne pas être reconnue.

Aurait dû, aurait pu, aurait, aurait, le mode du regret.

Elle serra les dents. Elle avait appliqué à la hâte un pansement quand elle s'était changée dans le drugstore, mais il fallait qu'elle désinfecte la blessure causée par le coup de couteau et qu'elle la panse correctement.

Elle prit d'abord une douche. L'opération fut plus difficile et épuisante qu'elle ne l'avait anticipé. Elle s'assit ensuite sur les toilettes et siffla de douleur en tamponnant la plaie avec des cotons propres. Elle la tritura pour voir s'il restait des fibres de tissu de sa robe ou des saletés dans sa blessure. Des étoiles grises dansèrent devant ses yeux. Mince, ça faisait sacrément mal. La perforation était profonde et laissait échapper un filet cramoisi, lentement mais sûrement.

Elle appliqua de la pommade antibiotique dessus, des tampons de gaze et fixa le pansement en place du mieux qu'elle put. Elle badigeonna ses ampoules de pommade et les recouvrit de pansements Hello Kitty. Puis elle enfila ses nouveaux sous-vêtements. Un minuscule shorty taille basse, avec un imprimé militaire. La suite ne fut pas aussi facile. Elle grogna en s'efforçant de passer un soutien-gorge de sport. Si elle était menue, elle était loin d'être plate comme une limande. Elle aurait dû acheter un truc qui s'attache devant, mais elle n'avait pas les idées claires aujourd'hui. Une fois qu'elle eut réussi à enfiler le soutif, elle mit un débardeur assorti à sa culotte qui s'arrêtait juste au-dessus de son nombril percé.

Puis elle se fit des couettes. Étant donné que ses cheveux retombaient en une coupe au carré un peu rétro qui rebiquait, les couettes se dressaient sur sa tête comme deux petites touffes noires. Elle se regarda dans le miroir et fit une moue, fronça le nez et déclara :

— J'ai pô fait exprès.

Est-ce qu'elle n'était pas mignonne, hein ? Être mignonne et avoir l'air désemparé pouvait beaucoup aider parfois. Cela l'avait tirée de plus d'un mauvais pas dans le passé. On ne savait jamais. Vu la manière dont allaient les choses, elle aurait peut-être besoin d'y recourir de nouveau.

Pour l'instant, il se faisait tard et elle avait un rendez-vous. Elle boita jusqu'au lit, s'y étendit tant bien que mal, alluma une cigarette et mit la télé en marche. Elle déchira le paquet de chips et s'empiffra une première poignée.

C'est alors que son cerveau fatigué réalisa ce qui défilait à l'écran.

Elle le regarda bêtement pendant quelques instants, posa sa cigarette dans le cendrier. Saisit la bouteille de vodka, l'ouvrit et en avala une bonne rasade.

C'était la première fois qu'elle voyait les scènes filmées de l'attaque dans la ruelle par téléphone portable, lorsqu'elle avait bourré de coups de pied le corps sans vie de son cousin Geril.

Et ça n'allait pas être la dernière fois. Oh que non.

Tiago estimait qu'il fallait rendre à César ce qui lui appartenait. La petite garce avait brouillé les pistes de manière magistrale.

Quand il était arrivé à Chicago, le 4 × 4 réquisitionné par Rune l'attendait, ainsi que du matériel : de l'argent liquide, des vêtements de rechange, un ordinateur portable, et toute une gamme d'armes de choix. Tiago avait récupéré le véhicule à Lakeview auprès de leur contact wyr, Tucker, qui avait déjà rangé tout le matériel et les vêtements dans un grand sac de voyage posé sur le siège arrière.

Tucker, fidèle à sa nature animale de blaireau, était un homme de petite taille, puissant, trapu et asocial. Cela lui convenait bien de vivre dans un relatif isolement, à l'écart de la structure sociale du domaine des Wyrs. L'individu aimait bien son boulot ; celui-ci était sporadique et impliquait souvent des tâches insolites et des heures irrégulières. Du moment que Tucker pouvait vivre suffisamment près de son terrain de base-ball adoré pour s'y rendre à pied, il était content.

Tiago n'avait pas pensé à en demander un, mais un téléphone portable avait été glissé dans une poche extérieure du sac. Il le découvrit quand il sonna, au moment de s'installer au volant.

— Quoi ? fit-il en décrochant.

— Le compte rendu préliminaire de l'autopsie pour les trois mâles Faes noires est arrivé, répondit Dragos.

— Plutôt rapide, dit Tiago en levant les sourcils avec étonnement.

— Le prochain, ou plutôt la prochaine souveraine du domaine des Faes noires étant portée disparue, ils ont fait fissa, répliqua Dragos. Les trois Faes noires ont toutes succombé au même poison, Ti – celui dont Niniane aime enduire les pointes de ses stylets.

Tiago régla le siège et prit la route.

— Au moins elle a veillé à ce que ses stylets soient empoisonnés quand elle a quitté New York. Futé de sa part.

— L'enfoiré qui a filmé la scène dans la ruelle collabore avec la police, nota Dragos. Il soutient qu'il n'a vu personne d'autre dans le voisinage lorsqu'elle a pris la fuite.

— Je veux savoir où il habite, déclara Tiago.

Il conduisait vite et agressivement en lançant des regards furieux aux autres véhicules.

— À plus. Vérifie l'aéroport. Des vidéos de surveillance montrent quelqu'un qui pourrait bien être elle sortir d'un taxi.

Dragos raccrocha sans dire au revoir. Tiago referma le téléphone et le jeta sur le siège du passager.

Quand Urien s'était octroyé le contrôle du gouvernement des Faes noires, Niniane s'était réfugiée auprès de Dragos. C'était en 1809. Elle était alors très jeune, mais avait déjà atteint sa taille adulte. Elle était petite et délicate, même pour une Fae, et elle n'avait pas un centième de la force des Wyrs. Comme si cela ne suffisait pas, son oncle Urien, l'un des hommes les plus maléfiques et les plus puissants du monde, la voulait morte à tout prix.

Les sentinelles wyrs lui avaient donc enseigné toutes les astuces les plus insidieuses, les plus fourbes même, auxquelles elles avaient pu penser en vue de l'aider à rester en vie. Rien n'était interdit, c'est en tout cas ce que Tiago avait cru comprendre. Il était occupé ailleurs à l'époque, aidant à maintenir la paix dans le Missouri alors que les Indiens Osages venaient de signer le Traité de Fort Clark et de céder leurs terres au gouvernement américain.

Tout faisait sens. Niniane avait quitté l'hôtel en compagnie de trois mâles et trois mâles avaient péri. Soit elle avait été kidnappée sur le lieu de l'attaque, soit elle était en cavale. La logique voulait qu'elle soit en fuite.

Mais si c'était le cas, pourquoi n'avait-elle pas appelé New York pour demander du renfort ? Elle était l'une des leurs. Ils étaient tous prêts à se porter à son secours, et pourtant elle n'avait appelé personne et n'avait répondu à aucun des messages laissés sur son portable.

Tiago avait bien l'intention de l'interroger là-dessus quand il la retrouverait. Il était peut-être vraiment difficile de retrouver sa trace, mais il était vieux et imprégné de Force, et c'est à la chasse qu'il excellait avant tout. Il n'y avait rien, ni personne qu'il ne puisse dépister à partir du moment où il se consacrait à la traque. Il retrouvait les traces d'odeurs depuis longtemps perdues, avait une intuition sans égale et puis, bordel, plus souvent qu'à son heure, la chance lui souriait. Cela pouvait lui prendre du temps, mais au bout du compte il retrouvait toujours sa proie.

Sa proie, pour l'heure, était apparemment calfeutrée dans la chambre d'un motel situé à une sortie de l'autoroute I-294, à la hauteur de la Tri-State Tollway.

Il marqua une pause devant la porte et tendit l'oreille. Il sentait l'odeur de Niniane tout autour, mais il était près de minuit et il ne voulait pas frapper à la mauvaise porte par erreur.

Il l'entendit à l'intérieur. Elle chantait d'une voix claire et suave. Il leva les sourcils.

— *Dans la vallée, la vallée profonde, penche la tête et écoute le vent souffler*... (La chanson s'interrompit. Il l'entendit marmonner :) Je ne me souviens plus de la suite, mince, qu'est-ce que c'est...

Il sourit et se détendit en s'appuyant contre le chambranle. Si elle chantait et parlait toute seule, elle n'était pas morte. Tout allait bien.

— Ah oui, fit-elle... non, attends, ça c'est une autre chanson. Mince, j'ai trop bu.

Il se dit que c'était le signal qu'il attendait et frappa.

Silence. Il pouvait facilement imaginer sa surprise.

Il frappa une seconde fois.

— Tricks, c'est Tiago. Ouvre.

— C'est toi, Docteur Cataclysme ? Il n'y a personne du nom de Tricks ici, répondit-elle avec la lenteur incrédule que l'alcool peut entraîner.

Dr Cataclysme ? Il leva les yeux au ciel.

— Allons, Niniane. Ouvre la porte.

— Attends, je suis en cavale. N'utilise pas ce nom non plus.

Il mit les mains sur ses hanches.

— Et comment veux-tu que je t'appelle, bordel ?

— Ne m'appelle pas. Merci d'être passé, tu peux t'en aller maintenant. Je vais bien. Tout va bien. Tout est réglé. Par contre ne regarde pas la télé pendant quelques jours, d'accord ? Tu peux retourner à New York ou là où se trouve ta tanière quand tu n'es pas en train de tuer des trucs.

Il fronça les sourcils. « Ne regarde pas la télé » ? Qu'est-ce qu'elle voulait dire par là ?

— Je ne vis pas dans une tanière, grommela-t-il.

Il appuya l'épaule contre la lourde porte en métal qui répondait aux réglementations pour lutter contre les incendies et les cambriolages. Il poussa de plus en plus fort jusqu'à ce que le verrou et la chaîne de sécurité cèdent.

Des volutes de fumée de cigarette flottèrent jusqu'à lui au moment où la porte s'ouvrit. Il toussa, agita une main devant son visage et contempla la scène.

La chambre était une véritable porcherie. Des sacs de courses s'amoncelaient sur le lit le plus proche de la porte ; des vêtements et d'autres articles en sortaient. Des étiquettes jonchaient le sol. Niniane était étendue sur le dos, sur l'autre lit qui était défait. Elle avait poussé les oreillers, qui étaient tombés par terre. Elle était vêtue d'une espèce de treillis bon marché, digne d'un mauvais porno : un shorty scandaleusement court et un minuscule tee-shirt moulant qui ne descendait même pas jusqu'à sa taille mince. Sa tête pendait au bout du lit et elle tenait une bouteille de vodka dans une de ses petites mains. Bouteille qui n'était plus très remplie. Niniane serrait une télécommande dans l'autre main. Une cigarette finissait de se consumer dans un cendrier à moitié plein et un sac de chips éventré était posé à côté d'elle sur le lit.

Son corps menu, mais voluptueux, était exposé comme une offrande à un dieu païen. Étant donné qu'il en avait été un, il savait de quoi il parlait, et il appréciait le spectacle. Sa tête pendant au-dessus du sol accentuait la courbe avantageuse de ses seins pleins et ronds. Un anneau d'or brillait à son nombril, suppliant d'être léché. Ses hanches gracieuses et l'arc de son bassin étaient soulignés par un short que le Congrès aurait dû déclarer hors-la-loi. Des jambes fines aux cuisses fuselées, des petits pieds aux orteils recouverts d'un vernis rose provocant et il sentit son sexe se gonfler en hommage à chacune des parties délicieuses du corps de la fée.

Son regard s'assombrit, déstabilisé par sa réaction intense et inopportune. Sous la puanteur de la cigarette, il sentait un parfum féminin et... est-ce que c'était une odeur de sang ?

— Oh, tu n'aurais pas dû faire ça, s'exclama doucement Niniane. (De grands yeux essayaient de se focaliser sur lui, depuis leur position renversée.) Entrer par effraction, c'est contraire à la loi.

Elle pouffa.

Tiago chassa ses pensées grivoises de sa tête et bascula sur le ton bien plus familier de la remontrance :

— Qu'est-ce que tu fabriques ? demanda-t-il. Qu'est-ce que tu veux dire par « rentre à New York » ? Est-ce que c'est du sang que je flaire ?

— Je ne peux pas répondre à plus d'une question à la fois, tu sais, fit-elle avec une relative dignité, compte tenu de la situation. « Je penche la tête pour écouter le vent souffler. » Je n'ai jamais compris ce passage. Qui entend le vent souffler en baissant la tête ? Baisser la tête vers quoi ? Qu'est-ce que ça veut dire, d'ailleurs ? Tu le sais, toi ?

Il ne savait absolument pas ce qu'elle racontait. Quelque chose à propos de la chanson idiote qu'elle fredonnait à l'instant. Il referma la porte en la poussant du pied et se dirigea vers le cendrier pour éteindre la cigarette.

— C'est dégoûtant, fit-il d'un ton sec. Pourquoi tu n'as pas appelé ? On est morts d'inquiétude à ton sujet.

— Wow, gloussa-t-elle.

Elle leva les yeux – ou les baissa plutôt – sur l'entrejambe de Tiago qui se trouvait juste devant elle. Il avait l'air d'un barbare surdimensionné, féroce, en jean noir, bottes noires et gilet sans manches en cuir noir. Il était bardé d'armes et mécontent, avec ses muscles qui saillaient de partout. Quelque chose saillait aussi devant ses yeux. Saillait même beaucoup. Elle se passa la langue sur les lèvres. Elle était peut-être ivre, mais pas ivre morte. Elle ne risquait pas d'oublier ce qu'elle venait de voir.

Ses yeux d'obsidienne brillèrent.

— Tricks, c'est quoi ce bordel ? Sans déconner.

— Je vais être reine, tu sais. Alors tu ferais mieux d'arrêter de m'appeler Tricks. Les gens disent que je suis un clown. Et je ne pense pas moi-même que je serai une Altesse pendant très longtemps, alors tu ferais mieux de t'exercer à m'appeler Votre Majesté. (Elle hoqueta et agita une main.) Tu peux commencer tout de suite.

— Tu n'as toujours pas répondu à ma question. (Il s'accroupit et elle eut soudain son visage à l'envers devant elle.) Alors je vais te la répéter : Tricks, c'est quoi ce bordel ?

Elle essaya de voir où ce renflement appétissant avait pu passer, n'y parvint pas et se concentra donc sur son visage. Une peau sombre, des traits aquilins et une bouche sensuelle qui faisait en général plutôt peur. Elle avait toujours pensé que c'était un homme fier, distant, doté de jambes incroyablement longues et qui se déplaçait de la manière la plus sexy qu'elle ait jamais vue. Il marchait toujours vite et on ne pouvait pas s'empêcher de suivre le mouvement vif de ses hanches qui suggérait une grâce et une agilité extraordinaires.

— Est-ce que quelqu'un t'a déjà dit que tu ressemblais beaucoup à Dwayne Johnson ?

— Qui est Dwayne Johnson, bon sang ? s'enquit-il en grimaçant.

Il essaya de lui prendre la bouteille mais elle s'y accrocha.

— Mais si, tu sais, The Rock ? Le type super sexy qui était un joueur de foot, puis un catcheur, puis un acteur ? Sauf que… tu es beaucoup plus féroce que lui.

Elle se concentra en tirant la langue entre ses dents, et posa le bout de son index sur le pli de son front. La bouteille de vodka le frappa légèrement sur le nez et il écarta la tête.

Il étrécit les yeux. Est-ce que c'était un intérêt masculin qu'elle lisait dans son regard sombre et étincelant ? Elle n'avait pas tellement confiance en ses facultés d'observation dans l'état où elle se trouvait.

— Super sex… (Il s'arrêta net. Quand il reprit la parole, le grondement qui était son mode de communication normal était devenu un murmure rauque :) Tu me compares à un acteur de cinéma ? Putain, oui, évidemment que je suis plus féroce.

Pff. Plus fier qu'un coq de basse-cour.

— Bref, que ça ne te monte pas à la tête, déclara-t-elle avec dédain. Tu n'es pas aussi sexy que tu le crois.

Elle fit une grimace. Mince. Ça n'avait pas sonné comme elle le voulait. Elle essaya de faire le point dans sa tête embrumée par la vodka. Il lui décocha un grand sourire, ce qui ne fit qu'ajouter à son émoi et à la confusion de son esprit.

Le sourire disparut trop vite. Puis Dr Cataclysme fut de retour et son expression furibonde avec.

Ouh, là, là, sexy. Non, terrifiant. Non, sexy. Pff.

Il lui prit la main. Il pouvait sentir à quel point ses os étaient fins. Il aurait pu la broyer si facilement. Il aurait été tellement facile pour n'importe laquelle des Faes noires de lui briser le cou si ces ordures avaient réussi à la maîtriser. Il veilla à ne pas lui faire mal alors même qu'il s'exclamait :

— Bordel, petite fée, tu ferais bien de te mettre à répondre à mes questions.

— Sinon quoi ? (Elle pointa la télécommande vers lui et appuya sur la touche silence.) *Peuh*. Je vais demander à quelqu'un de me fabriquer une touche silence magique qui marchera pour de bon.

Un air qui ressemblait à un sentiment d'impuissance assombrit les traits de Tiago. Il saisit la bouteille de vodka et en avala une lampée. Elle le regarda avec fascination tandis que le dégoût se lisait sur le visage de Tiago. Il eut un haut-le-cœur et recracha le liquide sur la moquette. Il regarda la bouteille d'un air furieux.

— De la vodka parfumée au chewing-gum ? *Au chewing-gum ?*

— Quoi ? C'est bon.

Elle tendit la main vers la bouteille.

— Pas question, fit-il en la tenant hors de sa portée.

— C'est mon dîner, rends-la-moi.

— Oh que non, jeune fille. Tu as suffisamment bu.

Seul un Wyr en vie depuis plusieurs milliers d'années pouvait oser appeler une fée de deux cents ans « jeune fille ». Nom d'un petit bonhomme, il était vraiment un barbare beau comme un astre, qu'elle ait la tête en bas ou non. Mais tellement prêchi-prêcha ! Elle se rappela qu'elle voulait la vodka et essaya d'attraper de nouveau la bouteille.

Il se leva, prit le cendrier et se dirigea d'un pas vif vers la salle de bains. Elle pouvait juste apercevoir ce qui se passait dans le coin du miroir alors qu'il vidait la bouteille dans le lavabo. *Bye-bye mon rendez-vous amoureux.*

— Va te faire foutre, cria-t-elle.

Tiens, voilà une pensée intéressante. Elle posa les yeux sur son postérieur musclé. *Oh la, chica, baisse les yeux.*

Tiago ne lui prêta aucune attention et vida le cendrier dans la poubelle. Il s'arrêta, les yeux rivés sur l'intérieur du conteneur. Il avait l'air encore plus irrité qu'auparavant. Il avait même l'air prêt à assassiner quelqu'un, à vrai dire. Les traits de son visage fier se crispèrent comme un poing.

Elle cligna des yeux comme si elle essayait de comprendre ce qui se passait. S'il était en colère après elle à ce point, elle ferait bien d'envisager sérieusement de prendre ses jambes à son cou. Et elle allait le faire, enfin dès qu'elle retrouverait ses pieds.

Un frisson la parcourut. Elle se roula sur le côté, remonta les genoux sur sa poitrine et s'enveloppa de ses bras. Elle ne voulait pas qu'il soit en colère après elle. Elle voulait que personne ne le soit après elle.

Tiago s'approcha du lit. Elle aurait juré entendre un roulement de tonnerre au loin. Il s'accroupit et lui frotta l'épaule de son immense main calleuse.

— Où est-ce que tu as mal, petite fée ?

Sa douceur était tellement inattendue, venant d'un être aussi plein de fureur qu'elle faillit craquer. Ses yeux s'embuèrent de larmes. Elle indiqua un point sous ses côtes.

Il sentit un choc glacé courir sur sa peau, suivi d'une salve de chaleur. Tiago ne savait pas quoi faire de toute cette rage qui montait en lui. Ce salaud de Fae ne lui avait pas donné un simple coup de poing dans la ruelle. Il l'avait *poignardée*.

— Laisse-moi voir.

Il essaya de soulever le tee-shirt.

Elle résista.

— Je l'ai déjà nettoyé et j'ai mis un pansement.

— Ce que tu peux être bonne femme ! Je t'ai dit de me laisser voir !

Niniane écarquilla les yeux et elle se figea. La force de sa colère était palpable. Elle battait contre sa peau. Le tonnerre gronda, plus près cette fois. Presque au-dessus d'eux.

Elle avait entendu les bruits qui couraient sur Tiago. Quand il était vraiment hors de lui, le tonnerre roulait et la foudre s'abattait. Elle se mit sur le dos et quitta sa position recroquevillée avec prudence. Elle se força à rester tranquille tandis qu'elle levait les yeux vers lui. Parfois, avec les guerriers wyrs, le mieux était de se taire, de ne pas leur mettre de bâtons dans les roues et de se soumettre. Au bout d'un moment, ils se calmaient et on pouvait de nouveau raisonner avec eux.

Il posa un genou sur le lit et s'appuya dessus tandis qu'il soulevait le tee-shirt. Le pansement couvrait les côtes sous son sein gauche. Elle grimaça quand il le retira pour examiner la plaie.

— Tu sais à quel point tu peux être agaçant ? fit-elle. Parce que si tu ne le sais pas, je peux te l'expliquer.

— Ça a l'air profond, commenta-t-il à voix basse. (Des éclairs zébrèrent le ciel dehors et le tonnerre explosa. Elle sursauta. Il posa brièvement la main sur sa taille.) Chut, doucement. Le pansement est trempé, je vais te le changer.

Elle se frotta les yeux. Mince. Elle n'avait pas dormi depuis deux jours. Et elle commençait à redescendre de l'état d'euphorie causé par l'alcool. Il avait l'air trop sérieux et trop inquiet ; une tempête se préparait dehors et, tout à coup, la situation n'était plus du tout amusante. Elle essaya cependant de s'accrocher à la gaieté qui l'habitait avant.

— Tu sais, la technologie du vingt et unième siècle est plutôt cool, fit-elle. Je vais filmer mon propre effondrement physique et nerveux et envoyer ça par e-mail à mon psy.

Il n'esquissa pas même un sourire.

Elle s'affaissa. Il l'encouragea à s'allonger sur le dos et à ne plus bouger. Elle obtempéra. Il retira le pansement souillé et nettoya la plaie avec des gestes doux et précautionneux. Il désinfecta la blessure et la recouvrit de nouveau de gaze. Il se pencha et flaira la plaie. Bon, c'était un peu bizarre, mais elle comprenait ce qu'il faisait : il vérifiait avec son odorat développé de Wyr si du poison était présent. Il saisit son regard et lui adressa un petit sourire tendu qui se voulait certainement rassurant, mais il ne dit rien. Il semblait absorbé dans ses pensées. La foudre frappa le parking. Elle frissonna de plus belle. C'était trop sexy. *Non, flippant. Non, sexy, MERDE !*

— Bon, j'ai fini pour l'instant.

Sa voix calme, mesurée, était pire que la voix qu'il avait quand il était en colère. Il remit le pansement en place. Puis il la regarda et la fureur dans ses yeux la transperça.

— On sait déjà tout ce qu'il faut savoir, reprit-il.

Elle frotta le bout pointu d'une oreille que la gêne faisait rougir.

— Apparemment le monde entier le sait, marmonna-t-elle. Je n'ai même pas vu le type qui avait le portable.

— Cet enfoiré aura de la chance de passer la semaine si j'ai le temps de m'occuper de son matricule. Je n'arrive pas à croire qu'il n'ait pas appelé les flics en se rendant compte que quelqu'un était attaqué. (Il lui prit la main et la garda dans la sienne.) Je veux maintenant que tu me dises pourquoi tu n'as pas appelé et pourquoi tu veux que je rentre à New York ?

Elle retira sa main de la sienne et la plaqua sur sa poitrine.

— Je ne veux pas que tu sois gentil avec moi.

— Je serai ce que je veux, répliqua-t-il d'un ton sec. Pourquoi tu n'as pas appelé ?

— Je suis censée faire tout ça toute seule. Pas de Wyr, grommela-t-elle.

— C'est le passé, ça. La situation a changé désormais.

— Comment ça, la situation a changé ? (Elle le regarda d'un air renfrogné.) Dis donc, cow-boy, n'oublie pas ce que je t'ai dit : je vais être reine. Je ne pense pas que tu aies licence de me commander de cette manière.

Il se frotta la nuque et leva les sourcils en la regardant.

— Et comment vas-tu m'en empêcher ?

— Va te faire foutre.

— Tu l'as déjà dit, souligna-t-il. Je commence à m'ennuyer maintenant.

— Oui, bon, c'est le seul truc auquel j'arrive à penser pour l'instant.

Au prix d'un effort herculéen, elle réussit à ne pas river les yeux sur sa braguette.

— Les règles du jeu ont changé. Faut que tu t'y fasses.

Elle examina son expression ténébreuse. La force de sa présence était telle qu'elle sentit les poils de ses bras se dresser. Cela dissipait l'état d'hébétude et d'engourdissement qu'elle avait réussi à atteindre grâce à l'alcool. Il avait un physique extraordinaire. Il était l'incarnation même du prédateur. Son corps modelé par des années de combat était tout en tendons et en veines qui saillaient sur ses muscles puissants. Sa Force était sulfureuse, pesante, la pressait contre le matelas.

Elle essaya de s'asseoir et il se pencha aussitôt sur elle. Il passa un énorme bras sous ses aisselles et l'aida à se redresser.

— Écoute, tu ne peux pas rester, point barre, fit-elle en le fusillant du regard. Tout va bien, j'ai tout géré.

— Tu as reçu un coup de couteau entre les côtes, s'exclama-t-il. (Il aurait aussi bien pu s'adresser à un mur.) La discussion est close. (Il s'approcha de l'autre lit.) Qu'est-ce que tu veux emmener avec toi ?

Elle appuya une main sur son côté.

— Reviens ici que je puisse te flanquer une gifle.

— Oui, c'est ça.

— Je suis sérieuse. Ramène tes fesses.

Et voilà, elle en revenait au sujet qui était en train de devenir son sujet préféré.

— Tu crois vraiment que je vais obtempérer en sachant ce que tu veux faire ? Bon, on va dire que tu veux emporter tous ces vêtements, dit-il en fourrant les affaires dans les sacs.

Il lui tournait le dos. Elle posa ses yeux encore une fois sur ses fesses. Vraiment, c'étaient les fesses les plus sexy qu'elle ait jamais vues. D'abord elle avait pu admirer le devant et maintenant elle avait droit à l'arrière, enfin au derrière en l'occurrence. Moulé dans la toile noire, il était particulièrement alléchant.

Elle le tapota avec appréciation.

— Joli cul, cow-boy.

Elle commença à retirer son portefeuille et il lui attrapa la main. *Rabat-joie.* Elle poussa un soupir en ouvrant les doigts, et il lui donna une petite tape avant de la lâcher.

— Je mets les sacs dans la voiture, je reviens.

Il sortit et c'est alors qu'elle perdit le peu de contrôle qu'elle avait sur sa vie. Dégringolant de la cime euphorique où l'ivresse l'avait fait grimper, elle plongea tête la première dans le tas de neige que l'on a coutume d'appeler l'apitoiement de soi.

Il revint et la souleva dans ses bras. Il était un barbare tellement féroce et pourtant tellement doux avec elle, tellement gentil. Mais elle ne pouvait pas se reposer sur lui. Elle ne pouvait plus jamais se reposer totalement sur quelqu'un.

3

Tiago essaya de comprendre comment il avait pu se fourrer dans un tel pétrin en un jour seulement. Un jour. Vingt-quatre heures. Hier, il était simplement agacé de devoir se tourner les pouces à New York, ou disons de faire des trucs sans importance que n'importe qui d'autre ou presque aurait pu faire. Et ce soir, à Chicago, il ne se sentait plus du tout agacé, mais très franchement désarmé, voire impuissant.

Il arpentait le parking d'un second motel, un *Red Roof Inn*, tout en composant le numéro de Dragos qui répondit immédiatement.

— Je l'ai.

Le dragon laissa échapper un long soupir de soulagement.

— Ouf.

— Elle est blessée. Ça va aller, mais il va falloir qu'elle consulte un médecin sans tarder.

Il expliqua ce qui s'était passé, en tout cas ce qu'il avait trouvé et ce qu'il avait pu déduire de la situation tout en traversant le parking à grands pas.

Les réverbères allumés étaient entourés de halos d'un jaune flou. Une pluie légère s'était mise à tomber et les gouttes d'eau, en traversant la lumière, évoquaient de minuscules météores argentés. De l'asphalte chauffé par le soleil s'échappaient des volutes de condensation dont les arabesques s'enroulaient autour de ses rangers comme s'il se tenait dans le nid de serpents transparents d'une gorgone.

Il s'était éloigné de quelques mètres du bâtiment et il balayait les alentours d'un regard d'aigle. Le motel comportait deux étages et autant de rangées de portes identiques les unes aux autres. Il avait pris une chambre au rez-de-chaussée qui donnait directement sur le parking, de sorte qu'ils puissent s'en aller rapidement en cas de besoin. Il était tard et il n'y avait plus aucun bruit dans le bâtiment. Les capots des voitures garées étaient froids. Arrivé au bout du parking, il rebroussa chemin et reprit sa déambulation.

— Tu as besoin de quoi ? demanda Dragos.

— Envoie une équipe de nettoyage au Motel 6 où elle se cachait. Oh, et puis elle dit qu'elle a laissé une voiture volée dans le parking d'un hypermarché. Elle affirme qu'elle a essuyé ses empreintes sur le volant et la poignée de la portière, mais elle reconnaît qu'elle était à côté de la plaque après l'attaque et qu'elle n'avait pas les idées claires. Il faut nettoyer la voiture et la retourner à son propriétaire.

— Je vais envoyer Tucker. Ne quitte pas.

Il attendit pendant que Dragos donnait des ordres.

— Dragos, il faut que tu m'aides à la calmer avant qu'il y ait un suicide ou un meurtre ici. Elle chiale comme une fontaine. Je peux t'assurer qu'il n'y a rien de pire qu'une fée en dépression.

— Je vois… Attends.

L'ouïe fine de Tiagos entendit Pia qui disait :

— Vous êtes tous des brutes, que veux-tu que je te dise ? Quoi, tu veux que moi je lui parle ? Oh non, non...

Le téléphone avait dû changer de main. Il entendit Pia soupirer.

— Tiago, allô. Je suis tellement contente que tu l'aies retrouvée. Qu'est-ce qui se passe ?

Une autre femelle. Il opina. Bonne idée. Il lui expliqua rapidement le problème.

— Il faut que tu m'aides à mettre fin à ses pleurs, la supplia-t-il.

— Tu viens de me dire qu'elle était ivre. Tu ne crois pas qu'elle va arrêter quand elle sera dégrisée ?

— C'est dans trop longtemps, grogna-t-il.

— Tu as essayé de lui parler ?

Il éloigna le téléphone de son oreille une seconde avec une mine blasée. Est-ce qu'elle était sarcastique ?

— Bien sûr que je lui ai parlé. J'ai fait tout ce chemin pour la retrouver et elle n'arrête pas de me dire de m'en aller. Elle ne voulait même pas que j'examine sa blessure. Qu'est-ce que c'est que ce bordel ?

Il y eut une longue pause.

— Et tu voudrais que je règle ça en lui parlant cinq minutes ? finit par dire Pia.

— Est-ce qu'il n'y aurait pas un moyen pour abréger sa crise ? demanda-t-il d'un ton désabusé. J'essaie juste de trouver un moyen de survivre jusqu'au matin.

Il jeta un coup d'œil à la porte de leur chambre qu'il avait laissée entrouverte. Il l'entendait toujours pleurer.

Le pire, c'était qu'elle essayait de le faire discrètement en étouffant ses sanglots dans son oreiller. Elle croyait probablement qu'il n'avait rien remarqué.

Arrrgh. Il voulait s'enfoncer des pieux dans les oreilles.

— Bon, continua Pia. Gray et moi avons parlé de Niniane aujourd'hui vu qu'on pensait tous à elle. Est-ce que tu sais qu'elle s'est échappée in extremis quand Urien a organisé le coup d'État qui a entraîné le massacre de sa famille ?

Tiago cessa de marcher. Il resserra sa prise sur le téléphone.

— Je savais qu'Urien avait tué sa famille et qu'elle avait fui, mais je ne connais pas les détails.

— Elle avait dix-sept ans, poursuivit Pia. Dix-sept. Est-ce que tu sais qu'elle a vu les cadavres de ses frères jumeaux, puis qu'elle a vu les hommes d'Urien éviscérer sa mère ?

Son estomac se noua. Sa mère, éventrée devant ses yeux. Il se demandait quel âge avaient ses frères. Comment ils avaient été tués. Il dut s'éclaircir la gorge avant de pouvoir répondre.

— Non, je ne savais pas.

— Bon, alors je vais te donner ma recette pour l'apaiser, en cinq minutes donc, fit Pia d'une voix douce. Niniane est terriblement stressée. Quand elle n'était encore qu'une gamine, un membre de sa famille, peut-être même quelqu'un qu'elle avait apprécié et en qui elle avait confiance, a massacré tous les êtres qu'elle aimait. Elle vient maintenant de survivre à une autre tentative d'assassinat, perpétrée encore une fois par un membre de sa famille, et elle doit trouver le courage de retourner dans ce palais où elle a perdu tous ceux qui comptaient pour elle. Alors si tu as essayé de lui parler sur le ton que tu viens de prendre avec moi, Tiago, je te conseille de revenir à New York. N'importe laquelle des autres sentinelles sera contente de te remplacer. *Elles* l'aiment.

Il inspira profondément. Si c'était pas un coup sous la ceinture, ça. Il cessa d'aller et venir et se raidit. Il écouta le rugissement de protestation qui avait fait éruption en lui quand Pia avait parlé de le remplacer. C'était absolument hors de question.

— Tu es toujours là ?

— Oui. Ne quitte pas, gronda-t-il.

Il lutta contre la colère, réussit à la surmonter et reprit la parole d'une voix aussi douce que celle de Pia.

— Personne ne vient me remplacer. Je l'ai trouvée et je vais m'occuper d'elle.

— De la bonne façon, souligna Pia.

— De la bonne façon, répliqua-t-il. (Il leva la tête vers la nuit éclairée par une lampe halogène et sourit un peu jaune.) Pia, tu es une garce. Merci.

— Hé ho, fit Dragos qui était à côté d'elle.

— Tout doux, M'sieur, fit Pia d'une voix un peu étouffée. C'était un compliment. Enfin je crois. (Sa voix redevint claire.) Autre chose, Tiago ?

— Non, répliqua-t-il en se tournant de nouveau vers la porte de la chambre.

— Appelle si l'on peut faire quoi que ce soit.

— Ça marche.

Il raccrocha et rangea le téléphone dans sa poche.

Un instant plus tard, il entrait doucement dans la chambre, fermait et verrouillait la porte. La pièce était silencieuse. Trop silencieuse. Est-ce qu'elle retenait sa respiration ? Il étira son cou pour dénouer un peu les muscles. Ah il avait vraiment fait fort, Dr Cataclysme.

Ses yeux de prédateur s'accoutumèrent rapidement à l'obscurité. La chambre avait un grand lit double, un décor beige sans charme comme tous les motels du pays, et surtout était non-fumeur. Il l'avait spécifiquement demandé. Niniane était recroquevillée sous les couvertures, sa silhouette menue toute ramassée du côté du mur, tout au bord du lit. De toute évidence, elle souhaitait être le plus loin possible de lui.

Il secoua la tête et se laissa aller à une petite fustigation mentale, puis il s'approcha du lit. Il retira ses armes les plus encombrantes, les posa sur la table de chevet et vérifia que son Glock était à portée de main tout en prêtant l'oreille.

Oui, merde. Elle retenait sa respiration.

Il soupira et s'installa sur le lit, par-dessus les couvertures. Elle était étendue sur le côté qui n'était pas blessé.

— Tu as appelé à la mai… New York ?

— Oui, j'ai brièvement parlé à Dragos et à Pia.

Elle tourna légèrement la tête vers lui.

— J'aime beaucoup Pia. Nous n'avons pas eu beaucoup de temps pour apprendre à nous connaître, mais elle va me manquer.

— Elle t'aime beaucoup aussi.

Il se blottit doucement auprès de son corps tendu et l'enveloppa d'un bras. Elle recommença à respirer. C'était une respiration haletante et inégale. Il posa la tête sur son bras replié et l'attira contre lui.

— Ne sois pas gentil avec moi, murmura-t-elle.

— Pourquoi pas ? demanda-t-il interloqué.

Est-ce que Pia ne venait pas de lui dire d'être plus gentil ? Il plongea le nez dans ses cheveux. Elle avait défait ses couettes ridicules et ses cheveux étaient doux. Elle sentait la cigarette, le shampooing aux plantes et aussi cette odeur féminine qui n'appartenait qu'à elle seule, Tricks, Niniane. Peu importait. Il se rendit compte que Niniane était un joli prénom. Un prénom qui lui allait bien.

— Quand tu es gentil, c'est encore plus difficile.

Il se souvint de son départ quelques jours plus tôt, de ses larmes, des accolades et embrassades émues qu'elle avait prodiguées à tout le monde, y compris à lui, avant de partir pour l'aéroport. Il pensa à la jeune fille de dix-sept ans qui avait tout perdu et aux nombreux obstacles auxquels une gamine toute frêle, une Fae traquée, avait dû faire face en 1809 pour se rendre d'Adriyel au sanctuaire que représentait le domaine wyr à New York.

Il pensa à la tentative d'assassinat toute récente et à sa volonté toujours intacte d'aller vivre avec les Faes noires, alors qu'un certain nombre d'entre elles voulaient peut-être la tuer. Et tout cela parce qu'il était tellement préférable d'avoir une personne de cœur et de qualité au pouvoir plutôt que de risquer qu'un autre Urien ne s'empare de la couronne.

Il aurait voulu mettre en pièces Urien encore une fois.

La main de la petite fée n'arrêtait pas de tressauter. Il leva la tête. Il se rendit compte qu'elle crispait les doigts sur les rebords du couvre-lit. Il posa sa main sur la sienne et l'enveloppa avec sollicitude, apaisant le mouvement nerveux. Ses doigts étaient petits, fins et glacés. Elle essaya de retirer sa main, mais il ne la lâcha pas.

— Tu es toujours ivre ? demanda-t-il.

— Je ne sais pas, renifla-t-elle. Je peux de nouveau sentir mes pieds. J'ai mal au côté. Pas trop, je crois.

Elle devait être épuisée. Il détestait la voir souffrir. Il voulait lui proposer un médicament, mais il ne savait pas ce qui était indiqué ou non après toute la vodka qu'elle venait d'avaler.

— Tout va bien se passer, dit-il.

— Bien sûr, dit-elle en bougeant légèrement la tête.

Il ne savait pas comment elle avait réussi à faire sonner de manière aussi sinistre des mots qui étaient censés être optimistes.

— Repose-toi maintenant, soupira-t-il.

— D'accord.

— On parlera sur le chemin du retour, ajouta-t-il.

— Quoi ? fit-elle en levant la tête.

— J'ai dit que je te ramenais à New York. (Il parla d'un ton patient vu qu'elle était manifestement encore sous l'emprise de l'alcool :) Nous aurons le temps de parler sur le chemin.

— Tiago, soupira-t-elle. Je ne retourne pas à New York.

— Bien sûr que si. Ton appartement dans la tour est sûr et nous pouvons établir une protection pour toi pendant que l'on enquête sur cet attentat. Ne t'inquiète pas. Je m'occuperai de tout.

Il essaya de trouver autre chose pour la réconforter, mais il n'était pas psy et il avait l'impression d'avoir couvert l'essentiel. Il la tint serrée contre lui un long moment. Curieux. Il le faisait pour elle, mais cela lui faisait drôlement du bien à lui aussi. Elle était tellement féminine, douce, et si petite. Leurs corps s'épousaient parfaitement dans cette position, lorsqu'il l'enveloppait pour la protéger.

Enfin elle se détendit et sa respiration devint régulière. Elle dormait. Il se détacha doucement d'elle, avec le plus de précautions possible et elle ne bougea même pas quand il se leva.

Il saisit le sac de voyage qu'il avait posé contre le mur et qui contenait des affaires de toilette, des vêtements de rechange, un ordinateur portable léger protégé par un étui et des armes supplémentaires. Il se glissa dans la salle de bains et referma doucement la porte avant d'allumer la lumière.

Il se déshabilla et prit une douche. Après s'être lavé et rincé, il appuya les mains sur la paroi de la douche et laissa l'eau chaude cascader sur son cou et ses épaules. Cela faisait du bien après son long voyage, son long vol. Ses muscles apprécièrent la chaleur. L'eau dégoulinait le long de son visage. Quelle journée.

Il aurait dû faire preuve de jugeote. Écouter Pia, appeler New York et demander à ce qu'on le remplace.

Il aurait dû rejoindre ses troupes et conduire leur nouvelle mission.

Sauf qu'il n'allait pas faire preuve de jugeote.

Il allait faire la seule chose qu'il pouvait faire. Il allait rester et tout arranger pour Niniane. Parce qu'il lui avait promis que tout allait bien se passer. Et parce qu'il n'avait apparemment pas d'autre choix.

Il éteignit l'eau quand elle fut tiède. Il se sécha, enfila un pantalon noir propre et un tee-shirt noir. Il éteignit la lumière avant d'ouvrir la porte. Il attendit un moment pour que ses yeux se réaccoutument à l'obscurité, puis il se glissa dans la chambre et reposa le sac.

Il marqua une pause pour écouter la respiration de Niniane, s'attendant à entendre le même souffle régulier.

Sauf qu'il n'entendait rien et qu'il ne sentait pas sa présence.

Il alluma vivement la lumière.

La chambre était vide. Elle était partie. Elle avait pris ses sacs. Et les clés de la voiture.

Et son Glock.

La fureur l'envahit. *Tu fais chier, Tricks !*

Tiago n'aurait pas pu mieux la torturer s'il avait essayé.

Venir jusqu'à Chicago pour la retrouver et s'assurer qu'elle allait bien. Être sauvage, barbare, et sexy.

Elle pouvait gérer tout ça. Elle avait vécu avec ce divertissement sous les yeux pendant deux cents ans. Toutes les sentinelles de Dragos étaient sauvages, barbares, et sexy. Même cette garce d'Aryal, la harpie, pour qui elle éprouvait peut-être un minuscule béguin. D'une manière totalement hétéro hein, on s'entend. Enfin bref.

Mais Tiago s'était mis à être gentil. Elle ne se doutait même pas qu'il avait ça en lui. Elle avait pensé qu'il n'avait que deux modes de fonctionnement, le mode tueur et le mode insensibilité.

La sentinelle, seigneur des guerriers, doux avec elle. Cela la mettait dans un état indescriptible et lui brûlait la peau comme s'il l'avait recouverte d'acide.

Il s'était glissé derrière elle sur le lit dans l'obscurité. Il l'avait enveloppée de son corps puissant et musclé et lui avait donné le sentiment d'être en sécurité, au chaud et protégée. Il lui avait caressé la main comme s'il se souciait vraiment d'elle. Et tout cela l'incitait à le fuir le plus vite possible.

À quoi pensait-il ? Il était hors de question de retourner à New York. Elle ne pouvait pas revenir en courant dans le domaine wyr simplement parce qu'il y avait eu un contretemps fâcheux. Ce serait un suicide politique. Elle donnerait l'impression d'être faible et incapable de régner, non seulement aux yeux des Faes noires, mais aux yeux de tous les autres domaines.

Il lui avait dit que tout irait bien. *Pff*.

Comment est-ce que tout pourrait bien aller ? Et pendant combien de temps ? Quelques jours, quelques semaines ou aussi longtemps qu'il déciderait de l'aider ? Et ensuite ?

Il reprendrait sa vie, voilà, et la laisserait régner en monarque solitaire. Bon, ceci dit, elle avait bien une centaine de cousins. Certains étaient sûrement des citoyens modèles, mais elle pariait qu'un bon nombre d'entre eux devaient être aussi ambitieux que Geril ou son oncle Urien.

Idiot de Wyr. *Rien* n'allait.

Elle ne pouvait pas fuir à New York. Maintenant qu'elle n'était plus ivre ni en état de choc, elle savait qu'elle ne pouvait fuir nulle part ailleurs non plus. Toutes les chaînes de télé diffusaient la même chose à la fin de la soirée. La police humaine et les autorités représentant les Faes noires collaboraient en vue de déployer d'immenses ressources pour la retrouver.

Elle avait eu sa pause et une chance de remettre de l'ordre dans ses idées et maintenant il fallait qu'elle retourne au Regent et se réunisse avec la délégation de Faes noires. Il n'y avait pas d'autre option réaliste. Quand elle avait pris la décision de révéler publiquement sa véritable identité, elle s'était engagée sur une voie de non-retour.

La délégation était une triade traditionnelle constituée des trois représentants les plus puissants du gouvernement des Faes noires. Le premier était Aubrey Riordan, qui appartenait à une branche éloignée de l'arbre labyrinthique de la famille Lorelle. Aubrey était déjà âgé à la naissance de Niniane et s'était retiré de la vie publique environ quinze ans avant le massacre de sa famille. Urien avait nommé Aubrey au gouvernement à la fin des années cinquante.

L'épouse d'Aubrey, Naida, ne faisait pas partie du groupe qui avait accueilli Niniane à son arrivée à

Chicago. Naida était beaucoup plus jeune que son mari. Niniane avait hâte de la rencontrer et de pouvoir discuter avec quelqu'un qui n'était pas aussi investi dans la politique du royaume.

Le deuxième membre de la délégation était le commandant Arethusa Shiron, la chef actuel des forces militaires des Faes noires. Arethusa était une femme peu bavarde, au regard froid et dont la seule présence intimidait Niniane. Le troisième était le juge Kellen Trevenan. Kellen était une exception parmi les Anciens : il était tellement vieux que ses cheveux avaient blanchi.

Les trois membres de la délégation étaient avant tout des survivants coriaces. Ils avaient tous traversé le règne de son père Rhian. Ce dernier avait été un souverain progressiste qui avait embrassé le changement et œuvré au développement des relations entre les Faes noires et la population amérindienne depuis longtemps installée, mais aussi avec le nombre croissant de colons européens qui avaient essaimé sur le continent après la Révolution américaine à la fin du dix-huitième siècle.

Les membres de la délégation avaient survécu au coup d'État mené par Urien contre son frère. Urien était le chef d'une faction conservatrice des Faes noires qui était opposée à la politique d'ouverture de Rhian face aux énormes vagues d'immigration européenne.

Pour autant qu'elle le sache, aucun de ces trois représentants n'avait pris part au coup d'État. Ils avaient été témoins de l'ascension d'Urien au pouvoir. Ils avaient non seulement connu son règne ségrégationniste qui avait isolé la société des Faes noires du reste du monde, mais avaient accédé à des postes au pouvoir immense. Ils étaient maintenant témoins d'un nouveau changement dans la monarchie.

Si elle ne voulait pas croire qu'ils puissent être impliqués dans la tentative d'assassinat, elle ne pouvait nier toutefois qu'ils auraient pu en être responsables, soit individuellement, soit en collusion les uns avec les autres. Il était également possible qu'ils n'aient absolument rien à voir avec l'attentat et que son cousin Geril et ses complices aient agi de leur propre chef. L'attaque pouvait aussi avoir été fomentée par quelqu'un d'autre.

Cela avait déjà été une épreuve en soi de faire face à la délégation lorsqu'elle était arrivée à Chicago. La perspective de les affronter de nouveau la rendait nerveuse. Elle avait l'estomac noué et les mains moites. Les Faes noires étaient connues pour leurs subterfuges et leurs secrètes allégeances politiques, et elle était partie depuis si longtemps qu'elle était devenue totalement étrangère à cette société. Ce qu'elle savait de son héritage pouvait tenir dans un court article d'encyclopédie. Quelques souvenirs et émotions d'adolescente agrémentaient ses maigres connaissances. C'était des clichés sépia, vieux de deux cents ans, qui montraient une culture et un gouvernement qui remontaient à la nuit des temps et dont la complexité était byzantine.

Une partie déloyale de son être n'aspirait qu'à retrouver le seul havre de paix qu'elle ait connu pendant des siècles, et cette partie n'arrêtait pas de geindre. Pourtant même *elle* trouvait que retourner à New York serait un signe de faiblesse.

Elle se disait qu'elle avait dû être heureuse là-bas, enfin pas malheureuse en tout cas. Elle avait eu une espèce de famille adoptive. Ils avaient réussi à éloigner les menaces qui pesaient sur elle et elle avait pu connaître un bien-être certain, à défaut de la sérénité. En vivant entourée de gardes du corps et toujours sur le qui-vive, elle ne s'était jamais sentie vraiment libre, mais nombreux étaient ceux qui vivaient sous la menace constante d'une guerre, et ils étaient bien plus entravés par la pauvreté et l'absence de perspectives qu'elle. Si elle n'avait pas toujours apprécié les contraintes de son existence à New York, elle avait toujours eu conscience de la chance qu'elle avait d'avoir des ressources, du point de vue affectif aussi bien que financier, de subvenir à ses besoins de manière plus que confortable, et de satisfaire son désir maladif d'acheter des chaussures.

Mais aussi intense que puisse être son désir de revenir à New York et de retrouver la sécurité de son ancienne vie, elle ne pouvait se permettre d'accabler les Wyrs de tensions politiques qui n'étaient pas les leurs, pas après qu'ils lui eurent si généreusement offert un asile, un refuge, un foyer. Dragos avait suffisamment de trucs à gérer en ce moment. Il devait s'accoutumer à la grossesse de sa compagne tout en gérant les conséquences de son entrée illicite dans le domaine des Elfes et aussi les potentielles répercussions politiques entraînées par la mort d'Urien.

Elle savait très bien ce qu'elle avait à faire. Il fallait qu'elle prenne sur elle et qu'elle retourne au Regent, et qu'elle aille de l'avant, qu'elle affronte cette vie peu réjouissante aussi longtemps que possible. Pourquoi tournait-elle ainsi en rond dans ce quartier ? Elle n'arrivait pas à croire qu'elle s'était complètement paumée. Elle ne s'était pas rendu compte de son état de confusion avancé. Elle sentit sa gorge se serrer et sa vision se troubler. Elle se frotta les yeux.

Elle freina et s'arrêta à une intersection avec quatre panneaux d'arrêt. Elle ne s'était pas sentie capable d'affronter l'autoroute qui passait à côté du motel et elle avait choisi de traverser une zone résidentielle. Des maisons modestes et des rues bordées d'arbres et festonnées de bandes pâles de trottoir. Presque toutes les maisons étaient sombres et silencieuses.

Elle adorait les quartiers de ce style. Ils étaient tellement exotiques pour elle. Des familles entières vivaient dans ces maisons. Les parents partaient travailler et les enfants montaient dans des autobus jaunes et allaient à l'école. Ils dînaient tous ensemble pendant que des machines à laver tournaient. *Imagine : laver soi-même son linge. Quel bonheur !*

Parfois, au moment de Noël, elle se rendait subrepticement dans des quartiers résidentiels similaires à celui-ci. Elle déambulait dans les rues et jetait des coups d'œil chez les gens qui recevaient de la famille et des amis pour les Fêtes ; elle s'émerveillait des sapins décorés et chatoyant d'or, de rouge et de vert, enguirlandés de mille couleurs et de lumières clignotantes ; elle se demandait ce que cela pouvait bien faire de goûter à la beauté d'une telle vie, aussi ordinaire qu'inaccessible.

La pluie fine s'était intensifiée. Elle chercha des yeux sur le tableau de bord du 4 × 4 le bouton qui lui permettrait de mettre en marche les essuie-glaces. Wow, c'était une voiture vraiment cool, une hybride. Elle ne comprenait pas la moitié de ce que le tableau de bord indiquait. Il était 3 h 32 d'après la pendule.

Tiago devait être à sa poursuite et absolument furieux. Elle avait presque l'impression de sentir son souffle brûlant derrière elle. Les poils du duvet de sa nuque se dressèrent. L'atmosphère était électrique.

Peut-être qu'elle aurait dû s'arrêter pour prendre un petit déjeuner. Si elle était dans un restaurant, il ne pourrait pas hurler après elle, non ? Et puis ce serait impoli de se présenter au Regent au petit matin accompagnée d'une sentinelle wyr hors d'elle. Elle réveillerait des gens et causerait un scandale.

Elle accéléra et chercha une allée qui lui permettrait de faire demi-tour. Elle se souvenait d'être passée devant une crêperie peu de temps avant. Se bâfrer de crêpes aux fraises et à la crème Chantilly la réconforterait et, qui sait, résoudrait peut-être tous ses problèmes. Bon, d'accord, c'était peut-être exagérer un peu la vertu des crêpes, mais elle était prête à tenter le coup.

Un vent violent se leva soudain, fouettant les arbres environnants. Des éclairs zébrèrent le ciel. Une lumière blanche éblouissante imprima des zigzags sur sa rétine au moment où la foudre frappa un arbre. Le roulement de tonnerre qui accompagna la salve fit le bruit d'une bombe. Le choc agressa ses tympans et secoua le véhicule. Elle sursauta tellement fort qu'elle faillit perdre le contrôle de la voiture.

À une vingtaine de mètres devant elle, un immense oiseau de proie dont l'envergure devait faire près de dix mètres plongea. Pendant un centième de seconde, les phares du 4 × 4 se braquèrent sur lui et le spectacle fut hallucinant : d'énormes ailes déployées et des serres tranchantes de la longueur d'une épée. Il avait la forme d'un aigle royal mais il était d'un noir aussi sombre que la nuit.

Des éclairs étincelaient dans ses grands yeux farouches. Il y eut un roulement de tonnerre au moment où il se métamorphosa en plein ciel et atterrit sous la forme d'un colosse au visage aquilin en treillis noir et rangers. Il s'avança vers elle. La rage transformait son corps en une arme redoutable.

Elle poussa un hurlement et appuya brutalement sur les freins, si bien que la voiture dérapa. Tiago bondit en avant. Ses mains frappèrent le capot avec la force de deux marteaux de forgeron.

Il bloqua net la course du véhicule.

Elle resta figée, les yeux rivés sur lui, la bouche ouverte. Le moteur puissant et hybride du véhicule poussa une espèce de gémissement et cala.

Tiago s'approcha de la portière du conducteur et l'ouvrit en l'arrachant presque. Il agrippa le rebord du toit des deux mains et la fusilla du regard. Il était trempé. Elle le regarda avec des yeux écarquillés alors qu'une goutte de pluie glissait le long d'une pommette dure qu'un muscle faisait frémir.

Sa blessure était trop douloureuse pour lui permettre de boucler la ceinture de sécurité. Elle pivota doucement en grimaçant pour lui faire face. La pluie inonda ses jambes et ses bras nus.

Peut-être que le moment était venu de faire le coup du charme ingénu. Elle fit une moue adorable, plissa le front et d'une petite voix tremblante dit :

— J'ai pô fait exprès…

Cela n'eut pour seul résultat que de le mettre apparemment plus en colère. Pire, il avait l'air vexé.

— N'essaie pas de me manipuler avec ton numéro à la noix de femme-enfant sexy, dit-il avec hargne.

Elle se recula en fronçant les sourcils avec inquiétude.

— Mais, et si ce n'était pas un numéro et que j'étais bien tout ça ?

La prise qu'il avait sur le toit de la voiture faisait saillir les muscles de ses bras et de sa poitrine. Il respirait vite. Il baissa son regard où dansaient des éclairs et s'immobilisa.

Elle baissa les yeux à son tour en se demandant ce qu'il voyait. Quand elle avait quitté la chambre du motel, elle s'était dit que vivacité et vélocité étaient autrement plus importantes que des vêtements décents, et elle était donc toujours en boxer et tee-shirt court. La pluie avait eu vite fait de la tremper sur tout le devant du corps et le froid et l'humidité avaient fait dresser les pointes de ses seins qui étaient tout ce qu'il y a de plus visibles sous le tissu fin du tee-shirt et du soutien-gorge.

Elle releva la tête et contempla son visage fermé.

— C'est pas de ma faute, c'est ce que je voulais dire...

Il passa la tête et les épaules dans l'habitacle tout en l'attrapant par la nuque. Sa bouche ouverte plongea sur la sienne. Il fouillait déjà profondément sa bouche de sa langue quand elle comprit vraiment ce qui se passait.

Elle émit un petit gémissement de surprise qu'il avala et lui rendit dans un grondement rauque qui lui donna la chair de poule. La force de son baiser poussa la tête de Niniane contre la main qui tenait toujours sa nuque. Elle était coincée entre sa main et sa bouche. Elle agita les mains et se cramponna à son tee-shirt trempé.

Son baiser était brutal, affamé, mais il la tenait avec douceur. Il passa un bras autour de sa taille et la tira en avant jusqu'à ce qu'elle soit perchée tout au bord du siège. Il la maintint en place, un bras autour de sa taille et une main sur sa nuque, tandis qu'il s'insinuait entre ses jambes et collait son large torse contre le sien, tout en continuant à explorer sa bouche et à savourer des lèvres charnues, rendues molles par la stupéfaction.

Le goût et la texture de Tiago assaillaient littéralement les sens de Niniane. La pluie froide glissait sur les lèvres chaudes et exigeantes du Wyr. La toile de son jean était rugueuse contre la peau tendre de l'intérieur de ses cuisses et elle sentait quelque chose de dur, d'enflé et de long presser contre son bassin. Elle le sentit bouger quand il aspira une goulée d'air. Il était immense de partout, son corps faisait deux fois le sien.

Elle n'aurait pas pu l'arrêter si elle avait même essayé.

Elle ne voulait pas essayer. Elle se détendit, abandonnant avec confiance son corps à ses mains fermes. Elle leva la tête vers lui, les yeux clos et elle lui rendit son baiser avec toute la passion ardente qu'elle avait emmagasinée.

Tiago sentit la tension s'évanouir du corps gracile de la créature entre ses bras tandis que sa redoutable petite bouche gonflée et que sa langue agile se mettaient à danser avec les siennes. L'abandon de son corps était tellement érotique qu'il faillit jouir.

Bordel de merde. Il se sentit sombrer dans le vide.

Qu'est-ce qu'il lui prenait, nom de nom ?

Elle était blessée. Attention, pas de frénésie permise. Elle suçait sa langue alors qu'il explorait sa bouche. Ses jambes fines et blanches s'étaient enroulées autour de sa taille. Bon, peut-être un petit peu de frénésie quand même. Il grogna et frotta son érection contre l'arc délicieusement accueillant que formait son bassin. Il voulait prendre dans ses mains ses splendides seins et lécher l'anneau d'or qui traversait son nombril. Il voulait l'écarteler et la dévorer avec l'intensité d'un homme qui se meurt de désir.

Des doigts délicats s'enfoncèrent dans ses cheveux courts et mouillés. Il sentit la minuscule piqûre d'ongles, comme des griffes de chaton, sur son cuir chevelu. Il voulait qu'ils griffent son dos nu. Il voulait qu'elle fasse couler son sang, qu'elle hurle et jouisse dans ses bras. Il se mit à haleter. Elle était brûlante, mais de violents frissons secouaient son corps si menu.

La raison fracassa soudain le délire qui le traversait. Il réussit à retirer sa bouche de la sienne en suffoquant presque, releva légèrement la tête pour accueillir la pluie et enfouit le visage de Niniane dans son cou.

— Bon sang, siffla-t-il. Je suis désolé.

— Évidemment, marmonna-t-elle. Rien ne va pour moi aujourd'hui, rien. Alors pourquoi ce moment devrait-il être différent ?

Il posa un regard courroucé sur le sommet de la tête de Niniane. Qu'est-ce qu'elle voulait dire par là ?

Elle appuya son nez dans le creux qui faisait la jonction entre son cou et son épaule alors que ses tremblements augmentaient encore. Il se passait trop de choses dans son corps. Sa blessure semblait en feu. La Fae était brûlante et frigorifiée en même temps. Une faiblesse envahit tous ses membres et la palpitation violente entre ses cuisses fit naître des idées folles dans sa tête. Par exemple, combien il aurait été facile de tirer la fermeture Éclair de son treillis et de prendre cette grosse queue dans sa main. À quel point elle voulait explorer l'étrange terrain de sa chair et le pomper jusqu'à ce qu'il éjacule partout sur elle. Sa respiration se fit courte.

Une voiture approcha et les balaya de ses phares. Il la souleva du siège conducteur, fit le tour de la voiture et la déposa sur le siège passager. Puis il s'installa au volant et remit le contact afin de pouvoir garer la voiture le long du trottoir. Le moteur était encore chaud et il mit le chauffage au maximum avant de se retourner vers elle.

Elle était complètement débraillée. La femme-enfant sexy ressemblait davantage à une noyée.

L'eau faisait briller ses cheveux noirs qui étaient aplatis contre son crâne, et ses magnifiques mamelons érigés – Dieu du ciel – évoquaient de sombres petits cailloux sous le tee-shirt franchement bandant. Elle tremblait. Il se pencha au-dessus d'elle en serrant les dents afin de pouvoir atteindre l'un des sacs qu'elle avait jetés sur la banquette arrière. Ne se souciant pas de ce qu'il saisissait, il sortit un vêtement et entreprit de frotter ses jambes et ses bras nus.

— Je n'avais pas du tout prévu que les choses se passeraient ainsi, marmonna-t-elle.

— Je préférerais que tu n'entres pas dans les détails, répliqua-t-il.

— D'abord, j'allais garder le contrôle de la voiture. (Elle claqua des dents et repoussa sa main.) Et voilà, tu recommences à être gentil. Arrête ça.

— Quoi, tu préférerais que je te maltraite ? gronda-t-il. Ça peut s'arranger. Continue à me provoquer, et tu verras.

— Te provoquer ? (Elle pouffa.) Ne me tente pas. Tu ne m'as pas vue quand je suis en forme.

Il la regarda en levant un sourcil d'un air narquois.

— Je crains que tu n'aies raison pour le coup.

Elle lui arracha des mains le jogging qu'il tenait pour se sécher elle-même. Le coton était épais et absorbant. Elle aurait bien voulu l'enfiler mais elle se dit que le mouvement de torsion nécessaire pour le remonter jusqu'à sa taille lui ferait trop mal. Elle se contenta de sortir un tee-shirt du sac.

Tiago posa ses mains sur les siennes.

— Je sais que tu as mal, fit-il, oubliant sa mauvaise humeur. (Il avait normalement une voix de guerrier, puissante, profonde, et pénétrante, mais les mots furent prononcés sur un ton d'une telle douceur qu'elle en fut toute retournée.) Laisse-moi t'aider.

Il avait raison ; elle avait mal et elle tremblait toujours comme une feuille. Elle se mordit les lèvres et opina. Il l'aida à enfiler le tee-shirt en veillant à guider son bras du côté blessé.

— Merci, réussit-elle à articuler.

— Où est-ce que tu allais, au fait ?

— Je voulais des crêpes avec des fraises et de la crème Chantilly.

Elle renifla en étalant le pantalon de jogging sur ses genoux pour se réchauffer.

— Tu es partie pour aller prendre un petit déjeuner ?

Son expression cynique indiquait qu'il n'en croyait rien.

Elle leva les yeux au ciel.

— Je suis partie pour m'éloigner de toi.

— Tu dois encore être bourrée si tu pensais pouvoir me fausser compagnie, coupa-t-il. Tu n'avais aucune chance.

Non. Elle fit des yeux ronds.

— En attendant, j'ai quand même pu te piquer ta voiture et ton revolver.

Il ne sembla pas apprécier la remarque, à en juger par son expression. Son regard aurait pu décaper un mur. Qu'est-ce qui lui prenait, bon sang ? Elle narguait un oiseau-tonnerre de très mauvaise humeur, nom d'un petit bonhomme.

Elle s'efforça de retrouver un semblant de raison.

— Écoute, fit-elle. Il est hors de question que je retourne à New York. Je n'ai pas le courage de continuer à argumenter avec toi sur le sujet. Est-ce que tu peux m'offrir un petit déjeuner et puis me ramener au Regent ?

L'attention de Tiago se détourna d'elle et il suivit des yeux une voiture qui venait de les dépasser. Le rouge des lumières de freinage du véhicule brilla dans la nuit pluvieuse.

— Qu'est-ce que tu as fait du Glock ? demanda-t-il d'un ton calme.

Elle sentit son estomac se nouer, plongea la main dans un des sacs et posa l'arme sur sa paume tendue. La voiture qui avait attiré l'attention de Tiago effectua un demi-tour en faisant crisser ses pneus.

Il sortait déjà du 4 × 4 et se déplaçait tellement vite qu'il n'était plus qu'une masse indistincte. Il s'adressa à elle télépathiquement :

— *Verrouille les portières et couche-toi par terre. IMMÉDIATEMENT, Tricks.*

« Dr Cataclysme » n'était pas juste un surnom qu'elle avait inventé comme ça. C'était ainsi que les autres sentinelles appelaient Tiago derrière son dos. Il était une machine à tuer et à détruire, prompt à se mettre en colère et doué d'une Force immense.

Elle avait des années d'expérience de travail avec les sentinelles wyr qui l'escortaient chaque fois que le niveau de menace à son égard nécessitait qu'elle soit accompagnée de gardes du corps. Elle savait quand il fallait se battre, quand il fallait fuir et quand il fal lait éviter de se retrouver dans la ligne de mire.

Elle n'était pas une très vieille fée et n'était pas extrêmement puissante. Sa Force, loin d'être aussi formidable que celle de Tiago, lui permettait juste de passer dans une Autre Contrée ou de communiquer par télépathie, ce que n'importe quel individu, Ancien ou même humain, était en mesure de faire s'il détenait la moindre étincelle de magie. Elle avait aussi un don, un attribut qui lui donnait parfois un avantage décisif au cours de négociations ou de réunions sociales épineuses : le charisme. Mais ce trait ne valait rien dans des situations de vie et de mort. Elle était frêle et blessée. Ses aptitudes d'autodéfense étaient plus de l'esbroufe que des talents innés.

Tout ce qu'elle savait, elle le devait à des années d'entraînement patient et acharné avec les sentinelles. Certes, elle pouvait se battre, mais elle préférait en général le faire quand son adversaire lui tournait le dos. Enduire ses stylets de poison était juste un moyen de rétablir l'équilibre d'une balance par trop inégale. Pour l'heure, ce n'était pas le moment de se battre, c'était le moment d'obéir et de ne pas se faire voir.

Elle verrouilla les portières et se recroquevilla sur le sol de la voiture en se couvrant la tête de ses bras et en essayant de se faire la plus petite possible. Sa blessure l'élança avec une telle violence qu'elle eut l'impression que la douleur se propageait tout le long de sa colonne vertébrale. Elle sentit un flot de chaleur sur sa peau glacée comme le sang se remettait à couler. Pour l'heure c'était le cadet de ses soucis.

Elle détestait ces moments, quand quelqu'un qui comptait à ses yeux risquait sa vie pour elle. Peu importait le nombre de fois où elle s'était retrouvée dans une telle situation, c'était toujours aussi difficile.

— Sois prudent, murmura-t-elle à Tiago. Fais attention.

C'est alors que les coups de feu retentirent.

4

La fusillade ne dura pas. Ce qu'elle entendit ensuite fut incompréhensible et tout aussi effrayant. Il y eut un grand bruit d'éclat de verre, puis un cri de rage suivi d'un hurlement de douleur.

Après ce qui lui sembla une éternité, mais ne dura que quelques secondes, Niniane n'y tint plus. Elle enfreignit une règle capitale et désobéit à son garde du corps. Elle se dressa sur un genou et jeta un coup d'œil par la fenêtre zébrée par la pluie.

Les phares du 4 × 4, ceux de l'autre voiture, et la lueur des réverbères créaient un éclairage haché et rempli de zones d'ombre. Mais la stature menaçante et toute en noir de Tiago était distincte. Il était en train d'écraser violemment sa botte sur la tête d'une silhouette étendue à terre. Elle tressauta, puis se figea.

Elle se couvrit la bouche et déglutit avec difficulté. Il y avait une autre silhouette affalée au volant. La fenêtre du conducteur était criblée d'impacts de balles.

Elle balaya la scène du regard. La tradition des Faes noires de travailler en triades ne s'arrêtait pas aux regroupements légitimes de membres du gouvernement. Mais s'ils se trouvaient confrontés à une triade de Faes noires, où était la troisième ?

Elle pressa une main sur sa blessure, grimaça et haleta en entamant le processus douloureux et pénible de se hisser afin de s'installer au volant. Elle ne pouvait pas se montrer d'une grande aide, mais elle pouvait peut-être se préparer à démarrer et à fuir s'il le fallait.

Cachée dans des buissons, une silhouette sombre surgit des ténèbres. Elle en eut le souffle coupé et laissa échapper un petit cri. C'était une silhouette plus petite, moins imposante que Tiago ; elle se déplaçait à une vitesse folle tout en lançant quelque chose dans sa direction.

Mais le guerrier était tout à fait conscient de la menace et parait déjà l'attaque. Il plongea sur le côté et ouvrit le feu sur son adversaire au moment de toucher le sol. L'assaillant vacilla, puis s'écroula. Tiago effectua un roulé boulé. D'un bond surhumain, il fut sur sa victime, qui devait être déjà morte car il se redressa presque aussitôt. Il contempla son assaillant un long moment, puis fit volte-face et examina les alentours d'un air furieux. Ses yeux de rapace étincelèrent étrangement quand il se tourna vers elle et que les phares de la voiture l'éclairèrent.

— C'est réglé, déclara-t-il. (Il savait très bien qu'elle pouvait l'entendre grâce à son ouïe extrafine.) Et tu ne discutes pas, cette fois. Nous retournons à New York où je sais que je peux garantir ta sécurité.

Elle regarda son visage ulcéré tandis qu'il se dirigeait vers la voiture à grands pas. Elle tendit le bras vers le bouton qui verrouillait les portières et hésita. Puis elle ramena sa main et laissa les portes verrouillées.

Tiago tira sur la portière pour l'ouvrir. Il donna un coup de poing sur la voiture.

— Qu'est-ce que tu fous encore ?

— Tu ne m'emmènes nulle part, lui dit-elle.

— Tu es cinglée. Ouvre cette putain de portière.

Elle plongea les yeux dans son regard farouche et secoua la tête. Elle savait qu'il ne casserait pas la vitre et ne ferait rien qui risque de la blesser. Elle toucha la vitre contre laquelle son poing était plaqué. Elle désirait tellement le laisser la ramener à la maison et mettre un terme à ce cauchemar, mais elle savait que ce n'était pas possible. Elle embraya et démarra.

Tiago la regarda s'éloigner, les poings serrés posés sur les hanches. Comme elle le regardait dans le rétroviseur, un éclair éblouissant frappa le bitume à ses pieds et la scène clignota en noir et blanc.

— Tu fais CHIER, Tricks ! rugit-il.

Elle conduisit en se concentrant, veillant à ne pas dépasser la limitation de vitesse et attentive à l'Oiseau-Tonnerre furieux qui volait au-dessus d'elle. Elle était aussi passablement perdue. Elle finit par renoncer au bout de quelques minutes à essayer de s'orienter et elle entra sa destination dans le système GPS.

Le trajet fut une horrible et interminable épreuve. Elle faillit arrêter la voiture à deux ou trois reprises et laisser Tiago prendre le volant. Ses frissons avaient repris de plus belle et la secouaient de l'intérieur, sa peau lui faisait mal. Puis son cœur se mit à battre trop vite comme si elle courait et sa vision se troubla. Elle cramponna le volant de toutes ses forces, craignant de lâcher prise, ne serait-ce qu'une seconde.

L'hôtel Regent était situé dans le quartier de la Gold Coast de Chicago, non loin du nord de la ville, un quartier historique qui avait surgi après le Grand Incendie. Situé à quelques rues seulement du Magnificent Mile, le quartier commerçant sur Michigan Avenue, le Regent était un hôtel de luxe avec des pièces lambrissées en acajou, des meubles anciens, des œuvres d'art, des cheminées et un charme désuet que les Anciens appréciaient particulièrement.

Elle s'engagea enfin dans la petite rue à sens unique où était situé l'hôtel et elle vit sa marquise bien éclairée. Il y avait aussi une foule de gens massée tout autour, s'abritant tant bien que mal sous des parapluies et des auvents tout en discutant et en buvant du café.

Des équipes et des véhicules envoyés par des chaînes de télé. Évidemment.

Et puis il y avait Tiago, appuyé contre un lampadaire, avec sa physionomie de tueur, les yeux rivés sur la circulation dans la rue. Immense et immobile comme il l'était, tout en noir et totalement concentré sur elle, il avait une allure satanique. Elle essaya de ne pas se laisser impressionner ni émouvoir en le voyant et elle détourna le regard, mais le savoir présent augmentait sa maladresse. Il avait l'air si sauvage. *Non, sexy. Non, sauvage. Oh, pour l'amour du ciel.*

Elle dirigea avec précaution la voiture vers le trottoir et se gara illégalement devant une borne d'incendie.

— Grand Wyr féroce et terrifiant, murmura-t-elle. Je n'ai pas peur de toi.

Tiago la regarda en baissant légèrement la tête, si bien que l'angle de ses sourcils devint plus prononcé tandis que la lumière du réverbère au-dessus de lui projetait des ombres tranchantes sur ses traits anguleux.

Elle sentit la peau de son cou la picoter.

— Tu ne m'entends pas murmurer depuis l'autre bout de la rue, quand même ?

Il inclina la tête pour indiquer qu'il l'entendait effectivement. Une salve d'adrénaline la traversa. Son organisme était plus sage et plus futé que sa cervelle dérangée et lui rappelait que les traits déformés par la rage de Tiago étaient la dernière chose que de nombreuses créatures avaient vue avant de mourir.

Les clés du véhicule s'entrechoquèrent quand elle coupa le contact de ses doigts tremblants. L'adrénaline n'était déjà plus qu'un souvenir et elle avait l'impression que ses muscles étaient en pâte à modeler. Elle s'affaissa sur le siège. Même respirer lui était douloureux.

On frappa un petit coup à la fenêtre. Elle s'efforça de relever la tête. Tiago était là. Son expression de tueur sous l'emprise de la colère s'était muée en une inquiétude profonde. Il aplatit une main sur le verre. Elle était aussi grande qu'une assiette.

— Petite fée, dit-il. Niniane. S'il te plaît, ouvre la portière, tout de suite.

Elle leva un bras qui lui donnait le sentiment de peser une tonne et appuya sur le bouton qui permettait de déverrouiller les portières. Il ouvrit vivement la porte et se pencha sur elle. Il fronça les sourcils, posa une main sur son front, et sursauta.

— Tout le monde veut Niniane Lorelle, fit-elle. (Sa voix lui semblait toute minuscule et bizarre et elle résonnait à ses propres oreilles.) Mais qu'est-ce que je m'imagine ? Elle est morte il y a longtemps cette fille. Tricks va tout simplement devoir faire semblant.

L'expression de Tiago s'adoucit d'une manière telle qu'elle n'aurait jamais pu le croire possible si elle ne l'avait pas vu de ses propres yeux. Le tueur satanique se métamorphosa en un homme d'une grande beauté, inquiet.

— Niniane n'est pas morte. (Il lui caressa les cheveux.) Elle s'est juste cachée pendant très longtemps. C'est une femme belle et courageuse qui a besoin d'un médecin et de soins.

— Je sais que c'est infecté.

Elle suivit des yeux un homme dans la foule qui les avait remarqués et s'approchait de la voiture. Quelques autres personnes le rejoignirent, puis d'autres encore. Un tremblement fit tressauter ses membres et sa respiration devint saccadée. Elle saisit le puissant poignet de Tiago et plongea un regard suppliant dans le sien.

— Je t'en prie, ne me laisse pas tant que je ne vais pas mieux, reprit-elle. Je ne peux pas affronter tout cela seule et malade. Tu es la seule personne en qui je puisse avoir confiance.

Le masque implacable du tueur se peignit de nouveau sur ses traits alors qu'il fusillait du regard la foule qui s'amassait autour d'eux.

— Tu ne pourrais pas me faire partir même si tu essayais, répliqua-t-il. Et tu te rappelles peut-être, petite fée – que tu as déjà essayé. Alors détends-toi, je m'occupe de tout.

Elle hocha la tête. Il déposa un baiser furtif sur son front et sortit de la voiture. Il saisit le Glock qu'il avait glissé dans sa ceinture et le braqua sur la foule. Les gens s'arrêtèrent net.

— Sa Majesté a survécu à deux tentatives d'assassinat en moins de trente-six heures, tonna-t-il de sa voix de guerrier. Ne commettez pas l'erreur de penser que je ne vais pas tirer, car je le ferai. Reculez sur-le-champ.

La foule obtempéra ; tous les regards étaient rivés sur lui. Niniane le regardait elle aussi. Il était l'incarnation même de la virilité, depuis son corps puissant à son visage aux traits anguleux, en passant par ses yeux durs et étincelants et ses cheveux d'un noir de jais qui brillaient sous la pluie. Elle sentit ses dernières forces la quitter alors qu'elle se détendait enfin. Il allait s'occuper de tout.

— Merci, souffla-t-elle.

Une lueur dans les yeux, une contraction fugace au coin des lèvres.

— Tout le monde – traversez la rue. Maintenant.

Elle avait dû sombrer un instant car ils étaient désormais soudain entourés de policiers en uniforme. Elle sursauta. Son corps épuisé essayait d'analyser un nouveau motif d'alarme, mais quelque chose avait dû se passer dont elle n'avait pas eu conscience. La police avait reconnu Tiago et ne l'importunait pas, au contraire, mais l'aidait. Ils leur ouvrirent un chemin jusqu'à l'hôtel.

Tiago se pencha encore une fois dans le 4 × 4 afin de glisser ses bras sous les épaules et les genoux de Niniane. Elle enfouit son visage dans son cou tandis qu'il la serrait contre son torse formidable. Des flashes fusèrent, éclairant fugitivement la nuit comme des lucioles. La Force de Tiago l'enveloppait, faisait autour d'elle une couverture chaude, masculine, et inépuisable d'énergie. Elle se concentra sur son odeur, sur sa solidité qui tenait à distance le chaos et le danger. *Merci. Merci.*

Des membres du personnel de l'hôtel, en uniforme, lui tinrent les portes ouvertes quand il entra dans le Regent d'un pas rapide. Il se dirigea vers la réception, terriblement conscient de la minuscule créature qui tremblait dans ses bras. Elle semblait si vulnérable. La rage l'envahit de nouveau en repensant aux séquences filmées de son attaque.

Un mâle humain distingué, bien habillé, à la chevelure poivre et sel accosta Tiago alors qu'il se trouvait au milieu du hall. L'homme était flanqué de membres de la sécurité de l'hôtel. Tiago montra les dents alors qu'ils s'approchaient.

— Ne faites pas un pas de plus.

Les hommes se figèrent et le regardèrent les yeux écarquillés. L'humain en costume prit la parole :

— Comme il vous plaira, monsieur. Je souhaitais simplement vous informer que toutes les ressources de l'hôtel sont à la disposition de Sa Majesté.

— Il nous faut une suite à un étage sécurisé, ordonna Tiago. Il faut qu'elle soit éloignée de deux étages au moins de la délégation des Faes noires. Et Sa Majesté a besoin de soins. Faites venir un médecin. Tout de suite.

L'homme opina et s'empressa de murmurer des instructions dans une espèce de talkie-walkie.

— Si vous voulez bien me suivre, monsieur.

Il fit un geste et ils se dirigèrent d'un pas rapide vers les ascenseurs. Les agents de sécurité leur emboîtèrent le pas. Le pingouin regarda Niniane, puis Tiago. L'inquiétude se lisait dans ses yeux. Le sang qui s'écoulait de la plaie avait traversé le pansement et le tee-shirt et formait une tache rouge qui s'étendait lentement. Elle n'avait pas pris la peine de mettre un pantalon ; ses jambes et ses pieds délicats et fragiles semblaient bien nus. Tiago était furieux que sa nudité blessée puisse être ainsi exposée.

Il entra dans l'ascenseur avec l'homme distingué et s'adressa aux agents de sécurité d'un ton coupant :

— Prenez l'escalier.

Ils s'arrêtèrent, puis firent volte-face et partirent en courant au moment où les portes se refermaient.

— Est-ce que vous savez qui je suis ? demanda Tiago à l'homme.

— Oui, monsieur. Vous êtes la sentinelle wyr Tiago Aigle noir. Le seigneur Cuelebre a personnellement téléphoné et nous a expliqué votre rôle. J'ai également cru comprendre que le seigneur Cuelebre était en contact avec la police de Chicago. Je suis le directeur de l'hôtel, Scott Hughes.

Tiago fit un signe de tête. Les sept sentinelles wyrs avaient une autorité juridique qui avait de nombreux points communs avec celle d'un marshal fédéral, même s'il y avait quelques petites différences qui portaient essentiellement sur la voie hiérarchique. Quand Tiago se trouvait sur le sol américain, il avait toute autorité pour, entre autres, appréhender des fugitifs qui tombaient sous le coup de la justice wyr, s'assurer le concours de civils désireux d'aider, et protéger les dignitaires et les témoins wyrs. Il avait pris le contrôle de la situation actuelle en s'appuyant sur un précédent de longue date. Niniane était une personnalité publique de la société wyr depuis de nombreuses années et elle avait souvent été sous la protection des sentinelles.

C'était une bonne chose que sa tâche soit ainsi facilitée. Ce n'était vraiment pas le moment d'argumenter à propos de juridiction et de droits de port d'armes.

— Ne vous méprenez pas, ajouta Tiago. C'est elle qui a voulu revenir à l'hôtel, pas moi. Je suis prêt à tirer et j'abattrai la première personne qui bougera trop vite ou s'approchera trop près. Évacuez l'étage où se trouve la suite et postez des gardes dans les ascenseurs et à la sortie de chaque escalier. En fait, si vous ne l'avez pas déjà fait, faites évacuer l'hôtel. Vous avez peut-être entendu ce que j'ai déclaré dehors – il y a déjà eu deux tentatives d'assassinat sur sa personne en moins de trente-six heures. Alors je suis prêt à appuyer sur la détente de mon arme et à poser les questions plus tard. Ne laissez *en aucun cas* la délégation des Faes Noires mettre un pied à cet étage. Sous aucun prétexte. Pas tant que nous n'avons pas une autorité indépendante et un arbitrage dans l'hôtel.

— Le personnel de l'hôtel, y compris les agents de sécurité, compte un certain nombre de policiers en civil, nota Hughes. Ils ont été assignés lorsqu'il a été décidé que Sa Majesté allait séjourner ici avant son départ pour le territoire des Faes noires et son couronnement. Le seigneur Cuelebre nous a informés que le tribunal des Anciens dépêchait l'un de ses chanceliers ; il devrait arriver d'un moment à l'autre.

— Je n'en attendais pas moins, approuva Tiago.

Le tribunal n'allait pas dépêcher le représentant des Faes noires ou le représentant des Wyrs, mais un représentant appartenant à l'un des cinq autres domaines, dans un souci d'impartialité au cas où il faudrait arbitrer d'éventuels conflits. Tiago se mit à réfléchir à des impératifs plus urgents. Sécurité, abri, nourriture, vêtements.

— Y-a-t-il une suite avec une cuisine à côté de celle que nous allons occuper ?

— Oui, toutes les suites de cet étage sont équipées de kitchenettes.

— Installez un chef et un aide-cuisinier dans une suite jouxtant la nôtre. Ils seront à notre disposition vingt-quatre heures sur vingt-quatre, sept jours sur sept. Et joignez-leur un de ces flics en civil. Jusqu'à nouvel ordre, ils ne bougeront pas de leur suite. Ils mangeront ce qu'ils cuisinent et il est impératif que vous fassiez en sorte qu'ils puissent tester les livraisons de nourriture afin de s'assurer qu'elles ne sont pas empoisonnées. Elle a besoin de vêtements. Veillez à ce qu'on lui descende des affaires du penthouse. Assurez-vous qu'elles n'aient pas de traces de poison et qu'elles soient nettoyées avant de les apporter.

Le directeur de l'hôtel affichait une mine de plus en plus sombre.

— Très bien.

Tiago le toisa d'un air sévère.

— Je vous tiendrai pour responsable en cas de problème. Vous n'avez pas intérêt à me décevoir. Compris ?

Hughes déglutit, mais conserva son calme et se contenta d'acquiescer.

— Je comprends.

Tiago baissa le menton et chuchota à l'oreille de Niniane.

— On est presque arrivés maintenant, petite fée. Tiens bon.

Elle opina, une mèche de ses cheveux soyeux lui chatouilla le menton.

— Tu as besoin de vê-vêtements toi aussi, murmura-t-elle.

— Ne t'inquiète pas pour moi. J'irai chercher mes affaires tout à l'heure.

Dès qu'elle serait installée, il demanderait à Tucker d'aller récupérer son sac dans la chambre du motel.

— Scott ? fit-elle à haute voix.

Scott ? Tiago releva vivement la tête en étrécissant les yeux. L'expression du directeur de l'hôtel était passée de l'anxiété à l'adoration pure.

— Oui, Votre Majesté ?

— Merci pour tout. Je ne sais pas ce que je fe-ferais sans votre aide.

Il était clair qu'elle serrait les dents pour les empêcher de claquer car son corps était toujours parcouru de frissons.

— Vous servir est un honneur, Votre Majesté. Je suis à votre entière disposition. Cette histoire doit être une terrible épreuve pour vous. Nous nous sommes tous tellement inquiétés à votre sujet.

Tiago se tourna vers les portes de l'ascenseur en faisant la grimace. Bien sûr. Niniane connaissait déjà le directeur et le personnel de l'hôtel et avait donc déjà utilisé sa magie sur eux. Il fallait croire qu'elle avait conquis le cœur de tout le monde, sauf de ceux qui étaient déterminés à l'assassiner apparemment.

— Remerciez aussi tous les employés pour moi. Dès que... que je me sentirai mieux, je viendrai remercier tout le monde personnellement.

— Je n'y manquerai pas, promit le directeur avec un sourire ému.

Tiago soupira à l'idée que Niniane entre en contact avec Dieu sait combien d'étrangers. Ben voyons ! Il allait vite lui faire sortir cet élan de bonté de la tête.

L'ascenseur s'arrêta et les portes s'ouvrirent. Tiago examina les corridors avant de sortir. Puis lui et le directeur marchèrent rapidement jusqu'à ce que Tiago s'arrête devant la porte d'une suite située au milieu du couloir et dotée d'une bonne visibilité de chaque côté. Il fit un signe de tête à Hughes. Les deux agents de la sécurité surgirent en courant de la porte qui donnait sur l'escalier au moment où le directeur de l'hôtel ouvrait la porte de la suite à l'aide d'un passe.

— Vous êtes des flics en civil ? demanda Tiago.

Ils se regardèrent, puis regardèrent Hughes, et enfin Niniane qui reposait avec tellement de confiance dans les bras de Tiago. Le plus âgé des deux opina.

— Gardez la porte. Frappez quand le médecin arrivera, leur ordonna Tiago.

Ils firent tous deux un signe d'assentiment. Hughes tint la porte pour Tiago qui traversa le vestibule qui donnait sur le salon. Il poussa la table basse du pied et déposa son précieux fardeau sur le canapé. Il se mit sur un genou et put regarder attentivement Niniane avec enfin suffisamment de lumière. Elle avait le teint cireux et très pâle. Ses immenses yeux si brillants d'habitude étaient ternes et des cernes d'un violet foncé les marquaient. Ses lèvres tremblaient.

La mâchoire de Tiago se crispa. Il savait que sa blessure n'était pas mortelle. Il ne connaissait que trop, et ce depuis de longues années, les horribles blessures qu'une guerre pouvait infliger. Porté sur lui, le coup de couteau qu'avait reçu Niniane n'aurait même pas justifié l'envoi d'un e-mail à New York. Il savait qu'elle s'en remettrait. Mais cela n'enlevait rien à la colère qu'il ressentait en voyant combien elle souffrait.

— Couverture, ordonna-t-il.

Il tendait à peine le bras que Hughes lui remettait déjà un tissu doux, lourd, et chaud dans la main. Il déplia la couverture, la déposa sur Niniane et la borda soigneusement. Il posa une main sur son épaule tremblante et la contempla les sourcils froncés.

— Pourquoi est-ce que tes frissons ont redoublé tout à coup ?

— La chaleur de ton corps aidait, répondit-elle avec peine.

Il marqua une pause, puis, avec une infinie douceur, il la reprit dans ses bras, s'assit sur le canapé et l'installa sur ses genoux de sorte qu'elle soit bien enveloppée dans la couverture. Elle posa la tête sur son épaule ; seuls les tremblements qui secouaient son corps mince indiquaient à Tiago qu'il la tenait, car elle était aussi légère qu'une plume. Elle était si affaiblie qu'elle évitait de faire le moindre mouvement. Il posa le Glock sur le bras du canapé en voyant approcher Hughes qui revenait de la cuisine avec une bouteille d'eau glacée à la main.

— Tenez, fit-il en la tendant à Tiago. Elle n'a jamais été ouverte.

Tiago eut un signe d'approbation, cala la bouteille contre sa cuisse et rompit le sceau du bouchon en le dévissant d'une main. Il prit une gorgée et se rinça la bouche avec le liquide afin de vérifier qu'il n'y avait pas de problème et décida qu'elle pouvait en boire. Il offrit la bouteille à Niniane.

Elle leva les yeux vers lui.

— Ne refais jamais une chose pareille, déclara-t-elle. (Si sa voix manquait de force, la colère y était bien présente et perceptible.) Ne risque plus ta vie en vérifiant qu'il n'y a pas de poison. J'ai déjà assez de mal à supporter que tu prennes tous ces risques en jouant les gardes du corps.

Il leva un sourcil et inclina la bouteille de sorte qu'elle soit obligée de boire si elle ne voulait pas que l'eau lui coule sur le menton. Elle se gargarisa et avala.

— Ce n'est pas à vous de décider, Votre Impertinence.

— Tiago, reprit-elle. (Elle avait le ton de quelqu'un qui est à bout de patience.) Qui va être reine ? Moi, pas toi. Ce n'est pas toi qui prends les décisions ici.

Ce n'est pas ton rôle. Alors, tu t'y fais ou tu rentres à New York.

— Ben voyons, répondit-il en inclinant de nouveau la bouteille vers elle. (Elle fut forcée de boire encore tandis que des nuages orageux se massaient dans ses yeux magnifiques.) Tu as demandé mon aide et je te l'ai donnée. Alors maintenant, tu assumes et tu la fermes.

Elle releva le menton et se détourna de la bouteille. Il la laissa faire.

— Tes manières de traiter une malade sont dignes d'un sociopathe.

— Ah ouais ? J'essaie de faire des efforts pourtant. (Il inclina la tête et écarquilla les yeux avec un air faussement déçu.) Faut croire que je ne suis pas très doué.

Salaud sarcastique.

— Merci pour tout ce que tu as fait pour moi ce soir. Je t'en suis vraiment reconnaissante. Ceci dit, j'ai changé d'avis. Tu es renvoyé.

— Je suis venu à Chicago que tu le veuilles ou non, alors ce que tu dis ne me préoccupe guère. (Il lui tendit de nouveau la bouteille et elle eut un mouvement de recul et se couvrit la bouche d'une main.) Allons, Votre Entêtement, finissez la bouteille. En plus de ta blessure qui est infectée, tu as bu beaucoup trop de vodka. Il faut que tu te réhydrates.

— Je ne comprends pas comment ma blessure a pu s'infecter d'ailleurs, marmonna-t-elle. (Comme elle avait soif, elle saisit la bouteille.) Avec tout l'alcool que j'ai avalé, mon organisme devrait être complètement aseptique.

— La vie n'est pas logique.

Entre la chaleur de son corps et la couverture, ses frissons s'étaient un peu calmés et elle avait l'air d'être d'humeur non seulement boudeuse, mais belliqueuse. La lèvre inférieure de cette petite bouche irrésistiblement... sexy s'avançait un peu pour former une petite moue charmante. Le nœud qu'il avait dans l'estomac commença à se dénouer et il se sentit presque gagné par la gaieté.

Il voyait Hughes du coin de l'œil. L'expression habituellement digne du directeur de l'hôtel avait fait place à une fascination éberluée. Tiago lui lança un regard furibond. Puis il entendit un bruit. Il avait doucement étendu Niniane sur le canapé et s'était saisi de son Glock. Il se dirigea vers la porte de la suite avant que Niniane ou Hughes n'ait eu le temps de réagir.

Quelqu'un frappa à la porte alors qu'il s'en approchait.

— Quoi, fit-il sans l'ouvrir.

— Le médecin de l'hôtel est là.

Il fit un pas de côté et se pencha afin de regarder dans le judas. Les flics en civil se tenaient devant la porte. Ils flanquaient un homme mince à l'air intelligent qui portait une sacoche. Même à travers la porte, Tiago était en mesure de capter un souffle de magie autour de lui. Le médecin était un mage.

Hughes s'était lui aussi approché de la porte et Tiago lui fit signe d'avancer encore.

— Vérifiez ce type, ordonna-t-il.

Le directeur jeta un coup d'œil dans le judas.

— C'est le Dr Weylan, c'est bien lui que j'ai appelé. Cela fait plusieurs années qu'il est sous contrat avec l'hôtel.

Tiago ouvrit la porte, invita le médecin à entrer, puis la referma et la verrouilla derrière lui. Il plaqua ensuite l'homme contre le mur, une main autour de sa gorge et le présenta à son Glock.

— Voilà les règles, déclara-t-il. Pas de seconde chance. J'étais sur des champs de bataille bien avant votre naissance. J'ai déjà effectué du triage de blessés et je connais très bien les procédures médicales, y compris celles qui relèvent de la magie. Vous ne voulez pas que j'interprète mal un de vos gestes. Vous faites une seule chose qui me semble louche et vous êtes un homme mort. Ce qui ne me causera pas le moindre état d'âme. Compris ?

Le praticien hocha la tête en pâlissant. Hughes dévisagea Tiago et depuis le salon, Niniane s'exclama :

— Tiago !

Il éleva la voix et lui répondit sèchement :

— Bon, repassons les choses en revue, Votre Chicaneuse. Il y a eu deux tentatives d'assassinat contre toi en moins de trente-six heures. Tu ne veux pas que je te ramène à New York, alors c'est la justice expéditive jusqu'à ce que nous ayons une base d'opérations sécurisée dans cette ville. (Il s'adressa de nouveau au médecin d'un ton un peu moins agressif :) Vous avez pigé ?

— Oui, parfaitement, à vrai dire, répondit l'homme.

Tiago relâcha la prise qu'il avait sur sa gorge. Des yeux perçants plongèrent dans les siens. Il sourit à Tiago d'un air un peu crispé.

— Vous avez été clair, poursuivit-il. Laissez-moi maintenant faire ce que je suis venu faire et m'occuper de ma patiente.

Tiago prit une profonde inspiration, puis recula. Il avait vécu longtemps parce qu'il se fiait à son instinct. Et son instinct lui disait que Hughes était digne de confiance et qu'au fil des années, ce médecin avait dû largement faire ses preuves auprès des clients de l'hôtel cinq étoiles.

Il savait aussi que tout le monde pouvait être acheté ou forcé à commettre des actes répréhensibles en prenant leurs proches en otages ou encore par le biais de croyances religieuses ou de convictions politiques. C'est pourquoi il suivit le médecin comme son ombre quand il entra dans le salon, s'agenouilla à côté du canapé et se présenta à Niniane tout en ouvrant son sac.

Comme Tiago l'avait dit à Niniane, la vie n'était pas logique. Elle était souvent remplie d'incertitudes. Pour le moment, il savait tout de même une chose avec certitude.

Cette petite bonne femme sexy n'allait pas mourir ce soir.

Le sort des autres restait encore à voir.

Niniane se blottit sous la couverture et regarda autour d'elle avec hébétement. Le salon de l'hôtel semblait tout ce qu'il y a de plus confortable. Il y avait des fauteuils, le canapé, des tables, une télévision à écran plat, bref tout ce qu'il fallait, mais elle n'arrivait pas à assimiler tous les détails tant elle était épuisée.

Elle avait une drôle d'infection. Quelqu'un avait essayé d'enfouir dans sa tête une dimension supplémentaire qu'elle n'avait pas la capacité d'intégrer. Des bruits trop forts allaient et venaient. Sa vue était trouble sur les côtés.

Sa blessure l'élançait. La lumière était trop crue et lui faisait mal aux yeux. Sa peau lui faisait mal, respirer lui faisait mal – nom d'un chien, même ses cheveux lui faisaient mal. Elle avait l'impression d'avoir à peine suffisamment d'énergie pour s'étendre et exister.

Chaque fois que Tiago s'approchait cependant, elle semblait avoir de l'énergie à revendre pour se disputer avec lui. Cela devait être le moyen que Dieu avait trouvé pour lui dire qu'il avait tort.

Elle ouvrit les yeux au moment où trois hommes entraient dans la pièce. Hughes croisa son regard et en homme discret qu'il était indiqua qu'il se rendait dans la kitchenette. Elle le remercia d'un signe de tête. Un humain de plus petite taille, mince, s'agenouilla à côté d'elle, ouvrit sa sacoche et lui sourit. Tiago se tenait juste derrière lui avec une expression morose et ses yeux meurtriers suivaient attentivement tous ses gestes.

Elle reporta son attention sur l'homme agenouillé. Son visage intelligent était empreint d'une grande gentillesse.

— Je suis le docteur Weylan. C'est un grand honneur de vous rencontrer, Votre Majesté, mais je suis sûr que nous aurions tous deux préféré que ce soit dans des circonstances moins funestes. Vous venez de traverser deux journées difficiles, si j'ai bien compris.

— C'est le moins qu'on puisse dire, répondit-elle. (Sa voix était très ténue. Puis elle lança un regard appuyé pour désigner Tiago, leva les yeux au ciel et les rebaissa vers le médecin en ajoutant :) Et quelqu'un a essayé de me tuer en plus.

Le médecin haussa les sourcils, puis éclata de rire, alors que Tiago la regardait par-dessus son épaule avec des yeux qui lançaient des éclairs.

— Bon, reprit le Dr Weylan, je vais expliquer tout ce que je compte faire avant de le faire. La première chose, c'est poser les mains sur vous pour effectuer un scanner magique. Je voudrais poser une main sur votre front et l'autre juste à côté de la blessure. Est-ce que vous avez déjà eu ce genre de scanner ?

Elle opina.

— Parfait, alors vous savez que cela risque de picoter un petit peu, mais que cela ne vous fera pas mal.

Cela me permettra de voir ce qui ne va pas pendant que vous me racontez en détail ce qui vous est arrivé. D'accord ?

— D'accord.

Il posa légèrement une main sur son front puis, après lui avoir demandé sa permission, plaça son autre main tout à côté de la plaie. Son regard noisette devint intense.

— Allez-y, dites-moi maintenant ce qui s'est passé, l'encouragea-t-il.

— Si vous avez vu cette vidéo débile qui circule un peu partout, soupira-t-elle, alors vous savez en gros ce qui s'est passé. Mon cousin m'a dit qu'il voulait m'emmener dîner au restaurant. Ensuite lui et les deux autres personnes qui m'accompagnaient m'ont attaquée et j'ai reçu un coup de couteau. J'ai nettoyé la plaie du mieux que j'ai pu, mais elle est assez profonde. Elle a dû s'infecter.

Le médecin acquiesça. Le silence se fit dans la pièce comme il se concentrait. Un moment plus tard, il retira ses mains et lui sourit.

— Je suis heureux de vous annoncer que vous avez eu beaucoup de chance, Votre Majesté. La blessure est profonde en effet et il s'en est fallu de peu que le poumon ne soit perforé.

Elle regarda Tiago et le regard ténébreux de l'Oiseau-Tonnerre plongea dans le sien. Il avait l'air plus meurtrier et plus grave que jamais, même si c'est avec douceur qu'il tendit la main vers elle pour repousser une mèche de ses cheveux.

— Et vous avez raison, ajouta le médecin, la plaie est infectée. Ce ne sera pas trop difficile à nettoyer une fois que nous aurons retiré les fibres de tissu qui se sont prises dans la blessure. Vous êtes également en état de choc et vous avez perdu beaucoup de sang, mais sinon vous êtes en bonne santé, si j'ose dire. J'aimerais vous poser une perfusion afin de vous réhydrater et...

— Pas de perfusions, intervint Tiago. Ni d'injections. Sauf si tout votre matériel médical est d'abord testé.

Le médecin s'était figé pendant l'intervention de Tiago. Mais il ne quitta pas Niniane des yeux et poursuivit :

— Mais sinon, je vous encourage vivement à vous réhydrater. Je peux vous traiter dans cette suite où vous êtes à l'abri des regards et en sécurité. Je peux placer un charme d'anesthésie locale à côté de votre blessure et j'ai un sort d'extraction qui permettra de nettoyer et de faire sortir les corps étrangers de la blessure en l'espace de dix minutes environ. La sensation sera étrange, mais cette procédure sera beaucoup moins douloureuse et compliquée que si je fouillais la plaie elle-même pour tenter d'extraire les fibres. Ensuite, je peux soit nettoyer et désinfecter la plaie à l'aide d'un sort, soit prescrire un traitement antibiotique.

— Qu'est-ce qui est le mieux ? demanda-t-elle.

Elle avait beau essayer de garder les yeux ouverts, ils se fermaient malgré elle.

— Le résultat sera le même, lui dit-il. Le sort qui nettoie la plaie est rapide et efficace, mais il est très éprouvant pour l'organisme. Vous vous sentirez faible pendant deux ou trois jours. Les antibiotiques agissent moins rapidement, mais ils ne sont pas aussi violents.

Elle fit un grand effort pour ouvrir de nouveau les yeux et les posa sur Tiago.

— Peut-être les antibiotiques, fit-elle. Pour que je puisse être plus rapidement sur pied.

— Non, riposta Tiago.

Il se pencha sur elle et lui prit la main, entrelaçant ses doigts avec les siens. Sa main était immense et enveloppait la sienne.

— Tu auras tout le temps qu'il te faut pour faire ta convalescence. Le monde attendra. Je suis là. Je ne bouge pas. Tu es parfaitement en sécurité.

Elle le regarda d'un air absent. *Parfaitement en sécurité.* Elle ne savait vraiment pas ce que voulaient dire ces mots.

Elle ferma les yeux.

— Faites ce qui est le mieux alors, dit-elle d'une voix atone.

Il y eut une pause. Le médecin baissa la couverture, releva la chemise qui lui avait servi de veste et remonta le tee-shirt. Ses gestes étaient doux et précis. Elle sut quand le charme anesthésique fut posé sur son ventre. Elle poussa un soupir de soulagement alors que la douleur s'estompait en partie.

Elle garda les yeux fermés et écouta avec indifférence les hommes discuter entre eux.

— Elle va perdre davantage de fluides lorsque je vais utiliser le sort d'extraction. Je n'aime pas son niveau de déshydratation. Qu'est-ce que je peux faire pour vous convaincre que les poches de solution saline que j'ai avec moi sont sans danger ? demanda le médecin à Tiago.

— Est-ce que vous avez plus d'une aiguille de perfusion ? demanda le guerrier wyr.

— Oui.

— Alors utilisez-en une sur vous. Après cinq minutes, vous pourrez transférer la poche de saline et la relier à son aiguille à elle.

— Très bien. Ça marche. Scott ? appela Weylan.

— Oui ? fit le directeur en se précipitant dans la pièce.

— Amenez-moi des serviettes de la salle de bains s'il vous plaît.

— Certainement.

Le directeur revint les bras chargés de serviettes et sortit de nouveau de la pièce.

Elle tressaillit quand une main chaude se posa sur son front et repoussa ses cheveux. Les mains de Tiago étaient bien plus grandes que celles du médecin, moins douces, plus rugueuses. Elle reposa les doigts sur son avant-bras musclé. Une telle Force wyr palpitait en lui qu'il donnait l'impression d'être un tronc d'arbre sous tension.

Elle ouvrit fugacement les yeux et constata qu'il s'était agenouillé à côté d'elle, tout près de sa tête. Il était penché sur elle pendant qu'il observait de son regard d'aigle le médecin retirer le pansement détrempé et nettoyer autour de la blessure. Le praticien devait faire très attention à chacun de ses gestes car il avait fixé une poche de solution saline à sa main droite avant de la suspendre à un crochet de tableau.

Tiago continuait à lui passer les doigts dans les cheveux avec douceur. La sensation était tellement agréable qu'elle s'était sûrement frottée un peu contre sa main.

— Vous n'êtes pas rigolote quand vous avez le cafard, Votre Apathie, murmura-t-il.

Est-ce que cela nécessitait une réponse ? Elle poussa un soupir.

— Tu es comme une balle en caoutchouc qui ne pourrait plus rebondir, continua-t-il. (Il prit une de ses joues en coupe dans sa paume.) Un ver qui aurait perdu son frétillement.

Un ver ?

— Oh, je t'en prie, épargne-moi tes images. (Elle posa une main sur son front.) C'est trop recherché.

Quelqu'un pouffa.

— Cela fait cinq minutes, fit remarquer le médecin.

— Vous pouvez lui poser la perfusion et injecter la solution. Cette poche seulement.

— Je sais.

Le médecin introduisit l'aiguille dans la main gauche de Niniane qui était la plus proche du mur, la fixa en place à l'aide d'un sparadrap et lança le goutte-à-goutte. Puis il cala des serviettes roulées tout le long de son corps et jeta le sort d'extraction. Elle laissa échapper un gémissement et serra le poing droit.

Tiago le saisit immédiatement dans sa grande main.

— Ça va, petite fée ? demanda-t-il d'une voix anxieuse.

— Oui, ça va. (Elle ouvrit les yeux et le regarda d'un air contrarié.) C'est juste que ça me démange à l'intérieur, profondément, là où ça ne démange normalement jamais.

Il fronça les sourcils.

— Est-ce que vous pouvez anesthésier un peu plus la zone ? demanda-t-il.

Le Dr Weylan était occupé à éponger le filet écarlate de sang et de fluide qui avait commencé à s'écouler de la blessure. Il secoua la tête.

— Pas sans recourir à des médicaments. Et je ne tiens pas à m'en injecter moi-même ou à qui que ce soit d'autre sans raison valable. (Il leva les yeux vers elle.) Le pire est passé, je vous le promets. Ce sera fini dans quelques minutes.

— D'accord, fit-elle d'une voix blanche.

Elle bougea ses jambes pour essayer de trouver une position plus confortable.

Tiago se remit à caresser ses cheveux. Elle s'immobilisa et tout en elle se concentra sur le doux réconfort qu'il lui offrait. Il rencontra son regard et dit :

— Devine ce que tu vas avoir pour t'être si bien conduite avec le médecin ?

Elle était encore rouge de fièvre et elle détestait la sensation de démangeaison à l'intérieur de sa plaie. Elle ne voulait pas lui sourire. Et elle réussit à ne pas le faire. Enfin, pas complètement.

— Quoi ? demanda-t-elle tandis que les commissures de ses lèvres se soulevaient malgré tout.

Il la regarda en plissant les yeux.

— Qu'est-ce que tu dirais de crêpes aux fraises et à la crème Chantilly ?

— Tu promets ? fit-elle les yeux brillants.

— Évidemment que je te le promets.

Son sourire se fit encore plus radieux. Une fossette creusa une joue.

— Eh bien maintenant que tu as promis, je présume que je vais avoir des crêpes que je le veuille ou non.

Alors même qu'elle prononçait les mots, elle savait que c'était vrai. Une conviction naquit en elle. Elle ne connaissait peut-être pas très bien Tiago, mais après des dizaines d'années à côtoyer les sentinelles wyrs, elle le connaissait suffisamment. Une fois qu'il avait décidé quelque chose, rien ne pouvait l'arrêter. Une fois qu'il avait promis, il ne revenait jamais sur sa parole. Cela pouvait être enrageant par moments, mais c'était quelque chose sur quoi elle pouvait compter quoi qu'il arrive.

— Oh, allez petite fée. Tu fais ta mauvaise tête là. (Ses dents blanches étincelèrent.) Tu sais que tu en as encore envie.

Une partie d'elle, malheureuse, isolée et confuse, se laissa glisser dans quelque chose qui ressemblait à de l'apaisement. Elle appuya sa joue contre sa main.

Un éclair traversa les yeux sombres de Tiago, une expression qu'elle n'arriva pas à analyser. Il caressa ses lèvres de son pouce et la regarda comme s'il la voyait pour la première fois.

Quelqu'un frappa à la porte.

— Je vais voir ce qu'ils veulent, déclara Hughes.

— N'ouvrez pas la porte, ordonna Tiago sans la quitter des yeux. Ne laissez personne entrer.

— Non, monsieur.

La réalité commençait à ressurgir et elle n'en avait aucune envie. De sa main libre, elle enveloppa l'épais poignet de Tiago tout en plissant le front.

— Chut, chut, souffla-t-il sans la quitter des yeux.

Hughes revint.

— La délégation des Faes noires exige de voir Votre Majesté. Ils vous refusent le droit de la protéger et menacent de déclarer la guerre aux Wyrs.

5

Elle se raidit. Tiago lui donna une petite tape sur le nez avec son index.

— Mauvaise réponse, murmura-t-il. N'oublie pas, le monde peut attendre, d'accord ?

Elle inspira profondément et s'efforça de se détendre.

— D'accord.

Tiago se retourna, calmement et sans hâte.

— Hughes, ce qu'ils vous ont dit est idiot. Ils peuvent trépigner autant qu'ils le souhaitent, du moment qu'ils ne franchissent pas les portes donnant sur l'escalier. Compris ?

Le directeur déglutit et acquiesça.

— L'étage a été fouillé et évacué. Il y a deux gardes à chaque porte donnant sur les escaliers, et les ascenseurs sont bloqués pour l'instant.

— Très bien, que rien ne change pour l'instant. (Il se retourna vers elle.) Comment ça va ?

— Les démangeaisons se sont calmées.

— Parfait. Et la plaie ne suppure plus, ajouta le Dr Weylan. Cela veut dire que l'extraction est terminée. Je vais la refermer à l'aide de quelques points de suture et vous mettre un pansement. Une fois que j'aurai jeté un sort de désinfection rapide, vous pourrez enfin vous reposer pleinement.

Elle fit un signe d'assentiment et le médecin s'affaira. Elle avança une main pour l'arrêter au moment où il allait jeter le sort de désinfection. Tiago fronça les sourcils, mais elle ne lui accorda aucune attention.

— Je me sens déjà flageolante, dit-elle au médecin. J'aimerais faire ma toilette avant que vous ne jetiez ce sort.

— Bonne idée, répondit-il en lui souriant.

Elle avait à peine bougé que Tiago glissait ses bras sous ses aisselles et ses genoux et la soulevait afin de la mettre debout. Il accrocha la perfusion à un de ses doigts et la porta, enveloppée de la couverture, dans la chambre la plus proche, qui disposait d'une salle de bains.

Il l'aida à se mettre debout. Elle se tourna et tendit la main vers la poche de solution saline. Il la mit hors de portée.

— Arrête, fit-il. Je vais t'aider.

Les joues de Niniane s'empourprèrent. Elle le regarda d'un air irrité.

— Ça m'étonnerait. C'est le terminus pour toi, cow-boy. (Il ouvrit la bouche pour protester et elle reprit :) Il y a des choses qu'une fille aime faire en privé.

Une lueur amusée dansa dans ses yeux sombres.

— Tu ne peux rien faire que je n'ai pas déjà vu une armée de gaillards plus laids et plus poilus faire des milliers de fois.

— C'est possible, répondit-elle d'un ton acerbe, mais tu ne *m*'as jamais vue le faire avant. S'il te plaît, ne fais pas ta forte tête pour une fois, Tiago. Je suis fatiguée, j'ai mal partout et je veux me coucher.

Sa mâchoire se crispa, mais il hocha la tête. Il inspecta la porte de la salle de bains et suspendit la poche de solution saline sur le crochet qu'il trouva.

— Ne ferme pas à clé. Je serai juste là.

Qui aurait pu se douter que la véritable forme animale du seigneur wyr de la guerre était une poule ? Elle leva les yeux au ciel et soupira.

— Bon, bon. Allez, sors.

Il referma la porte.

Elle considéra les bienfaits d'une autre douche pendant qu'elle utilisait les toilettes, mais elle n'avait tout simplement pas l'énergie de le faire avec une perfusion. Elle se contenta de se laver le visage et de se brosser les dents.

Il y avait tellement à faire, tellement à planifier, tout un champ de mines politiques à désamorcer et le simple fait de se laver était déjà presque trop pour elle. Combien de temps Tiago allait-il rester pour l'aider ? Il avait promis qu'il resterait jusqu'à ce qu'elle soit rétablie, mais qu'est-ce que cela voulait dire exactement ? Qu'il partirait une fois qu'elle aurait dormi et qu'il l'aurait laissée entre des mains dignes de confiance ? C'était certainement ce qui allait se passer.

Elle tremblait de nouveau et se sentait au bord de la panique quand elle ouvrit la porte de la salle de bains. Tiago était adossé contre le mur, les bras croisés, et l'attendait. Il se redressa quand la porte s'ouvrit.

— Est-ce que tu peux m'aider à retirer ce tee-shirt plein de sang ?

Il remarqua tout de suite son désarroi et son expression s'adoucit.

— Bien sûr. (Il rabattit le couvercle de la lunette des toilettes et l'aida à s'asseoir. Puis il s'agenouilla devant elle et lui caressa les cheveux en la regardant avec inquiétude.) C'est le tee-shirt qui te contrarie ?

Elle baissa les yeux, secoua la tête et ses lèvres grelottèrent.

— Qu'est-ce que c'est alors ? (Il baissa la tête et essaya de rencontrer son regard. Elle se déroba.) Dis-moi.

Il fallait qu'elle le dise à quelqu'un, au moins une fois.

— Je voulais avoir un cousin qui m'aime, murmura-t-elle.

Et elle fondit en larmes.

Il cessa de respirer comme si elle lui avait donné un violent coup de poing. Il l'attira à lui. Elle posa la tête sur son épaule et pleura tandis qu'il la berçait. Il était tellement immense qu'il prenait toute la place. Cela semblait si naturel de s'appuyer contre lui, d'inspirer son odeur, de le laisser lui caresser les cheveux, frotter son dos, et lui parler tout doucement. Cela lui faisait presque croire qu'il y avait de belles choses dans le monde. Elle était trop fatiguée pour lutter. Elle se laissa aller contre lui et s'abandonna à sa force et à sa chaleur.

— Ça ne se reproduira jamais, fit-il. Je le jure. J'aurais tellement voulu être là pour empêcher que cela arrive la première fois. J'enrage de ne pas avoir été là. Mais je te le dis, petite fée : ça ne se reproduira jamais.

Elle reposa sa joue dans le creux au-dessus de sa clavicule. Les muscles épais de son torse étaient tendus et elle sentit les contours fermes de ses biceps quand il l'entoura de ses bras. Ses mots avaient la ferveur d'un serment tandis qu'il les prononçait en lui enveloppant l'arrière de la tête dans une main et elle enfouit son visage dans son cou. Elle renonça à penser que *c'était impossible* et se remit entièrement à son étreinte.

Tiago perçut une présence. Il se retourna et foudroya le médecin du regard. L'homme était venu voir comment elle allait. Il leva une main en faisant une grimace d'excuse et se retira. Tiago se concentra de nouveau sur la petite boule de désespoir qu'il tenait avec de telles précautions et un tel désir de la protéger.

Il appuya sa joue contre ses cheveux. L'odeur de la cigarette s'était dissipée et ses cheveux noirs et soyeux sentaient le shampooing aux arômes de plantes, la pluie, et la féminité. Il pressa ses lèvres sur sa tempe délicate.

Qu'y avait-il en elle pour le bouleverser à ce point ? Il ne lui avait jamais prêté attention si ce n'était pour lever un sourcil amusé à quelque chose de fantasque qu'elle avait pu dire ou faire ou pour secouer la tête chaque fois qu'il voyait une nouvelle personne succomber à son charme indéfinissable et magnétique.

Sa vulnérabilité meurtrie l'atteignait au plus profond de lui pour éveiller des émotions dont il ne se savait même pas capable. Il forma un poing autour de sa chevelure.

Le seigneur de guerre vengeur aspirait de tout son être à détruire Geril, sauf qu'il était déjà mort. Tiago voulait pulvériser quelqu'un, mais il n'y avait personne à combattre. Cela le déroutait totalement. Il avait toute cette fureur en lui et aucun exutoire. Que les cieux viennent en aide à l'abruti qui songerait à lever la main sur elle. Il s'abattrait sur lui avec toute la force du cataclysme refoulé qui palpitait en lui.

Elle était trop épuisée pour pleurer longtemps et la fièvre continuait à la faire trembler. Il s'accroupit en la sentant frissonner et sortit un couteau de la poche de son treillis. Il découpa la chemise pour l'enlever. Dessous, le petit tee-shirt était tout aussi ensanglanté, la zone sous les seins en particulier. Il le découpa également, lui laissant son soutien-gorge de sport et son petit short ridicule.

Puis il la porta dans la chambre plongée dans l'obscurité, la borda dans le grand lit et suspendit la perfusion à la lampe de chevet. Il s'assit sur le bord du lit et écarta ses cheveux de son front alors qu'elle gisait frissonnante sous les couvertures. Ses immenses yeux gris foncé brillaient comme des joyaux sous ses paupières mi-closes.

Il appela le médecin qui arriva sur-le-champ et jeta le sort de désinfection. Pendant quelques minutes, son corps fut envahi d'une étrange énergie qui la picotait. La sensation s'estompa vite et laissa la place à une léthargie profonde. Cela prendrait un moment à son organisme pour comprendre qu'il était débarrassé de l'infection. Le médecin laissa des bouteilles d'eau sur la table de chevet et promit de revenir la voir lorsqu'elle se réveillerait. Quand il sortit de la pièce, il laissa la porte entrouverte, ce qui projeta une bande de lumière au pied du lit.

Tiago s'étendit à côté d'elle, son Glock à portée de main, posé à côté des bouteilles d'eau.

— Je vais rester là jusqu'à ce que tu t'endormes, fit-il en se tournant afin de la regarder en face.

Pendant un instant d'affolement, son cerveau harassé crut qu'il lui disait qu'il allait s'en aller quand elle serait endormie, mais il était trop tôt pour qu'il parte. Elle n'était pas encore prête à survivre toute seule. Puis elle retrouva ses esprits au moment où il lui prit la main. Elle fit un signe d'assentiment et ferma les yeux.

— Pourquoi fais-tu ça ? demanda-t-il. Pourquoi as-tu insisté pour venir ici tout à l'heure, quand j'ai annoncé que je voulais te ramener à New York ? C'est admirable que tu veuilles empêcher qu'un autre Urien prenne le trône des Faes noires, mais tu as clairement énoncé que tu ne voulais même pas être reine.

Elle garda le silence un long moment au point qu'il crut qu'elle s'était endormie. Puis elle dit :

— Je ne sais pas si je peux l'expliquer correctement avec des mots. J'apprécie ce que tu m'as dit dehors, que Niniane n'était pas morte, qu'elle s'était juste cachée... Et dans une certaine mesure, tu as raison. Mais j'ai raison aussi. Urien a tué cette adolescente aussi sûrement qu'il a tué sa famille. Revenir et reprendre le trône est le seul moyen de lui rendre justice, à elle, à ses parents, et à ses frères.

Il inspira profondément et lui serra fermement les doigts.

— Justice, murmura-t-il. (Il pouvait comprendre ça.) Elle a mis longtemps à venir, n'est-ce pas ?

— Je me souviens de ce qui s'est passé comme si c'était hier, chuchota-t-elle. Cette nuit funeste n'a jamais connu de fin pour moi. J'ai simplement appris à vivre avec. (Elle tourna la tête et plongea son regard dans ses yeux sombres.) Il faut que je fasse leur deuil. Il faut que les Faes qui ont conspiré avec mon oncle répondent de leurs actes devant la justice et que j'aide celles qu'il a fait souffrir comme il m'a fait souffrir. Ce n'est pas une perspective qui m'enchante particulièrement, mais il faut que je retourne parmi les Faes noires. Il faut que je trouve la paix ou que je meure en essayant.

Sa Force l'enveloppa et la recouvrit, un déferlement vif et invisible d'énergie wyr mâle. Il prit son menton en coupe entre ses mains. Une prise rapide, vive. Son visage impitoyable se durcit.

— Je ne veux plus jamais entendre ce verbe dans ta bouche. Tu vas tout de suite le bannir de ton esprit et de ton vocabulaire.

Sa personnalité était trop puissante, trop dominante. Niniane la sentait battre contre sa peau sensible.

— Tiago, murmura-t-elle.

Et ce fut tout, juste son nom. Elle ferma les yeux.

La puissance courroucée de sa Force finit par se calmer et redevint apaisante. Elle sentit des doigts durs glisser le long de sa joue ; et sa bouche vint couvrir brièvement la sienne en une caresse chaude et fugace.

— Pauvre petite fée fatiguée. Dors maintenant, murmura-t-il. Ne t'inquiète de rien. Dors, c'est tout.

Elle n'avait pas le choix et elle bascula dans les ténèbres.

Dès que Niniane fut profondément endormie, Tiago s'activa. Il sortit son téléphone portable et composa rapidement un numéro.

Rune répondit immédiatement.

— Qu'est-ce qu'il te faut ?

— On a une tonne d'emmerdes qui nous attend, répliqua Tiago. Si ça ne chie pas encore des bulles, ça ne va pas tarder.

— Vous êtes en sécurité ?

— Oui. (Il donna leur numéro de chambre à l'autre sentinelle.) Ça va.

— Comment va notre princesse préférée ?

— Ça va à peu près. Elle flippe bien sûr et elle est crevée. La blessure était infectée, et le toubib lui a jeté un sort de désinfection. Elle vient de s'endormir.

— Bon, et cette tonne d'emmerdes alors ?

— Il y a eu une seconde attaque.

— Et tu n'as pas pu t'empêcher de le mentionner quand tu as menacé de descendre une nuée de reporters, de cameramen et de paparazzi devant le Regent. Je dois te dire, camarade, que tu es un cauchemar ambulant pour le service des relations publiques. (Rune n'avait pas l'air particulièrement préoccupé. Il fit claquer son chewing-gum.) Tu passes bien à l'écran, ceci dit.

Tiago allait et venait dans le salon.

— Y a-t-il quelqu'un à qui tu serais prêt à confier ta vie à Chicago ?

Une pause survint, hérissée de serres et de crocs invisibles.

— Crache le morceau, répondit Rune.

Sa nonchalance tranquille s'était volatilisée pour laisser place au ton dur et froid du guerrier wyr qui s'était battu pour devenir le premier lieutenant de Cuelebre.

— Une triade a mené le second attentat, lâcha Tiago. Ils étaient habillés de manière à se faire passer pour des Faes noires, mais ils n'en étaient pas, Rune, ils étaient wyrs.

Niniane dormit d'un sommeil sans rêves jusqu'à ce qu'un besoin pressant la réveille. Elle essaya de se lever et fit tomber une bouteille d'eau en heurtant la table. Tiago apparut. Il la porta jusque dans la salle de bains et cette fois-ci insista pour rester. Elle se sentait tellement faible qu'elle n'eut pas l'énergie de protester ni de se sentir gênée. Elle s'appuya tout simplement contre lui, les yeux fermés tandis qu'il l'aidait à baisser sa culotte et à s'asseoir sur le siège. Une fois qu'elle eut fini et qu'elle se fut lavé les mains, il la reprit dans ses bras et la recoucha.

— Je ne veux plus de ce foutu truc, marmonna-t-elle alors qu'il la bordait.

— Quel foutu truc ?

Elle agita la main où était posée la perfusion.

— Si j'ai eu envie de faire pipi, c'est que je ne suis plus déshydratée et que je n'en ai plus besoin.

Il lui serra les doigts.

— Je vais en parler au médecin.

Quelques minutes plus tard, ce dernier entrait dans la chambre. Il retira doucement l'aiguille et recouvrit la zone d'un petit tampon de coton plié sous un sparadrap. Elle marmonna un remerciement, s'étendit sur son côté non blessé et se rendormit.

Le reste de la journée fila comme un éclair pour Tiago. Il passa beaucoup de temps au téléphone. Quinze minutes après avoir lâché son info qui avait fait l'effet d'une bombe, Rune l'avait rappelé. Il était trop tard pour envoyer une équipe de nettoyage sur la scène de la seconde attaque. La police avait déjà été appelée et la scène de crime avait été ratissée. Rune et Aryal étaient en route pour Chicago pour enquêter sur l'implication wyr dans cet attentat.

Entre-temps, Tiago avait eu une conférence téléphonique avec Grym, une autre des sentinelles, chargée de la sécurité à New York, et avec le chef de la police de Chicago, jusqu'à ce qu'ils puissent convenir d'une liste de policiers gradés qui seraient chargés d'assurer la protection de Niniane.

Une fois la liste établie, Tiago commença à travailler avec le responsable des forces opérationnelles de la police de Chicago. Le lieutenant Cameron Rogers, flic depuis vingt ans, arriva au Regent dans l'heure qui suivit. C'était une femme d'une quarantaine d'années, de grande taille, aux cheveux auburn et au visage constellé de taches de rousseur. Elle avait l'énergie éclatante d'une athlète et une assurance à toute épreuve. En plus d'être un flic efficace, elle n'était pas dénuée d'humour. Une fois l'étage de l'hôtel sécurisé par davantage de flics que les deux en civil qui se faisaient passer pour des agents de la sécurité de l'hôtel, Tiago put reporter son attention sur d'autres soucis.

Il refusa de laisser la porte de la chambre de Niniane sans garde. Une fois que Tucker eut livré son sac de voyage et que Cameron lui eut apporté, il traîna la table de la cuisine dans la chambre afin de pouvoir y installer son ordinateur portable et se mettre au travail.

La tâche la plus pressante était d'examiner les dossiers personnels des individus choisis par Hughes pour faire la cuisine et nettoyer les chambres de l'hôtel. Il en rejeta quelques-uns, expédia les autres noms à Grym pour qu'il enquête sur eux et quand l'après-midi survint, il avait choisi les quatre membres du personnel qui, avec le Dr Weylan, occuperaient les deux suites jouxtant celle de Niniane. Weylan proposa d'inspecter en usant de sa magie toutes les livraisons de nourriture pour s'assurer que rien n'avait été empoisonné. L'équipe de la police prit en charge l'installation du personnel de l'hôtel et la mise en place d'un système sécurisé de livraison de la nourriture.

Tiago rencontra un os quand la délégation des Faes noires, située au dernier étage, dans le penthouse, contesta « la légitimité de son intervention » et refusa de faire livrer à Niniane ses affaires. Rogers vint lui annoncer la nouvelle.

— Quelle bande d'idiots, fit-elle. Pourquoi refuser de lui envoyer un pyjama, pour l'amour du ciel ?

Tiago regardait le lieutenant sans vraiment la voir.

— Ils refusent de collaborer en vue de l'arrivée du représentant du tribunal des Anciens. Ils vont affirmer que je la retiens illégalement. S'ils coopéraient maintenant avec moi, leur argumentation ne tiendrait pas debout plus tard. Ils vont essayer de m'éjecter.

Abrutis de Faes. Il ferait exploser l'hôtel plutôt que de laisser un truc pareil arriver. Et si possible avec la délégation à l'intérieur.

— Quelles que soient leurs motivations, le procédé est cruel. Il la laisse démunie de tout, si ce n'est les articles merdiques fournis par l'hôtel, fit remarquer Rogers. (Elle croisa les bras.) Je vais sortir et lui acheter des trucs. Donnez-moi juste sa taille de vêtements.

Il la regarda d'un air absent.

— Je n'en ai aucune idée, marmonna-t-il. Attendez. (Il se glissa dans la chambre silencieuse et fouilla dans la poubelle à la recherche des tee-shirts souillés, puis il rejoignit le lieutenant à la porte.) Elle fait du trente-deux.

— Mon Dieu, c'est une miniature ! s'exclama la femme. Qui a osé poignarder quelqu'un d'aussi petit ?

— Un peu comme flanquer un coup de pied à un chiot.

Il sortit une pince à billets de sa poche et lui tendit une liasse.

Ses sourcils roux se haussèrent pendant qu'elle comptait rapidement l'argent.

— Vous vous rendez compte que vous venez de me donner cinq mille dollars, n'est-ce pas ?

— Quoi ? Ce n'est pas assez ? dit-il d'un air renfrogné.

— Oh c'est tout à fait suffisant, répondit-elle d'un ton amusé avant de tourner les talons.

— Attendez. (Quand elle s'arrêta et lui jeta un regard interrogateur, il se frotta le cou et s'absorba dans la contemplation de la moquette en essayant de tourner dans sa tête le concept étranger des fringues féminines.) Elle aime les jolies choses. Et le rouge à lèvres, elle aime le rouge à lèvres et les boucles d'oreilles pendantes et les trucs comme ça, avec toutes les couleurs assorties les unes aux autres. Et le chocolat – vous pouvez lui acheter une boîte de chocolats ? Peut-être que certains articles pourraient être enveloppés dans du papier cadeau.

Le regard de Rogers s'adoucit. Le visage de Tiago s'assombrit quand elle lui adressa un gentil sourire qui plissa le coin de ses yeux.

— Autre chose ? fit-elle.

Il réfléchit. Qu'est-ce que la compagne de Dragos avait eu pendant sa convalescence ? À part la bague avec le diamant.

— Des magazines, marmonna-t-il. Vous savez, des trucs de nana.

— Vous êtes certain de ne pas vouloir aller faire les courses vous-même ?

Il leva vivement la tête et la secoua. À moins qu'il n'y ait le mot « semi-automatique » quelque part, il n'avait aucune idée de ce qu'il fallait choisir.

— Je reste à son chevet. Il faut que vous vous en chargiez. Je suis certain que vos choix lui conviendront très bien. Je veux juste que vous achetiez de belles choses.

— Pas de souci, promit-elle. L'hôtel est entouré des meilleures boutiques et des plus beaux magasins de Chicago. Je n'en aurai pas pour long.

— Entendu.

Quand Niniane s'endormit la seconde fois, elle bascula, totalement épuisée, dans un sommeil profond.

Elle tourna la tête. Quel était ce bruit ? Elle regarda autour d'elle. Elle se tenait dans l'un des innombrables corridors du palais des Faes noires. La familiarité dépouillée et élégante de l'édifice prenait des allures étranges dans la nuit sombre, remplie d'ombres bleues. La pleine lune brillait au travers des hautes fenêtres et projetait des éclats d'argent sur les meubles lourds.

Des pas résonnaient dans les pièces silencieuses, les pas d'une personne qui marchait sans se hâter, le martèlement discret mais sonore de talons de bottes sur les sols cirés. C'était un bruit ordinaire, tranquille, mais qui n'avait rien à faire là. La mort traversait sa maison et abattait chaque être vivant sur son passage. La terreur et l'adrénaline palpitaient en elle, secouant ses membres et desséchant sa bouche. Le propriétaire de ces pas la traquait.

Il fallait qu'elle se mette à courir. Qu'elle s'enfuie de ce lieu qui avait été son foyer et qui était devenu un charnier, mais elle ne savait plus où était la sortie. Elle dévala le hall en courant, pieds nus et silencieuse, aux abois, tentant de trouver une échappatoire. Elle glissa dans une flaque de sang, chaud et poisseux, et tomba sur les mains. C'était le sang de ses petits frères. Elle leva les yeux. Les corps sans vie des jumeaux de cinq ans avaient été jetés dans un coin comme des poupées de chiffon abandonnées.

Il y avait tellement de fenêtres. Elle apercevait la courbe ourlée d'argent du paysage à l'extérieur, mais elle n'osait pas briser le verre car cela ferait du bruit et attirerait l'attention de la chose monstrueuse qui la traquait dans les ténèbres. Elle n'arrivait pas à trouver de porte. Elle connaissait ce lieu pourtant.

Pourquoi n'arrivait-elle pas à se souvenir où se trouvaient les portes ?

Les pas se rapprochèrent. Une Force glaciale s'immisçait dans les pièces, s'enroulait autour des meubles, glissait sous les portes, oppressait sa poitrine comme un boa étouffe sa proie. Elle avança à tâtons et se dissimula dans une penderie, se frayant un chemin dans les vêtements pour se réfugier tout au fond où elle se recroquevilla, petite boule tremblante dans l'obscurité suffocante tandis qu'un hurlement se formait au fond de sa gorge, mais il ne fallait pas qu'elle fasse le moindre bruit. Elle serait massacrée si elle laissait échapper le plus petit gémissement. Elle plaqua ses deux mains sur sa bouche. Sa respiration haletante résonnait à ses oreilles et lui donnait l'impression d'être aussi forte qu'un cri. Les pas se rapprochèrent encore et elle se noya dans sa propre panique.

Elle s'éveilla en sursaut, les mains plaquées sur la bouche. Elle tremblait des pieds à la tête et était inondée d'une sueur froide qui n'avait rien à voir avec sa blessure. Pendant quelques secondes terrifiantes, la chambre d'hôtel plongée dans l'obscurité lui sembla aussi monstrueuse que le rêve qu'elle venait d'avoir. Puis la réalité reprit le dessus.

Elle essaya tant bien que mal de détendre son corps raide, un muscle à la fois, et posa une main sur ses yeux tandis que ses battements de cœur s'apaisaient et que sa respiration redevenait normale. Cela faisait longtemps qu'elle n'avait pas eu ce rêve où elle étouffait de panique alors que son oncle Urien la traquait. À une époque, le cauchemar revenait la hanter chaque nuit. Elle se disait que son retour n'avait rien de surprenant, mais elle s'en serait bien passée.

La soif finit par la décider à bouger. Elle tâtonna à la recherche d'une des bouteilles d'eau, la dévissa et la but presque tout entière et d'une traite. Elle s'écroula de nouveau sur l'oreiller, la bouteille d'eau contre elle et bâilla à s'en décrocher la mâchoire.

Si le médecin ne l'avait avertie, la léthargie qui engourdissait son corps l'aurait inquiétée. Sa blessure la faisait encore souffrir, mais ce n'était plus les élancements cruels provoqués par l'infection. Au moins elle n'avait plus la sensation que sa peau était zébrée d'égratignures causées par de minuscules lames de rasoir. La fièvre était tombée, apparemment.

La chambre était fraîche. Une bande de lumière sous la porte entrouverte éclairait le pied du lit. Elle entendait la télévision dans la pièce à côté. Les nouvelles, semblait-il. Elle bâilla de nouveau et finit sa bouteille. Elle se sentait vide, encore fatiguée et peu vaillante, mais elle ne pensait pas qu'elle arriverait à se rendormir tout de suite.

Elle alluma la lampe de chevet et Tiago entra presque aussitôt. Sa silhouette impressionnante se détachait dans l'embrasure de la porte. Il avait changé de vêtements et portait un tee-shirt noir, un jean, et des bottes. Le coton du tee-shirt épousait les contours des muscles de son torse et de ses bras. Il portait à l'épaule un holster et un pistolet. Sa Force remplit la chambre tandis qu'il scrutait tous les recoins avant de poser ses yeux sur elle.

Elle lui jeta un regard noir en se souvenant de la manière dont il l'avait aidée dans la salle de bains. Il n'avait montré aucun signe de malaise ou de timidité, mais s'était contenté de l'assister avec calme et efficacité. Elle tira tout de même le drap et le coinça sous ses aisselles. Elle n'était pas prude et n'avait pas l'habitude d'être gênée par son corps pourtant.

Pourquoi était-ce différent avec lui ? Tout ce qu'elle savait, c'était qu'il était tellement colossal qu'en sa présence elle avait une conscience aiguë de sa propre vulnérabilité.

Il s'approcha et s'assit au bord du lit, et elle dut prendre sur elle pour ne pas avoir de mouvement de recul. Un pli se creusa entre ses sourcils.

— Comment te sens-tu ? demanda-t-il.

Elle baissa la tête.

— Fatiguée et affamée. Un peu déboussolée aussi.

— Et ta blessure ?

— Ça fait mal, mais bien moins qu'avant. J'ai dormi combien de temps ?

— Presque vingt-quatre heures.

— Tu plaisantes, fit-elle en relevant vivement la tête.

— Tu t'es levée une fois pour te plaindre de la perfusion et aller aux toilettes, mais sinon tu as dormi toute une journée et toute une nuit. Pas étonnant que tu aies faim. Tu n'as rien avalé depuis deux jours, à part de la vodka et des chips. Qu'est-ce qui ne va pas ?

— Rien.

Son regard noir intense examina sa silhouette recroquevillée, sur la défensive.

— Je ne te crois pas. Qu'est-ce qui ne va pas ?

— Ne commence pas à me cuisiner avant même que j'aie avalé une tasse de café et pris une douche chaude, fit-elle dans un sursaut d'irritation.

Elle crut un instant qu'il allait continuer son interrogatoire, mais il eut un petit sourire.

— Bon, admettons. Tu crois que tu peux prendre ta douche toute seule ou est-ce que tu es encore trop faible ?

— Je me débrouillerai, gronda-t-elle en serrant davantage le drap autour de sa poitrine.

— Très bien, dit-il d'un ton relativement léger. Je vais faire du café et commander de quoi manger. Appelle si tu as besoin de quelque chose.

— Non, fit-elle. Non, je n'aurai besoin de rien, je veux dire.

— Bien.

Il la contempla encore un moment comme si elle était une œuvre d'art dont il n'arrivait pas à percer le mystère. Puis il se leva et sortit en laissant la porte entrouverte.

Elle se mit debout tant bien que mal et s'appuya d'une main contre le mur afin de s'assurer qu'elle n'allait pas tourner de l'œil. Quand elle se sentit suffisamment solide sur ses jambes, elle alla fermer la porte de la chambre. Elle prit un peignoir de l'hôtel dans la salle de bains, ferma et verrouilla la porte, et prit une douche. Le médecin avait couvert la blessure d'un pansement étanche. Son côté l'élançait un peu si elle ne faisait pas attention, mais ne gênait pas trop ses mouvements.

Elle se regarda ensuite dans le miroir en se brossant les dents. Les impressionnants cernes violets sous ses yeux s'étaient estompés. Après s'être examinée brièvement, elle décida d'ignorer sa physionomie déprimée. Elle ne pouvait de toute façon rien y faire. Elle passa les doigts dans ses cheveux humides pour essayer de les coiffer un tant soit peu, enfila le peignoir et se rendit dans le salon.

Elle n'avait pas eu le loisir de remarquer grand-chose quand elle était arrivée et elle passa un moment à apprécier le décor au raffinement discret avant d'aller se lover sur le canapé. Déclinée dans des tons de bleu et de brun, la suite était simple, mais bien aménagée avec un mobilier confortable, des tables de bois sombre et des lampes qui fournissaient un éclairage indirect.

Ils se trouvaient dans une suite affaires qui pouvait accommoder les besoins de quelqu'un qui allait y passer plusieurs jours ou plusieurs semaines. Il y avait aussi une kitchenette. Enfin, c'est ce qu'elle avait compris d'après ce que Scott avait dit et d'après ce qu'elle pouvait voir de l'endroit où elle était assise. La suite semblait petite comparée au penthouse à trente mille dollars la nuit où elle séjournait avec la délégation des Faes noires. Avec ses six chambres, le penthouse occupait tout le dernier étage de l'hôtel et comprenait une cuisine avec son propre personnel, et aussi un jardin sur le toit, une piscine, une bibliothèque, une verrière Tiffany et un piano à queue placé dans la vaste entrée éclairée par un chandelier en cristal. C'était majestueux, mais elle aimait l'intimité et l'aspect plus fonctionnel de celle-ci.

Le salon était tout en désordre. Une table avec un ordinateur portable et une chaise se trouvaient près de la porte de la chambre. Des sacs venant de plusieurs magasins étaient posés contre un mur. Divers pièces d'armes à feu jonchaient une table basse. Elle avait visiblement interrompu Tiago alors qu'il était en train de nettoyer ses pistolets.

La télé était allumée sur une chaîne d'information en continu. Le bas de l'écran plat indiquait cinq heures du matin.

— Cinq heures, marmonna-t-elle. Pas étonnant que mon corps proteste. Je suis allergique au petit matin, mais je ne voulais plus rester au lit.

Tiago s'approcha avec deux mugs de café fumants.

— Quel petit singe grincheux tu fais, fit-il en lui tendant un mug. Tu es toujours comme ça quand tu te réveilles ?

— Quand je me réveille à cinq heures du matin, oui. (Elle plongea le nez dans son café pour en inspirer le riche arôme, se dissimulant derrière son mug pour éviter de le regarder directement comme il s'asseyait à ses côtés.) Tu as dormi ?

— Non, j'étais occupé, répliqua-t-il.

Elle lui jeta un regard en biais en prenant des petites gorgées du breuvage chaud. Occupé à quoi ? Il était assis tellement près d'elle qu'elle pouvait humer son odeur propre et masculine et sentir la chaleur de sa cuisse à travers l'étoffe de son jean. Il avait l'air plutôt reposé, détendu même, alors qu'elle devait faire un effort pour rester immobile.

Elle n'avait vraiment pas le moral et se sentait toute nouée à l'intérieur. Elle était affectueuse par nature, une nana qui aimait les bisous et les câlins. Elle voulait se rapprocher de lui et se blottir contre lui pour absorber de nouveau sa chaleur et sa force, poser sa tête sur son épaule et le laisser veiller sur elle.

Elle se sentait au bord des larmes. Elle avait laissé tomber ses défenses la nuit d'avant, et avec grand bruit encore. Elle lui avait dit des trucs dans l'obscurité et avait pleuré dans ses bras. Apparemment cela ne l'avait pas troublé outre mesure, mais elle ne savait plus comment se comporter. Quelque part, une certaine lâcheté en elle voulait continuer à s'appuyer sur lui, même si elle savait que cela ne pouvait durer.

Elle se mordit les lèvres pour les empêcher de trembler. Il fallait qu'ils parlent. Elle avait besoin de savoir quand il allait repartir. Il fallait qu'elle sache combien de temps elle pouvait compter sur lui et se préparer à ce qui allait arriver ensuite. Elle ouvrit la bouche pour se lancer.

Mais il la devança. Il posa son mug sur la table et se leva.

— Le petit déjeuner va arriver dans quelques minutes, mais en attendant, j'ai quelques trucs pour toi.

— Quoi ? demanda-t-elle interloquée.

Il alla chercher les sacs posés contre le mur et les lui apporta. Elle les regarda et vit pour la première fois le nom des enseignes des magasins. Nordstrom et Neiman Marcus.

Il lui adressa un sourire patient en lui tendant un des sacs.

— Je t'ai dit que j'avais des trucs pour toi. La délégation des Faes noires ne fait pas preuve d'une grande coopération. (Il fit un signe dans sa direction.) Allez, regarde. Si ça ne te plaît pas, on pourra toujours les rendre.

Ayant l'impression de bouger au ralenti, elle posa son mug sur un guéridon et sortit le contenu d'un des sacs. Quand elle l'eut vidé, il lui en tendit un autre et ainsi de suite jusqu'à ce qu'elle ait tout regardé. Il y avait des vêtements et de la lingerie dans des tons nacrés qui mettraient en valeur sa peau pâle et ses cheveux noirs. Il y avait également des produits de maquillage dans une palette de couleurs tout simplement parfaite, des affaires de toilette parfumées, une paire de mules et une paire de chaussures à talons plats. Il y avait même des romans qui venaient de sortir et des magazines. Deux ou trois des paquets étaient enveloppés dans du papier cadeau.

Elle le regarda bouche bée, les paquets cadeaux empilés sur ses genoux.

— Tu n'as pas choisi tout ça, fit-elle.

Sa phrase n'était pas une question. C'était impossible qu'il ait pu le faire. Elle savait qu'il ne l'aurait jamais laissée toute seule, endormie, sans défense. Cela irait à l'encontre de tous ses instincts wyrs.

— Bien sûr que non. Si ce n'est pas un truc qui explose, coupe ou tue des gens, je ne sais pas quoi choisir. J'ai envoyé quelqu'un. On s'est servis des affaires que tu as laissées dans le 4 × 4 et de tes tee-shirts pour avoir ta taille. J'aime bien ça. La couleur te sied. (Il palpa le tissu soyeux d'une tunique bleu saphir, puis leva un sourcil en la regardant tout en indiquant les paquets du menton.) Tu ne vas pas les ouvrir ?

Elle baissa les yeux sur les trois paquets qu'elle tenait comme s'il lui avait fait une remarque désobligeante. Elle en prit un et déchira l'emballage. Elle sortit une boîte de chocolats. Elle la posa, prit un deuxième paquet et l'ouvrit. Il contenait une petite bouteille de parfum. La troisième boîte s'ouvrit sur des boucles d'oreilles, des pendants. Une lune d'argent et plusieurs petites étoiles de différentes teintes de bleu s'échelonnaient pour former le bijou.

Elle contempla les cadeaux en se mordillant la lèvre. Tiago glissa ses longs doigts sous son menton et la força à relever la tête. Il avait un air interrogateur, pénétrant.

— Si quelque chose ne te plaît pas, petite fée, on peut le rendre, répéta-t-il.

— Ça me plaît, tout me plaît vraiment, fit-elle d'une voix un peu hésitante.

Elle s'écarta en feignant de s'intéresser aux chocolats. Elle en mordit un. C'était trop riche pour son estomac vide et elle remit le bonbon dans la boîte.

— Qu'est-ce qui ne va pas, alors ?

Elle s'agrippa à la boîte des deux mains.

— Il faut que nous discutions de la date de ton départ.

Silence. Ses sens étaient tellement habitués à sa présence qu'elle perçut le moment où il se raidit.

— Je ne pars pas, fit-il calmement.

— Nous savons tous deux qu'il faudra bien que tu partes à un moment ou à un autre, dit-elle en serrant tellement la boîte que ses phalanges blanchirent.

— Je ne sais rien du tout, répliqua-t-il.

Il saisit son mug et avala son café. Sa Force déferla et remplit la pièce, l'enveloppant d'une manière menaçante.

Elle revint à la charge.

— Tiago, j'ai besoin d'établir un plan dans ma tête afin de savoir qu… quoi anticiper et surtout quand.

— Je ne m'en vais pas, répéta-t-il. (S'il n'éleva pas la voix, son visage d'aigle se durcit.) Il va falloir que tu t'y fasses.

— On est mal barrés… commença-t-elle.

II se leva et sortit de la pièce à grandes enjambées. Elle le suivit des yeux, désorientée. Puis elle entendit frapper à la porte. Tiago ouvrit.

C'était le directeur de l'hôtel, Hughes.

— Je voulais juste vous informer que le représentant du tribunal des Anciens est arrivé et occupe l'un des étages se trouvant entre Sa Majesté et la délégation des Faes noires.

Il se tordait les mains.

Le regard de Tiago se concentra sur le geste de nervosité de Hughes.

— Quel chancelier le tribunal a-t-il envoyé ?

— Celui de San Francisco. L'étage au-dessus est occupé par des vampires.

6

— Est-ce vrai que la Chancelière vampire est une sorcière ? demanda le directeur.

Tiago se passa la main sur le visage. Il envisagea un instant de mentir, mais il avait surtout envie de reprendre sa conversation interrompue avec Niniane.

— Oui, c'est vrai, répondit-il finalement.

L'expression du directeur était un mélange de consternation et de fascination. Si Tiago avait été du genre à ressentir de l'empathie, il aurait peut-être plaint Hughes dont l'hôtel de luxe venait d'être investi par les affaires politiques des Anciens en l'espace de quelques jours.

Il fronça les sourcils. Pourquoi Niniane voulait-elle tant se débarrasser de lui ? Et pourquoi était-il tout aussi résolu à rester ?

Il commençait à refermer la porte au nez de Hughes quand la porte de la suite voisine s'ouvrit. Une femme en uniforme poussa un chariot de service dans le couloir et se dirigea vers lui. Seule la pensée de la quantité infime de nourriture que Niniane avait consommée depuis quelques jours le retint de claquer la porte, de la verrouiller et de retourner dans le salon pour se disputer avec elle. Il soupira et tint la porte grande ouverte.

Le salon était vide et les sacs avaient disparu aussi ; la porte de la chambre était fermée. Il déplaça l'ordinateur quand Hughes lui demanda la permission de servir le petit déjeuner. Le directeur aida la femme à mettre le couvert et à arranger la table. Les deux humains jetaient fréquemment des coups d'œil à Tiago, à la porte fermée qui menait à la chambre à coucher et aux pièces de pistolet qui jonchaient la table basse.

Tiago se frotta la nuque et se retint d'arpenter la pièce. Les humains se démenaient autour de la table pour mettre ce putain de couvert comme s'il s'agissait d'un rituel religieux. Ils mirent une nappe blanche, puis disposèrent un petit vase de fleurs fraîches qu'il fallait mettre ainsi et pas comme ça, pas exactement au milieu de la table, mais un petit peu sur le côté. Quelle importance ? Il leur suffisait de balancer deux assiettes, des couteaux, des fourchettes et la bouffe. Et puis ils étaient d'une lenteur… Ils espéraient sûrement apercevoir sa maudite Impertinence. Il serra les dents.

La porte de la chambre s'ouvrit et Niniane entra dans le salon. Elle était vêtue d'un ensemble d'intérieur pêche clair ; le haut était boutonné devant et l'ample pantalon s'arrêtait sous le genou, elle avait aux pieds les mules neuves choisies pour leur élégance et leur confort. La couleur lui donnait bonne mine et soulignait la profondeur et le ton de ses yeux gris foncé. La coupe de l'ensemble mettait en valeur sa ravissante silhouette.

Désireux de ne pas se laisser amadouer, Tiago l'étudia d'un œil critique. En fait, cette fille était ridicule. Son nez était retroussé. Son visage était trop mince, ses yeux trop grands, sa bouche trop charnue. Elle avait des taches de rousseur et le sommet de ses longues oreilles était pointu. Comment était-il possible que toutes ces particularités la rendent si appétissante et si jolie ? Quelle était cette qualité indéfinissable qui émanait d'elle au point de virevolter dans l'air. C'était comme le scintillement du soleil sur l'eau, impossible à saisir ou à définir : c'était Niniane tout simplement.

Les visages de Hughes et de la femme s'illuminèrent lorsqu'elle apparut. Ils s'inclinèrent devant elle maladroitement, mais avec zèle.

C'est à ce moment-là que Tiago observa de première main l'effet qu'elle avait sur les gens. Il la vit s'épanouir en présence des humains. Elle s'approcha d'eux, les mains tendues, et les accueillit comme s'ils étaient des amis de longue date qu'elle n'avait pas vus depuis longtemps. Son visage rayonna en voyant les fleurs et elle demanda des nouvelles des enfants de Hughes. Qui pouvait bien s'intéresser à cela ? Certainement pas Tiago, qui n'en avait cure. Elle apprit que le prénom de la femme était Esperanza, qu'elle aimait jardiner et adorait les fleurs. Hughes avança une chaise pour elle et Niniane le remercia tout en s'asseyant.

Et chaque parcelle de son être était sincère. Elle était le pire cauchemar de tout garde du corps : une femme célèbre, reconnaissable, charmante et qui aimait vraiment le contact avec les gens. Et ceux-ci l'adoraient en retour.

Tiago serra les poings. Il n'aimait pas les gens. Si les gens n'étaient pas une telle plaie, il n'aurait pas besoin de faire sans arrêt la guerre. Il avait envie de balancer un coup de poing à Hughes pour lui avoir avancé une chaise avant qu'il ait eu le temps d'y penser lui-même. Il voulait frapper la tête de ces humains l'une contre l'autre et les jeter hors de la suite, de préférence par la fenêtre. Il voulait l'asticoter et la voir trépigner, puis immobiliser cette petite femme-enfant sexy, la recouvrir de son corps et lui montrer qui était le patron. Il se retourna, le souffle court.

Le silence se fit. Puis Niniane reprit :

— Tiago ? Est-ce que tu vas venir te mettre à table ?

Les muscles de son cou se raidirent. Elle avait le ton de quelqu'un qui s'impatiente.

Oui, il y avait une bonne raison pour ça.

Il se força à se détendre et à se retourner lentement, avec des mouvements les plus mesurés possibles. Niniane le regardait avec des yeux ronds et les humains dégageaient l'odeur des personnes qui ne sont pas à l'aise. Il aurait beau essayer de donner le change, une partie subliminale de leur psychisme le percevrait toujours comme un prédateur. Alors il ne fit pas l'effort. Ils se retirèrent presque à reculons quand il s'avança vers la table et s'assit.

— Merci, leur dit-il d'un ton coupant et dédaigneux.

Hughes envoya la femme ranger la kitchenette et faire du café tandis qu'il emportait leurs mugs et la rejoignait.

— Je ne sais pas quel est ton problème, marmonna Niniane les yeux rivés sur le couvercle en métal qui recouvrait son assiette. Pour ce que je sais, c'est une tare congénitale et ce n'est pas ta faute. Mais en tout cas, cow-boy, il va falloir que tu baisses d'un ton ou…

Il projeta les mains en avant, en planta une sur la table et l'autre sur la nuque de la fée, plongea vers elle et posa sa bouche sur la sienne. Il sentit le choc parcourir son corps. Sa douce et jolie bouche s'ouvrit sous l'assaut comme il y plongeait profondément la langue, et il n'y avait là rien de tendre ou de romantique. C'était un geste brutal destiné à assouvir une faim qui le rongeait de l'intérieur et le rendait cinglé.

Elle leva les mains et lui toucha le visage. Ses lèvres remuèrent, pour protester ou pour lui rendre son baiser. Ou les deux. Il se recula en haletant.

Elle cligna des yeux, terrassée, hébétée.

— Tu es dangereux, chuchota-t-elle.

— Et tu es venue à bout de ma patience, gronda-t-il. (Il retira le couvercle de l'assiette de Niniane et le posa violemment sur la table.) Tais-toi et mange ton petit déjeuner.

Il se rassit sur sa chaise et retira le couvercle de son assiette, découvrant un faux-filet et une montagne d'œufs brouillés.

Venir à bout de sa patience ? Oui, bon. Tremblante, Niniane contempla son assiette. Elle posa les coudes sur la table et se couvrit la bouche. Évidemment. Il avait tenu sa promesse. Des crêpes qui embaumaient étaient recouvertes de fraises et nappées de crème Chantilly. Il y avait aussi une petite assiette avec un œuf brouillé et deux tranches de bacon grillé.

Pendant un moment extrêmement tendu, elle ne sut pas si elle voulait s'attaquer à son repas ou lui barbouiller la figure avec, puis la faim l'emporta. Incapable de penser à autre chose, elle dévora son petit déjeuner avec voracité, ne relevant le nez que lorsque les deux assiettes furent vides. Esperanza leur apporta du café et de l'eau avec des tranches de citron, puis elle sortit avec Hughes.

Si Niniane avait pu trouver une excuse pour leur demander de rester, elle l'aurait fait. Elle resta assise et entoura son mug de ses deux mains. Elle contempla le breuvage noir pour éviter de regarder le Wyr lunatique qui était vautré à ses côtés.

Elle le voyait du coin de l'œil. Il avait les bras croisés et se balançait sur sa chaise. À l'instar de la plupart des guerriers wyrs, il avait un torse particulièrement massif avec des pectoraux et des bras extrêmement musclés par le maniement de lourdes épées et d'armes blanches en tout genre. Ses jambes étendues devant lui semblaient interminables. Elle gardait ses pieds sous sa chaise quant à elle, soucieuse d'éviter tout contact avec lui.

Elle faisait semblant de siroter son café tranquillement, mais elle avait la chair de poule. Il avait les yeux rivés sur elle, des yeux sombres, orageux ; sa Force pesait dans la pièce, sulfureuse comme une tempête sur le point d'éclater.

— Avec tous les emmerdements que je me coltine, tout ce que je dois gérer, tout ce à quoi je dois penser, fit-elle remarquer d'un ton froid, tu ne devrais pas être sur la liste, franchement.

— Ah, parce que tu penses que tu peux me « gérer ». (Le ton insolent et suave glissa le long de l'échine de Niniane, mais la tension monta encore dans la pièce.) Tu peux toujours essayer.

Elle releva la tête et croisa son regard. Elle vit sa propre main attraper le pied de son verre d'eau glacée et le lui vider à la figure.

L'eau coula le long de son visage et de son cou. Sa chaise tomba avec fracas. Ses yeux lancèrent des éclairs. Elle se leva et recula tandis qu'il se redressait dans un mouvement fluide.

On frappa à la porte. Il tourna vivement la tête et regarda la porte d'un air mauvais quand on frappa de nouveau. Elle profita de ce moment pour s'éclipser dans la chambre. Son grondement la poursuivit.

— Bordel, Tricks. C'est ça, essaie de t'enfuir. Tu vas voir si ça t'aide.

Elle prit un air renfrogné. Essayer de s'enfuir ? Certainement pas. Elle ressortit de la chambre en courant et entra dans la cuisine. Elle ouvrit le robinet et se mit à sortir tous les mugs et tous les verres des placards. Elle les remplit tous d'eau et les aligna sur le comptoir.

Elle n'en pouvait plus. Et ce n'était pas une façon de parler – elle n'en pouvait réellement, sincèrement, plus.

Seulement une semaine auparavant, avant son départ de New York, elle s'était dissimulée afin de pouvoir lui sauter dessus, lui donner une tape sur la tête et se plaindre en hurlant des injures qu'il proférait sans cesse à son égard. Pendant tout le temps où elle avait été à New York – deux cents ans pour être exact – ils avaient vécu comme des étrangers ou presque. Puis tout à coup, c'était « Bordel, Tricks » ou « Tricks, bordel ». Et quand elle avait finalement laissé libre cours à sa colère, il avait eu le culot de lui rire au nez et de lui dire qu'elle était *mignonne*.

Il lui donnait des ordres. Il se comportait comme un salaud de première. Il était impoli. Il parlait crûment. Oui, bon, ça, ça ne la gênait pas outre mesure. Il écoutait à peine ce qu'elle lui disait. Elle disait un mot et il faisait exactement ce que bon lui semblait de toute façon. Il effrayait les gens normaux et sains d'esprit et la malmenait sans autorisation, et peut-être que cette sexualité sauvage, dominante était exactement le genre de truc qui lui faisait perdre tous ses moyens et faisait bondir dans sa poitrine son idiot de cœur, mais bon ça ne lui donnait pas le *droit*...

Entre-temps, Tiago avait atteint la porte et l'avait ouverte avec violence. Il était d'autant plus en colère qu'il n'avait pas prêté attention aux bruits alentour et n'avait pas entendu que quelqu'un était à la porte avant que cette personne ne frappe. Cette foutue fée lui faisait perdre la tête et démolissait tous ses instincts si affûtés.

Cameron Rogers, la main levée pour frapper une nouvelle fois, se tenait devant lui.

— Quoi, aboya-t-il.

Le lieutenant baissa la main et le toisa. Une expression embarrassée se lit sur son visage constellé de taches de rousseur.

— Oh, fit-elle en toussant. Vous avez l'air un peu mouillé, sentinelle.

— Allez au diable, coupa-t-il. (Il s'essuya le visage d'un revers de la main.) Qu'est-ce que vous voulez ?

La bouche de la policière frémit, mais elle se reprit immédiatement.

— La Chancelière Severan s'entretiendra avec Sa Majesté à l'heure qui lui conviendra. L'un des membres de sa suite insiste pour transmettre ce message en personne.

Il rejeta aussitôt cette possibilité. Tiago et Cameron en avaient déjà convenu : personne n'était autorisé à l'étage à moins de figurer sur la liste des gens pré-approuvés.

— Dites à Severan que Sa Majesté est souffrante. Nous lui ferons savoir quand elle sera prête.

Rogers leva un sourcil blond-roux.

— Vous êtes sûr de ne pas vouloir le dire vous-même à la Chancelière ?

— Je suis un peu occupé là, marmonna-t-il.

Il referma la porte en la claquant et la contempla rageusement en entendant le rire de Rogers.

Niniane avait écouté la discussion de Tiago avec la personne qui avait frappé à la porte. La silhouette immense du Wyr envahit l'embrasure de la cuisine.

Elle ferma le robinet, saisit le verre d'eau le plus proche et la lui jeta à la figure.

Il ne réagit pas à ce nouvel affront, se tint absolument immobile, une statue géante en chair et en os. Quelque chose de dangereux vibra dans l'air. Niniane sentit son cœur s'emballer.

— Tu n'as pas fait ça, dit-il d'un ton tranquille. Tu ne peux pas être suicidaire à ce point.

— Tu ne peux rien me faire. Tu as juré que tu me protégerais et je suis blessée. (Elle saisit le prochain verre rempli d'eau et lui jeta son contenu au visage.) Comment je m'appelle, connard ?

Il inclina la tête et posa les mains sur ses hanches sans la quitter des yeux. Son regard d'obsidienne brillait d'une lueur étrange.

— Mon nom, répéta-t-elle en serrant les dents. (Cette fois-ci, elle s'empara d'un mug. Elle en jeta l'eau sur lui.) Tu le connais. Je te l'ai rappelé suffisamment souvent. C'est curieux, ce n'est pas « Tricks, bordel ». Et si tu oses m'appeler Ninny, JE T'ARRACHERAI LE NEZ !

Les larges et puissantes épaules de Tiago tressaillirent et la ligne nette de sa bouche sévère sembla s'agiter de spasmes.

— À New York, un jour, tu m'as dit de t'appeler autrement. Comment c'était déjà ? Ah oui. « Bordel, madame. »

— Ne pense même pas à te moquer de moi ! hurla-t-elle.

Elle saisit un autre mug des deux mains.

Il fut soudain derrière elle, sa poitrine trempée pressée contre son dos. Il lui saisit les poignets, puis dit d'une voix étranglée :

— Éloigne-toi de l'évier.

Elle s'accrocha au mug de toutes ses forces tandis qu'il essayait, doucement, de lui faire ouvrir les doigts. L'eau clapota et éclaboussa leurs mains, inondant le comptoir.

— C'est le dernier, fit-elle en haletant. Il faut que je le jette.

Il enfouit son visage mouillé dans ses cheveux et explosa de rire. Elle essaya de se dégager en se tordant les poignets, sans réel espoir de se libérer tandis qu'il riait à en perdre haleine. Il réussit à retrouver la parole après un moment.

— Je ne crois pas que tu aies un seul neurone qui fonctionne dans ta cervelle.

— Tu n'es pas expert en psychiatrie à ce que je sache, répliqua-t-elle sèchement. (Dégoûtée, elle reposa le mug vide sur le comptoir. Ils en avaient répandu toute l'eau en luttant.) Et au cas où tu penserais me donner une petite tape sur la tête en me disant que je suis « mignonne », je tiens à te prévenir que toutes mes armes sont encore empoisonnées.

Il lâcha ses poignets et la retourna vers lui, dos au comptoir. Son tee-shirt trempé mouilla sa tunique, tandis que les muscles de son torse puissant saillaient. L'étincelle dans ses yeux s'embrasa alors que son petit corps voluptucux sc tortillait contre le sien en essayant de se libérer.

— Oh je ne veux pas te donner une tape sur la tête, petite fée, dit-il dans un grondement profond qui tenait du ronronnement rauque et qui se transmit à tout son être. (Il se pencha jusqu'à ce que ses lèvres effleurent les siennes.) Je veux baiser ta bouche.

Ladite bouche s'ouvrit de surprise. La fée en avait le souffle coupé. Elle n'arrivait pas à croire ce qu'elle venait d'entendre.

— Tu... tu quoi ?

Le monde bascula quand il la souleva, la prit dans ses bras, et la porta d'un pas rapide dans la chambre. Il la déposa sur le lit. Elle se retrouva soudain allongée tandis qu'il plantait un genou sur le matelas à côté de sa hanche et lui immobilisait d'une main les poignets au-dessus de la tête.

Elle leva les yeux sur son corps, sur ses jambes immenses, puissantes, sur l'angle dur de ses hanches, sur son long torse délié et les muscles bien dessinés de ses bras. Il pencha la tête pour venir frôler la pulpe de ses lèvres entrouvertes et il répéta les mots littéralement dans son corps.

— J'ai dit que je voulais baiser ta bouche, d'abord avec ma langue – (il lécha sa lèvre inférieure) – ensuite avec mon doigt, et enfin avec ma queue. Peut-être que cela te fera taire.

— Tu ne peux pas me parler de cette manière, gémit-elle.

C'était un sauvage, un barbare. Il fallait qu'elle trouve l'interrupteur dans sa tête qui lui permettrait d'éteindre ce désir traître qui l'envahissait. Elle tordit de nouveau ses poignets pour tenter d'échapper aux longs doigts qui la retenaient avec autant de facilité.

— Pourquoi pas ? (Il mordillait sa lèvre supérieure de ses dents blanches et pointues.) Ça ne te plairait pas ?

Plaire ? C'était un mot beaucoup trop terne pour décrire la manière dont elle réagissait à ses gestes et à ses paroles. Sa sensualité brute faisait naître un cyclone d'excitation dans son corps. Déboussolée et légèrement effrayée, elle essaya de se dégager ; son regard noir et brillant parcourut son corps.

— Tu as dit que tu étais désolé. Juste après m'avoir embrassée, fit-elle.

Elle n'avait pas voulu dire cela sur un ton aussi accusateur.

— Putain, oui, j'étais désolé, mais pas de t'avoir embrassée. J'étais là, en train de te dévorer alors que tu étais épuisée, blessée et brûlante de fièvre. Je ne savais pas que je pouvais être un tel salaud égoïste, expliqua-t-il. (Il remonta son autre main sous sa tunique soyeuse et enveloppa doucement la zone de la blessure.) Comment te sens-tu, petite fée ? Tu as toujours mal ?

L'inquiétude sur ses traits était sincère. Elle inspira profondément puis expira en un soupir tremblotant en se sentant fondre encore un peu plus.

— Oui. Mais ça va à peu près si je fais attention.

— Nous ferons attention, murmura-t-il. Plus de fièvre ?

Elle secoua la tête.

— Rassasiée et reposée ?

Elle opina, fascinée par la Force ténébreuse qui la recouvrait et la concentration qui se lisait sur ses traits aquilins.

— Embrasse-moi alors, susurra-t-il.

Il ouvrit la main sur sa poitrine et vint caresser la courbe de sa hanche.

Il était un maître de la foudre. Sa demande traversa son corps avec la fulgurance d'un éclair. La décharge électrique se lova entre ses cuisses et son sexe se mit à palpiter. Elle glissa légèrement ses lèvres contre les siennes en faisant une petite moue sexy.

— Pourquoi est-ce que j'embrasserais un salaud égoïste ?

Un sourire aguichant se dessina lentement sur ses lèvres.

— Parce que je te plais, fit-il à voix basse. Et parce que tu sais au fond de toi que ce serait une bonne chose.

Non, elle savait au fond d'elle que ce serait une très mauvaise chose au contraire, peut-être la pire qu'elle puisse faire. Elle voulait déjà trop s'appuyer sur lui, compter sur lui. L'embrasser, s'engager plus loin avec lui sur le plan émotionnel, reviendrait à aller droit dans le mur. Elle avait l'impression d'être un joueur invétéré fonçant vers un casino, avec son salaire de la semaine en poche.

Mais il était là, sauvage et décomplexé, se tenant au-dessus d'elle comme un lion sur le point de bondir sur sa proie. Sa respiration devint saccadée.

Oh, quelle importance, après tout, se dit-elle. *Ce n'est pas comme si j'étais connue pour mon bon sens.*

Elle inclina la tête et embrassa les contours de sa bouche sensuelle et dure avec une délicate et infinie douceur.

Elle ne savait pas exactement à quoi elle s'était attendue, mais certainement pas à ça. Curieusement, qu'elle le touche de sa propre initiative sembla apaiser la violente tempête qui couvait depuis le matin, avant le petit déjeuner. Leur baiser se mua en une exploration tendre et douce tandis qu'il se tenait calmement au-dessus d'elle, immuable, et qu'il se soumettait à ses caresses.

Elle murmura quelque chose qui n'avait pas d'importance tandis que son propre ouragan de colère s'éloignait, que son cœur battait la chamade et que son plaisir s'étirait en une longue spirale liquide. Il taquina ses lèvres jusqu'à ce qu'elle les ouvre et s'immisça entre elles, une invasion experte qui la transporta. Quand il relâcha ses poignets, elle passa les mains sur ses bras pour agripper ses épaules tandis qu'il pressait sa bouche toujours plus loin. La main qui caressait sa hanche glissa entre ses jambes pour presser délicatement le foyer palpitant de son désir.

Elle se raidit et il releva la tête, puis murmura :

— Chut, tout doux. Tu es blessée et nous n'allons rien faire. Détends-toi.

Elle rencontra son regard et crut plonger dans un lac de chaleur sensuelle. Il frotta la main contre sa fente en penchant de nouveau la tête. Il reprit sa bouche avec avidité et une certaine violence cette fois tout en continuant à masser son clitoris à travers les plis soyeux de son pantalon ample. Elle laissa échapper une sorte de sanglot incohérent en explorant de ses mains tremblantes le relief sinueux de son corps ferme. Comme elle avait l'impression que quelque chose en elle s'était débloqué, elle plaça ses deux mains autour de la longueur qui criait son désir mâle et qui déformait le tissu de son jean au niveau de la braguette. Il poussa un feulement contre sa bouche et poussa ses hanches vers elle, suivant la trace de sa caresse.

— Bordel, murmura-t-il d'une voix mal assurée, ses lèvres glissant le long de son cou. Tu es comme de la soie brûlante.

Elle émit un rire haletant et resserra ses doigts sur son membre dur. Il gémit de nouveau et déposa un baiser mouillé sur son épaule tout en la masturbant, l'entraînant dans un tourbillon de plaisir. Il se pencha et mordit le bout d'un de ses seins à travers la tunique.

Il était une magnifique et inépuisable source de problèmes, tout en épines et en agressivité.

Elle s'en voulait de le désirer, mais Dieu, ses mains et sa bouche étaient tellement délicieuses. Elle voulait sa langue, ses doigts, sa bite dans sa bouche. Elle voulait que son corps la recouvre et pèse sur elle pendant qu'il la pénétrerait et lui ferait oublier le reste du monde.

Elle secoua la tête. Quelque chose en elle se rebella contre le plaisir qu'il s'évertuait à lui donner. C'était elle-même son problème ; elle était submergée de sentiments contradictoires. Il toucha une zone si enfouie en elle qu'elle ne put supporter qu'il s'y soit immiscé. Sa respiration devint laborieuse tandis qu'une angoisse crispait ses muscles. Elle appuya une main sur ses côtes car un tiraillement au niveau de sa blessure lui lança un avertissement et elle saisit le poignet de Tiago de l'autre main.

— Arrête, souffla-t-elle péniblement. S'il te plaît.

Il se figea et chercha son regard humide et perdu.

— Je t'ai fait mal ?

Elle se mordit la lèvre et fit un signe de dénégation. Elle tourna la tête et se couvrit les yeux d'un bras.

— Je… je ne peux pas faire ça.

Elle attendit une explosion de mauvaise humeur ou d'agressivité, mais il se tint immobile, agenouillé au-dessus d'elle. Quelques minutes s'écoulèrent et la respiration de Tiago retrouva un rythme plus apaisé, puis il s'étendit auprès d'elle. Il couvrit la main qu'elle avait pressée contre ses côtes et posa une de ses cuisses musclées sur son bassin, l'immobilisant.

— Tu étais avec moi, dit-il. Que s'est-il passé ?

— La réalité a débarqué. Je suis désolée.

— Niniane, fit-il avec calme.

Il resta silencieux, les yeux rivés sur son visage.

L'entendre l'appeler par son vrai nom tiraillait ce point enfoui au plus profond d'elle-même, cet endroit plus intime et plus vulnérable encore que le cœur de sa féminité où sa main était toujours posée.

— Est-ce que tu peux me laisser seule quelques instants, s'il te plaît ? demanda-t-elle en articulant les mots avec peine. J'ai besoin d'être seule un moment.

Elle crut qu'il allait refuser et tenter encore une fois de la pousser dans ses retranchements, mais quelque chose, peut-être sa bouche tremblante ou sa voix mal assurée, dut le retenir. Il sourit et l'embrassa sur le front.

— Je vais aller faire du café et puis on parlera, d'accord ?

Elle fit un signe de tête et détourna les yeux quand il se leva et sortit de la chambre. Il laissa la porte tout juste entrebâillée et se rendit dans la cuisine. La suite commençait à lui sembler un peu étouffante. Peut-être que si elle en avait le courage, il pourrait les faire sortir discrètement de l'hôtel et ils pourraient aller se promener en voiture le long du lac Michigan et en profiter pour discuter. Un peu d'air frais lui ferait du bien.

Il posa les mains sur le comptoir et secoua la tête. Dans la chambre, il avait failli lui dire : « Niniane, nous allons être amants, alors nous avons tout notre temps. C'est ça la seule réalité qui importe. »

Il avait réussi à s'empêcher de le dire parce qu'à ce moment-là, il avait lu sur ses traits que quelque chose était sur le point de se briser en elle et un instinct l'avait retenu, pour la protéger.

Pas pour se protéger lui. Ce qu'il avait failli dire était la pure vérité, il le savait. Elle tergiversait et essayait de le repousser, mais il la posséderait au bout du compte.

Il la posséderait. Il n'aurait aucun répit avant.

Le bord du comptoir craqua sous ses mains. Il fronça les sourcils et s'avoua pour la première fois qu'il n'agissait pas de manière aussi rationnelle et calme que d'habitude.

Ni rationnel. Ni calme.

Ne pensant qu'à elle. Incapable de détourner son esprit de Niniane.

Elle était une princesse, une fée perdue, comme sortie d'un film à mi-chemin entre un Disney et une série B d'épouvante. Elle serait bientôt reine des Faes noires, un groupe d'Anciens bien connus pour leur politique complexe et impitoyable. Elle lui pompait l'air toutes les cinq minutes.

Elle ne pouvait pas se battre sans tricher. Oui, bon, peut-être que ça, ça ne le dérangeait pas tellement. Tous ses jolis vêtements de marque avaient des noms étranges. Qu'est-ce que c'était, bordel, un pashmina, une paire de Louboutin ou encore une Stella McCartney ? Putain quel était le problème de désigner les fringues par leurs véritables noms ? Des robes, des chemises, des pantalons, des chaussures ? Ce n'était pas déjà assez compliqué comme ça ?

Et puis il était vieux, très vieux, et il avait ses habitudes. Il était indépendant, habitué à l'autonomie que confère le commandement, à l'aise avec la violence de son train de vie nomade, satisfait de mener l'existence d'un guerrier ; il était un prédateur, un chef de guerre qui aimait se battre, et une sentinelle wyr.

La fixation qu'il avait développée à son endroit était plus que cinglée. C'était incompréhensible. La recette parfaite pour un cataclysme.

Il se frotta le visage des deux mains. Bon, il fallait commencer par le commencement. Rune et Aryal seraient là dans les vingt-quatre heures. Pendant qu'ils enquêteraient sur le Wyr qui les avait trahis lors de l'attaque de la veille, ils pourraient l'assister dans son rôle de garde du corps. Leur présence diluerait ce délire invraisemblable et intense qui caractérisait désormais ses échanges avec Niniane. Ensuite, la situation se calmerait.

Il entendit soudain un bruit sourd venant de la chambre, puis un cri étouffé. Il releva la tête et appela :

— Qu'est-ce qui se passe ? Tu es tombée ?

Pas de réponse. Il ne marcha pas vers la chambre, il y plongea littéralement, ouvrit la porte à la volée et balaya la pièce de son regard d'aigle.

La chambre était vide ; la salle de bains aussi. Le silence de la suite rugit à ses oreilles. La lampe de chevet était renversée. Une étrange odeur sauvage flottait dans l'air, ainsi que l'impression d'une énorme dépense de Force, une flambée d'énergie qui s'estompait peu à peu.

Le cœur lui manqua. Elle avait de nouveau disparu, c'était inconcevable. Mais cette fois, ce n'était pas de son plein gré.

— Oh merde, murmura-t-il. Niniane.

7

Elle était restée étendue sur le lit de longues minutes après le départ de Tiago, les yeux au plafond. Sans la vitalité de sa présence qui la stimulait et la confortait, la léthargie entraînée par le sort de désinfection avait repris possession de son organisme. Elle crut au début que ses membres fébriles ne pourraient la soutenir.

Elle réussit enfin à trouver la force de s'asseoir. Elle envisagea de se changer afin d'être plus « habillée » si elle devait paraître en public, mais cela lui parut une tâche insurmontable. Quant à l'idée d'essayer de gérer les questions politiques des Anciens, c'était tout simplement hors de question. Elle allait envoyer des messages à tout le monde pour expliquer qu'elle avait besoin d'un jour de repos supplémentaire.

Comme Tiago le disait, le monde pouvait attendre. *Peuh*. Elle se demandait s'il apprécierait qu'on lui impose une telle devise. Mais non, elle savait déjà comment il réagirait – M. Bulldozer tenterait de démolir chacune des objections qu'elle serait susceptible d'émettre. Elle supposait donc qu'ils allaient avoir cette discussion qu'il tenait tant à avoir. Ensuite, elle pourrait peut-être s'étendre et regarder de vieux films. Elle pourrait, entre deux petites siestes, manger la boîte de chocolats qu'il lui avait offerte et prétendre pendant un moment que le monde extérieur n'existait pas.

Quand elle jugea qu'elle pouvait se lever sans tomber, elle posa les pieds par terre et se redressa en laissant échapper un grognement de douleur.

C'est alors que le cyclone était entré dans la chambre.

En l'espace d'une seconde à peine elle se retrouva au milieu d'un maelström d'énergie. Elle se cacha les yeux d'une main et en regardant à travers ses doigts vit un homme prendre forme devant elle. Un visage fin, pâle et inhumain, encadré de longs cheveux de jais ; de petits yeux, clairs comme le diamant, brillaient entre les mèches qui balayaient l'air autour de lui. Le reste de son corps se matérialisa. Il était aussi grand que Tiago, mais sa silhouette était mince et gracieuse, en harmonie avec son visage. Il portait une tunique et un pantalon en lin, d'une coupe simple, certes, mais qui lui semblèrent exotiques. Quand il la vit, un sourire triomphant souleva les commissures de sa bouche.

C'était un sourire qui avait l'air de dire avec beaucoup trop d'audace : *Coincée.*

Elle recula vivement, heurta la table de chevet et fit tomber la lampe. Elle inspira et s'apprêta à pousser un hurlement, mais l'intrus l'attrapa en se déplaçant à une vitesse stupéfiante et plaqua une main sur sa bouche tout en passant l'autre autour de sa taille. Il la tenait d'une poigne de fer. Elle geignit et griffa le dos de sa main.

La tornade refit son apparition et cette fois-ci le monde disparut tandis que le cyclone les engloutissait.

La terreur envahit son esprit. La seule chose solide ou stable était la créature qui la tenait prisonnière contre son corps musclé et nerveux. Puis le monde commença à réapparaître autour d'elle : murs, plafond, meubles, et un sol sous ses pieds.

Elle ne prit pas le temps de regarder autour d'elle ou d'essayer de s'orienter. Dès qu'elle le sentit relâcher prise et qu'elle fut suffisamment libre de ses mouvements, elle s'écarta de lui en le repoussant, pivota et lui assena de toutes ses forces un coup de poing dans le nez.

Elle se servit de son poing droit. Son bras dominant était aussi, par chance, son côté indemne. Elle sentit le nez se casser sous ses phalanges quand son ravisseur projeta la tête en arrière.

Les étranges yeux de diamant jetèrent des éclairs. Elle haleta et recula en chancelant, la main appuyée contre sa blessure. Un liquide d'une couleur de champagne coula d'une de ses fines narines. La cassure qui avait tordu son nez se redressa sous les yeux de Niniane.

— Vous êtes en pâte à modeler, ma parole, fit-elle d'un ton émerveillé mais non dépourvu de ressentiment.

Est-ce que toutes les autres parties de son corps pouvaient ainsi se régénérer quand il était blessé ? Comment pouvait-on gagner contre une créature qui ne restait pas cassé quand on la cassait ?

Il ne se donna pas la peine de répondre et essuya son visage d'un revers de main en la contemplant avec une malveillance nonchalante.

— J'aurais dû te dire de te méfier, fit une femme derrière elle. L'héritière des Faes noires a beau être petite et mignonne, elle peut être aussi dangereuse qu'un diable de Tasmanie si elle se trouve acculée.

Niniane connaissait cette voix. C'était l'une des voix les plus mélodieuses au monde et aussi l'une des plus meurtrières. Écarquillant les yeux, elle se retourna pour faire face à Carling Severan, Chancelière du tribunal des Anciens, sorcière et reine des vampires.

Elle était aussi séduisante que sa voix. Sa beauté avait un charme déchirant et menaçant. Vêtue d'un tailleur Chanel noir, Carling Severan était de taille moyenne, mince et exquisément faite. Elle avait un long cou aristocratique, des yeux sombres en amande, des cheveux noirs brillants qui lui arrivaient à la taille et formaient un épais rideau derrière elle, des pommettes saillantes, une peau lisse et lumineuse de la couleur du miel et une bouche terriblement sensuelle. Elle était déjà d'un âge vénérable au moment de la fondation de Rome, mais elle avait le visage et la silhouette d'une femme de trente ans.

La reine des vampires était l'une des plus anciennes Créatures de la Nuit encore en vie, peut-être la plus ancienne d'ailleurs. Même au repos, sa Force remplissait la pièce, à moins que Carling ne fasse quelque chose pour la contenir ou la masquer. Son énergie se retirait alors comme une marée s'éloigne du rivage et la vampire prenait l'apparence rassurante d'une belle femme humaine.

Elle était un cobra au venin mortel qui se faisait passer pour une innocente couleuvre de jardin.

C'était assez vicieux.

— Chancelière, articula péniblement Niniane.

L'illusion d'innocence se vaporisa quand la vampire s'approcha d'elle avec une grâce inhumaine et fluide qui était aussi terrifiante que son allure.

Carling s'arrêta juste devant Niniane, posa une main fine sur son épaule et leva les yeux vers son sbire.

— Tu peux disposer, Khalil.

Les narines de la créature se dilatèrent.

— J'ai remboursé l'une des trois faveurs que je vous devais.

Niniane entendait encore la sauvagerie du cyclone dans sa voix profonde. Elle frissonna et la pression qui pesait sur son épaule s'intensifia.

— En effet. Jusqu'à la prochaine fois, djinn.

Une bourrasque de vent hurlant se leva, puis mourut. Niniane baissa les yeux et les couvrit de ses mains pour les protéger des pointes des cheveux de Carling qui fouettaient l'air. C'est alors qu'elle remarqua la bande de lumière éclatante qui provenait d'une fenêtre et qui barrait ses jambes ainsi que celles de la vampire. Niniane garda les yeux fixés dessus. Carling ne portait pas de chaussures et ses jolis pieds couleur de miel étaient baignés de lumière. Un tel contact avec les rayons du soleil aurait réduit en cendres en l'espace de quelques secondes un vampire moins puissant. Niniane frissonna de plus belle. Même pour une créature considérée comme surnaturelle, Carling était surnaturelle.

— C'est le moment où vous pouvez me demander si je suis une sorcière bienveillante ou malveillante, fit la Chancelière.

Niniane leva les yeux et croisa le regard magnifique et vénérable de la vampire.

— Je ne sais pas si je souhaiterais entendre votre réponse, répondit-elle du ton le plus assuré qu'elle put.

— Voilà une petite héritière qui fait preuve de sagesse. J'ai appris que vous aviez été blessée. Je flaire le sang de votre plaie et un prince des démons n'est pas le moyen de transport le plus doux qui soit. Asseyez-vous, je vous en prie.

Carling, qui avait gardé la main sur l'épaule de Niniane, l'obligea à se diriger vers un fauteuil et la soutint car ses jambes flageolantes menaçaient de se dérober sous elle. Reconnaissante de pouvoir s'asseoir, elle s'enfonça dans son siège, même si elle était à des années-lumière de se détendre.

Carling se coula dans un autre fauteuil. Par le simple geste de s'asseoir dessus, elle lui donnait l'aspect d'un trône. Niniane l'observa en coin, envieuse de la grâce impériale de l'autre. Même si elle était impressionnée, elle était aux aguets, tous les sens en alerte ; un indicateur d'urgence clignotait dans son esprit. Elle avait eu plusieurs échanges cordiaux avec la Chancelière au fil des ans, mais toujours en public et d'une manière officielle. Si Carling n'était pas wyr, elle était prédatrice jusqu'au bout des ongles et Niniane savait qu'elle avait intérêt à ne jamais l'oublier.

Carling n'était plus à proprement parler reine des Créatures de la Nuit. Par le biais d'une manœuvre juridique sans précédent, elle avait officiellement abdiqué quand elle était devenue Chancelière du tribunal des Anciens. Mais elle avait exploité une faille dans la législation qui s'était créée lorsque le tribunal des Anciens avait été institué aux États-Unis dans les années 1790. En effet, la loi interdisait à tout dirigeant politique d'obtenir un poste au tribunal des Anciens, mais cette loi n'était pas rétroactive. Aussi, lorsque Carling avait abdiqué, sa progéniture, Julian Regillus, avait hérité en théorie du titre de roi des Créatures de la Nuit, mais c'était bien Carling qui continuait de régner. Si la faille, ou disons, le vide juridique avait été comblé depuis, on savait depuis longtemps et on l'acceptait que Regillus agissait conformément aux ordres de sa génitrice et que Carling, de fait, restait la souveraine des Créatures de la Nuit tout en siégeant au tribunal des Anciens.

Niniane se rendit compte qu'elles n'étaient pas seules dans la pièce quand Carling fit un signe et qu'une domestique, une jolie blonde au teint pâle, s'en alla sans bruit, les yeux baissés. La Fae noire regarda autour d'elle et remarqua les similarités de cette suite avec celle qu'elle occupait avec Tiago. Elle remarqua également les changements qui avaient été faits dans l'ameublement et le décor : l'exquise soie damassée drapée sur la table basse par exemple et le coffre ancien en acajou marqueté posé contre un mur. Le meuble de télévision et les tableaux avaient été retirés, rendant la pièce plus aérée, plus spacieuse, différente.

Elle s'efforça de respirer normalement, les mains croisées sur les genoux tandis qu'elle assimilait le message silencieux inscrit dans l'espace autour d'elle, à savoir qu'elle se trouvait désormais dans le territoire des vampires.

— Un prince des démons est rarement redevable envers qui que ce soit. Cela me semble être une utilisation un peu frivole d'une faveur Puissante que de faire appel à lui simplement pour me transporter d'un étage à un autre.

— Votre Wyr se montrait querelleur et irrespectueux, répliqua Carling. (L'expression de la vampire sembla la transformer en une somptueuse sculpture de glace.) Il fallait lui donner une leçon.

Niniane crispa les mains, luttant contre la colère. Son Wyr. C'était presque comme si Carling avait parlé de Tiago en l'appelant « votre toutou ». Elle nota le sourire discret et inexplicable de Carling.

Bizarre. Elle se demanda ce qu'il signifiait alors qu'elle déclarait en veillant à adopter un ton parfaitement neutre :

— J'ose croire que personne n'avait l'intention de vous manquer de respect, Chancelière.

Niniane marqua une pause pour laisser l'ironie de ses mots faire son effet dans le silence qui régnait dans la pièce. La vampire demeura immobile en face d'elle, faisant preuve d'une patience tout aussi inhumaine que ses atours. Son sourire énigmatique s'élargit.

— Je suis certaine que Dragos va regretter que vous ne soyez plus une de ses ressources diplomatiques, bien que, il faut le souligner – vous ne soyez pas encore la reine des Faes noires.

Que voulait-elle dire par là ? De toute évidence, il s'agissait d'un avertissement à peine voilé. Et elle ne savait pas s'il était amical ou hostile. Son malaise s'intensifia. Si elle ne comprenait pas, le mieux était de ne pas y prêter attention pour l'instant, en tout cas lors de cet échange.

— Un certain nombre d'obstacles se sont déjà dressés devant moi. Nous avons eu des défis à relever, fit-elle d'un ton apparemment conciliant, et je suis certaine qu'il y en aura d'autres. Je suis heureuse que le seigneur de la guerre, la sentinelle Tiago, soit venu à ma rescousse. Vous ne le savez peut-être pas encore, mais il est arrivé juste à temps pour arrêter un second attentat sur ma personne.

Carling baissa ses paupières gracieuses. Pendant un moment, la vampire resta parfaitement immobile. Cette femme qui se détachait sur un décor de soieries anciennes et d'acajou était d'une beauté incomparable. Le tableau paraissait si vrai et anachronique à la fois que Niniane se sentit désorientée, un peu comme si elle contemplait une peinture composée par un de ces anciens maîtres européens, ou comme si une faille temporelle s'était ouverte afin de lui laisser apercevoir un lointain passé. Puis la climatisation de l'hôtel s'activa. L'air froid s'enroula autour de ses chevilles nues comme un serpent invisible, et l'illusion fut dissipée.

— Un second attentat, quand cela ?

Niniane ne parvenait pas à lire sur le visage de la Chancelière. Selon elle, Carling savait déjà et voulait tout simplement entendre le récit de sa propre bouche. Elle changea de position pour se sentir plus à l'aise. Sa blessure et ses courbatures lui faisaient mal, et le retour du stress éveillait un mal de tête.

— Tôt hier matin, alors que je revenais à l'hôtel. C'était une autre triade. Aucun des assaillants n'a survécu et ne peut donc être interrogé. Je ne les ai pas reconnus, mais ça ne veut rien dire. Je n'étais pas assez près pour bien les voir.

— C'est étrange alors que les Faes noires ont tant besoin de vous, fit remarquer Carling.

— Comment ça ?

La vampire haussa ses épaules bien tournées.

— Les Faes noires n'ont pas prospéré sous le règne d'Urien. Les Anciens qui écrivent l'Histoire en conviendront, même si sa politique d'isolationnisme lui a conféré un contrôle très important sur les accords commerciaux et industriels. Je suis certaine que sa fortune personnelle s'est considérablement accrue.

— Je n'en doute pas une seconde, grinça Niniane entre ses dents.

— Mais Urien a isolé la société des Faes noires, poursuivit Carling, et cela à une époque cruciale du développement du pays. Compte tenu de leur talent pour la métallurgie, les Faes noires auraient pu devenir un domaine beaucoup plus influent et prospère qu'il ne l'est aujourd'hui. Je crois qu'un certain nombre d'esprits éclairés parmi votre peuple en a désormais pris conscience.

Les mots de Carling réveillèrent une rage ancienne. Niniane pinça les lèvres pour ne pas la laisser éclater. Pendant toute la révolution industrielle, elle avait fulminé en pensant à ça.

— En dépit de la rhétorique politique qu'il martelait, Urien n'a jamais agi dans l'intérêt des Faes noires, gronda-t-elle. Mais toujours dans le sien.

— En effet, reconnut Carling. Urien était lui-même un métallurgiste de talent et un sorcier Puissant. Vous allez certainement découvrir que si sa fortune s'est accrue, le reste de la société des Faes noires stagne au plan économique aussi bien que politique. En tant que peuple, elles ne sont pas assez nombreuses pour tirer leur épingle du jeu en suivant le modèle d'une économie fermée, et c'est pourquoi elles ont besoin de vous. En tant qu'héritière, vous satisferez ceux qui sont attachés à la tradition, tels que le juge Trevenan. Vous avez également des liens importants avec tous les autres domaines des Anciens, ce qui plaira aux esprits progressistes, tels que le chancelier Riordan, et vous bénéficiez d'une popularité extraordinaire auprès du peuple américain. Vous êtes un cadeau exceptionnel pour les Faes noires.

Elle poussa une exclamation et sa blessure l'élança.

— Tout cela semble juste en théorie, Carling, mais je peux vous dire que pour l'heure, je ne sens pas vraiment d'affection et d'enthousiasme autour de mon accession au pouvoir.

La servante vampire blonde entra en portant un plateau. Elle déposa un verre rempli d'un liquide sombre sur la table devant le fauteuil de Niniane et une bouteille d'eau glacée à côté. Veillant à éviter la bande de soleil sur la moquette, elle posa un autre verre à pied près du fauteuil de Carling, baissa la tête devant sa maîtresse, et sortit.

Niniane plissa le front. Elle prit le verre afin d'en renifler le contenu avec circonspection. Le liquide sombre et capiteux qui rayonnait doucement contre sa main infusait de Force. Des aromates flottaient à la surface. Elle sentit de la cannelle et des clous de girofle.

— C'est un château-rothschild, 1962, murmura Carling en buvant une gorgée. Le vôtre contient une potion aux vertus guérisseuses qui atténuera votre douleur, si vous le buvez.

Niniane garda les yeux baissés. Elle essaya de réfléchir malgré le battement de son mal de tête. Elle pensait Carling capable de tout pour atteindre ses objectifs, y compris de recourir au poison, mais pourquoi l'empoisonnerait-elle ? Carling et Urien se haïssaient, ce qui n'avait fait que renforcer l'alliance de la vampire avec Dragos et les Wyrs. Niniane ne pouvait pas imaginer Carling soutenir un autre candidat potentiel au trône des Faes noires, surtout pas un ancien allié d'Urien.

Sur un plan personnel, Niniane et Carling avaient toujours entretenu des rapports cordiaux. Et la vampire était là de manière officielle, en tant que représentante du tribunal des Anciens. Niniane avait besoin d'alliés, et Carling, si elle y était encline, était en excellente position pour se faire une amie et une alliée de la prochaine reine des Faes noires.

Et puis la Force qui était mêlée au breuvage faisait une lueur chaude et douce contre les paumes de ses mains. Cela lui faisait du bien, comme les bons bouillons qu'elle se préparait quand elle avait un rhume. Elle leva le verre et prit une gorgée.

— Je ne m'attendais pas à ça, c'est délicieux, fit-elle d'un air surpris.

Carling buvait son vin et l'observait. Niniane prit soudain une décision. Elle rejeta la tête en arrière et avala la potion jusqu'à la dernière goutte.

Un rayonnement puissant l'envahit. Elle eut l'impression d'être une coupe que l'on aurait remplie à ras bord d'une riche lumière dorée.

— Wow, effectivement, marmonna-t-elle.

Sa tête dodelina contre le fauteuil. Elle dut faire un effort pour se rappeler de tenir le pied de son verre et de ne pas le laisser tomber sur la moquette. Un instant plus tard, elle sentit ses doigts s'ouvrir malgré elle et le verre lui échappa. Elle essaya de distinguer le sol à travers la lumière dorée qui emplissait sa tête.

Puis la Force diffuse se concentra sur sa blessure. Comme elle refluait du reste de son corps, elle sentit la zone qui entourait la blessure s'enflammer et rayonner de plus en plus jusqu'à briller dans son esprit comme une étoile nichée à l'intérieur d'elle-même.

L'étoile commença à brûler comme si quelqu'un avait posé un fer à repasser chauffé à blanc sur le point d'entrée du poignard. Ça faisait mal. Ça faisait même très mal. *Aïe, aïe, aïe*. Elle suffoqua presque et s'entoura de ses bras. Elle sentait les chairs déchirées se reformer, se ressouder en somme. On n'était pas censé pouvoir sentir des trucs pareils. C'était mille fois pire que les démangeaisons internes du sort de désinfection.

— Un petit avertissement aurait été charitable, réussit-elle à haleter.

— Vous m'avez prise de court. Je ne m'attendais pas à ce que vous avaliez la potion d'un trait. (La merveilleuse voix de Carling pénétra sa souffrance.) Il paraît que respirer profondément aide un peu.

Était-ce de l'amusement qu'elle percevait chez la vampire ? Maudite soit-elle. Niniane lui jeta un regard noir en essayant de prendre de grandes inspirations. Elle ne savait pas si cela atténuait la douleur, mais au moins cela lui permettait de focaliser son attention. Elle finit par tout simplement haleter en attendant que la douleur passe.

Après un temps qui lui sembla interminable, l'étoile brûlante perdit de son éclat, puis s'éteignit. Douleur et désorientation quittèrent son corps aussi vite qu'elles étaient apparues.

Elle se redressa avec prudence et tâta doucement le pansement. Plus de douleur. Elle inspira un grand coup. Pas le moindre petit élancement. Piquée par la curiosité, elle leva le bas de sa tunique et décolla les bords du pansement pour jeter un coup d'œil dessous. Le seul sang visible était celui qui avait séché sur le tampon de coton directement posé sur la plaie – ou plus exactement sur l'endroit où il y avait eu une plaie. Car tout ce qui restait était une petite cicatrice argentée et deux points.

— Nom d'un petit bonhomme, s'exclama-t-elle. (Elle palpa la cicatrice.) C'est complètement guéri. Je n'ai jamais entendu parler d'une potion aussi puissante.

— Ça ne me surprend pas, répondit Carling, vu que ce n'est pas souvent que je me donne la peine d'en préparer une.

— D'accord, je vous crois, fit Niniane en la regardant. Merci beaucoup. Vraiment, je vous suis très reconnaissante, mais je vous en veux aussi parce que la douleur a été monstrueuse.

La vampire leva un sourcil.

— Je pense que vous trouverez un moyen de l'oublier, fit-elle d'un ton qui conservait une trace d'amusement.

— Oui, je le pense aussi, fit-elle avec un sourire radieux.

Niniane inspira une nouvelle fois profondément, sans ressentir la moindre douleur. La potion n'avait pas seulement ressoudé les chairs déchirées de la blessure, elle avait soigné les bleus et les contusions. Elle se sentait en pleine forme, comme avant l'attaque, pleine de vitalité et de bien-être. La potion de Carling était aussi comparable aux sorts de guérison du Dr Weylan que la navette spatiale pouvait l'être à une 2 CV. S'il n'y avait rien à reprocher à une 2 CV bien entretenue, le véhicule ne pouvait pas non plus défier la gravité.

Elle baissa les yeux sur le pansement qu'elle avait à moitié décollé et l'arracha complètement en faisant la grimace.

La servante blonde de Carling se tenait à côté de son fauteuil. Niniane réussit à contrôler un mouvement de recul. Elle observa la jeune et jolie vampire ramasser le verre qu'elle avait fait tomber et le poser sur le plateau. Elle lui tendit ensuite le plateau en baissant la tête.

— Si Sa Majesté le souhaite, murmura-t-elle. Je serais heureuse de m'occuper des pansements.

Niniane regarda ce qu'elle tenait. Le tampon de coton était imbibé de sang. Si elle semblait s'entendre plutôt bien avec Carling, donner un échantillon de son sang à la servante vampire de l'une des sorcières les plus Puissantes du monde ne semblait pas une idée lumineuse. Elle s'éclaircit la gorge.

— Euh…

— Bien entendu, Rhoswen brûlera comme il se doit les pansements dans la cheminée, ajouta Carling en finissant son vin.

Niniane ne se soucia pas de s'excuser pour son hésitation ou sa prudence.

— Merci, fit-elle en laissant tomber les pansements sur le plateau.

Rhoswen se tourna pour prendre le verre de Carling. Elle avait l'expression impassible de la parfaite servante. Niniane et Carling l'observèrent toutes les deux jeter les pansements dans la cheminée et y mettre le feu à l'aide d'une bougie. Elles gardèrent le silence en observant la flammèche danser, brûler, puis s'éteindre.

Libérée de la douleur et de la léthargie, Niniane se mit à penser à Tiago. Il devait s'inquiéter, sauf s'il avait pu déterminer la direction prise par le djinn. Elle ne connaissait pas les aptitudes de pistage de Tiago, mais elle avait entendu Dragos jurer qu'il était le meilleur dans son domaine d'expertise, dont le pistage faisait partie. Il était possible qu'il sache déjà qu'elle était en sécurité avec Carling. Et elle l'était, n'est-ce pas ?

Peut-être qu'il était soulagé d'être débarrassé d'elle. Et pourquoi en serait-il autrement ? Il avait clairement exprimé dès son arrivée qu'il tenait son déplacement pour un emmerdement de première. Elle se mordit la lèvre, luttant contre le besoin de se tortiller nerveusement.

Qu'il soit soulagé ou non, toutefois, elle connaissait la nature obsessionnelle d'une sentinelle wyr. Elle avait été kidnappée alors qu'il était responsable de sa sécurité. Il n'aurait de cesse de la retrouver, ce qui voulait dire...

Elle inspira tandis qu'une certitude s'installait en elle. Il ne savait pas où elle se trouvait.

— Je suis sûre que Tiago a compris la leçon, dit-elle doucement. Maintenant, j'aimerais lui faire savoir que je suis avec vous et que tout va bien, ajouta-t-elle en s'efforçant de garder un ton calme et dénué de toute impatience.

Un voile de malveillance passa sur les traits ravissants de Carling.

— Pourquoi n'enverrais-je pas une servante lui porter le message ? demanda-t-elle d'un ton suave.

Niniane la regarda.

— Parce que nous savons toutes les deux qu'il peut parfois se montrer trop... distrait pour écouter ce qu'une servante peut avoir à lui dire. Vous pourriez ensuite continuer à vous venger parce qu'il a envoyé promener votre messager tout à l'heure.

— Distrait, fit Carling, les yeux étincelants. Ça me plaît.

Malgré ces paroles légères, un message particulier était délivré sans la moindre ambiguïté : on n'ignorait pas impunément les demandes de la reine des vampires. Carling n'allait pas céder sur ce point, à moins qu'on lui force la main.

Niniane soupira, puis déclara de but en blanc :

— Allez, ça suffit, Carling. Vous et moi avons une occasion formidable de développer une alliance précieuse. Cela fait longtemps que vous n'avez plus d'alliance digne de ce nom avec les Faes noires. Mais ça ne va pas arriver si vous vous obstinez à tourmenter Tiago avec ma disparition – ou si vous insistez pour le tourmenter de manière générale.

— Fascinant. Vous mettriez en péril une alliance potentielle entre les Créatures de la Nuit et les Faes noires pour un Wyr mal élevé et soupe au lait ?

Niniane pianota sur l'accoudoir de son fauteuil. Il n'aurait pas été avisé de perdre patience avec la reine des vampires. Un moment se passa, puis elle reprit la parole sur un ton calme :

— Je vous rappelle que Tiago m'a retrouvée à Chicago lorsque j'ai disparu et qu'il m'a sauvé la vie. Cela après que les Wyrs m'ont offert asile et protection pendant près de deux cents ans. Ne me forcez pas à choisir entre eux et vous, parce que vous ne l'emporteriez pas.

— Bon, fit Carling avec un petit sourire, concédant le point.

On entendit quelque chose se fracasser. Cette fois-ci, Niniane ne put s'empêcher de sursauter violemment. Elle entendit un cri venant du hall, un grondement, puis un autre énorme bruit, comme si une porte avait été claquée au point de la sortir de ses gonds. La vampire tourna la tête vers le hall.

— Apparemment, il est devenu inutile de débattre du moyen de communiquer avec votre Wyr, fit remarquer Carling.

TIAGO ! Oh, Dieu, non. Il ne pouvait pas s'attaquer aux vampires. Vu l'humeur de Carling, elle était bien capable de le faire tuer.

Niniane bondit de son fauteuil et se précipita vers la porte. Sans qu'elle sache trop comment, Carling l'avait devancée et ses longs doigts fins saisissaient déjà la poignée de la porte. Elle eut l'impression que la vampire mettait un temps infini à ouvrir la porte. Dès qu'elle le put, Niniane franchit le seuil et se rua dans le hall.

Elle prit mentalement une photo de la scène qui s'offrait à son regard horrifié.

Une lourde porte pare-feu gisait contre un mur, dix mètres à peine devant elle. La silhouette colossale de Tiago se détachait dans l'embrasure qui donnait sur l'escalier. Trois vampires mâles se dressaient devant lui en formant un demi-cercle. Chacun d'eux était l'incarnation même d'une magnifique arme meurtrière. La vampire blonde Rhoswen s'était mise entre Tiago et sa maîtresse. Plusieurs humains se tenaient dans l'embrasure d'autres portes et certains brandissaient des pistolets. Toutes les armes étaient pointées sur Tiago.

Ce dernier semblait tout droit sorti d'un cauchemar. Lui aussi était armé : une épée accrochée dans son dos, des pistolets dans ses holsters. Il s'était partiellement métamorphosé, ce qui était le signe d'une émotion extrême chez un Wyr, telle que la terreur ou la rage. Les os de son visage étaient déformés. Sa poitrine, ses bras et ses jambes étaient plus larges que de coutume ; des muscles saillaient à des endroits où il ne devait pas y en avoir normalement. Ses mains puissantes étaient prolongées par des serres.

Quand Niniane apparut, Tiago tourna vers elle son visage sombre et sauvage.

Ses yeux.

Leur couleur obsidienne et leur expression sardonique avaient disparu. Ils brûlaient d'un feu blanc.

— Rappelez vos gens si vous voulez qu'ils restent en vie, chuchota Niniane.

— Mes gens feront leur travail, répliqua Carling.

La vampire avait perdu son détachement habituel. Elle observait Tiago avec un mélange de colère et de fascination. Elle chatoyait aussi de vitalité, et sa peau, ses yeux et ses cheveux brillaient plus que jamais.

Après lui avoir jeté un regard rapide et incrédule, Niniane écarta de son esprit l'énigme que représentait Carling. Elle se concentra sur ce qui se passait devant ses yeux. Une tension vibrait dans l'air, évoquant le frissonnement qui précède une avalanche au sommet d'une montagne. Elle tendit la main et essaya de sourire au monstre tout en s'avançant vers lui.

— Tout va bien, Tiago. (Elle essaya un ton doux et apaisant, mais la peur s'entendait dans sa voix tremblante. Mince. Elle essaya de mettre un peu plus de conviction, factice pour le coup, dans sa voix :) Écoute-moi. Tout va bien.

Le regard flamboyant du monstre s'arrêta sur elle. Il fit un pas vers elle et c'est alors que l'avalanche déferla.

Le vampire aux cheveux noirs le plus proche de Tiago lança son attaque avec une telle rapidité qu'il ne fut plus qu'une masse indistincte. Si Niniane avait été humaine, elle ne l'aurait peut-être même pas vu.

L'énorme poing de Tiago fusa. Il frappa le vampire qui partit s'écraser contre un mur. Tiago continua à avancer.

Les deux autres vampires attaquèrent à leur tour. Tiago en saisit un, pivota sur un talon et le précipita dans l'escalier. Le troisième vampire bondit sur lui toutes canines et griffes dehors. Une giclée de sang cramoisi éclaboussa le visage et le cou de Tiago.

Une flamme aveuglante, chauffée à blanc, jaillit de ses yeux. Toutes les ampoules du hall explosèrent au moment où un éclair foudroyant frappa le troisième vampire en pleine poitrine. Il fut projeté à plus de cinq mètres et glissa le long du sol, où il ne bougea plus. Le tonnerre roula en un vacarme assourdissant. On aurait dit qu'une fusée était en train de décoller à deux pas de là. Tiago continuait à avancer vers elle ; il était une énorme machine de guerre, impossible à arrêter.

Les humains armés de pistolets chargeaient leurs armes. Ils étaient beaucoup trop lents pour ce genre de combat. Niniane les aurait qualifiés de chair à canon, sauf qu'ils s'ajoutaient aux vampires qui occupaient déjà l'attention de Tiago. Ils étaient nombreux à lui faire face, Rhoswen y compris, prête à défendre sa maîtresse. Et puis en dernier lieu il y avait la chose inamovible, Carling, le cobra, la reine du nid. Elle se tenait pour l'instant au second plan, observant le conflit et attendant patiemment avec tout son venin meurtrier.

Tiago contre Carling. Si ces deux-là s'affrontaient, s'ils se mesuraient réellement l'un à l'autre, aucun ne s'arrêterait avant que l'autre ne tombe mort. À eux deux, ils pouvaient raser Chicago.

Non.

Pour la seconde fois de la journée, la terreur annihila sa raison.

Elle ne réfléchit pas. Elle ne calcula pas les risques. Elle agit.

Elle se jeta en avant et hurla :

— STOP !

Niniane n'était peut-être pas très grande, ni très forte, mais en tant que Fae noire, elle était vive comme l'éclair, beaucoup plus rapide qu'aucun des humains. Elle était certainement plus rapide que Rhoswen qui tenta en vain de l'arrêter.

En entendant son hurlement, Tiago abandonna le vampire à ses pieds et se retourna. Elle tendit les bras et bondit vers lui, lui faisant aveuglément confiance pour qu'il la rattrape. Elle eut une vision brouillée et fugitive de son visage monstrueux et du feu blanc dans ses yeux stupéfaits. Il l'attrapa et se tourna afin de s'interposer entre elle et les autres. Une main énorme couvrit l'arrière de la tête de Niniane et il plaqua son visage contre son torse.

Elle se cramponna à son tee-shirt qui était encore mouillé. Le moteur affolé qui battait dans la poitrine du Wyr martelait sa joue. Ses bras puissants l'enveloppaient. Il l'adossa brutalement au mur et se recroquevilla sur elle pour faire écran de son corps.

Il sacrifiait sa volonté de se battre pour la protéger.

Elle eut le temps de réfléchir : *Non, ce n'était pas ce que je voulais. Ça, c'est un désarmement unilatéral.*

Ils vont le tuer.

Elle ouvrit la bouche pour hurler.

Mais avec l'une des voix les plus mélodieuses du monde, et aussi l'une des plus meurtrières, la reine des cobras prononça doucement un mot étranger vibrant de Force.

Et tout s'arrêta.

8

Une lampe brisée grésillait de manière intermittente. Le hall était autrement plongé dans un silence absolu.

Pendant un instant, on aurait pu croire que le monde entier s'était figé. Niniane pressait son visage contre la chaleur de la poitrine de Tiago. Elle se concentrait sur le rythme puissant de ses battements de cœur. Elle sentait sa cage thoracique se gonfler quand il inspirait.

Puis il la lâcha et dégaina son épée et l'un de ses pistolets. Elle tira le second pistolet de son holster au moment où il se retournait. Il lui ordonna télépathiquement :

— *Reste derrière moi.*

Et le laisser se faire cribler de balles sous ses yeux ? *Ben voyons !* s'exclama-t-elle in petto. Elle sauta littéralement afin de ne plus se trouver derrière lui, mais à ses côtés. L'initiative lui valut un grondement furieux.

Carling se tenait à moins d'un mètre cinquante devant eux.

L'air était imprégné de poussière de plâtre qui conférait une atmosphère onirique à la scène. Rhoswen était debout au milieu du hall, parfaitement immobile. Le vampire qui avait attaqué Tiago en premier, et qui était occupé à s'extirper du trou qu'il avait fait dans le mur en le percutant, semblait gelé sur place. Un autre vampire gisait sur le sol, la poitrine roussie par l'éclair de feu qui l'avait frappé. Le troisième vampire qui avait atterri dans la cage d'escalier n'était pas revenu. Huit humains étaient postés ici et là, figés par la Force de Carling.

Cinq pistolets étaient toujours dirigés sur l'endroit où Tiago se tenait quelques instants plus tôt. Il poussa doucement la fée avec le dos d'une main et se déplaça avec elle sur le côté pour s'écarter de quelques pas sur la gauche.

Carling les imita dans un mouvement fluide, les mains le long du corps, tranquille. Une femme élégante et redoutable en tailleur Chanel et pieds nus. Elle observait Tiago, la tête penchée ; ses ravissants yeux en amande brillaient de curiosité. La colère et le masque de cruauté qui la défiguraient quelques instants auparavant semblaient s'être évanouis. Et Niniane nota avec une saute d'agacement perplexe que Carling était plus radieuse que jamais.

— Vous vous seriez sacrifié pour elle, fit Carling. Intéressant.

Niniane leva les yeux au ciel. Carling était trop bizarre. Elle renonça à essayer de comprendre ce qui pouvait faire réagir la vénérable vampire. Elle reporta plutôt son attention sur Tiago.

Les entailles sur son visage guérissaient déjà. Il n'était plus le Wyr monstrueux en pleine métamorphose. L'ossature de son visage s'était reconstituée et la flamme blanche terrifiante qui brûlait dans son regard s'était assombrie. Mais des éclairs étincelaient encore derrière ses yeux sombres, les muscles de ses bras étaient tendus et sa Force semblait tranchante, prête à reprendre le combat.

Il affichait un désintérêt superbe quant à l'idée d'une conversation avec Carling et il s'adressa à Niniane par télépathie :

— *Je veux que tu te diriges vers l'escalier. Fais-le maintenant pendant que tout le monde est paralysé.*

Niniane inspira profondément et jeta un coup d'œil à l'énorme pistolet qu'elle avait tiré du holster de Tiago. C'était un Magnum .50, soit un très gros calibre. Il devait probablement épouser la main de Tiago, mais dans sa petite main, on aurait dit un canon, ce qu'il était d'ailleurs vraiment. Elle avait déjà tiré avec des armes de gros calibre. Elle se retrouvait à chaque fois cul par-dessus tête à moins de s'adosser contre quelque chose. Elle trouva la sécurité du pistolet et l'enclencha.

— Vous avez créé cette pagaille, dit-elle à Carling. Qu'est-ce que vous comptez faire pour remettre de l'ordre ?

— Que vais-je faire, en effet ?

Carling leva un sourcil et tourna la tête.

— Rhoswen, assure-toi que les armes ne puissent plus tirer de balles.

La vampire blonde s'exécuta avec des gestes fluides comme si elle n'avait jamais été figée. Elle se déplaça d'humain à humain, prenant leurs pistolets, ôtant les chargeurs pour les poser à terre.

Niniane ne quittait pas Tiago des yeux. Elle s'y était déjà préparée quand il baissa la tête pour lui lancer un regard agacé. Il lui montra les dents, un signe classique d'agressivité wyr. Elle posa la main sur son bras et sentit le courant qui parcourait son corps comme une ligne à haute tension.

Il était stupéfiant. Extérieurement, il était déjà très intimidant. Intérieurement, sa Force était péniblement tenue en bride par son humeur. Elle avait entendu dire qu'il invoquait les éclairs quand il se mettait en colère. Ce qu'elle n'avait pas compris, c'était qu'en réalité il renfermait les éclairs. Elle avait le sentiment de n'avoir eu qu'un aperçu, et encore, du vaste paysage invisible qui vivait caché en lui.

De l'émotion pure passa sur ses traits féroces et Niniane se sentit fondre.

— *Je sais, je suis désolée que cela soit si dur,* murmura-t-elle gentiment dans sa tête. (Elle caressa doucement la peau brûlante de son bras, puis elle remit le pistolet dans son holster.) *Encore une fois, je n'ai pas obéi. Mais, Tiago, je suis censée devenir reine. Je ne peux pas recevoir d'ordres et je ne peux pas me permettre de fuir.*

Si elle ne l'avait pas touché, elle n'aurait peut-être pas perçu le rythme haletant de son souffle. Elle se sentit fondre un peu plus.

Carling prononça un autre mot étranger. Sa Force palpitait au sein du silence artificiel. Un peu plus loin dans le hall, les humains sursautèrent avec surprise et se mirent à jurer en constatant qu'ils étaient désarmés. Le vampire que Tiago avait jeté dans l'escalier ressurgit en courant, mais s'arrêta net, les yeux rivés sur sa maîtresse. Celui qui avait été frappé par la foudre tressaillit et geignit pendant que son corps guérissait.

Un grondement sauvage se fit entendre derrière Niniane. Il venait du vampire qui s'extirpait du mur enfoncé. Il darda ses yeux rouges et étincelants sur Tiago tout en dénudant ses longues canines. Tiago poussa vivement Niniane derrière lui et s'apprêta à affronter la menace.

— Cowan, arrête, avertit Carling.

Le vampire se jeta sur Tiago en sifflant. Tiago adopta une posture de défense dans un mouvement fluide, son épée pointée vers la créature.

Carling intervint à la vitesse de l'éclair et attrapa le vampire par la nuque. Son beau visage était d'une froideur arctique, ses yeux foncés deux pics de glace. Dans un mouvement si rapide que Niniane ne fit que le deviner, la reine des vampires arracha la tête de son serviteur. Le corps du vampire s'écroula. Carling baissa les yeux sur le visage qu'elle tenait entre ses mains. La bouche du vampire remuait en vain, comme s'il essayait de dire quelque chose, de supplier d'avoir la vie sauve ou de hurler, puis sa tête et son corps tombèrent en poussière. Carling s'essuya les doigts en murmurant :

— Il a toujours été un enfant trop impétueux.

Niniane considéra le petit tas de poussière qui un instant plus tôt était encore une créature qui pensait et raisonnait. Elle posa une main horrifiée sur sa bouche. Tiago se déplaça légèrement, rengaina son pistolet, lui entoura les épaules d'un de ses bras puissants et la tira vers lui. Elle appuya la tête contre son torse, et ferma les yeux. Elle aurait voulu se pelotonner dans ce territoire caché au fond de lui.

Un bruit en provenance de l'escalier la fit sursauter. Elle émit un son étouffé et Tiago la serra un peu plus fort.

Le commandant des Faes noires, Arethusa, fit son apparition, escortée de Hughes et d'agents de la sécurité de l'hôtel. Ils contemplèrent le carnage, puis posèrent les yeux sur Niniane et Tiago, et enfin sur Carling.

Niniane s'éclaircit la gorge. Elle tenta d'adopter un ton rassurant.

— Tout va bien, Scott. La facture pour les réparations sera envoyée au tribunal des Anciens.

Si cela posait un problème au tribunal, ils en discuteraient avec Carling. La politique des Anciens avait tendance à malmener l'architecture des bâtiments et leurs occupants. Niniane regarda Carling et la défia silencieusement d'émettre une objection. Ses narines frémirent une seconde, mais après tout, ses vampires avaient attaqué les premiers. Elle demeura coite.

Hughes hocha la tête et recula vers l'escalier. Ses traits affichaient la consternation la plus complète.

Niniane croisa le regard dur du commandant des Faes noires. Arethusa était élancée comme la plupart des Faes noires, mais au lieu de lui donner une allure gracile, sa minceur, soulignée par des muscles secs et nerveux, lui conférait la félinité d'une panthère. Ses cheveux noirs étaient rassemblés en une queue de cheval serrée et elle observait Tiago, qui tenait toujours Niniane contre lui, avec désapprobation.

— Vous vous mêlez de ce qui ne vous regarde pas, sentinelle, dit-elle. Relâchez sur-le-champ l'héritière des Faes noires ou soyez prêt à en braver les conséquences.

La colère de Niniane éclata. Elle se redressa, s'écarta de Tiago et serra les poings :

— C'en est assez, commandant, fit-elle d'un ton coupant. (Arethusa la toisa.) Veuillez informer le chancelier Aubrey et le juge Kellen que je m'entretiendrai dans deux heures avec les Faes noires et la Chancelière Severan dans le penthouse.

— Votre Majesté… commença Arethusa, son regard se durcissant davantage.

— Je viens de passer une semaine éprouvante, commandant, fit Niniane les dents serrées, et ce n'est pas le moment d'user la patience que je n'ai plus. Ce sera tout.

Le commandant des Faes noires pinça les lèvres tout en posant les yeux sur Tiago, puis sur Carling, qui leva un sourcil. Enfin Arethusa fit un bref signe de tête et s'éloigna.

Niniane se concentra sur sa respiration afin de lui faire retrouver un rythme plus normal. Elle suivit des yeux un grain de poussière qui dansait dans l'air.

— Maintenant, je vais prendre une douche, mettre des vêtements dignes de ce nom et me calmer, gronda-t-elle. Est-ce que cela pose un problème à quelqu'un ?

Personne ne répondit. Bon, très bien. Elle allait considérer que c'était un « non ». Elle hocha la tête et se dirigea vers l'escalier.

La foudre domestiquée qu'était Tiago lui emboîta le pas. Elle venait de franchir le seuil de la porte quand il prit la parole :

— Juste une chose.

Le timbre riche et puissant de sa voix la choqua. Elle se rendit compte qu'il n'avait pas encore parlé à haute voix depuis son apparition fracassante. Elle fit volte-face.

Il se tenait dans l'embrasure de la porte, face à Carling. Ses larges épaules occupaient tout l'espace, Niniane distinguait seulement le contour de son profil. Le relief de son visage était en dents de scie. Il n'avait pas encore remis l'épée au fourreau. Elle sentit les poils de sa nuque se dresser quand elle vit qu'il dirigeait la pointe de sa lame vers Carling. Une menace directe. Tous les membres de son entourage sans exception firent un pas en avant.

— Si vous faites quoi que ce soit susceptible de la mettre encore une fois en danger, je détruirai votre monde par le feu.

La foudre s'était insinuée dans le timbre même de sa voix.

Les yeux de la vampire étincelèrent. Elle lui répondit par un sourire.

— Vous pouvez essayer.

L'agressivité sauvage de Tiago. Le caractère tortueux de Carling. C'était tout simplement trop effrayant.

— Oh, pour l'amour du ciel, s'exclama Niniane.

Elle les planta là et descendit l'escalier en faisant le plus de bruit possible.

La mort rôdait derrière elle. Elle ne l'entendait pas, mais savait qu'elle était là. Elle ne se retournerait pas. Elle n'allait pas lui donner la satisfaction de constater à quel point elle flippait.

Elle atteignit l'étage du dessous. La porte qui donnait sur la cage d'escalier était gardée par deux policiers en uniforme qui s'écartèrent en la voyant approcher. Elle la poussa du plat de la main et parcourut le couloir comme un ouragan. Elle était trop mal la veille pour se souvenir du numéro de la suite, mais elle n'était pas bien difficile à trouver. C'était la seule porte devant laquelle étaient postés un homme et une grande femme aux cheveux auburn. Ils perdirent leur sourire en remarquant son air furieux et ils blêmirent en voyant Tiago.

Elle s'arrêta devant la porte et plaqua un regard exaspéré dessus car elle n'avait pas le passe pour l'ouvrir. La femme le fit pour elle. N'osant pas parler tant qu'elle était sous l'emprise de la colère, Niniane lui fit un bref signe de tête avant d'entrer en trombe dans la suite.

Puis elle atteignit le salon et s'arrêta net.

Quelqu'un était venu ranger et nettoyer pendant son absence. La vaisselle du petit déjeuner avait disparu. La table brillait et un bouquet de fleurs fraîchement coupées égayait le salon. La table basse était débarrassée des pièces de pistolet. Le sac de toile de Tiago était posé contre un mur. Elle pouvait voir le coin du lit dans la chambre. Il avait été soigneusement refait. La porte de la seconde chambre était fermée. Les lourdes tentures du salon avaient été tirées pour laisser entrer la lumière du soleil. Le ciel céruléen était constellé de nuages blancs floconneux.

Elle pressa les poings contre ses tempes en luttant contre le vertige. Tout avait l'air tellement normal dehors, au soleil, à l'extérieur de cet hôtel rempli de cinglés. Elle se tourna au moment où Tiago entrait et rangeait enfin son épée dans son fourreau, qu'il détacha et posa sur la table. Puis il retira l'un de ses holsters et le déposa à côté.

Le cataclysme qui avait décomposé sa face avait disparu comme s'il n'avait jamais existé. Il arborait un visage totalement inexpressif.

Est-ce qu'il s'était déjà calmé ? Comment arrivait-il à faire ça ? Elle ne s'était pas calmée elle, loin de là.

Puis il leva les yeux sur elle.

Non. Il n'était pas calme. Le cataclysme rugissait toujours en lui.

Elle sentit son cœur s'emballer et sa bouche trembla. Quelque chose de fragile, quelque chose qui pouvait être brisé se déploya en elle et la poussa à lui ouvrir ses bras. Pendant un centième de seconde, elle le supplia en silence :

— *Je t'en prie, ne rejette pas ce geste. Ne te détourne pas de moi.*

Tiago effaça d'un pas la courte distance qui les séparait. Il la saisit dans ses bras. Elle entoura les siens autour de son cou et s'agrippa à lui tandis qu'il la tenait si fort qu'elle en avait le souffle presque coupé. Il baissa sa tête et enfouit son visage dans le creux de son cou.

Elle enveloppa sa tête d'une main, caressa ses cheveux courts et lui parla d'une voix à peine audible. Elle faisait à peine attention aux mots qu'elle prononçait. Ils n'étaient pas importants.

— Je sais, je suis désolée. J'ai eu peur moi aussi. J'ai eu tellement peur. Merci d'être venu me chercher. Merci, merci du fond du cœur de m'avoir retrouvée.

Il tomba à genoux, puis s'assit sur ses talons, la tenant toujours, jusqu'à ce qu'elle soit sur ses genoux. Il la berça, s'enivrant de sa présence, de sa sensualité pétillante, de la forme gracieuse et délicate de son corps, tandis qu'elle le serrait de ses petits doigts aussi fermement qu'il la serrait.

Quand Niniane avait disparu, il avait eu un comportement qui lui était complètement étranger.

Il avait paniqué.

Il avait assemblé ses pistolets en quelques secondes. Il avait dit à Cameron ce qui s'était passé afin qu'elle puisse mobiliser la police et appeler un sorcier ou une sorcière médico-légale en vue d'analyser la Force qui flottait encore dans la chambre avant qu'elle ne se dissipe complètement. Il avait appelé New York. Ensuite il avait attaché son épée dans son dos, glissé les pistolets dans ses holsters, puis s'était immobilisé car il ne disposait d'aucun indice pour pister Niniane à travers le maelström d'énergie qui l'avait enlevée.

Elle avait disparu comme par magie cette fois-ci. Elle n'était plus là, c'était aussi bête que ça. L'horreur de la situation, son caractère absolument aberrant avait ouvert un trou noir en lui qui avait tout avalé : toute raison, tout recul, tout sens moral. Tout avait disparu jusqu'à ce qu'il ne reste plus qu'une bête hurlante déterminée à massacrer, à détruire tout ce qui s'interposerait.

La rage du désespoir l'avait conduit à l'étage de Carling et cette lubie avait été un coup de bol invraisemblable. Il n'avait pas fait preuve d'intelligence ou d'expertise. Il souhaitait demander à Carling de l'aider à retrouver la trace de Niniane. Il était prêt à faire ce qu'il n'avait jamais fait auparavant. Il était prêt à supplier. C'est alors qu'un effluve du parfum léger de Niniane était monté à ses narines, provenant d'un endroit où elle n'avait aucune raison de se trouver, et le monstre avait pris possession de lui.

Si Niniane se retrouvait de nouveau en danger à l'avenir, il ne se contenterait peut-être pas de détruire le monde de Carling par le feu. Il était un destructeur par nature et en tant que seigneur de la guerre, il était en mesure de canaliser cette violence de manière ciblée et de réaliser des exploits pour le bien des siens quand il avait toute sa raison.

Mais il n'en était pas de même pour le monstre qui vivait en lui. Lâché, il risquait de faire un carnage et de tuer indistinctement tous ceux qui croiseraient sa route.

Et de le faire sans état d'âme.

— Tout va bien, murmura-t-il. (Il ne savait pas lui-même qui il essayait de rassurer, elle ou lui. Ses lèvres frôlèrent sa peau fine.) Tout va bien, maintenant.

Elle opina, la joue pressée contre la sienne. Ses battements de cœur palpitaient contre son sein. Il faisait plus de deux fois sa taille. Il était aussi puissant qu'un taureau, mais quand il l'enveloppait, il avait l'impression de faire exactement la bonne taille. Il se sentait en paix.

— Je suis dans un sacré pétrin.

Elle se figea. *Oups. Est-ce que je viens de dire ça à haute voix ?*

— Qu'est-ce que tu veux dire ? fit Tiago. (Il passait et repassait ses grandes mains le long de son dos.) Quel pétrin ? Qu'est-ce qui s'est passé ?

— Ce qui s'est passé n'est pas de ma faute, renifla-t-elle. C'est tout ce que je dis.

Il leva la tête et la regarda en fronçant les sourcils. Le regard abîmé, éperdu, n'avait pas tout à fait quitté ses yeux. Elle ne l'avait jamais vu ainsi auparavant. Elle posa son index sur la ligne profonde entre ses sourcils et essaya de la lisser. Il pressa ses lèvres sur sa paume. L'échange ne fit rien pour détourner son attention.

— Comment as-tu pu disparaître et pourquoi dégages-tu l'odeur de la Force de Carling ?

— En fait, marmonna-t-elle, ce n'est pas tant ce qu'elle m'a fait, mais ce qu'elle t'a fait. Un djinn lui est redevable. Il lui doit trois faveurs, enfin il lui en devait trois – il ne lui en doit plus que deux désormais. Elle lui a demandé de me transporter de la chambre jusqu'à sa suite. Elle a expliqué que c'était pour te donner une leçon.

Il émit un grondement rauque qui la fit vibrer.

— Qu'est-ce que cette garce à moitié folle t'a fait subir ?

— Chut, n'oublie pas que tout va bien maintenant, murmura-t-elle.

Elle prit son visage en coupe entre ses mains et plongea son regard dans le sien. Ses yeux étaient de la couleur de l'obsidienne et elle n'y discernait plus aucun éclat blanc qui signalerait l'imminence d'une éruption de rage. Elle caressa ses joues creuses. Il était tellement fier et tellement beau quand il n'avait pas l'air sur le point de démolir des gratte-ciel ou d'anéantir des nations à mains nues.

— Elle m'a guérie et nous avons discuté un moment. C'est tout.

— Guérie ? fit-il d'un ton méfiant.

Elle ouvrit les yeux en grand.

— Totalement, Tiago. Ce truc est époustouflant. Tiens, regarde. (Elle se recula afin de pouvoir soulever sa tunique et lui montrer la cicatrice argentée.) Ça m'a fait horriblement mal sur le coup. Je sentais les chairs se recoudre ensemble à l'intérieur.

Tiago toucha la petite cicatrice. Le contact de sa main rugueuse lui fit l'effet d'une plume.

— Ça ne te fait plus mal ?

— Non, plus du tout. Je me sens comme neuve.

Elle tripota les minuscules points. Contre sa peau pâle, on aurait dit des bébés araignées. *Beurk*.

— Il faut retirer ces points, fit-il d'un air sombre.

Elle ouvrait la bouche pour lui dire qu'elle pourrait le faire plus tard quand il la souleva et la déposa dans un fauteuil aussi facilement que l'on déplacerait un chat. Il ouvrit son sac, saisit une trousse de toilette et sortit une petite paire de ciseaux. Puis il s'agenouilla devant elle. Elle se trémoussa avec inquiétude.

Il lui sourit ; un vrai sourire, pas sa grimace sardonique habituelle, mais le genre de sourire qui plissait le coin de ses yeux et révélait la séduction de ses traits.

— Ne bouge pas, petite fée, commanda-t-il en relevant le vêtement.

Elle garda les genoux serrés et tournés vers la droite en essayant de suivre ses consignes.

Il se pencha tout près pour couper avec précision. Ses énormes mains qui savaient si bien tuer se firent incroyablement douces. Elle regarda ses larges épaules et sa tête penchée et enfonça les doigts dans les accoudoirs du fauteuil. Elle sentit son ventre se serrer sous le picotement du désir qui s'éveillait.

Son sourire s'élargit. Il le percevait, elle le savait. Il pouvait capter les changements dans ses phéromones. Le sang lui monta aux joues. Elle se sentait exposée et piégée dans ce fauteuil avec son grand corps puissant pressé contre ses jambes, mais elle ne voulait pas le repousser. Il coupa la suture et lui dit :

— Bon, ça va tirer un peu maintenant.

Elle hocha la tête et il retira le fil. Il calma la petite douleur en massant la peau avec son pouce. Ce n'était pas nécessaire à son avis, mais bon. Puis il se pencha de nouveau pour retirer le fil du second point.

Elle attendit qu'il bouge, qu'il s'écarte d'elle, mais il resta immobile. Puis il pencha la tête et inspecta la cicatrice. Quelque chose de singulier passa sur son visage qui reflétait d'habitude l'agressivité. C'était une expression pensive qui ouvrait une fenêtre sur le paysage caché au fond de lui et qui révélait… une souffrance.

Elle plissa le front. Il était coléreux, irritable, grossier, protecteur et sarcastique, apaisant en cas de danger et calme en situation d'urgence, et il était aussi terriblement et ouvertement antisocial. Bref, un esprit indomptable. Aussi, penser qu'il puisse souffrir ou être désemparé lui faisait mal. Elle posa la main sur la sienne.

Et ce qu'il fit alors la stupéfia ; il se pencha et appuya ses lèvres sur la cicatrice. Un tremblement la saisit au plus profond d'elle et s'étendit jusqu'à la faire s'écrouler comme un château de cartes alors qu'il redressait la tête. Elle lui jeta les bras autour du cou et tomba contre lui, accrochée à lui comme s'il était la seule chose stable au monde.

Et elle avait peur, très peur que ce soit le cas.

— Qu'est-ce qu'il y a ? demanda-t-il. (Sa voix au timbre riche et puissant n'était plus qu'un susurrement. Il la serra fort et la berça.) Je croyais que ça allait mieux.

Elle dut se racler la gorge avant de pouvoir parler.

— Écoute-moi, fit-elle. (Elle recula, l'attrapa par les épaules et essaya de le secouer, ce qui revenait à essayer de secouer un camion et était par conséquent virtuellement impossible.) Je t'en prie, n'argumente pas, ne me menace pas, ne change pas de sujet. Écoute-moi tout simplement, Tiago.

— Je t'écoute.

— Carling te hait. Je ne comprends pas pourquoi et je ne sais pas pourquoi. Elle ne me l'a pas dit. Peut-être que tu le sais ? (Elle marqua une pause et il haussa les épaules avec un air impassible.) Bon, oublions la cause pour l'instant. Mais elle te hait. Je l'ai vu quand tu t'es adressé à elle. Je pense qu'elle serait ravie d'avoir une bonne excuse pour te tuer.

— Elle peut toujours essayer, fit-il en levant les sourcils.

Elle avait envie de lui flanquer une gifle, mais le problème, c'était qu'elle ne pensait pas qu'il faisait le mariole.

— Oui, répéta-t-elle avec force. Elle pourrait si elle pensait pouvoir le faire en toute impunité, mais je suis sûre qu'elle ne veut pas s'attirer les foudres de Dragos.

— Oui, j'en suis sûr moi aussi, répliqua-t-il en riant.

Elle posa un doigt sous son nez.

— Ne ris pas, ordonna-t-elle. Ce n'est pas drôle.

Il retrouva son sérieux, mais un sourire flottait dans son regard.

— Très bien, Votre Despotisme, fit-il. (Il attrapa son doigt avant qu'elle puisse le retirer et l'embrassa.) Pas d'argumentation, pas de menaces et finies les pitreries. Pas de changement de sujet ni de rire non plus.

— Tu ne me prends pas au sérieux.

Ses yeux la brûlaient et un poids pesait sur sa poitrine. Elle baissa les yeux.

Il posa ses mains sur ses épaules.

— Hé ho, fit-il. (Il n'y avait plus le moindre rire dans sa voix.) Regarde-moi.

Elle refusa. Il baissa la tête pour tenter de la regarder par en dessous, mais elle baissa le menton encore plus.

Il soupira et posa sa joue sur le dessus de sa tête, étant donné que c'était le seul endroit qu'elle lui laissait atteindre.

— Petite fée, je suis désolé. Je te prends au sérieux, je le jure.

Elle releva la tête et plongea les yeux dans les siens. Il semblait sincère. Elle avait l'impression que la peau sur ses pommettes était trop tendue.

— Carling m'a vraiment fait peur, Tiago, fit-elle en remuant les lèvres avec peine. Je n'avais pas peur pour moi, mais pour toi. Elle est Puissante et elle est dangereuse, et pour une raison que j'ignore, elle te tuerait si elle en avait l'occasion. Je crois qu'il n'y a que deux choses seulement qui l'ont retenue tout à l'heure : la crainte de Dragos et son vœu de former une alliance avec moi. Je trouve que ce sont là des protections relativement faibles.

Il lui caressa la joue. Il se remémora la terreur pure qu'il avait lue sur son visage et le bond suicidaire qu'elle avait fait vers lui et qui avait failli lui causer un arrêt cardiaque. Un sursaut de rage le traversa en pensant au risque insensé qu'elle avait pris, mais elle était encore si pâle et elle avait tant souffert. Il refoula l'orage tout au fond de lui.

— Je comprends, dit-il. Un homme averti en vaut deux. Je ferai attention, je te le promets.

Niniane scruta son visage de ses immenses yeux gris.

— Ne prends pas de risques inutiles, continua-t-elle. Ne la menace pas.

Il pourrait se noyer dans ses yeux ravissants. Peut-être que c'était déjà fait. Peut-être que c'était ça la mort, cette magnifique émotion qui lui étreignait le cœur. Il la pencha en arrière jusqu'à ce qu'elle soit courbée sur son bras et caressa la ligne harmonieuse de son cou.

— Je ferai tout pour te protéger.

Il pressa ses lèvres sur la veine qui battait à la base de son cou. Il mentirait, il tricherait, il volerait, il tuerait. Abandonnerait des responsabilités, romprait des serments, trahirait des amis. Déclarerait des guerres ou sonnerait l'armistice.

— Tout, tu m'entends ? reprit-il.

Elle enfouit ses petits poings dans le tissu de son tee-shirt et s'y agrippa. Il adorait qu'elle fasse ça. Il se demandait si elle se rendait compte de la force du geste, de sa signification. Il était persuadé que non.

— Au nom du ciel, Tiago, murmura-t-elle. Je t'interdis de prendre des risques inutiles.

— Tu oublies, mon amour…, répondit-il avec douceur. (Il avait été un dieu de la guerre, prompt à la colère et à la violence. La douceur était pour lui un exotisme qui ne s'épanouissait qu'en présence de Niniane.) Tu oublies que l'on ne me donne pas d'ordres non plus.

Mon amour. Ce n'est pas ça qu'il avait voulu dire. Si ? C'était juste un mot affectueux...

Puis Tiago caressa son cou de ses lèvres et Niniane, étourdie, se perdit dans la volupté.

Elle se courba instinctivement en cherchant un point d'appui. Elle avait les pieds posés à terre, mais il l'avait tellement penchée en arrière qu'il soutenait tout son poids sur le bras qu'il avait posé sur l'assise du fauteuil, derrière elle. Il mordilla son cou, puis il saisit un morceau de sa chair tendre entre ses dents et le suça. Le plaisir fut instantané et glissa le long de sa poitrine pour se lover dans la région la plus sensible de son entrecuisse. Il était un maître de la foudre et des éclairs fouettaient le corps de Niniane, couraient le long de ses nerfs comme sur des fils électriques, réveillaient des besoins qu'elle n'avait pas éprouvés depuis trop longtemps et remuaient des émotions qu'elle n'avait jamais ressenties auparavant.

Elle s'agrippa à ses épaules et regarda le plafond sans le voir pendant qu'il continuait à sucer avec délicatesse ce point précis. Non, non, ce qui se passait n'était pas possible, pas maintenant. Ils n'avaient pas le temps et c'était de sa faute à elle. *Elle* avait fixé l'agenda quand elle avait décidé d'avoir une réunion avec Carling et la délégation des Faes noires dans deux heures.

Et elle avait dit cela il y avait déjà un bon moment. Ce qui voulait dire que la réunion était dans deux heures moins... elle ne savait pas exactement combien. Et elle ne devait pas essayer de faire des calculs pour estimer le temps qu'elle avait devant elle quand l'homme le plus sexy qu'elle ait jamais rencontré était en train de lécher la ligne de sa mâchoire et de lui mordiller l'oreille, d'une part parce qu'elle n'avait jamais été douée en calcul et d'autre part parce qu'il l'anéantissait complètement. Complètement.

Elle ne savait pas trop comment, mais elle avait trouvé l'arrière de sa tête avec ses mains et passait les doigts dans ses cheveux en un geste caressant, suivant aveuglément les volutes tracées dans la masse noire et soyeuse. Elle haleta et s'arc-bouta contre lui quand il titilla le lobe de son oreille avec sensualité.

Il était venu à sa rescousse. Il avait promis que tout irait bien et il était venu à sa rescousse, et il avait été follement sexy. *Non, monstrueux. Non, sexy. Miséricorde.*

— Dans le pétrin, gémit-elle. Je suis dans le pétrin jusqu'au cou maintenant.

— Chut. Tout va bien. Tu es en sécurité, nous ne faisons rien. Tout baigne.

— Tiago, murmura-t-elle.

Ses lèvres et ses cuisses tremblaient. Elle essaya de prendre une goulée d'air.

Il se dressa au-dessus d'elle, un colosse à la peau de bronze qui éclipsait la lumière du jour.

— Tu es tellement belle, souffla-t-il contre sa bouche tremblante. Je pourrais te manger. Je veux goûter chaque partie de ton corps. Je veux te déguster toute la journée. Mais je sais qu'il faut quc nous nous rendions à cette réunion.

Quelle réunion ?

Sa bouche s'accrochait à la sienne et ses jambes s'enroulaient autour de lui. Elles voulaient le ceinturer avec ses cuisses pour qu'il aligne son membre rigide contre l'ouverture frémissante de son fourreau. Elle enfonça ses ongles dans sa nuque et il se cambra contre elle avec un rire tremblant qui envoya son souffle humide et chaud sur ses lèvres.

Il arracha sa bouche de la sienne.

— Change l'heure, dit-il en pantelant.

— Quoi ? fit-elle en clignant les yeux et en le regardant d'un air hébété.

— Change l'heure de cette foutue réunion et vois-les demain, gronda-t-il. (Il baissa les yeux sur son petit corps voluptueux. Il était dur comme un roc et sur le point d'exploser de désir.) Ou même la semaine prochaine, rectifia-t-il.

La mémoire lui revint. La réunion ! Elle était censée prendre place dans deux heures moins beaucoup de minutes désormais et elle n'avait toujours pas pris de douche ni passé de vêtements décents, et elle ne s'était certainement pas calmée. Elle laissa échapper un drôle de bruit, quelque chose qui tenait du grognement et du sanglot.

Il mit la main entre ses cuisses et appuya la paume contre son sexe qui battait au point de lui faire mal.

— Je peux te soulager, murmura-t-il.

La promesse sulfureuse agita son corps encore un peu plus. Oh il pouvait la soulager. Il pouvait lui apporter le ravissement total, mais il démolirait en même temps le peu de raison qui lui restait et elle avait besoin d'avoir l'esprit clair et vif si elle espérait pouvoir tenir tête à Carling et aux Faes noires.

Elle attrapa son poignet et haleta :

— Non, Tiago. Pas comme ça.

Il grogna et se figea au-dessus d'elle, les yeux fermés. Elle regarda les lignes dures de son visage et voulut se mordre la langue, ravaler les mots, s'accrocher à lui et exiger qu'il lui donne tout ce qu'il avait en lui. Elle était sur le point de perdre le contrôle.

Il ouvrit les yeux et la regarda à son tour. Violence et sensualité flottaient dans son regard d'obsidienne, si bien que pendant un instant elle crut que c'était lui qui avait perdu tout contrôle ; la partie d'elle qui avait déjà basculé dans le gouffre en trépignait d'avance.

Puis il appuya ses lèvres sur son front avec une extrême douceur.

— Non, dit-il d'une voix rauque. Pas comme ça.

Avant qu'elle puisse amender sa propre déclaration, il se redressa, se mit debout et l'attira avec lui. Au début ses jambes étaient trop flageolantes pour la soutenir. Elle entoura sa taille de ses bras et s'appuya contre lui. Ils restèrent tranquilles un moment tandis qu'il écartait les cheveux de son front moite et elle ressentit une sorte de besoin désespéré, éperdu de s'accrocher à lui autant qu'elle le pouvait avant qu'il disparaisse et qu'elle le perde pour de bon.

Bon, là, elle commençait vraiment à se faire peur. Il était temps, plus que temps, qu'elle reprenne ses esprits et redescende sur terre.

Elle se mordit les lèvres et tenta de se donner du courage. Puis elle fit un pas en arrière, regarda vaguement dans sa direction sans vouloir le regarder vraiment et lui fit une espèce de signe de tête ridicule. Elle se retourna et…

Il plaqua une main sur son poignet et l'attira violemment à lui. Elle eut un hoquet de surprise en se retrouvant aplatie contre son torse musclé. Il la saisit par les cheveux. Elle sentit sa bouche s'ouvrir de saisissement. Avant qu'elle ait pu articuler la moindre protestation ou un truc du genre « Qu'est-ce qui te prend ? », des mots qui étaient plus ou moins en train de ricocher dans son esprit bredouillant, il avait relevé sa tête vers lui et pressait sa bouche contre la sienne.

Et son baiser n'avait rien de civilisé. C'était un geste brutal et dominateur. Il plongea sa langue dans sa bouche, en explora chaque centimètre s'enfonçant et s'enfonçant et s'enfonçant, et cette imitation tellement crue de l'acte sexuel, cette pénétration, fit rugir le désir en elle qui l'envahit et la renversa comme un camion de huit tonnes se coucherait emporté par son élan. Elle sentit son sexe se contracter, commandé par une pulsion involontaire et elle s'entendit échapper un gémissement haut perché. Elle perçut ce bruit d'animal affolé comme si quelqu'un d'autre l'avait émis : elle avait perdu le contrôle d'elle-même à ce point, oui.

Tiago leva la tête. Il respirait vite comme s'il venait de courir un sprint ou de se poser après un vol effréné.

— Comme ça, fit-il. (Les mots incandescents roussirent ses terminaisons nerveuses.) Ce sera comme ça.

Alors, comment récupérer de ce baiser pour le moins suggestif de Tiago et retrouver assez de sang-froid pour s'entretenir avec les dignitaires de l'un des plus anciens gouvernements du monde ?

Et avec Carling. Oh, il ne fallait pas oublier Carling.

Niniane s'assit sur le lit et fixa la pendule des yeux. Et en une demi-heure, en plus. Oui, apparemment Tiago et elle avaient gaspillé tout ce temps.

Bon. Quelle que soit la suite des événements, ce serait propre qu'elle ferait face à son destin.

Elle fouilla dans les sacs et sortit de la lingerie et des vêtements. Il n'y avait pas lieu de se creuser les méninges pour savoir quoi porter. Elle n'avait pas exactement le choix. Elle avait deux jeans, un polo, un tee-shirt décolleté et un pull en cachemire. Tout appartenait à la collection sport de la marque Burberry's. C'était plutôt chic pour ce que c'était, mais peu adapté à cette réunion. Tous les vêtements adaptés qu'elle possédait étaient tenus en otages par les personnes qu'elle s'apprêtait à rencontrer. Ce détail n'était peut-être pas sur la liste des questions d'État à aborder en priorité, mais assez haut en revanche sur la liste des choses qui la contrariaient fort.

Elle entra dans la salle de bains, ferma la porte et tourna les robinets. Quand l'eau fut chaude, elle se déshabilla et entra dans la douche. Elle s'étira et laissa la cascade brûlante dénouer ses muscles. C'était tellement formidable de pouvoir bouger librement sans ressentir la moindre douleur. Elle aurait presque pu ressentir de la gratitude envers Carling, s'il n'y avait eu l'épisode-qui-l'avait-presque-fait-mourir-de-peur quand la Chancelière et ses gens s'étaient battus contre Tiago.

Niniane se connaissait bien. Elle lisait *Elle* et *Gala*, pas le *New York Times* ou le *Wall Street Journal*. Son sac à main contenait une demi-douzaine de rouges à lèvres, tous dans des différents tons de rose. Elle aimait les jolis vêtements, les truffes au chocolat, et le bon pinot noir. C'était uniquement son arbre généalogique et non sa passion pour les fringues qui la désignait comme le dirigeant potentiel d'un État. Si les Faes noires avaient eu un concours tel que l'ENA pour définir qui accéderait au poste de monarque, elle ne l'aurait jamais décroché, même en trichant un peu sur les notes. Elle n'était pas, même au prix d'un effort d'imagination, une fée importante, mais elle était une fée efficace et pragmatique. Il lui avait fallu deux minutes à peine pour que son esprit revienne à toutes jambes vers l'objet de son obsession.

« Ce sera comme ça », avait-il déclaré.

Avec ces mots simples et un baiser, il avait mis en pièces, comme s'ils n'étaient que du papier crépon, son sens du devoir et toutes les certitudes qu'elle avait sur elle-même.

Elle versa du shampooing parfumé au lilas dans sa paume et tandis qu'elle se lavait les cheveux, elle laissa vagabonder son esprit et imagina les implications qu'entraînerait l'annonce, au moment où elle arriverait pour la réunion, qu'elle ne voulait pas du trône. Elle en était capable en plus. Elle aurait pu tout abandonner pour être avec cet homme. La passion effrénée qu'il éveillait en elle était à ce point irrésistible.

Mais quel serait le résultat ?

Quelqu'un d'autre deviendrait le roi ou la reine des Faes noires. Bon sang, si ça se trouvait, ce serait quelqu'un de beaucoup plus qualifié qu'elle. Mais ce ne serait pas quelqu'un plus proche du trône qu'elle. Il n'y avait personne d'autre d'aussi proche. L'ombre de ce trône avait plané sur elle tout au long de sa vie. La personne qui deviendrait monarque saurait qu'elle existait, elle, la véritable héritière, forte d'une légitimité irréfutable et inattaquable. Un tel état de fait saperait toutes les décisions de cette personne. Lorsque ses aptitudes seraient éprouvées pour la première fois ou lors d'une crise au sein du gouvernement, le royaume risquerait d'être totalement déstabilisé.

Aussi, la chose la plus avisée et la plus intelligente à faire pour ce dirigeant apte et compétent serait de consolider son pouvoir en se débarrassant de la menace que Niniane représentait. Mais ça, elle le savait déjà. Renoncer au trône ne mettrait pas fin aux tentatives d'assassinat sur sa personne. Mais y gagnerait-elle autre chose ?

Elle s'adossa contre les carreaux de la douche. *Non.*

Ce sera comme ça. En quelques mots, Tiago avait indiqué son intention d'avoir des rapports charnels avec elle. Elle pouvait retourner avec lui à New York. Elle pouvait faire ce que bon lui semblerait pour profiter du temps qu'ils auraient ensemble – mais tôt ou tard Tiago reprendrait le commandement des troupes de Dragos et sa vie de guerrier nomade.

Elle pourrait le suivre, s'il le voulait bien, mais elle fit une grimace en y pensant, sotte qu'elle était, avec ses revues de mode, son maquillage, ses rouges à lèvres roses, ses talons aiguilles et ses sacs à main. Tôt ou tard, il commencerait à éprouver du ressentiment à son égard, pire, il deviendrait impatient, dédaigneux, se lasserait. Même si elle abandonnait son héritage et laissait tout derrière elle, elle ne pouvait espérer qu'un sursis avec lui.

Elle allait donc garder le cap, pas à cause de ses certitudes, vu que Tiago les avait fait voler en éclats, non, elle garderait le cap parce qu'il n'y avait rien d'autre à faire. Plusieurs jours auparavant, elle s'était engagée sur une route solitaire sur laquelle on ne pouvait pas faire demi-tour. Elle serait une reine qui aurait du cœur, qui serait bonne, à défaut d'être la plus qualifiée ou la plus talentueuse. Ça devait compter pour quelque chose, non ?

Le moment était venu d'avancer un peu plus loin sur cette route. Comme elle l'avait confié à Tiago, la jeune et innocente Niniane du passé avait péri avec sa famille. Elle ne pourrait jamais redevenir cette Niniane-là. Il fallait donc qu'elle en forge une différente pour l'avenir.

Elle s'essuya les joues. Combien de temps pourrait-elle partager avec Tiago ? Deux ou trois nuits ? Une semaine peut-être ? Il faudrait qu'elle garde précieusement chaque moment dans sa mémoire, qu'elle se concentre de toutes ses forces sur le moindre petit détail, parce qu'il faudrait que les souvenirs vivent en elle pendant très très longtemps.

Les fées pouvaient vivre des milliers d'années. Si quelque chose ne les tuait pas avant.

Ça allait être comme ça.

Quelque chose s'était passé dans la tête de Niniane et ça ne plaisait pas à Tiago. Ça ne lui plaisait foutrement pas.

Elle était allée prendre une douche, exhalant un mélange enivrant d'ahurissement et d'excitation sexuelle. Il aimait faire naître ce regard fragmenté dans ses magnifiques yeux gris et être celui qui provoquait tout cet émoi dans son petit corps sensuel. Il n'aimait pas en revanche qu'elle s'éloigne avec ce regard fragmenté et ressorte avec les fragments réarrangés en un nouveau motif inconnu et distant. Un motif inconnu qui signifiait que quelque chose s'était passé dans sa tête ; quelque chose qui risquait de l'exclure.

Il commençait à comprendre pourquoi les autres sentinelles l'avaient surnommée Tricks ou l'Astuce. Ce n'était pas seulement parce qu'ils lui avaient appris toutes les astuces de combat qu'ils connaissaient. Il y avait chez elle quelque chose d'insaisissable. C'était davantage que l'effervescence qui jaillissait d'elle comme la lumière du soleil joue sur l'eau. C'était une qualité féminine imprévisible qui pouvait partir, disons, de la lettre A, puis sauter sur, bordel il n'en savait rien, un alphabet totalement différent au lieu de suivre un processus de pensée logique qui menait de B à C, puis à D, etc.

Cela voulait dire qu'il ne pouvait pas déduire où elle s'était trouvée et où elle se trouvait à cet instant.

Il allait peut-être devoir se résoudre à lui demander ce qu'elle avait en tête.

Il fronça les sourcils.

Tiens, tant qu'à faire, pendant qu'il était en train de dresser la liste de ce qui ne lui plaisait pas, il n'aimait pas non plus qu'elle disparaisse de sa vue. La dernière fois, un maudit djinn l'avait kidnappée. Le souvenir l'avait inondé de sueur froide et incité à rester collé derrière la porte de la salle de bains et à tendre l'oreille pour capter le moindre mouvement, le froissement de ses vêtements, enfin tout ce qui était susceptible de le rassurer qu'elle ne courait aucun danger.

Il avait eu très peur deux ou trois fois tandis qu'elle prenait sa douche. Pendant un moment qui lui avait paru une éternité, elle n'avait pas eu l'air de bouger et il n'avait plus entendu que l'écoulement de l'eau. Il avait failli enfoncer la porte pour vérifier que tout allait bien. Puis il avait perçu un bruit mat, comme si elle avait laissé tomber une bouteille de shampooing ou le savon. L'étau qui serrait sa poitrine s'était écarté et il avait pu respirer.

Quand elle s'était séché les cheveux, cela avait été. Il pouvait entendre le soufflement du séchoir jusque dans la seconde salle de bains où il s'était précipité pour arracher ses vêtements, prendre une douche, se sécher et enfiler un treillis noir propre, le tout en cinq minutes montre en main. Il s'était rasé en deux minutes et demie et quand elle avait éteint le séchoir, il était de retour dans le salon, occupé à harnacher toutes ses armes, les rangers déjà lacées.

Il leva les yeux quand elle sortit de la chambre. En l'espace de quelques secondes, il bandait tellement que c'en était douloureux. Elle portait un jean qui moulait son petit postérieur rond et ferme, un joli tee-shirt décolleté et un pull fin apparemment très doux qui épousait la courbe de ses seins alléchants qui suppliaient d'être touchés et caressés. Elle avait également glissé les pieds dans les minuscules chaussures à talons plats qu'elle portait plus tôt. Ses cheveux noirs brillaient et elle s'était maquillée. Elle avait mis quelque chose qui faisait ressortir ses pommettes saillantes et un rose brillant soulignait ses lèvres pleines. Enfin elle avait utilisé un mascara gris foncé qui faisait sur elle un effet du tonnerre. Il faisait ressortir encore davantage ses yeux et leur conférait un aspect tout à fait fascinant. On aurait dit qu'ils absorbaient et reflétaient toute la lumière de la pièce.

Ils avaient en outre une expression de calme et de sang-froid distant qui le rendait fou. Il la dévisagea d'un air furieux autant que sidéré. Le désir qu'il avait pour elle le rendait dur comme un roc, mais tout ce qu'il avait fait pour l'amener au paroxysme de la sensualité et du désir, eh bien, tout cela s'était volatilisé.

— Tu es prêt ? demanda-t-elle. (Elle s'arrêta à côté de lui et ses yeux lumineux époustouflants s'étrécirent en le toisant.) Qu'est-ce qu'il y a ?

Il s'absorba dans la contemplation de ce qu'il tenait dans les mains, à savoir un étui de couteau en cuir fabriqué sur mesure et doté d'un lien permettant de le fixer à une jambe.

— Tu es si belle, fit-il entre ses dents, que j'ai beaucoup de mal à me retenir de te jeter par terre et de te prendre là, tout de suite. Pourtant même moi je sais que ce ne serait pas un comportement acceptable.

Silence de mort. Il la regardait intensément. Sa peau fine et pâle était carrément blanche, l'expression dans ses yeux totalement effarée. Puis elle s'empourpra et l'effarement se transforma en une étincelle scandalisée. Elle mit vivement les mains sur sa bouche, et pouffa.

Pouffer, quel son étrange et féminin. Et qu'il adorait entendre.

Un sourire releva le coin de sa bouche et sa fureur s'évanouit, envolée sur un souffle impalpable. Il passa l'étui du couteau dans un passant de sa ceinture et la boucla. Quand il se pencha pour fixer le lien autour de sa jambe, elle posa les mains sur la sienne.

— Laisse-moi faire, souffla-t-elle d'une voix haletante.

Il se figea, puis se redressa lentement sans la quitter des yeux.

Ses yeux brillaient d'une lueur dansante, et son visage mutin était animé par une sensualité joueuse. Elle posa ses adorables petites mains sur ses cuisses en s'agenouillant devant lui. Elle releva la tête pour le regarder.

Nom de... Ses abdominaux se contractèrent et le sang qui coulait dans ses veines se changea en lave.

Elle avança la main entre ses jambes. Son poignet fin effleura les muscles épais de l'intérieur de ses cuisses. Il sentit la sueur perler sur son front, ses facultés de raisonnement s'effriter, et sa queue rigide se tendre vers ces lèvres charnues et souriantes.

Elle tira les deux longueurs de cuir autour de sa cuisse et les noua ensemble.

— Nous sommes censés être en haut dans cinq minutes, murmura-t-elle. Nous n'avons pas le temps. Mais quand nous l'aurons...

Elle se pencha et entoura ses hanches de ses bras. Il serra les poings au-dessus de sa tête et se mit à trembler légèrement tandis qu'elle se frottait contre le renflement palpitant. Elle frotta la joue contre son érection et ce geste était un geste empreint d'une telle gaieté, d'une telle sensualité, et d'une telle douceur qu'il faillit tomber à genoux dans une posture de vénération abasourdie.

Il prononça son nom dans un souffle, un hymne incohérent.

— Quand nous aurons le temps, répéta-t-elle, sa respiration réchauffant et humidifiant le tissu au niveau de son sexe. Je veux que ça se passe exactement comme ça.

⁂

Le penthouse se trouvait seulement trois étages au-dessus du leur, mais il fallait une clé pour s'y rendre avec l'ascenseur. Rogers était toujours à son poste dans le hall. Elle tendit la clé du penthouse à Niniane quand ils sortirent de leur suite. La fée s'arrêta pour dire quelques mots à la policière, qui rosit de plaisir.

Il ne prêta pas attention à ce qu'elles se disaient. Il était trop absorbé par l'effort de contrôler ses hormones déchaînées et de s'empêcher de traîner Niniane dans la suite, de la jeter par terre et de faire ce qu'il avait menacé de faire, rendez-vous ou pas rendez-vous. Chaque pas qu'il faisait dans le couloir en direction de l'ascenseur était un triomphe hasardeux, durement remporté.

Puis ses neurones recommencèrent à fonctionner, à vraiment fonctionner, et il se mit à penser aux personnes qui allaient être présentes lors de la réunion.

Aucun de ces vieux piranhas endimanchés n'allait apprécier sa présence, et c'était tant pis pour eux. Il n'y avait pas une Force sur terre capable de l'empêcher de protéger Niniane.

L'un des deux gardes affectés à la cage d'escalier tenait déjà les portes de l'ascenseur ouvertes. Une fois que Niniane eut introduit la clé et appuyé sur le bouton indiquant l'étage du penthouse, il prit sa main et entrelaça ses doigts avec les siens. Elle lui adressa un sourire surpris qui s'effaça aussi vite qu'il s'était épanoui. Sa sensualité pétillante avait de nouveau disparu, faisant d'elle une étrangère pâle et grave.

L'ascenseur s'arrêta. Il leva la main pour appuyer sur le bouton qui permettait de laisser la porte fermée et elle le regarda avec étonnement.

— Cette fois-ci, tu m'écoutes, petite fée. Tout va bien se passer, fit-il les yeux rivés sur son petit visage tendu qui le regardait avec tellement de confiance. Personne dans cette pièce ne te fera de mal. Nous y entrons en formant un front uni, et nous en sortirons de même. D'accord ?

— D'accord, fit-elle en hochant la tête. Merci, Tiago.

— De rien.

Il lui sourit, relâcha le bouton et les portes s'ouvrirent.

S'il avait pu seulement savoir à quel point il faisait fausse route en disant cela. Ils entrèrent dans le penthouse, et leur front uni explosa.

9

Niniane serra la main puissante de Tiago, puis la lâcha au moment où ils entraient dans le penthouse au luxe raffiné.

La servante de Carling, Rhoswen, apparut dans l'entrée, ses cheveux blonds ramenés en un chignon élégant, les traits lisses et sereins. De profil, on aurait dit un camée. La vampire était jeune quand elle s'était transformée ; elle devait avoir dix-huit ou vingt ans à l'époque. Qu'est-ce qui avait bien pu la fasciner à ce point à cet âge pour qu'elle se tourne vers le vampirisme, et qu'est-ce qui avait convaincu le vampire qui l'avait convertie ? Les jeunes humains, avait constaté Niniane, étaient comme toutes les autres espèces. Ils étaient tous persuadés qu'ils vivraient éternellement. Alors qu'elle, à l'âge de dix-huit ans, était persuadée qu'elle ne passerait pas l'année.

Un poids l'oppressa tandis que Rhoswen s'approchait d'elle, ses pas glissant sur le parquet ciré. Le problème avec sa décision d'aller de l'avant avec la Niniane du futur, comprit-elle, c'était qu'elle continuait à adorer lire *Elle*, continuait à adorer toutes les teintes de ces foutus rouges à lèvres qu'elle avait dans son sac tout comme Tricks, son ancienne personnalité, les avait adorés, et qu'elle ne se sentait pas apte du tout à relever les défis qui l'attendaient.

Il fallait qu'elle trouve une meilleure stratégie pour gérer cette situation, et vite. Pourquoi appréhendait-elle encore de rencontrer la délégation des Faes noires et Carling ? Tiago se dressait de manière imposante derrière elle, silhouette inquiétante toute de noir vêtue qui promettait la mort à celui ou celle qui oserait la menacer.

Non pas que quelqu'un oserait la menacer directement. Si les attaques n'étaient pas deux incidents distincts et si c'était bien la même personne qui les avait commanditées, cette personne attendrait qu'elle se retrouve seule et donc vulnérable avant de tenter de nouveau sa chance. Lorsqu'elle travaillait pour Dragos, elle avait l'habitude d'avoir régulièrement des réunions avec des chefs d'État et des hauts dignitaires, aussi bien humains qu'appartenant aux domaines des Anciens. Elle n'avait eu aucun problème à s'entretenir avec eux tous, même lorsque sa vie était menacée par son oncle Urien.

Elle inclina la tête et fit une petite moue. Peut-être quc c'était la solution. Elle n'avait qu'à faire semblant de travailler pour quelqu'un d'autre. Elle travaillerait pour la véritable Niniane, celle qui gérait un portefeuille d'actions, lisait le *New York Times* et le *Wall Street Journal* ainsi que de la littérature, des grands auteurs à la prose immortelle et obsédante et aux conclusions mélodramatiques – *beurk*. Cette nana était une garce bien sapée qui portait un gros collier de perles et que personne ne se risquait à contrarier.

La fausse Niniane écervelée sourit.

— Rebonjour, Rhoswen. Est-ce que vous vous accoutumez bien à ce cadre, à part Cowan bien entendu ?

Pendant un moment fugace, la vampire parut déconcertée. Ce que Niniane venait de faire était une bonne stratégie pour déstabiliser les vampires.

— Merci Votre Majesté, répondit Rhoswen. (Elle avait un ravissant timbre, un contralto pur.) Nous nous sentons très bien ici. Et nous regrettons l'angoisse que les actes de Cowan ont pu vous causer.

— Oh, cela lui a coûté la tête, fit Niniane en haussant les épaules.

— Un châtiment mérité, ajouta Rhoswen.

De la même manière que Carling avait empêché le grabuge de s'intensifier, elle aurait pu figer Cowan d'un ordre investi de Force, mais aucun vampire, s'il voulait rester maître de la situation, ne pouvait tolérer la moindre désobéissance de la part de ses enfants. Une position dure, mais nécessaire. Un vampire qui perdait le contrôle en public représentait une menace pour tous.

Le bref instant d'étonnement de Rhoswen s'était volatilisé et semblait n'avoir jamais existé.

— Le chancelier Riordan, le juge Trevenan, le commandant Shiron et la Chancelière Severan vous attendent dans la bibliothèque.

Oh, oh, cela faisait penser à une partie de Cluedo. Quelqu'un allait avoir le crâne fracassé par un tuyau en plomb ou un chandelier. Non que la vraie Niniane soit susceptible de remarquer quelque chose de ce genre. La vraie Niniane ne jouerait pas au Cluedo, pour sûr.

— Conduis-nous, Macduff, s'exclama-t-elle.

Rhoswen inclina la tête et se tourna afin d'ouvrir la marche.

— J'étais dans le théâtre avant ma transformation, dit la blonde tandis que ses talons claquaient sur le parquet. Savez-vous que la vraie phrase n'est pas « Conduis-nous, Macduff ! » mais en fait « Frappe donc, Macduff, et damné soit celui qui criera le premier : "Arrête, c'est assez"[1] » ?

Les vampires pouvaient faire preuve de pédanterie en vieillissant. C'était une conséquence de la manière dont leurs cerveaux humains géraient leur âge invraisemblable. La vraie Niniane ne s'abaisserait jamais à argumenter avec une servante de toute façon.

Mais la fausse Niniane écervelée dit à Rhowen :

— Oui, mais je ne citais pas la pièce, je citais la citation. Personne ne dit « Frappe donc, Macduff » quand ils invitent quelqu'un à passer devant eux. Ce serait idiot. Tout le monde dit : « Conduis-nous, Macduff. »

Elle sourit par-dessus son épaule à Tiago qui les suivait. Il avait son expression de tueur, mais une lueur amusée passa dans son regard d'obsidienne.

Ils arrivèrent devant les portes grandes ouvertes de la bibliothèque. C'était une pièce spacieuse dotée d'un mobilier confortable aux tons neutres disposé autour d'un tapis d'Orient. Les étagères étaient remplies de classiques reliés et de livres de poche et il y avait une cheminée au fond de la salle.

La véritable originalité de la pièce était le somptueux et authentique vitrail Tiffany qui ornait l'un des murs. Le verre opalescent représentait un étang éclairé par les rayons du soleil au milieu d'une forêt peuplée d'étincelants poissons et d'oiseaux fantastiques qui

1. William Shakespeare, *Macbeth*, acte V, scène 7, traduction de Maurice Maeterlinck. *(N.d.T.)*

n'existaient pas de ce côté de la terre. Il y avait d'ailleurs débat entre les historiens de l'art pour déterminer si Louis Comfort, pour créer des représentations détaillées à ce point, avait voyagé ou non dans une Autre Contrée à une époque de sa vie pour y observer la faune. L'hypothèse n'était toutefois pas fondée car les étranges espèces dépeintes n'étaient documentées dans aucune des archives que les Anciens conservaient sur les Autres Contrées.

Niniane soupira en pensant à l'expression horrifiée et au visage livide de Scott Hughes lorsqu'il avait vu la destruction de l'étage plus bas. Un puissant charme anti-bris faisait scintiller le vitrail, mais de tels charmes avaient un pouvoir limité. Si une force plus importante que celle du charme venait à le frapper, le verre et le charme se briseraient malgré tout. Et deux ou trois personnes présentes dans la pièce détenaient ce type de Force. Le malheureux Scott ne serait pas tranquille tant que les Faes noires séjourneraient dans son hôtel.

Elle devrait peut-être discrètement encourager leur départ. Urien avait fait construire un immense manoir sur un terrain fermé qui couvrait trente-deux hectares dans l'une des zones urbaines les plus chères du pays. La propriété englobait le principal point de passage vers l'Autre Contrée des Faes noires. Au départ, l'idée de se rendre directement au manoir depuis New York l'avait un peu dérangée. Elle avait souhaité agir avec prudence et avait décidé de rencontrer la délégation en terrain neutre, d'où elle pourrait, de plus, espérer pouvoir s'enfuir le cas échéant. Le manoir au beau milieu de sa propriété protégée et surtout fermée aurait très bien pu, selon elle, se transformer en prison.

Apparemment, elle avait vu juste.

Les quatre occupants de la pièce se retournèrent en l'entendant entrer. Leur attention se porta immédiatement sur la menace silencieuse qui se dressait derrière elle et leurs expressions froides se figèrent. Toutes, sauf celle de l'homme de grande taille aux cheveux noirs, aux pommettes saillantes et aux pattes d'oie qui se creusèrent quand il lui sourit. Aubrey Riordan, chancelier du gouvernement des Faes noires, s'avança rapidement vers elle, les mains tendues. Elle tendit les siennes et il les porta à ses lèvres pour les baiser.

— Je ne saurais exprimer toute la colère et la détresse qui m'ont envahi en apprenant l'attaque lancée contre vous par Geril et ses acolytes, ni exprimer à quel point je suis soulagé et heureux que vous soyez de nouveau parmi nous et en bonne santé.

Niniane scruta le visage du vénérable chancelier pendant qu'il parlait. D'après son sens de la vérité, chaque mot qu'il avait prononcé était sincère. Ceci dit, elle avait cru avec Dragos que Geril et les autres étaient sincères également. Comme Pia, la compagne de Dragos, l'avait souligné une semaine plus tôt, il y avait des moyens de neutraliser le sens de la vérité si quelqu'un avait justement une certaine habileté avec les mots et une propension à la manipulation. C'était ainsi que Pia avait survécu à une rencontre potentiellement mortelle avec Urien quand il l'avait kidnappée. Mais Aubrey avait des yeux qui exprimaient la bonté et Niniane voulait tellement le croire. Elle lui serra les doigts avant de les lâcher.

Carling s'avança vers un fauteuil avec la grâce silencieuse d'un spectre et s'assit. La vampire était toujours pieds nus, mais elle avait retiré son tailleur Chanel au profit d'un ample caftan en coton égyptien naturel. Sur elle, le vêtement semblait tout droit sorti de chez un grand couturier. Elle avait relevé ses longs cheveux noirs brillants, qui étaient retenus par deux stylets fins. Ces stylets et le caftan étaient tout ce qu'elle portait. Elle observait la scène d'un air intéressé mais, sauf en cas de violation flagrante de la loi du domaine ou si la vie de quelqu'un était menacée, en tant que Chancelière du tribunal des Anciens, elle n'interviendrait pas.

Le commandant Arethusa se tenait droit comme un I derrière un divan. La Fae noire à la silhouette athlétique fusillait Tiago du regard.

— Le Wyr n'est pas autorisé à pénétrer ici, fit-elle les dents serrés. Il doit sortir. Sur-le-champ.

Sans crier gare, l'humeur de Niniane passa de la zone verte de son patientomètre à la zone rouge. Elle serra les poings. C'était une bonne chose qu'elle n'ait pas de tuyau en plomb ou de chandelier à portée de main.

— Hé ho, vous savez quoi, Arethusa ? Je vais être votre souveraine. Vous ne pouvez pas me parler sur ce ton. JAMAIS. Je me fiche que vous pensiez avoir raison et que cela soit si important à vos yeux. Il va falloir qu'on pose quelques règles entre nous. Pendant que nous sommes sur le sujet de ce que vous ne pouvez pas faire : vous ne pouvez plus JAMAIS me traiter comme un pion sur un échiquier. Si l'un de vous refuse de me faire apporter des articles dont j'ai besoin, oh, mes vêtements par exemple ou bien mes affaires de toilette ou une couverture, simplement pour établir une espèce de précédent juridique, je me ficherai du nombre d'années de service que vous avez pu donner aux Faes noires ou du respect que vous pensez mériter. Je vous ferai pendre à l'arbre le plus proche et vous pourrez vous estimer heureux que je me contente de faire cela, parce que je sais que mon oncle vous aurait éviscérée pour punir une telle insulte. Vous êtes peut-être trop vieille pour que je puisse vous enseigner la décence. Mais cela ne signifie pas que je vous permettrai de me traiter autrement qu'avec le respect et la sollicitude les plus absolus. Est-ce que c'est clair ?

Si son attention se portait sur le commandant des Faes noires, elle aperçut Carling du coin de l'œil. Était-ce une lueur d'approbation dans le regard de la vénérable vampire ?

L'expression d'Arethusa changea tellement vite que Niniane aurait juré que son air de contrition choquée était sincère.

— Votre Majesté, fit-elle. Mes plus plates excuses. Je ne voulais certainement pas *vous* manquer de respect – ma remarque s'adressait à *lui*.

— C'est moi qui ai décidé que Tiago m'accompagnerait à cette réunion. Il s'est porté volontaire pour venir à Chicago afin de m'aider et de me protéger. Il n'a pas hésité à répondre à tous mes besoins sans que je doive le lui demander et avec générosité qui plus est, et sans essayer d'y gagner un avantage politique ou une quelconque faveur. Chaque vêtement que je porte, d'ailleurs, c'est grâce à lui. Certainement pas grâce à l'un de vous. Alors ce que vous lui dites, c'est aussi à moi que vous le dites.

Il était clair que le commandant des Faes noires n'appréciait guère ce qu'elle venait d'entendre car son visage se ferma et elle lança un regard noir à Tiago, mais elle garda le silence. Ce fut le juge Kellen qui s'éclaircit la gorge et prit la parole pour la première fois. Le vénérable mâle était l'un des plus fins stratèges juridiques des domaines des Anciens ; son visage aux traits racés était sillonné de fines rides et ses longs cheveux blancs étaient noués en catogan. Niniane se souvenait l'avoir vu lorsqu'elle était enfant. Elle se souvenait d'eux tous en fait, de même qu'elle se souvenait du charme décontracté de son oncle Urien qui avait semblé si affectueux et si tendre à la petite fille heureuse et spontanée qu'elle avait été.

— Notre refus de coopérer avec la sentinelle Aigle noir ne fut pas avisé de notre part, fit Kellen d'une voix sage et douce. Et pour cela, Votre Majesté, je vous adresse mes sincères excuses. La seule chose que j'ajouterai à notre défense est que nous n'avions pas envisagé la possibilité que vous manqueriez de quoi que ce soit.

Bon, ses remarques firent redescendre un peu la jauge de son patientomètre. Kellen avait toujours été un admirable diplomate et ses manières prévenantes étaient célèbres pour avoir calmé des esprits autrement plus échauffés que celui de Niniane. Elle se mordit la lèvre et après un moment réussit à lui faire un petit signe de tête.

— Nous avons également eu des soupçons quant à la participation des Wyrs lors de récents événements, reprit le juge. Comme l'a indiqué le commandant Shiron, nous estimons qu'il est impératif de prendre immédiatement nos distances avec eux.

Si ce petit discours n'était pas un préambule à une litanie de récriminations, ça y ressemblait fort. Niniane poussa un soupir en s'avançant vers un fauteuil afin de s'asseoir à côté de Carling. Elle fit signe aux autres de s'asseoir également, et ils le firent en formant un vague cercle ; Kellen et Arethusa prirent place sur un canapé et Aubrey s'assit sur le dernier fauteuil.

Tiago s'avança silencieusement pour se poster derrière elle. En lui jetant un coup d'œil, elle remarqua les muscles énormes de ses biceps et de sa poitrine quand il croisa les bras. Elle se rappela la place qu'il affectionnait lors des conférences avec Dragos et les autres sentinelles, et une vague de nostalgie déferla sur elle. Elle la refoula aussitôt. Elle n'avait pas le temps de visiter ses souvenirs ni de se mettre à larmoyer.

Officiellement, Urien avait péri dans un accident de cheval, mais il y avait plusieurs individus parmi les Anciens doués de suffisamment de Force pour exhumer la vérité. Les dirigeants des différents domaines savaient pertinemment que Dragos avait tué le roi des Faes noires.

— Si vous faites allusion à la manière dont Urien a péri, il venait de kidnapper et d'attaquer la compagne enceinte de Dragos, déclara-t-elle de but en blanc. Il a eu le sort qu'il méritait et tout le monde dans cette pièce le sait. Et je ne parle même pas de ses anciens crimes, qui incluent le massacre de ma famille et de son roi.

— Quels que soient les crimes d'Urien et ce que l'on peut penser de sa mort, le fait est que le seigneur des Wyrs a tué le roi des Faes noires, déclara Kellen. Et le régicide est une question grave. Mais ce n'est même pas à cet événement que je faisais allusion, du moins pas seulement. (Le regard du juge se posa sur Tiago.) Il nous faut nous demander ce que fomentent les Wyrs et pourquoi après vous avoir donné l'asile et protégée pendant de si nombreuses années, ils tenteraient de vous assassiner.

— Qu'est-ce que vous me chantez là ? s'exclama-t-elle.

Elle avait à peine prononcé ces mots que Tiago lâchait un juron étouffé et posait une main sur son épaule avec force.

— Niniane, il faut que je te parle une minute, lui glissa-t-il à voix basse et d'un ton pressant.

Elle le regarda d'un air impatient et surpris. Il voulait lui parler, là maintenant ? Elle lui fit « non » de la tête, puis s'adressa à Kellen et aux autres :

— Vous vous trompez complètement. Il y a eu deux attentats commis par des Faes noires, mais aucun par un Wyr. C'est absurde.

Arethusa se raidit. Kellen et Aubrey lui lancèrent un regard perçant, intrigué. Carling observa Tiago en étrécissant les yeux et les sourcils levés. Sa belle bouche bien dessinée était pincée.

La main de Tiago la serra au point de lui laisser un bleu. Il lui dit dans sa tête :

— *Il faut que je te parle immédiatement.*

Aubrey prit la parole.

— Votre Majesté, je vous prie de me pardonner, mais je me dois de vous contredire. La première tentative d'assassinat sur votre personne a été perpétrée par des Faes noires et nous ne pouvons pas exprimer avec suffisamment d'emphase notre chagrin et notre indignation…

— *NINIANE*, rugit Tiago par télépathie.

Elle secoua nerveusement la tête comme pour expulser le cri mental et l'autre son informe qui avait commencé à remplir sa tête, comme un bourdonnement étouffé.

Malgré la cacophonie qui emplissait son crâne, elle entendait Aubrey parfaitement bien.

— Mais les comptes rendus préliminaires de la police sur la seconde tentative, continuait-il, sont sans équivoque. Elle a été perpétrée par trois individus déguisés en Faes noires, mais qui étaient, en fait, des Wyrs.

Étaient, en fait…

Un bourdonnement assourdissant envahit son esprit. Elle ne pouvait plus penser ni entendre. Plusieurs personnes dans la pièce parlaient en même temps.

Étaient, en fait…

Des Wyrs.

Elle se tourna vers Tiago avec un air d'incompréhension tellement absolue. La sentinelle devint agitée et se mit à jurer.

Elle ne se donna même pas la peine de lui poser directement la question. Sa réaction était suffisamment éloquente. Aubrey disait vrai. Les Wyrs avaient essayé de l'assassiner. Un abîme s'ouvrit en elle. Un abîme qui déchirait ses organes vitaux et l'empêchait de respirer normalement. Ses amis de toujours ? Les personnes qu'elle avait embrassées avec tant d'affection au moment de partir, les personnes qui lui manquaient tant, les personnes qui…

Sa famille d'adoption ?

L'histoire se répétait une fois de plus ?

Tiago s'agenouilla devant elle. Sa voix mentale était coupante, urgente :

— *Ne me regarde pas comme ça, bon sang. J'allais te le dire, mais tu souffrais. Et puis on a manqué de temps et j'ai oublié, c'est tout. J'ai tout simplement oublié. Niniane…*

Il tendit les mains pour saisir les siennes. Elle eut un mouvement de recul. Il se figea et la regarda comme si elle venait de le poignarder.

— Merci pour tout ce que vous avez fait pour moi, déclara la future reine des Faes noires d'une voix calme et froide. (Elle avait une expression polie et aussi vide qu'une poupée.) Nous veillerons à ce que vous soyez totalement remboursé pour tous vos frais. Vous pouvez vous retirer maintenant.

Pendant un moment qui sembla se suspendre, elle fut certaine qu'il refuserait. Un air d'anarchie absolue traversa le visage de Tiago et elle sut qu'il était capable de tout. Elle se cala de nouveau dans son fauteuil, impassible.

Elle ne sut pas ce qui l'arrêta. Quelque chose changea dans son expression et une terrible tristesse se lut dans ses yeux. Puis une barrière s'érigea entre eux, aussi lourde qu'une dalle de granit couvrant une plaie ouverte dans la terre. Il se releva sans bruit et quitta la pièce.

Elle s'entretint avec Carling et la délégation des Faes noires pendant une heure encore. Le groupe établit des plans. Étant donné que des Faes noires étaient impliquées dans une des attaques, Carling et ses vampires se chargeraient de la sécurité de Niniane pendant que les enquêtes se poursuivraient. Puis, en supposant qu'il serait établi avec certitude qu'aucun des dignitaires présents n'était impliqué, Carling et ses vampires laisseraient progressivement Arethusa et ses forces prendre le relais.

Le groupe quitterait l'hôtel le lendemain matin. Ils s'installeraient dans la demeure où l'épouse d'Aubrey, Naida, effectuait les préparatifs en vue de leur traversée. De là ils finiraient de s'apprêter au départ et passeraient dans l'Autre Contrée. Une fois qu'ils auraient traversé, il leur faudrait plusieurs jours de voyage à cheval pour rejoindre le palais à Adriyel. Le couronnement de Niniane se déroulerait quelques jours plus tard.

Elle donna son accord à tout ce qu'ils demandaient.

Après la réunion, Niniane se rendit dans sa chambre du penthouse. Il n'y avait aucune raison de ne pas le faire. Elle avait laissé la pièce en désordre après avoir pris sa douche et s'être préparée en vue du dîner avec son cousin et ses compagnons. Geril avait flirté avec elle pendant le trajet en avion jusqu'à Chicago, ce qu'elle n'avait pas particulièrement apprécié. Ils étaient allés dîner dans un restaurant grec et il avait poursuivi ses avances pendant le repas, jusqu'à ce qu'elle ait été forcée de l'éconduire poliment, mais fermement.

Un cousin au second degré flirtant avec l'héritière du trône, franchement. Elle n'avait pas pensé que c'était très subtil, mais elle avait enduré le reste du dîner, résolue à rester tolérante et à essayer de trouver une qualité ou deux à cet homme.

Oui, bon, ça n'avait pas été un grand succès.

Sa chambre était la plus spacieuse et la plus somptueuse des six et elle était désormais impeccable. Elle s'étendit sur le lit. Quand elle ferma les yeux, elle vit le visage décomposé de Tiago, la tristesse dans ses yeux quand il l'avait regardée, sa mâchoire crispée.

Des Wyrs l'avaient attaquée ?

Attends une seconde...

Maintenant qu'elle n'était plus en présence de la délégation des Faes noires, la cacophonie dans sa tête s'était dissipée. Le calme laissa remonter à la surface tous les souvenirs qu'elle partageait avec les sentinelles.

Les heures qu'ils avaient passées à l'entraîner, à perfectionner ses techniques d'autodéfense, répétant chaque mouvement jusqu'à ce qu'elle l'ait maîtrisé. Malgré son manque d'aptitude, ils n'avaient jamais renoncé et ne lui avaient pas permis d'abandonner quand le découragement l'avait saisie.

Les discussions saugrenues en tête à tête avec la harpie Aryal au fil des ans.

Les fois où les griffons l'avaient taquinée et avaient flirté avec elle lorsqu'ils s'acquittaient patiemment de leur devoir de « baby-sitting » quand ils étaient détournés de leurs responsabilités habituelles pour lui servir de gardes du corps.

La compagnie tranquille, dénuée de toute exigence, de la gargouille Grym quand il assurait sa sécurité lors de ses promenades dans les quartiers résidentiels au moment des Fêtes. Et les cadeaux de Noël, les puzzles en bois sculpté, qu'il avait créés exclusivement pour elle.

L'appui fidèle de Dragos quant à ses choix parfois discutables sur la manière de gérer des problèmes épineux de relations publiques, et ses sourires de satisfaction quand il s'avérait qu'elle avait eu raison.

L'attitude protectrice de Tiago et la douceur avec laquelle il s'était occupé d'elle, la manière dont il avait retiré ses points de suture, puis posé ses lèvres sur la cicatrice.

Elle s'assit tandis qu'une certitude solide comme un roc retombait à la place qui lui incombait. Les gens qui l'avaient attaquée étaient des Wyrs, certes, mais Dragos et ses sentinelles n'avaient rien à voir avec eux. Bien sûr que non.

Oh, Tiago.

Elle se mit à chercher son téléphone portable avant de se souvenir qu'il se trouvait toujours dans son sac du soir, posé dans la suite deux étages plus bas. Utilisant le téléphone fixe à côté de son lit, elle demanda à la réception de l'hôtel d'appeler la suite. Elle écouta les sonneries. Personne ne répondit et ses épaules s'affaissèrent sous le coup de la déception. Quand la messagerie vocale se déclencha, elle dit :

— Tiago, c'est moi. Je suis désolée de t'avoir congédié ainsi. C'est... Enfin toute l'histoire a été un tel choc, c'est tout. Rappelle-moi s'il te plaît dès que tu as ce message, d'accord ?

Elle raccrocha avec lenteur. Il était peut-être déjà revenu dans la suite chercher ses affaires avant de s'en aller. Cela ne lui aurait certainement pas pris beaucoup de temps de les réunir. Il voyageait léger. Elle saisit de nouveau le combiné et composa le numéro de la réception.

— Allô, ici Niniane Lorelle, fit-elle quand une plaisante voix féminine répondit.

— Votre Majesté ! Bonjour, que puis-je faire pour vous ?

— J'essaie de joindre la sentinelle Aigle Noir et sa suite ne répond pas. Est-ce que vous l'avez vu récemment, par hasard ?

— Oui, il a quitté l'hôtel il y a une quinzaine de minutes.

Cette fois-ci la déception fut cuisante. Elle se couvrit les yeux.

— Je vois.

— Vous voulez lui laisser un message ?

Allait-il même revenir à l'hôtel ou était-il déjà en route pour New York ?

— Oui, fit-elle d'une voix atone. Si vous le voyez, dites-lui, s'il vous plaît, qu'il faut que je lui parle. C'est très important.

La femme promit de le faire et Niniane raccrocha. Et pourquoi ne retournerait-il pas à New York ? Il l'avait laissée en sécurité comme il l'avait promis. Après tout ce qu'il avait fait pour elle, elle lui avait vraiment porté un coup bas.

Elle n'arrivait plus à réfléchir et ne voulait plus ressentir quoi que ce soit, elle se pelotonna sur le lit et ferma les yeux. Elle dut dormir un moment et elle se réveilla quand on frappa à la porte. La voix cristalline de Rhoswen lui demanda si elle souhaitait qu'on lui apporte un plateau pour son dîner.

— Non, répondit-elle.

Elle referma les yeux. Elle entendit des pas légers, et pourtant monstrueux, résonner dans les salles silencieuses et obscures du palais. Elle dérapa dans les flaques de sang où gisaient les petits cadavres de ses frères. Le sang avait une odeur de viande crue et une consistance troublante, une viscosité poisseuse qui macula ses mains et ses genoux quand elle tomba. Elle se remit debout tant bien que mal et essaya de distancer la Force glacée qui la traquait. L'aura de cette dernière semblait raréfier l'air autour de Niniane comme un boa invisible alors que la jeune princesse était cachée et s'étouffait dans sa propre panique.

La chambre était totalement plongée dans l'obscurité quand elle se réveilla en sursaut. Désorientée, elle tâtonna pour chercher l'interrupteur et allumer une lampe, puis chercha sa montre. Elle n'avait pas porté sa montre pour le dîner parce qu'elle n'allait pas avec sa jolie robe rouge.

21 h 30. *Arrgh*. Dormir toute la journée était idiot. Elle n'allait pas fermer l'œil de la nuit maintenant. Elle s'assit et contempla le sol, se sentant lourde et engourdie, comme si de la mélasse coulait dans ses veines ou qu'elle était seulement à moitié vivante parce qu'une artère vitale avait été tranchée pendant son sommeil et qu'elle s'était vidée de son sang.

Elle regarda le téléphone silencieux sur la table de chevet. Et ses yeux se remplirent de larmes.

Oh non. Non, elle n'allait pas pleurer. Elle poussa un juron et sauta du lit, sortit une bouteille d'eau du petit réfrigérateur et quitta la chambre. Il devait bien y avoir quelque chose dans cette fichue bibliothèque capable de la captiver et de lui faire oublier un moment la situation. Si elle ne trouvait pas de livre, elle pourrait trouver quelque chose à boire, ou peut-être même les deux.

Quand elle ouvrit la porte, deux vampires se tenaient dans le hall sombre, celui que Tiago avait expédié dans l'escalier et Rhoswen. Son ouïe ultrasensible de fée lui permettait d'entendre des gens se déplacer sans bruit dans les autres pièces. Apparemment, ils passaient presque tous la soirée dans leurs chambres. Elle supposait qu'une soirée tranquille était un répit bienvenu après le tumulte des derniers jours.

— Avez-vous besoin de quelque chose ? demanda Rhoswen. Quelque chose pour souper, peut-être ?

— Non, je vais à la bibliothèque, fit Niniane.

La vampire blonde inclina la tête. Niniane entra dans la bibliothèque, faiblement éclairée par une lampe posée sur une petite table et par la lueur nacrée du clair de lune qui traversait le vitrail.

Elle crut au début qu'elle était seule dans la pièce. Puis elle vit la silhouette immobile et muette assise dans un fauteuil. Elle marqua une pause et faillit repartir, car elle ne pensait pas pouvoir supporter encore une dose de Carling pour cette journée. Mais quelque chose dans son immobilité totale la poussa à avancer.

Carling portait toujours le caftan en coton égyptien. Elle avait retiré les stylets effilés de ses cheveux et les avait déposés sur un guéridon près de son siège.

— Carling ? fit Niniane.

La vampire ne réagit pas. Niniane fit un pas, puis un autre dans sa direction, admirant l'incroyable perfection de ce profil se détachant sur la profusion de bleu saphir, de rouge rubis, d'or et de vert émeraude du vitrail derrière elle. Ses yeux foncés étaient fixes et vides, ses lèvres pulpeuses entrouvertes.

Niniane sentit un frisson glacé descendre le long de son échine. Tous les vampires pouvaient être étrangement inquiétants lorsqu'ils se tenaient immobiles, car ils n'avaient pas besoin de respirer.

Rhoswen et l'autre vampire ne bougeaient pas non plus quand elle était sortie de sa chambre, mais ils étaient vigilants et cela se sentait.

Carling semblait être dans un état complètement différent. Elle avait l'air d'un mannequin de bois ou d'une espèce de vampire-robot attendant que quelqu'un la mette en marche, l'active en somme.

Vampire-robot. *Beurk*.

Niniane s'éclaircit la gorge.

— Carling ?

— Macbeth avait compris quelque chose, fit Carling.

Niniane faillit détaler en hurlant, puis se sentit ridicule. Carling avait parlé à voix basse, d'un ton absent et n'avait pas bougé. *Calme-toi, idiote.*

— Qu'est-ce que vous voulez dire ?

— Dans son soliloque. « Demain, puis demain, puis demain, rampe à petits pas[1] », récita Carling. Quel sera la dernière syllabe du souvenir et qui l'écrira ? Quelle que soit la longueur de notre vie, nous nous demandons toujours quand et comment notre monde finira.

---

1. William Shakespeare, *Macbeth*, acte V, scène 5, traduction de Maurice Maeterlinck. *(N.d.T.)*

Le malaise de Niniane augmenta. Carling avait réagi à son nom, mais elle avait toujours l'air absent et son expression était toujours vide. Elle citait *Macbeth* comme si elle poursuivait l'échange que Niniane et Rhoswen avaient eu dans le hall, sauf que cela s'était passé des heures plus tôt. Quelque chose n'allait pas, peut-être pas du tout. Son estomac se noua.

— Est-ce que vous voulez que j'aille chercher Rhoswen ? demanda-t-elle d'une voix neutre.

Le regard de Carling se posa vivement sur Niniane, et en un instant, l'étrangeté quitta ses yeux.

— Dieu, non, fit la vampire d'un ton amusé empreint de lassitude. Sa dévotion frénétique est tellement fatigante.

Niniane l'observa. Elle avait l'impression qu'elle n'aurait pas dû poser la question, mais la posa malgré tout.

— Vous vous sentez bien ?

Carling sourit.

— Je ne me sens pas trop mal pour une vieille femme morte. Nous, les vampires, sommes les lépreux des Anciens, vous savez, étant donné que nous étions des humains avant d'être infectés. Et bien entendu, tous les Anciens sont immunisés contre la maladie. J'ai toujours ressenti un lien quelque peu irrationnel avec les Wyrs pour cette raison. En tant que lépreux et monstres de la société des Anciens, aucun de nous n'est aussi acceptable que le reste d'entre vous.

Niniane leva un sourcil.

— Aucun d'entre nous n'est vraiment acceptable, Carling.

La vampire laissa échapper un petit rire.

— C'est bien vrai. Asseyez-vous, petite Niniane. Nous n'avons pas eu le loisir de finir notre conversation quand votre Wyr nous a interrompues avec tant de grossièreté.

Il n'est pas mon Wyr.

Une vague de douleur surgit de nulle part. Elle inspira profondément et se retint de prononcer les mots. Puis le souvenir de Carling arrachant la tête de son propre vampire pour ensuite le regarder droit dans les yeux alors qu'il se transformait en poussière lui traversa la tête, mais elle s'avança malgré tout et s'assit dans le fauteuil que la Chancelière lui indiquait.

— Je ne vous comprends pas, dit Carling en inclinant la tête, les yeux rivés sur Niniane.

— *Vous* ne me comprenez pas, fit Niniane d'un air stupéfait.

— Est-ce si difficile à croire ? Vous ne manœuvrez pas pour le pouvoir en ma présence, et oui, parfois je vous fais peur, mais enfoui sous cette crainte on dirait que vous… m'aimez bien. Même si ce n'est ni sage, ni sans danger. Et en même temps, vous êtes triste. Je trouve tout cela assez fascinant.

C'était drôle à quel point Carling parvenait à décrire avec acuité l'opinion que Niniane se faisait d'elle. La fée adressa à la vampire un sourire de travers, puis s'absorba dans la contemplation de ses mains. Il était impossible qu'elle confie à Carling qu'elle la trouvait à la fois sublime et monstrueuse, qu'elle était pour elle une tragédie aussi énigmatique que les ruines d'un champ de bataille.

Elle choisit de ne dire qu'une partie de la vérité.

— Je vous aime bien, même si je ne le devrais peut-être pas. Et parfois je suis triste en pensant à tous les amis ou relations que vous avez perdus. Je ne parle pas seulement des humains. Perdre des compagnons humains est déjà suffisamment douloureux. Je parle de personnes ayant votre espérance de vie, je veux dire.

— Vous avez déjà perdu vous-même bien des êtres chers au cours de votre vie, fit remarquer Carling d'une voix douce.

Cette douceur était-elle une illusion ? Est-ce que Carling imitait les comportements humains pour mieux manipuler en se montrant affable, ou existait-il encore des lambeaux d'humanité à l'intérieur de ce corps magnifique ? Niniane poussa un soupir. Quelle que soit la nature véritable de Carling, ce serait à elle, Niniane, de la découvrir.

— Je voulais vous poser une question si vous n'y voyez pas d'inconvénient.

Carling l'encouragea à continuer.

— Pourquoi haïssez-vous Tiago ?

Les mots tombèrent comme des pierres jetées dans un étang, entraînant des ricochets jusqu'à un rivage invisible. Carling ne bougea pas, mais Niniane sentit sa poitrine se contracter. Elle se força à respirer calmement tandis que le silence s'appesantissait entre elles.

— Je veux comprendre, c'est tout, poursuivit Niniane.

La tension vola en éclats quand Carling laissa échapper un rire où pointait la colère.

— La raison en est si ancienne qu'elle n'a plus vraiment de valeur. Et il ne s'en souvient même pas, ce qui me met encore plus en colère. Je l'ai rencontré une fois, à Memphis.

— Memphis, répéta Niniane avec surprise.

Elle allait demander ce que Carling et Tiago pouvaient bien faire dans le Tennessee, quand Carling ajouta :

— Bien sûr, cette ville ne s'appelait pas Memphis à l'époque, mais Ineb Hedj. Le nom de Memphis est venu bien plus tard. C'était alors la capitale du monde. À l'aube, le soleil miroitait sur le Nil et évoquait une feuille d'argent martelé recouvrant du jade et du lapis lazuli.

Niniane retint son souffle.

— Vous avez fait sa connaissance en Égypte.

— Oui, il y a très très longtemps. Tiago était un dieu et je n'étais qu'une marchandise. J'étais jeune et encore humaine, tirée de la pauvreté et de la boue du fleuve à cause de ma beauté. Je fus offerte à un dieu pour l'inciter à demeurer parmi mon peuple. J'étais désemparée, mais il ne m'a même pas regardée. Il est parti et j'ai été punie.

Niniane serra ses mains ensemble en écoutant le récit bref et sec de l'histoire de la vampire.

— C'est affreux, dit-elle.

— C'est absurde, répliqua Carling. Je ne le voulais pas. J'étais juste une gamine avec un joli visage et il me terrifiait. J'étais heureuse qu'il parte.

Niniane s'obligea à desserrer ses mains.

— Que s'est-il passé ensuite ?

Un sourire releva les lèvres sublimes de Carling ; on aurait dit la Mona Lisa des démons qui aurait avalé une âme.

— Je me suis battue bec et ongles pour avoir une vie meilleure. J'ai appris l'art des poisons, celui de la guerre, la sorcellerie, comment diriger les autres, comment détruire mes ennemis, et comment garder rancune du moindre affront. Puis j'ai découvert le baiser du serpent qui a fait de moi une déesse, et personne n'a plus jamais levé la main sur moi.

Le baiser du serpent. Niniane la toisa.

— Vous voulez parler du moment où vous êtes devenue une vampire. (Carling inclina la tête et Niniane vit soudain dans ce geste impérial et gracieux à quel point Rhoswen imitait sa maîtresse.) Et Tiago n'a jamais réalisé ce qui s'était passé ni qui vous étiez ?

— Non. (L'expression de Carling était empreinte d'ironie.) Mais quand je le vois, j'ai envie de l'étrangler.

— Je suis tellement désolée, fit Niniane.

— Jeune fille, fit Carling.

Le regard sombre de la vampire était interrogateur. Elle avait l'air de s'ennuyer vaguement.

— Je me fiche que tout cela se soit passé il y a une éternité, s'exclama Niniane avec violence. Je me fiche qu'il y ait sans doute une manière plus sophistiquée de répondre et que tout cela ne vous fasse plus rien. Je regrette que cette jeune fille ait dû endurer cela. Je regrette que la jeune fille que j'ai été ait dû vivre ce qu'elle a vécu. Nous ne sommes peut-être plus ces filles, mais leurs fantômes vivent quelque part en nous, au moins dans nos souvenirs, et quelqu'un se doit de dire : ces enfants méritaient mieux que ça.

Carling baissa les yeux. Les ailes gracieuses que formaient ses sourcils se rencontrèrent.

— Vous avez raison, bien sûr. C'est vrai.

Niniane avait dormi longtemps, mais ne se sentait pas du tout reposée. Ses yeux la brûlaient. Elle les frotta avec la paume de ses mains.

— C'est arrivé il y a tellement longtemps, et Tiago ne voulait pas vous faire de mal. Vous vous en rendez compte, n'est-ce pas ?

Carling fit de nouveau un petit geste des doigts. Le geste discret, presque invisible, devenait poésie avec elle.

— Est-ce que vous pensez que vous pourriez oublier votre rancune ? demanda Niniane. Je vous demande de le faire pour moi, dans les intérêts de notre future alliance.

— Vous tenez à lui.

Carling prononça les mots comme si elle les savourait tout en observant Niniane avec une curiosité intense.

Il n'y avait pas lieu de le nier.

— Oui.

— Même après qu'il vous a caché la vérité à propos de la seconde attaque ?

— Oui, soupira-t-elle.

L'ombre d'un reproche passa sur les traits de Carling. L'expression juvénile, impétueuse, contrastait de manière étonnante avec la discipline irréprochable qu'affichait d'habitude son visage.

— Oh, bon, fit la vampire d'un ton boudeur. Je ne lui ferai rien du moment qu'il n'essaie pas de me nuire.

Niniane s'affaissa sur son fauteuil.

— Merci, fit-elle. Cela me va droit au cœur.

Carling lui lança un regard sévère.

— Peut-être que cela vous va un peu trop au cœur. Vous devez faire preuve de prudence, Niniane, et faire attention en qui vous placez votre confiance. Vous êtes vulnérable.

Niniane se raidit.

— Je suis tout à fait consciente de ma situation.

L'expression de la vampire s'adoucit.

— Je sais que vous ne voulez pas croire que Dragos puisse avoir été impliqué dans la tentative d'assassinat. J'ai perçu votre lutte intérieure tout à l'heure.

— Vous pouvez… sentir, capter les émotions ? fit Niniane, interloquée par le tour que prenait la conversation.

— Oui, bien entendu. En vieillissant les vampires voient leurs sens s'aiguiser. Les plus anciens d'entre nous finissent par perdre le goût du sang et ne se nourrissent plus que des émotions de ceux qui les entourent. Je n'ai pas absorbé de sang humain depuis plusieurs siècles.

Nom d'un petit bonhomme, Carling était une succube.

— Vous sentez ce que les autres ressentent ?

— Je peux capter, sentir les sentiments des vivants. Les autres vampires ne me sont d'aucune aide quand il s'agit de me nourrir.

Quelle aptitude indiscrète. Niniane plissa le front. Bon, cela expliquait la mine bien nourrie, en quelque sorte, de la vampire à différents moments de la journée. Niniane se demanda le goût que pouvait bien avoir le paysage accidenté qu'elle avait en elle. Pouvait-il être aussi amer pour Carling qu'il l'était pour elle ?

Si elle lui posait la question, Carling lui dirait-elle ce que Tiago ressentait pour elle ? La vampire lui dirait-elle si cette tristesse qu'elle pensait avoir vue dans ses yeux juste avant son départ était réelle ou feinte ? Elle serra les poings et la mâchoire au point d'en avoir mal aux dents pour s'empêcher de poser cette question pathétique.

Ce n'était pas comme si la réponse pourrait changer ce qui s'était passé ou ramener Tiago.

Carling rompit le silence qui s'était installé.

— Après deux cents ans parmi les Wyrs, vous voulez peut-être croire que vous avez forgé avec eux des liens qui ne peuvent être rompus, reprit Carling. Je n'ai pas de réponses aux questions que vous vous posez ni de solutions aux défis qu'il va vous falloir relever. Je souhaite simplement vous mettre en garde et vous donner matière à réflexion. Des alliances plus solides et plus longues ont déjà été brisées, et le Grand Dragon est plus ancien que nous tous. Il est vieux et rusé. Sa priorité première sera toujours les Wyrs, et vous n'êtes pas une Wyr.

Est-ce que Carling souhaitait vraiment lui donner matière à réflexion ou est-ce qu'elle essayait de semer la méfiance entre Niniane et Dragos ? Niniane secoua la tête.

— Ce que vous dites a du sens. Les vieilles alliances peuvent être rompues et la priorité de Dragos est évidemment les Wyrs. Mais je ne souscris pas à l'hypothèse d'une quelconque implication de Dragos dans l'attaque contre moi. Ça n'a pas de sens. Pourquoi des Wyrs déguisés en Faes noires m'attaqueraient alors qu'un autre Wyr les tuerait pour me défendre ?

— Je ne sais pas, répliqua Carling en pinçant les lèvres.

— Si, pour une raison incompréhensible, Dragos souhaitait ma mort, il aurait été bien plus simple et efficace que Tiago m'exécute.

— Nous n'avons pas suffisamment d'informations, ajouta Carling. Il existe peut-être un schisme au sein du domaine wyr dont nous ignorons encore l'existence. Peut-être que le seigneur des Wyrs prépare quelque chose qu'aucun de nous n'est en mesure de comprendre. J'ai toujours apprécié et respecté Dragos, mais je ne lui ai jamais fait totalement confiance.

Niniane prit le temps de réfléchir avant de parler. Était-il possible que Dragos prépare quelque chose de si confidentiel que même Tiago ne soit pas au courant ? Dragos en était certainement capable, mais elle n'y croirait pas tant qu'elle n'en aurait pas sous les yeux une preuve irréfutable.

Après un moment, elle se força à parler de nouveau à voix haute.

— Merci, Chancelière. Je suis heureuse que nous ayons eu l'occasion de bavarder. Je vais méditer sur ce que vous m'avez dit.

— C'est dans votre intérêt, ajouta Carling.

10

— J'ai bien aimé ta démarche de canard quand tu as traversé le parking, lança Tiago à Clarence « JoBe » Watson. C'est original. Ce n'est peut-être pas l'originalité que tu recherchais. Mais c'était vraiment original.

Tiago avait trouvé Clarence traînant avec trois de ses potes sur South Damon Avenue. Ils portaient la tenue habituelle des rappeurs de banlieue, le cou et les poignets ornés de grosses chaînes en or, arborant les couleurs de leur gang et dansant sur un tube de 50 Cent. Ils avaient vu Tiago s'avancer vers eux avec son treillis noir, ses tatouages et ses armes bien en évidence. Seul Dieu sut ce qu'ils lurent sur ses traits. Des éclairs blancs crépitaient dans ses yeux, qu'il avait cachés derrière des lunettes de soleil. Les autres avaient détalé comme des lapins dont le terrier vient d'être découvert par un loup.

Tiago avait accéléré le pas. Il avait rattrapé Clarence à peine un pâté de maisons plus loin, l'avait saisi par le cou et jeté contre un bâtiment en brique.

— Tu te demandes peut-être si tu aurais pu m'échapper si ton pantalon était remonté à la bonne hauteur au lieu de flotter autour de tes cuisses.

— Putain, quoi ? s'écria Clarence.

Il avait vingt-deux ans, mesurait un mètre quatre-vingt-cinq et pesait dans les quatre-vingt-cinq kilos. Tiago attrapa son jean au niveau de la ceinture et souleva Clarence soixante centimètres au-dessus de la chaussée. Puis il lui remonta le pantalon en le secouant violemment.

— Personnellement, je ne crois pas, mais on va voir. (Il recula.) Allez, cours.

— Je vais te buter. (D'un mouvement sec du poignet, Clarence ouvrit son couteau à cran d'arrêt en faisant volte-face.) Espèce d'enc... !

Tiago lui arracha le couteau, appuya le plat de la lame contre le mur en briques et le brisa au niveau de la garde.

— Encore un choix peu avisé dans une longue série de choix du même genre, fiston, fit Tiago.

— Espèce d'enfoiré de fils de pute !

Le blanc des yeux de Clarence apparut.

Tiago fit pivoter le jeune homme.

— Pour la bonne nouvelle, Clarence, et cela me désole de le dire, vraiment, mais tu vas vivre.

— Je sais pas de quoi tu parles, mais j'ai rien fait !

— Oh que si. Si tu n'avais pas mis en ligne ton petit film improvisé, on n'aurait peut-être pas su à temps à New York ce qui se passait à Chicago pour pouvoir prévenir encore plus de grabuge. Bon, maintenant la mauvaise nouvelle.

Tiago le saisit par la nuque et le fond de son pantalon et le jeta contre le mur. Clarence passa d'une voix de basse à un timbre de baryton, puis rapidement à un soprano avant de finir en sifflement de bouilloire.

— Tu vas pas te marrer pendant un petit moment, ajouta Tiago. Ta vie va vraiment être pourrie. Tu t'en tireras peut-être avec quelques os cassés seulement.

Et tes joujoux sont tous confisqués. (Il remit Clarence debout en le traînant, puis le plaqua contre le mur pendant qu'il fouillait les poches de son jean et de sa veste. Il empocha un neuf millimètres et continua sa fouille. Ce qu'il cherchait devait bien être quelque part.) Je suis passé par ta piaule. J'ai évacué ta PlayStation, ta Xbox, ta Wii, ton ordi portable et deux ordinateurs, l'écran de 110 pouces, le TiVo, le lecteur Blu-ray, le Pioneer et le home cinéma. Ça fait une sacrée quantité de jouets pour quelqu'un au chômage. Tu vends de la dope ou tu as volé toutes ces marchandises ?

Ah, il l'avait trouvé. Il s'empara du iPhone, le laissa tomber sur le trottoir et l'écrasa sous sa botte, ce qui augmenta le volume du sifflement de la bouilloire. Il ramassa Clarence et le plaqua de nouveau contre le mur.

— Tu vois, il faudrait que j'arrête, là, si un témoin choisissait d'appeler les flics, fit Tiago. Qu'est-ce que t'en penses, Clarence ? Tu commences à relier les points entre eux, ceux qui relient l'attaque dont tu as été témoin et que tu as filmée l'autre soir sans lever le petit doigt et ton état actuel de, disons, gêne ou désagrément, tu peux choisir le mot qui convient le mieux, hein ?

Le sifflement de bouilloire se transforma en larmoiement morveux. Tiago se pencha pour remettre le type debout.

Une main bronzée, puissante et racée saisit l'un de ses poignets.

— Il a compris la leçon, Ti-Bird, lui glissa Rune à l'oreille. Ça suffit.

Tiago se tourna vers le griffon. Rune avait des yeux de lion et ses prunelles avaient la couleur de l'ambre traversée par les rayons du soleil. Ce que lit Rune dans l'expression de Tiago remplit ses yeux mordorés de prudence.

— Hé, l'ami, il est temps de faire un débriefing. Il faut que tu me racontes ce qui s'est passé depuis notre dernière conversation.

— J'ai merdé, répondit Tiago. J'ai fait une erreur foutrement idiote qui l'a blessée. Profondément. Je ne sais pas à quel point.

Rune le saisit par l'épaule. Son regard perçant était tout à fait calme.

— Ça va aller, quel que soit le problème, on va arranger les choses.

— J'ai dû m'en aller, m'éloigner, fit Tiago d'une voix rauque. La laisser souffler un peu. Je ne sais pas combien de temps. Deux ou trois heures ? Le reste de la nuit ? Je... (Il baissa les yeux sur Clarence, écroulé à ses pieds.) J'avais besoin de tuer le temps. De m'occuper les mains.

Rune regarda lui aussi le gamin. Clarence avait enfoui son nez en sang dans la manche de sa veste.

— Tu te rends compte du bol que tu as, morveux, que je sois arrivé au bon moment.

— Oui, je crois bien, fit-il.

Il essuya ses yeux larmoyants.

— Un Wyr ne pardonne pas facilement, reprit Rune. Et nous n'oublions jamais rien. À partir de maintenant, tu as intérêt d'être un citoyen modèle.

— Juré, répondit Clarence dans sa manche. J'probets. J'crois que j'ai vu Jésus dans le mur. Je vais cobbencer à aller à la besse avec ma bère. Peut-être que je vais rejoindre l'arbée.

Sa chambre avait beau être somptueuse et accueillante, Niniane n'avait aucune envie d'y retourner après sa conversation avec Carling. Elle arpenta les pièces sans but.

Elle s'arrêta devant le piano à queue et l'ouvrit pour passer un doigt sur les touches fraîches et lisses. C'était un Steinway à la surface brillante et elle était sûre qu'il était parfaitement accordé. Elle adorait la musique, adorait chanter et adorait danser par-dessus tout, mais elle était une piètre interprète. Et puis il devait être plus de 22 heures. Ce n'était pas encore très tard et les vampires étaient éveillés, bien entendu, mais certains de ses compagnons humains et les Faes noires s'apprêtaient peut-être à se coucher. Elle referma le piano en soupirant.

Elle leva les yeux sur le vampire qui était devenu son ombre silencieuse. C'était de nouveau celui de la cage d'escalier. Il était très beau, comme tous les vampires en général, du genre ténébreux avec une silhouette mince qui, elle le savait, recelait une force inhumaine. Rhoswen avait disparu, peut-être pour assister sa maîtresse.

Elle ne pouvait pas continuer à le voir comme « le vampire de l'escalier », pas plus qu'elle ne pensait à Carling comme étant « le robot ».

— Vous vous appelez comment ? demanda-t-elle.

— Duncan.

— Je suis heureuse de faire votre connaissance, Duncan.

— Merci, Majesté. (Il la regardait d'un air attentif et une expression calme et impénétrable.) C'est un plaisir de faire votre connaissance également.

— Lorsque vous êtes sorti de la cage d'escalier cet après-midi, c'est une bonne chose que vous ayez regardé Carling plutôt que de vous jeter sur Tiago. Je me pose une question cependant : qu'est-ce qui vous a incité à agir ainsi ?

— Nous pouvions tous sentir qu'elle nous avait arrêtés. Les vampires en tout cas le pouvaient. Je ne sais pas si c'est le cas des humains. Leurs sens sont bien moins aiguisés que les nôtres. Quand elle nous a libérés et que je suis revenu dans le hall, il était important de déterminer ce qui avait changé, et le plus vite possible de préférence.

Niniane leva les sourcils. Pas étonnant que Rhoswen n'ait pas exprimé d'empathie pour Cowan. Il avait reçu deux avertissements avant de perdre sa tête.

Duncan avait un léger accent, très plaisant. Elle adorait discuter avec les gens et les questionner sur leur vie, ou leur existence de morts-vivants en l'occurrence. Le désir de lui poser d'autres questions l'effleura, mais s'évanouit presque aussitôt. Elle n'avait pas l'énergie de se montrer sociable.

— Bon, qu'est-ce qu'une nana doit faire pour trouver un truc à boire par ici ?

— Elle n'a qu'à demander ce qu'elle souhaite, fit Duncan en souriant. Je me ferais un plaisir de lui apporter.

Il avait un sourire séduisant et des manières agréables. Niniane savait pertinemment que ces qualités n'étaient pas les seules à lui avoir valu une place dans l'entourage de Carling.

— J'aimerais une bouteille de vin rouge, s'il vous plaît.

— Un vin en particulier ? Merlot, beaujolais, pinot ?

— Tant qu'il contient de l'alcool, ce sera parfait.

Elle sortit sur le patio au carrelage en ardoise, où des arbres et des plantes en pots étaient joliment disposés autour de tables et de chaises en fer forgé. Elle s'assit et contempla les lumières de la ville en laissant la brise tiède jouer dans ses cheveux. Duncan lui apporta un plateau quelques minutes plus tard. Il posa un verre à pied devant elle en murmurant :

— J'ai pensé qu'un bordeaux conviendrait peut-être.

— Merci.

Il posa la bouteille sur la table ainsi qu'un assortiment de fromages, de crackers et de fruits. Souhaitant rester seule, elle le remercia de nouveau ; il lui sourit avant de se retirer et de se poster devant les portes.

Son existence lui semblait, au moment présent, un fardeau trop pesant à soulever et examiner. Elle but lentement son vin et essaya de savourer l'instant, mais elle n'arrivait pas à faire le vide dans sa tête.

« Vous devez faire preuve de prudence, Niniane. Vous êtes vulnérable en ce moment. »

Oui, merci pour le rappel, Carling. Comme si je n'avais pas remarqué.

Niniane avala le reste de son verre et se massa le front. Voyons l'aspect positif des choses : son identité avait été facilement vérifiée et n'était plus mise en doute. Personne ne pouvait contester son droit au trône.

Wow, c'était ça l'aspect positif des choses ? Le *seul* aspect positif ?

L'aspect négatif : mis à part sa relation avec les Wyrs, qui n'était pas remise en question, elle n'avait aucune alliance solide à laquelle se fier, elle n'avait pas de Force véritable et cela faisait des lustres qu'elle n'était plus au fait de la politique et de la société des Faes noires. Elle ne savait absolument pas en quels membres de la délégation elle pouvait avoir confiance.

Et sa relation avec les Wyrs était une relation longue distance. Son père entretenait lui aussi de bonnes relations avec les Wyrs et cela ne l'avait pas sauvé pour autant, ni lui, ni sa famille.

Elle était vraiment dans le pétrin jusqu'au cou. Si elle devait parier, elle se donnerait moins d'un an d'espérance de vie.

Puis une idée lui traversa l'esprit. Peut-être que ce cher cousin Geril n'aurait pas essayé de la tuer si elle avait un peu moins laissé transparaître à quel point ses avances n'étaient pas appréciées. C'était peut-être pour cette raison qu'il l'avait invitée à dîner avant d'essayer de la tuer. Sinon, pourquoi se soucier de la nourrir, franchement ? Avait-il vraiment pensé que ses liens de lointaine parenté avec le trône suffiraient à se l'accaparer ? C'était difficile à croire. Ou avait-il conspiré avec quelqu'un d'autre et décidé de tenter toutes les options envisageables ? Si elle avait répondu à sa tentative de séduction, il aurait pu espérer partager le trône avec elle.

Elle était minée par l'angoisse. Elle aurait voulu avoir un paquet de cigarettes. Elle saisit la bouteille, se versa une grande rasade de vin et l'avala.

Si elle comptait vivre plus d'un an, il fallait qu'elle s'allie avec quelqu'un qui avait un pouvoir. Ou de la Force. Travailler à établir de bons rapports avec Carling était bien beau, mais ce serait également une relation longue distance, et il fallait qu'elle fasse plus qu'établir une alliance lointaine avec un autre domaine. Il fallait qu'elle s'allie avec quelqu'un de proche. Qu'avait-elle à proposer de son côté pour, peut-être, gagner la loyauté de quelqu'un ?

Elle passa ses atouts en revue. Oui, bon, bof.

— Je vais devoir me marier, s'exclama-t-elle à haute voix.

Le vent chaud emporta ses mots. Non que cela change quoi que ce soit. Elle allait devoir se marier pour affermir sa position et survivre. Il allait falloir qu'elle trouve quelqu'un qui voulait le trône, qui ne pouvait pas y accéder tout seul et qui avait suffisamment d'influence ou de Force, ou les deux, pour l'aider à le garder. Elle avait besoin de quelqu'un qui avait autant intérêt qu'elle à ce qu'elle reste en vie.

Cette fois-ci, quand elle tendit la main vers la bouteille, elle ne se soucia même pas de verser le vin dans le verre.

Un énorme bruissement d'ailes se fit entendre au-dessus de sa tête et pendant un moment d'allégresse elle fut remplie d'un immense *espoir*. Elle sauta de sa chaise et scruta le ciel. Un léger voile de nuages drapait la voûte nocturne d'un bleu sombre, et un magnifique cauchemar piqua vers le patio.

La créature avait la forme d'une femme de haute taille dotée d'une immense envergure suffisamment puissante pour soutenir sa longue silhouette fluide et athlétique. Sa peau était un dégradé de gris et de noirs, et le bas de son torse et ses jambes musclées étaient couverts de fines plumes. Elle avait une large cage thoracique et une large poitrine capables d'endurer de longs vols et des vitesses élevées, des seins menus et fermes et de splendides ailes gris foncé qui s'assombrissaient au niveau du duvet pour prendre la couleur de la nuit. Ses longues mains et ses longs pieds étaient hérissés de serres effilées et mortelles qui pouvaient couper le métal ou ouvrir un crâne d'un seul coup. Enfin les lignes de son visage anguleux étaient sévères. Sous sa forme humaine, Aryal avait une étrange beauté. Sous sa forme de harpie, cette étrangeté et cette beauté étaient accentuées, ses yeux ombrageux magnifiés et sa longue chevelure noire battait dans le vent comme si elle était animée.

Duncan passa comme un éclair indistinct devant Niniane avec sa force et sa vitesse de vampire. La harpie le saisit par le cou et le projeta au sol avec une telle force que les carreaux d'ardoise du patio se fissurèrent sous lui. Elle le maintint cloué à terre en l'inspectant avec curiosité de son regard perçant de rapace.

— Hmm, mignon, déclara la harpie. (Elle leva les yeux sur Niniane.) Si tu ne le veux pas, je peux l'avoir ?

Un mélange confus d'émotions rugissait à l'intérieur de Niniane, du plaisir mêlé à une amère déception.

— Aryal, ne fais pas de mal à Duncan, dit-elle.

— Je n'allais pas lui faire de mal, répliqua Aryal. À moins que ce soit son truc.

Les yeux du vampire avaient commencé à émettre une lueur rouge et ses canines s'étaient dénudées et allongées tandis qu'il luttait contre la prise puissante d'Aryal. La harpie lui donna une petite tape sur la tempe avec une serre incurvée.

— C'est encore plus joli. Tu as déjà goûté à du sang de harpie, mec ? On est super rares alors je parie que non. Tu veux venir prendre un verre un de ces jours ? Si tu veux bien baiser, je te laisserai peut-être prendre une gorgée.

— Aryal ! s'exclama Niniane.

— Quoi ! (Le magnifique cauchemar ailé lui fit un clin d'œil.) Tu sais comme c'est difficile de trouver un jules à New York.

Le vampire avait l'air interloqué et agressif, mais en entendant Aryal mentionner le sang de harpie, la convoitise se glissa dans son regard rouge.

Niniane se mit à rire. Elle ne put s'en empêcher.

— Duncan est un très gentil garçon. Lâche-le, s'il te plaît.

— Mais je n'ai pas fini de le harceler sexuellement. (Niniane baissa le menton et adressa un regard réprobateur à la harpie. Celle-ci la regarda à son tour d'un air irrité, puis grommela.) Oh, bon, très bien.

Dès que la prise d'Aryal autour de sa gorge se fut relâchée, Duncan bondit sur ses pieds et s'interposa entre Niniane et elle. C'était un geste courageux, stupide et totalement inutile.

Aryal devint une masse indistincte alors qu'elle se métamorphosait avant de se relever à son tour. Sous sa forme humaine, elle était une femme athlétique de près de deux mètres, armée et toute de cuir vêtue, avec des traits anguleux, des muscles déliés, une chevelure noire en désordre, et des yeux gris ombrageux.

— Tu veux qu'on se fasse la bise pour conclure la paix ? demanda-t-elle au vampire. (Elle feignit de faire un pas vers lui et Duncan se recula.) Oui, bon, c'est bien ce qu'il me semblait.

Elle fit un petit saut, puis adressa un sourire sauvage à Niniane.

— Salut, choupette.

Aryal semblait si heureuse de la voir. Le plaisir qui se lisait sur son étrange visage paraissait tellement sincère et spontané que pendant un moment la déception de Niniane qu'elle ne soit pas Tiago passa au second plan et elle fut simplement contente de voir son amie.

Elle posa une main sur l'épaule du vampire et exerça une pression, lui intimant silencieusement de ne pas bouger.

— Vous savez quoi, Duncan, j'ai vu cette harpie ronde comme une barrique plus d'une fois. Un jour elle m'a même…

— Ne raconte pas ça, avertit Aryal.

Niniane sourit.

— Elle m'a même laissé lui mettre du rouge à lèvres rose et lui faire des couettes.

— Sale traîtresse ! fit Aryal. Tu m'avais fait du baratin. « Laisse-moi juste voir la tête que tu aurais, Aryal. » « Allez, Aryal. Je le dirai à personne. » « Cinq minutes et tu pourras l'essuyer. » Et maintenant, qu'est-ce que tu fais ? Tu racontes ça à tout le monde dès que tu en as l'occasion.

Le vampire se détendit un tout petit peu en écoutant leur badinage. Il demanda :

— Quelle tête elle avait ?

— Vous vous souvenez de l'air qu'elle avait quand elle vous a plaqué au sol il y a cinq minutes ? demanda Niniane.

— Oui, fit Duncan en plissant les yeux.

Niniane se mit à glousser de rire.

— Eh bien, elle avait l'air beaucoup plus effrayant.

La harpie leva les yeux au ciel. Niniane se jeta vers elle, hilare. Aryal l'attrapa et la serra dans ses bras.

— Comment ça va choupette ? J'ai été super fière de toi en voyant comment tu avais réglé leur compte à ces trois enculés de Faes noires, mais tu nous as fichu une sacrée trouille en disparaissant.

Elle pressa la joue contre le gilet en cuir d'Aryal et son rire se transforma en un sanglot rauque.

— J'ai eu une journée pourrie.

— Là, là, fit Aryal. (Elle avait l'air inquiet. Elle tapota le dos de Niniane.) Tu sais combien les larmes me font flipper. Qui est-ce que je dois tuer pour te consoler ?

— Je sais PAAAAAAAAAAS.

Aryal s'adressa à Duncan par-dessus la tête de Niniane.

— Allez garder la porte du patio. Faites semblant de ne pas pouvoir nous entendre.

— Je suis sourd et je ne suis plus là, dit le vampire.

L'accolade d'Aryal devint presque douloureuse tant elle étreignait fort son amie. Niniane releva la tête.

— Lâche-moi, haleta-t-elle. J'ai fini de pleurer.

Un regard inquiet, ombrageux la regarda.

— Tu es sûre ?

Elle opina. Aryal la libéra et inspira profondément, puis elle se retourna et se dirigea vers la table. Elle se jeta sur une chaise et y resta affalée, les bras croisés et ses longues jambes étendues, tandis que son regard perçant ne quittait pas Niniane.

— Qu'est-ce que tu fais à Chicago ? demanda la fée.

— Rune et moi sommes là pour enquêter sur les enfoirés qui vous ont attaqués toi et Tiago. Tiago nous a appelés quand vous êtes revenus à l'hôtel et que vous avez vu le médecin. On a débarqué il n'y a pas très longtemps. On nous a interdit de rentrer dans l'hôtel pour te voir. Ensuite une nana de la police de Chicago nous a dit que toi et Tiago vous étiez séparés. Rune est parti le chercher et moi je suis venue te voir. (La harpie pencha la tête.) À ton tour maintenant. Pourquoi est-ce que Tiago n'est plus avec toi, et pourquoi ta journée est-elle pourrie ?

— Oh, Dieu, par où commencer ?

Niniane posa les coudes sur la table et se cacha le visage dans les mains.

— Attends une minute, tu avais l'air drôlement en forme quand tu m'as sauté au cou, fit soudain Aryal. Et ta blessure ?

— Carling, fit Niniane. (Parlant entre ses mains, elle raconta tout ce qui s'était passé depuis que Tiago et elle étaient retournés à l'hôtel. Enfin, en omettant les détails un peu chauds. Ça elle le garda pour elle, décidée à y réfléchir en privé quand elle en aurait le loisir.) J'ai été littéralement en état de choc en apprenant que c'était des Wyrs et pas des Faes noires qui m'avaient attaquée la seconde fois. Je suis déjà assaillie par de vieux souvenirs pénibles en ce moment, et apprendre ça pendant la réunion – bref ce n'était pas le meilleur moyen de l'apprendre.

— Je m'en doute, fit Aryal. (La harpie se pencha afin de poser elle aussi les coudes sur la table.) Tiago aurait dû te le dire.

Niniane soupira.

— Il a essayé de me le dire, puis il a eu des trucs à faire et il a oublié. Je n'étais pas en mesure de le comprendre au moment où je l'ai appris, alors je l'ai renvoyé. Et maintenant je n'arrive pas à le joindre pour m'excuser.

— Il est habitué à donner des ordres, pas à échanger des informations.

Aryal louchait sur l'assiette de fromages, de crackers et de fruits. Elle leva les sourcils d'un air interrogateur et Niniane lui fit signe de se servir. La harpie prit un morceau de fromage.

— Ça n'a pas de sens, reprit Niniane. Pourquoi vous m'attaqueriez ?

— Bien entendu que ça n'a pas de sens. C'est ridicule. Nous t'aimons.

Voilà la réalité qu'elle connaissait. Niniane murmura.

— Ouais.

La harpie lui tapota le dos.

— Et pardonne-moi d'être froidement pragmatique en te disant ça, mais sentiments personnels mis à part, c'est tout à notre avantage que tu sois installée sur le trône. Cela donnerait aux Wyrs une alliance avec les Faes noires pour la première fois depuis la mort de ton père.

— Bien entendu, affirma Niniane. C'est pourquoi j'ai été si choquée d'apprendre que des Wyrs avaient pu commettre cette attaque.

— Je vais te dire ce qui est encore plus ridicule, fit Aryal. Ces Wyrs ont attaqué alors que Tiago était avec toi.

Niniane releva vivement la tête.

— Je n'y avais pas encore songé. Ils n'auraient pas attaqué s'ils avaient connu son identité, parce que ça signait leur arrêt de mort.

— Exactement. Tu connais un Wyr sain d'esprit qui provoquerait Dr Cataclysme ? Et personne, à part Dragos et les sentinelles – et bon, Pia, bien sûr – ne savait que Tiago était parti te chercher.

— Donc, ces Wyrs agissaient de leur propre chef ou étaient à la solde de quelqu'un d'extérieur aux sentinelles, continua Niniane. Carling a avancé la possibilité d'un schisme dont nous n'aurions pas encore connaissance parmi les Wyrs.

— Je vois, dit Aryal. (Elle changea de position et coinça un de ses talons sur le barreau d'une chaise.) Peut-être qu'il existe une faction supersecrète anti-Faes et anti-Wyrs dont nous n'avons jamais entendu parler. Peut-être qu'ils ne veulent pas d'une alliance avec les Faes noires.

Niniane toisa la harpie. Aryal était chargée des enquêtes pour les Wyrs.

— Ça me paraît improbable que tu n'aies jamais entendu parler d'une telle faction. Les factions ont tendance à ronchonner, rédiger des manifestes, protester, faire exploser des trucs. Elles revendiquent souvent leurs actes en plus.

Aryal mangea un raisin.

— Alors qu'est-ce qui est le plus logique ? demanda Niniane. Quelqu'un veut ma mort. S'ils arrivent à m'éliminer, ils seront ravis. Mais s'ils échouent, leur option la plus viable est de provoquer une scission entre mes alliés les plus solides et moi, afin de me laisser vulnérable lors de leur prochaine tentative de meurtre. Et ils veulent que je périsse, parce que s'ils voulaient simplement créer une scission entre les Wyrs et moi, il existe plein de manières moins dangereuses d'y parvenir qu'un assassinat.

— Ding, ding, ding. Donnez un bon point à la fille, fit Aryal en souriant.

Elle avala un autre morceau de fromage.

Niniane lui raconta la manière dont Geril l'avait draguée pendant le trajet en avion jusqu'à Chicago, puis au restaurant grec le soir.

— Je me demandais ce que tu avais fait pendant les deux ou trois heures qui ont précédé l'attaque dans la ruelle, remarqua Aryal.

— Encore une fois, je ne vois pas pourquoi Geril aurait voulu me tuer s'il agissait de son propre chef. On ne se connaissait pas. Il n'y avait pas de lignée directe entre nous et il était trop loin dans l'ordre de succession pour espérer accéder au trône. Je ne suis peut-être pas une experte en politique des Faes noires, mais ça je le sais quand même.

— Pour l'instant, j'ai juste une question, intervint Aryal. Est-ce que nous cherchons une entité – une personne, conspiration, ou faction qui veut ta mort – ou bien deux ?

La morgue du comté de Cook dans l'Illinois menait une enquête officielle sur chaque décès douteux survenant dans le comté, et la ville de Chicago en faisait partie, et ce depuis 1842. Peu avant le grand incendie de Chicago qui survint en 1871, la morgue ouvrit son Bureau d'Investigations Magiques en vue d'enquêter sur tous les décès louches touchant à des questions de Force ou aux Anciens. En 1976, quand le comté de Cook établit son Bureau de médecin légiste, le Bureau d'Investigations Magiques fut placé sous la compétence du médecin légiste. Le terme désuet de « Magique » fut abandonné et le Bureau renommé plus simplement « Affaires Paranormales ».

La motivation de cette décision avait été de moderniser cette section de la morgue et de la rebaptiser afin que son appellation soit plus exacte et ait davantage de neutralité politique, mais les fonctionnaires du comté échouèrent lamentablement dans leur tentative. Un grand nombre des Anciens, y compris plusieurs humains dotés de Force, jugèrent le nom blessant. *Paranormal* était un terme qui indiquait que quelque chose était en dehors des expériences dites normales et de toute explication scientifique. Les opposants au terme soutenaient que c'était un terme raciste et sectaire au plus haut point.

C'est en tout cas ce qu'expliqua le Dr Seremela Telemar à Tiago et Rune durant le petit cours sur l'histoire de la morgue qu'elle leur fit alors qu'elle les accompagnait jusqu'à la section des Affaires Paranormales. Telemar était une gorgone d'âge mûr, et même un peu plus que cela, comme le prouvait la longueur de sa chevelure de serpents qui pendait jusqu'à ses hanches généreuses. Les gorgones protégeaient leurs petits avec férocité. Tiago n'avait personnellement jamais vu l'un de leurs enfants, mais il savait que les jeunes gorgones adultes avaient des serpents courts et minces qui couvraient leurs têtes, un peu comme des tresses africaines en somme.

Les serpents sur la tête d'une gorgone étaient des créatures semi-indépendantes douées de sensations et qui partageaient une relation symbiotique avec leur hôte, avec qui elles échangeaient des expériences sensorielles et des pensées. Une gorgone n'avait jamais le dos tourné si l'un de ses serpents vous regardait. La plupart du temps, les serpents restaient aussi calmes que leur gorgone, mais si une gorgone était effrayée ou se sentait menacée, leur morsure était venimeuse et capable de paralyser la plupart des créatures et pouvait même, si les serpents mordaient plusieurs fois, entraîner la mort. Lorsque Telemar serait vieille, ce qui pour son espèce signifiait être âgée de quatre cent cinquante à cinq cents ans, ses serpents atteindraient ses pieds et formeraient même une petite traîne sur le sol. Pour l'instant, elle les attachait de manière lâche dans un foulard comme si elle avait des dreads.

La peau du médecin légiste était d'un vert pâle et crémeux, beaucoup plus clair que le vert des serpents, et elle était légèrement iridescente et couverte d'un motif reptilien. Les pupilles de ses yeux bleu-vert étaient des fentes verticales dotées d'une membrane nictitante[1] qui s'ouvrit quand elle regarda par-dessus son épaule les sentinelles qui la suivaient.

— Comme toutes les autres morgues du pays, mon service n'a pas l'habitude de voir défiler autant de cas que la morgue principale, souligna-t-elle. (Plusieurs de ses serpents tournèrent leurs têtes vers eux par-dessus son épaule en goûtant l'air avec curiosité et en dardant leurs langues.) C'est un événement pour nous que de recevoir six cadavres en même temps. La morgue principale procède à environ cinq mille deux cents autopsies chaque année et je passe en général la moitié de mon temps à les aider. Nous

1. Troisième paupière, qui, chez les oiseaux et les reptiles, se déplace horizontalement devant l'œil. *(N.d.T.)*

avons de la chance quand nous en voyons passer deux cents ici.

— De la chance ? fit Rune en levant un sourcil fauve. (Le griffon jouait de son charme. Et la gorgone était comme toutes les autres femmes que Tiago avait pu voir en présence de Rune en train d'y succomber totalement.)

— Euh, « chance » n'est peut-être pas le terme le plus approprié, mais vous comprenez ce que je veux dire. (Elle ouvrit grand les yeux et sourit à Rune tout en repoussant quelques-uns de ses serpents derrière son épaule. Elle poussa des portes battantes et Rune et Tiago lui emboîtèrent le pas.) Comme vous vous en doutez certainement, la majorité des décès d'Anciens ne sont même pas signalés au bureau du médecin légiste. Un nombre important d'entre eux surviennent dans d'Autres contrées et ils sont traités et inspectés par leurs propres domaines. Les cadavres que je reçois sont le plus souvent des humains morts suite à un échange ou une décharge de Force. Ce que j'ai réceptionné a donc été un choc.

— J'imagine, fit Rune. Tant d'un point de vue politique que clinique.

— Exactement, répondit la gorgone.

Quand Rune et Tiago étaient arrivés à la morgue, elle avait regardé Tiago avec étonnement. Elle avait détaillé la sourde menace qui couvait dans ce physique de colosse. Derrière les lunettes de soleil du Wyr, l'agressivité se lisait sur ses traits ciselés. Puis la membrane nictitante des paupières de la gorgone s'était abaissée et elle avait évité de le regarder.

Ça ne dérangeait pas Tiago. La conversation du griffon et du médecin n'était que du bla-bla pour lui. Le premier lieutenant avait une allure détendue en discutant avec Telemar, les pouces passés dans les poches arrière de son jean.

Tiago laissa Rune gérer les choses. Il pouvait ainsi se concentrer sur les morceaux du puzzle tout en luttant avec la tempête qui l'habitait. Il avait une prise ténue sur le monstre. Il ne faudrait pas grand-chose pour le faire surgir, et il savait que Rune en était conscient. Rune avait une allure décontractée, mais il s'arrangeait pour toujours se mettre entre Tiago et les autres.

Au moins Aryal avait envoyé un texto à Rune pour lui dire qu'elle était avec Niniane et que Niniane allait bien. Mais Aryal n'était pas connue pour son sens de la perception et de la sensibilité. Qu'est-ce qu'*aller bien* signifiait pour la harpie ? Ne pas cracher du sang ? Dans ce cas, Tiago l'avait laissée alors qu'elle *allait bien*. Il savait qu'elle serait en sécurité sous la protection de Carling. Mentalement et émotionnellement, c'était une autre histoire.

Le besoin de rejoindre Niniane le rongeait. Chaque minute passée loin d'elle était une torture. Il se sentait en état de foutu stress post-traumatique chaque fois qu'il repensait à la manière dont elle s'était écartée de lui et s'était transformée en une espèce de petite poupée de chiffons et cela s'était passé des heures plus tôt.

Avoir un programme aidait. Il y avait des trucs dont il avait voulu s'occuper. Il avait demandé à Cameron Rogers de l'accompagner et ils étaient allés au commissariat le plus proche afin de consulter les rapports de police établis pour les deux attaques. Il n'avait pas récolté tellement d'informations, mais cela payait toujours d'être rigoureux. Il en avait profité pour jeter un œil sur le casier judiciaire de Clarence « JoBe », qui était rempli de conneries insignifiantes, des cambriolages et des vols essentiellement. Tiago avait mémorisé son adresse. Après avoir quitté Rogers, il était passé chez Clarence, puis était parti à sa recherche.

Se rendre à la morgue était la dernière chose à faire sur sa liste. Il voulait voir les cadavres et obtenir les informations qu'il pouvait en les examinant. Ensuite, Tiago allait retourner à l'hôtel, et personne, ni les vampires, ni la délégation des Faes noires, ni même Niniane elle-même, n'allait l'empêcher de lui toucher un mot, peut-être même trois ou quatre.

La pièce dans laquelle ils venaient d'entrer était tout en acier et en béton peint, avec de hauts placards dans un coin qui devait contenir des outils magiques car les meubles rayonnaient de Force. Il n'y avait pas de fenêtres bien entendu. Tiago était souvent allé dans des morgues, il était même allé dans la morgue originale du Comté de Cook une fois – il abhorrait ce lieu. Les autopsies avaient été pratiquées sur les corps des trois Faes noires mâles. Ils étaient rangés dans des tiroirs en attendant d'être sortis en vue d'être enterrés ou incinérés. L'autopsie des trois Wyrs n'était pas terminée. Leurs corps étaient étendus sur des tables et à moitié recouverts de draps stériles.

Tiago tourna autour des tables, regardant les mâles avec une moue dédaigneuse. Celui-là, oh oui, il se souvenait de lui. Le Wyr avait été tué par un coup violent à la tête, porté par le talon de sa botte. Un côté du visage de la créature était désormais concave, mais l'autre côté permettait de se faire une idée de sa physionomie.

Rune continuait à discuter avec le Dr Medusa Machintruc, mais il s'adressa à Tiago par télépathie :

— *Tu reconnais ces gentlemen, Ti-Bird ?*

— *Juste de l'attaque. Et toi ?*

— *Nan. Je ne les ai jamais vus.*

L'un des avantages d'effectuer une autopsie en faisant appel à des moyens magiques était que le légiste pouvait utiliser des sorts désinfectants au lieu de produits chimiques. La décision n'était pas facile à prendre pour le praticien, vu qu'elle dépendait des forces impliquées dans le décès et que les sorts pouvaient perturber toute Force encore présente et donc des indices cruciaux. De plus ils pouvaient également avoir des effets toxiques si certains types de Forces opposées étaient combinés.

Dans le cas de ces bouffons, ce n'était pas très compliqué. Selon Tiago, la cause du décès était mort-par-stupidité. Qui ne savait pas encore, bon sang, que Niniane était protégée et soutenue par le seigneur des Wyrs ?

L'enjeu le plus important de ces autopsies était de savoir si elles révéleraient des informations utiles dans l'enquête sur les attentats. Le Dr Medusa Machintruc était prévoyant. Elle savait que les Wyrs s'intéresseraient de près aux procédures et elle avait veillé à ce que les corps ne soient pas altérés par des contaminants olfactifs. Tiago trouva une boîte de gants dans un des placards et en enfila une paire. Il capta un mouvement du coin de l'œil quand la gorgone fit un pas en avant. Même ses serpents avaient l'air inquiet. Rune posa une main sur le bras du médecin afin de la retenir tout en lui souriant pour la rassurer.

— Pas de souci, lui dit Rune. Tiago sait ce qu'il fait. Il ne gâtera pas vos résultats.

Elle opina, même si elle semblait encore indécise. Ils restèrent tous deux silencieux et l'observèrent examiner les corps. L'inspection visuelle ne lui apprit rien de nouveau. Les inspecter par l'odeur s'avéra plus compliqué, car les corps avaient accumulé plusieurs couches de senteurs. Aussi rigoureusement qu'une scène de crime puisse être traitée, il y avait toujours une contamination des odeurs. Mis à part leurs odeurs individuelles, ces corps portaient les odeurs de tous les endroits où ils avaient passé leurs dernières heures, y compris celui où ils étaient morts, sans oublier les résidus des matières plastiques et des gants de caoutchouc qui avaient été utilisés pour les transporter, les entreposer, les examiner.

Il pouvait déceler une très légère odeur de cigarette sur les trois corps. Il vérifia les dents et les gencives de chaque type. Aucun d'eux ne fumait, ce qui ne le surprit pas. Les Wyrs, avec leur sens particulièrement développé de l'odorat, ne fumaient pas en général. Est-ce que cela constituait un indice quant à l'endroit où ils avaient pu se trouver avant leur mort ou bien est-ce qu'un officier de police avait merdé et fumé une clope sur la scène de l'attaque ? Fronçant les sourcils, Tiago quitta les Wyrs pour se pencher sur leurs vêtements et leurs affaires qui étaient dans des sachets étiquetés posés sur une table.

Aucun des types n'avait de pièce d'identité. Tout ce qu'ils avaient sur eux était des armes et du liquide. L'un d'entre eux avait aussi un paquet de chewing-gums entamé. Leurs effets aidaient toutefois à étayer la thèse de Tiago concernant leurs odeurs. Sûr de lui désormais, il déclara :

— Ils se sont retrouvés dans un bar. Un endroit qui sert des bières à la pression, des trucs frits et lourds à digérer, et où il est autorisé de fumer, car aucun d'eux n'était fumeur.

— Cela correspond en tout cas au contenu de leurs estomacs, fit la gorgone. (Elle regarda Tiago d'un air surpris et assez admiratif.) Deux d'entre eux ont mangé du poisson pané et des frites, et le troisième un gros cheeseburger avec des piments. Ils ont tous consommé de l'alcool, peut-être pour se donner du cœur avant l'attaque. Je n'ai pas encore reçu le compte rendu de toxicologie, mais je pense qu'ils n'avaient pas suffisamment bu pour diminuer leurs facultés motrices ou leur capacité de conduite. Chez les Wyrs, cela nécessite une grande quantité d'alcool et rien n'appuie cette hypothèse.

Tiago regarda Rune.

— Il y a d'autres odeurs d'Anciens sur leurs affaires, mais aucune ne se distingue des autres. Je ne capte que des soupçons d'odeur. Il faut qu'on envoie quelqu'un faire le tour des bars fréquentés par les Anciens.

Rune fit un signe d'assentiment.

— Quelqu'un a servi à dîner et à boire à ces enfoirés. On aura peut-être du bol et l'un d'eux, voire les trois, sera peut-être reconnu et identifié, ce qui voudrait dire qu'on pourrait chercher leurs adresses et vérifier s'ils ont reçu de grosses sommes d'argent récemment. Ils avaient bien un mobile pour faire ça. Peut-être qu'ils ont été payés.

— On pourrait aussi obtenir la description de quelqu'un qu'ils auraient pu rencontrer, nota Tiago.

Les deux prédateurs échangèrent un sourire de connivence. Ils n'avaient pas besoin de demander à l'autre ce qu'il pensait. Les deux Wyrs étaient parfaitement à l'unisson. Cela faisait du bien de partir chasser et de ne pas rester spectateurs dans une situation qu'ils ne pouvaient pas contrôler.

— Vous me fichez la trouille tous les deux, marmonna le Dr Telemar.

Une voix froide s'éleva depuis le seuil.

— Ou peut-être que vous espérez manipuler les indices et les preuves de façon à éloigner les autres enquêteurs des Wyrs, dit le commandant des Faes noires, Arethusa. (Elle entra dans la pièce.) Je ne devrais pas être étonnée de vous trouver ici, occupés à contaminer les résultats des autopsies sur ces trois cadavres.

Le monstre qui vivait en Tiago tira violemment sur sa chaîne et griffa l'air. Tout s'évanouit sauf la vue du visage courroucé du commandant. Tiago s'avançait déjà en grondant. Arethusa dégaina les deux épées courtes qu'elle avait fixées sur son dos.

Un dix tonnes percuta Tiago, qui alla heurter un mur. Rune immobilisait son ami en appuyant un puissant avant-bras sur son cou. Le premier lieutenant de Dragos approcha son visage du sien au point de presque lui toucher le nez. Ses yeux dorés et féroces de lion étincelaient.

— Non, Tiago.

Tiago poussa un juron et essaya de repousser Rune. Il était plus lourd que l'autre sentinelle et plus fort, mais Rune était vif comme l'éclair et avait trop bien réparti le poids de son corps long et élancé contre lui pour que Tiago puisse se dégager.

— Cela fait un moment qu'elle me nargue, fit Tiago d'une voix changée, plus basse.

— Mon bouton « j'en-ai-quelque-chose-à-foutre » est cassé. Tu es mon pote et je ne peux pas te laisser faire ça. (Rune le gifla du plat de la main en contrôlant le geste. Les lunettes de soleil de Tiago voltigèrent et tombèrent par terre dans un cliquetis.) Reprends-toi, maintenant.

Le Dr Telemar se réfugia dans un coin. Arethusa les regardait en blêmissant.

Tiago gronda et tenta de nouveau de se dégager. Il saisit le bras de la sentinelle qui le bloquait avec des mains prolongées par des serres et poussa aussi fort qu'il put mais il n'avait pas suffisamment de recul pour faire lâcher Rune.

Rune regarda Tiago droit dans les yeux, son beau visage impassible.

— Je sais que tu es là, dit-il d'une voix calme. Tu m'entends sinon tu aurais déjà attaqué plus violemment encore. Réfléchis une minute. Qui a besoin de nous ?

Tiago inspira profondément en luttant pour empêcher le monstre de se déchaîner. Il tourna la tête et gronda :

— Niniane.

— Oui, en effet. (Rune baissa la voix et elle devint un murmure à peine audible.) Tu as intérêt à m'écouter. Tu fous le bordel maintenant et tu ne pourras pas revenir. Ils ne te laisseront jamais plus t'approcher d'elle. T'as compris ?

Les mots remirent les idées de Tiago en place comme rien d'autre n'aurait pu le faire. Il cessa de s'arc-bouter contre l'autre sentinelle.

— Compris, lâcha-t-il.

Rune réduisit la pression qu'il exerçait contre la clavicule de Tiago. Celui-ci resta passif tandis qu'il maintenait mentalement une prise autoritaire sur son monstre. Rune fit un signe de tête, le lâcha et lui tapa amicalement sur l'épaule.

Puis il se tourna vers le commandant des Faes noires.

— Bon, premièrement, vous perturbez l'énergie vitale de mon camarade. Je peux vous dire que je ne suis pas très bien disposé à votre égard à cet instant précis.

— J'ajouterai un second point, intervint le Dr Telemar, quittant le recoin où elle s'était réfugiée. (Tous ses serpents regardaient eux aussi le commandant.) Les politiques intra-domaines ne m'intéressent pas, mais vous venez de calomnier l'intégrité de mon bureau et c'est inacceptable. Il n'y a pas une seule chose qui soit discutable avec les procédures touchant à mes autopsies, pas plus aujourd'hui qu'hier. Et il n'y a rien à redire quant à la manière dont les corps de ces Wyrs sont examinés et traités.

Bien qu'elle se fasse remonter les bretelles sur plusieurs fronts, la colère froide qui marquait le visage du commandant se dissipa. Elle abandonna sa posture de combat, se redressa et rengaina ses épées d'un air pensif. Deux ou trois têtes de serpents de la gorgone se tournèrent et firent un clin d'œil à Rune qui haussa les épaules avec flegme.

Arethusa regarda Rune, puis Tiago.

— J'ai entendu ce que vous avez dit.

Tiago avait peut-être une bonne prise sur la laisse de son monstre, mais il n'était pas certain de pouvoir parler posément. Le muscle de sa mâchoire tressautait. Il se baissa pour ramasser ses Ray-Ban et il les chaussa.

Rune se chargea de répondre.

— À quel commentaire faites-vous allusion, commandant ?

Arethusa posa son regard sur Tiago. Ce dernier remarqua qu'elle veillait à rester de l'autre côté de la pièce, mais ses phéromones n'exhalaient plus une odeur d'agressivité. Elle lui dit :

— Quelle que soit l'implication des Wyrs, cela vous importe réellement de pouvoir apporter votre aide à l'héritière du trône des Faes noires.

— À votre avis ? fit Tiago entre ses dents.

Un de ces jours, il lui balancerait son poing dans la figure.

Un de ces jours, ma belle, pensa-t-il en la toisant, *je te raterai pas*.

— Il faut que je vous demande, commandant, reprit Rune. Dans tout ça – (il fit un geste englobant les trois cadavres de Wyrs, Tiago, et lui-même) – qu'est-ce qui vous semble logique ? Pourquoi enverrions-nous Tiago retrouver et protéger Niniane, puis ces trois clowns dans la foulée ? Il y a des moyens beaucoup plus simples et directs d'exécuter des types.

Arethusa se mordillait la lèvre en les observant.

— Quand je suis entrée, vous parliez d'essayer d'identifier ces trois mâles afin de pouvoir chercher une éventuelle piste financière. C'est ce que nous avons fait pour Geril, expliqua-t-elle. Nous avons cherché une piste financière. Vous savez ce que nous avons découvert ? Il avait ouvert un nouveau compte bancaire chez la Bank of America sur lequel il avait reçu cette semaine une somme importante d'une société de l'Illinois appartenant à Cuelebre Enterprises.

— Quelle société ? demanda Tiago en plissant les yeux.

— Tri-State Financial Services, répondit Arethusa.

Tiago regarda Rune et un sourire fendit leur visage.

— J'ai raté quelque chose ? Pourquoi cette information vous fait-elle sourire ? interrogea le Dr Telemar.

Tiago croisa les bras en s'appuyant contre l'une des tables d'autopsie. Il s'adressa à Arethusa et la gorgone :

— Quelqu'un a commis une nouvelle erreur. Cuelebre Enterprises ne possède pas de société de ce nom.

Le commandant des Faes noires plissa les yeux, visiblement sceptique.

— Et comment vous savez cela ?

— Cuelebre Enterprises possède six entreprises basées dans l'Illinois, expliqua Tiago. Du fait d'une dispute récente entre Urien et Dragos à propos de la tentative d'Urien d'obtenir un contrat auprès de l'armée américaine, ces entreprises sont examinées à la loupe par le siège de New York. Les actions ont plongé et Dragos en a marre de perdre son temps avec. Il travaille à les stabiliser afin de les vendre. Si vous creusez un peu plus, je crois que vous allez découvrir que vous avez une entreprise factice sur les bras.

Arethusa s'avança. Elle agrippa le bord d'une des tables et y appuya les mains, la bouche pincée, les yeux rivés sur le cadavre devant elle sans avoir l'air de le voir vraiment.

— Soit, fit-elle après un moment. Je vais vérifier tout ça. Maintenant, qu'est-ce que vous voulez dire par « quelqu'un a commis une nouvelle erreur » ?

— Les individus qui ont payé Geril et ses acolytes n'étaient pas au courant de l'étendue des techniques d'autodéfense apprises par Niniane et que les sentinelles lui ont inculquées, ajouta Tiago.

— Et elle a reçu une formation longue et poussée, nota Rune. Elle n'était pas exactement une élève facile. C'est simple à vérifier. Demandez-lui. Nous avons dû répéter et répéter cent fois des exercices. Et c'est cet entraînement qui lui a sauvé la vie.

— Ils ne savaient pas non plus que les sociétés de l'Illinois de Cuelebre Enterprises étaient depuis peu passées au peigne fin à New York, car sinon ils auraient choisi une manière différente, moins facilement vérifiable pour faire porter le chapeau aux

Wyrs. Ils ne savaient pas non plus que j'étais à Chicago, sinon ils n'auraient jamais envoyé ces types. Et ce n'est pas tout. Nous avons maintenant deux tentatives avérées d'incriminer les Wyrs. Qu'est-ce que vous avez quand vous avez la même méthode, le même mode opératoire sur deux crimes différents ?

Cette fois, le Dr Telemar s'avança pour rejoindre le cercle autour de la table d'autopsie. Elle tenait doucement une tête de serpent entre ses mains et la caressait, une expression fascinée sur le visage.

— Vous avez soit un copieur, soit deux fois le même auteur, déclara-t-elle.

Rune lui sourit.

— Un copieur est une possibilité, mais peu vraisemblable. Un copieur aurait dû être au courant d'informations plutôt obscures que nous assemblons et comprenons seulement maintenant, ce qui révélerait une connaissance profonde de la première attaque. Il aurait dû également avoir les moyens d'agir très rapidement pour préparer la seconde attaque. La logique veut que nous ayons un même commanditaire pour les deux attaques.

Tiago enfouit son menton dans sa paume en observant le commandant par en dessous.

— Quoi ? fit Arethusa en le dévisageant.

— Un autre truc me vient à l'esprit. C'est un hasard si nous nous parlons en ce moment même. Et si nous n'avions pas parlé ensemble, nous ne saurions pas tout ce que nous savons.

— Est-ce que vous pensez que quelqu'un compte sur l'absence de communication entre les Faes noires et les Wyrs ? demanda Arethusa.

Tiago opina.

— Peut-être que si nous commençons à partager davantage d'informations sur nos enquêtes respectives, nous ne devrions pas le crier sur les toits. Comme ça, notre criminel pourrait commettre un autre faux pas.

Le commandant leva vivement les sourcils.

— Personne ne va me voir discuter le bout de gras avec vous en public, ne vous en faites pas, dit Arethusa. Tout le monde sait que je pense que vous êtes des ours mal léchés.

Du bla-bla s'ensuivit. D'autres appelaient ça des amabilités. Des civilités. Tiago appelait ça de la torture. Le monstre se tapit en lui et attendit, et son silence investit son esprit.

Il observa le battement du pouls du commandant sur sa carotide et remarqua la palpitation de plus en plus rapide de la membrane nictitante de la gorgone. Elle ne le regardait pas directement, mais plusieurs de ses serpents au niveau de sa taille et de ses épaules l'observaient. Ils goûtaient l'air en l'examinant de leurs minuscules yeux étincelants.

L'ouïe fine de Tiago capta un bourdonnement et toute son attention se concentra pour déterminer d'où il venait. Le minuscule son venait d'une des poches du jean de Rune. Il le vit sortir son iPhone, regarder l'écran et froncer les sourcils. Puis il s'apprêta à ranger le portable tout en commençant à marmonner des au revoir.

Tiago cessa de respirer et tous les muscles de son corps se raidirent. Il savait au plus profond de lui que le message reçu par Rune concernait Niniane. Et Rune n'avait pas l'air de vouloir le partager.

Avant que son instinct ait le temps de prendre complètement forme dans sa tête, il bondit et arracha le téléphone des mains de Rune. Le commandant des Faes noires saisit une de ses épées et la gorgone laissa échapper un gémissement haut perché en reculant d'un mètre. Tous ses serpents fouettèrent l'air en se tournant vers Tiago et sifflèrent dans sa direction tandis que Rune poussait un juron et se retournait pour essayer de récupérer son téléphone. Il était peut-être connu pour sa vélocité, mais Tiago l'avais pris par surprise et il ne fut pas assez rapide.

— Bordel, Tiago ! jura Rune. (Ses yeux de lion étincelaient.) RENDS-LE-MOI !

Tiago repoussa Rune du plat de la main et le fit tomber en arrière tout en inclinant le téléphone de façon à pouvoir lire l'écran.

C'était un texto d'Aryal :

VAIS BOIRE 1 VERRE AVEC FLIKET > BIG RED'S = GROS BAR À KEUF. LA FÉE FAUT QU'ELLE SE DÉTENDE. VAIS CHERCHER 1 MEC POUR ELLE.

Le monstre de Tiago rompit sa laisse.

11

L'orage roula sur Chicago en l'espace de quelques minutes. Il couvrit la ville de lourds nuages noirs sulfureux. Un déluge de pluie s'abattit et des éclairs fendirent le ciel en zigzaguant, suivis par des coups de tonnerre retentissants qui ébranlèrent les gratte-ciel.

Le prédateur fendit l'orage. Lorsque ses immenses ailes se déployèrent et se mirent à battre furieusement, le ciel leur fit écho en rugissant et la terre en tremblant.

Il ne prêtait aucune attention à son poursuivant. Dans les airs, c'était lui le plus rapide. Son corps puissant formait une ligne aérodynamique faite pour trancher l'air. Et il était la cause de cet orage. Celui-ci se déchaînait autour de lui tandis que des vents ayant la force d'un ouragan secouaient celui qui luttait pour le suivre. La tempête se chargea de le distancer.

Le prédateur était l'un des meilleurs pisteurs du monde. Localiser sa proie était un jeu d'enfant. Elle était trop innocente. Elle ne savait même pas qu'il fallait qu'elle se cache. En se posant, il revêtit sa peau humaine, mais le monstre qui enrageait à l'intérieur de lui était bien plus vieux et bien plus dangereux qu'aucun humain. Ses vêtements, absorbés lorsqu'il avait pris sa forme Wyr, se posèrent sur son corps.

Il ouvrit violemment les portes du bar Big Red's et entra.

Le prédateur marqua une pause pour assimiler tous les objets, personnes, sons et odeurs qui l'assaillaient. Rires, musique, alcool, et nourriture. Parfums, sueur et lotions après-rasage. Il ne prêta pas attention aux fragiles humains. Il nota l'endroit où se trouvaient les menaces potentielles : la harpie et le vampire. Ils étaient accoudés au bar, en train de discuter sans quitter des yeux une piste de danse animée. Leurs regards attentifs qui balayaient la salle démentaient l'attitude décontractée de leurs corps.

Puis il la vit, sa proie, sur la piste de danse bondée. Et elle était…

Il secoua la tête avec incrédulité. La bête en lui poussa un rugissement.

C'était une petite beauté à la chevelure de jais, au corps de rêve et aux formes ensorcelantes. En dansant, elle chatoyait de lumière en fusion, si bien qu'on aurait dit une créature faite de rayons de soleil et de l'éclat de la foudre. D'immenses yeux gris étincelaient sous ses paupières sensuelles ; ses lèvres brillantes et pulpeuses étaient peintes de la couleur enivrante des coquelicots. Ses jambes minces et fuselées et ses jolis genoux étaient nus et ses pieds minuscules se cambraient dans des escarpins argentés dont les talons faisaient bien dix centimètres. C'était une tentatrice miniature, ondulant dans l'étoffe de lumière du truc scandaleux qu'elle portait…

Une robe, c'était une robe…

Ce bout de tissu licencieux et terriblement moulant n'était pas une robe. C'était un infarctus en puissance. Le truc était recouvert d'une multitude de minuscules *sequins* argentés qui étincelaient et oscillaient dans la pénombre. Le vêtement était si décolleté et si court qu'il couvrait à peine ses tétons et son adorable petit cul. À chaque mouvement gracieux et provocant, l'encolure et l'ourlet menaçaient dangereusement de révéler les trésors qu'ils étaient censés dissimuler.

Et tous les mâles qui se pressaient dans la salle l'avaient bien entendu remarqué. La pièce empestait l'excitation sexuelle. Partout dans le bar, des mâles aguichés et séduisants l'observaient tandis qu'elle dansait. Tous la déshabillaient du regard. Il émit un grondement guttural.

Elle est à moi.

Le prédateur montra les dents et se promit de tous les massacrer en avançant vers elle.

D'habitude, Niniane adorait sortir. Mais ce soir, quels que soient ses efforts, elle n'arrivait pas à se détendre et à apprécier le moment.

Tout avait commencé quand Aubrey et Kellen étaient sortis sur le patio pour protester contre la présence de la harpie. Dieu seul savait où était passée Arethusa, car Niniane était certaine que le commandant les aurait volontiers rejoints. Puis Carling s'était installée à la table et avait écouté la dispute sans faire le moindre commentaire.

Non que cette dispute ait duré longtemps.

— Je sais que Dragos et ses sentinelles n'ont rien à voir avec l'attaque, déclara Niniane.

Deux rides profondes marquèrent la bouche de Kellen. Elles s'étirèrent de ses narines finement dessinées jusqu'à sa bouche, soulignant son mécontentement.

— Votre Majesté, s'il vous plaît, tenta-t-il.

— Essayez de ne pas être plus sot que vous ne l'êtes, intervint Aryal.

Le juge, profondément offensé, lui lança un regard noir. La harpie claqua la langue dans sa direction, faisant terriblement penser à un oiseau, alors même qu'elle avait sa forme humaine.

Niniane ravala une bulle de fou rire. Carling croisa son regard.

— Ne jamais envoyer une harpie en mission diplomatique, murmura la vampire. Vous êtes sûre de ce que vous avancez ?

— J'ai examiné les faits, et oui, j'en suis sûre, répliqua-t-elle d'un ton ferme.

Elle regarda Aubrey et Kellen avec insistance pour s'assurer qu'ils avaient bien entendu.

Aryal se tourna soudain vers Carling.

— Les Wyrs ont le droit d'enquêter sur ce qui s'est passé, fit la harpie. Si d'autres Wyrs sont impliqués, la responsabilité nous incombe de les faire comparaître en justice.

La brise chaude fit voleter le bas du caftan de la vampire ; le coton ondula autour de ses pieds nus. Son visage parfait demeura impassible.

Niniane regarda Carling, puis Aryal, puis les deux Faes noires. Aubrey et Kellen la scrutaient avec un air contrarié.

« Vous devez faire preuve de prudence, Niniane. »

« Vous êtes vulnérable. »

Les muscles de son dos étaient raidis par la tension qu'elle ne voulait pas dévoiler ouvertement. Elle ne voulait pas contredire ses amis, mais si elle ne faisait pas attention, elle pouvait aussi s'aliéner deux dignitaires Puissants et des alliés parmi les Faes noires dont elle avait grandement besoin.

Elle en avait gros sur le cœur.

— Les Wyrs étaient les amis des Faes noires par le passé, fit-elle à Aubrey et Kellen. Ils me sont des amis chers. Vous devez l'accepter.

Un sourire sauvage commença à se dessiner sur le visage anguleux d'Aryal.

Niniane se tourna vers elle et poursuivit :

— Ceci dit, les crimes ont été commis contre moi, pas contre les Wyrs. Il y a en a eu deux et ils ont pris place dans le domaine des Faes noires. Je n'ai pas le moindre doute que les personnes impliquées ont agi à l'insu des Wyrs. Il convient également de souligner que ces Wyrs n'étaient pas les seuls auteurs de ces crimes. Il nous incombe par conséquent de rendre la justice et les Wyrs doivent l'accepter.

Le sourire de la harpie se figea au milieu de la déclaration de Niniane. Elle scruta son expression d'un air interrogatif. Le regard de Niniane se mouilla, mais elle demeura impassible. Elle ne quitta pas Aryal des yeux et celle-ci finit par saisir ce que son amie essayait de faire. La harpie baissa la tête en un acquiescement muet.

— Nous comprenons, reprit Niniane, l'importance pour les Wyrs de participer à ce processus. Ils doivent prouver leur bonne volonté durant cette période de transition.

— Bien, fit Aryal d'un ton neutre.

Niniane abandonna le ton protocolaire.

— Et j'ai eu une semaine difficile. Une visite de mes amis est un réconfort appréciable. Veuillez accepter, dit-elle en s'adressant à Carling et Aryal, de vous joindre à nous dans l'Autre Contrée des Faes noires jusqu'à mon couronnement. Je sais que Dragos enverra quelqu'un pour le représenter de toute façon et je serais heureuse que l'on me tienne compagnie, puis d'avoir la chance de faire convenablement mes adieux en revenant chez moi.

Elle regarda Aubrey à ce moment-là et ne réussit pas à masquer la supplication dans ses yeux. Voilà, tout y était, du mieux qu'elle pouvait le faire vu les circonstances. C'était une déclaration d'autorité, une déclaration officielle d'alliance et une promesse de loyauté, ainsi qu'un compromis et une promesse de changement, le tout enveloppé dans un même paquet. Et ce ne serait pas une mauvaise chose de montrer à tout le monde qu'elle avait des amis Puissants comme alliés, même s'ils n'allaient pas rester auprès d'elle très longtemps.

Aubrey l'étudia, puis jeta un coup d'œil à Aryal qui avait un air grave. Enfin, il évalua l'expression neutre de Carling.

— *Allez,* l'encouragea Niniane. *C'est une bonne chose. Acceptez et secondez-moi.*

Aubrey se retourna vers elle.

— *Veuillez me pardonner de poser cette question, Majesté,* fit-il silencieusement. *Êtes-vous disposée à partager les faits avec nous tels que vous les avez examinés tout à l'heure en privé ? Je n'ai pas l'intention de mettre en question votre jugement, mais seulement de vous demander de m'aider à apaiser mon inquiétude concernant votre sécurité.*

Elle lui sourit, émue par son souci de préserver sa dignité devant les autres.

— *Bien sûr,* répondit-elle.

Aubrey inspira profondément.

— Nous ne devons pas perdre de vue notre propre responsabilité, dit-il à haute voix. C'est moi qui ai commis l'erreur effroyable de choisir Geril, qui est, après tout, celui qui vous a réellement blessé. Je ne saurais m'excuser suffisamment pour cela. (Il lui adressa un petit sourire empreint de gravité.) Et comment pourriez-vous ne pas vouloir vos amis près de vous à un tel moment ? Cela doit être difficile de laisser derrière soi le foyer que l'on connaît depuis l'enfance. Je crois que ce sera un très bon moyen d'effectuer la transition entre vos deux vies.

Niniane poussa un soupir de soulagement plus tremblant qu'elle ne l'aurait souhaité. Elle se tourna vers la harpie :

— Alors vous viendrez – si Dragos accepte bien entendu ?

Aryal lui toucha l'épaule en souriant.

— Enfin, choupette, redescends sur terre. Combien de fois le patron t'a refusé quelque chose ? On ne manquerait ça pour rien au monde.

Bon. Pas tout à fait dans le pétrin, pas jusqu'au cou en tout cas… pas encore.

Il fut convenu, dans le cadre de l'arrangement à court terme que les sentinelles travailleraient avec l'entourage de Carling pour assurer la sécurité de Niniane, jusqu'à ce que les enquêtes sur les attentats soient closes.

— Nous allons passer du temps ensemble de toute façon, fit Niniane. Ils m'ont protégée de nombreuses fois au fil des ans et nous nous connaissons bien.

Puis Niniane salua Aubrey, Kellen, et Carling comme ils lui souhaitaient bonne nuit et se retiraient. Sur un geste de la fée, Duncan s'éloigna afin de se poster juste devant les portes du patio où il se tint aussi immobile qu'une statue. Une fois qu'ils furent tous partis, elle se rassit sur sa chaise.

— Bon, tu vas rester deux ou trois semaines maintenant, marmonna Niniane. Ça m'a acheté un peu de temps au moins.

Aryal la regarda avec surprise.

— Qu'est-ce que tu racontes, acheté du temps ?

La fée se laissa tomber en avant en soupirant. Elle posa une joue sur la table.

— Du temps pour les enquêtes, du temps pour déterminer en qui je peux avoir confiance et à qui je ne peux pas me fier. Au moins un petit peu. Au moins pour quelques trucs.

— C'est facile, répliqua Aryal d'un ton agacé.

Niniane la frappa sur le genou.

— Je sais que je peux te faire confiance, espèce de nouille. Je ne sais pas ce qui m'a pris de me laisser abattre pendant quelques minutes. Franchement, une harpie qui me laisse lui mettre du rouge à lèvres rose et lui faire des couettes...

Aryal lui donna une chiquenaude sur la nuque.

— Vas-tu LA FERMER là-dessus. Vraiment !

Elle décocha un sourire malicieux à Aryal, puis se reprit.

— Je parle des gens avec lesquels je vais vivre désormais. Il faut que je me fasse des amis Puissants parmi les Faes noires, et vite, ou bien je risque de ne pas faire de vieux os. C'est triste, mais c'est comme ça.

Aryal posa la tête sur la table à son tour, face à Niniane, avec un air grave.

— Tout va bien se passer, promit elle. (Sa mine renfrognée promettait également d'autres choses, du genre les foudres du ciel sur celui qui essaierait de la contredire.) Tu vas vivre super longtemps. On va y veiller.

Niniane essaya de déglutir, car sa gorge était aussi sèche que du parchemin, et puis ses doigts étaient glacés. Elle se frotta les mains.

— Et puisqu'on est sur le sujet de trouver des gens en qui je peux avoir confiance... Il faut aussi que je me trouve un mari.

Aryal releva la tête.

— Quoi ?

— J'ai fait une liste pour trouver un mari, murmura Niniane. Il faut qu'il soit Puissant et qu'il ait de l'influence, et qu'il veuille le trône, mais ne puisse pas l'obtenir lui-même parce qu'il faut qu'il ait intérêt à ce que je reste en vie.

Les yeux ombrageux de la harpie s'écarquillèrent.

— Oh, merde, *pouah*.

Niniane sentit les larmes lui monter aux yeux et cette fois-ci, elle eut beau essayer, elle ne put les contenir, et alors il n'y eut plus rien à faire pour juguler la panique qui s'empara de la harpie.

Ce qui expliquait pourquoi Niniane était maintenant en train de danser et de feindre l'amusement.

Parce que Aryal avait parlé à Duncan qui avait parlé à Cameron qui avait eu l'idée d'aller au Big Red's. Le Big Red's était un bar situé non loin de l'hôtel tenu par un flic à la retraite et fréquenté par des flics. C'était un rade classique plutôt que branché, avec du bois et une belle piste de danse, une petite cuisine derrière le bar qui servait quelques trucs, essentiellement des sandwiches et des frites. Il était facile de défendre le bâtiment et mieux encore, Cameron connaissait le propriétaire et garantissait son intégrité. Niniane qui aurait donné presque n'importe quoi pour sortir de l'hôtel infernal, sauta sur l'occasion de s'échapper pendant quelques heures. Elle se jeta à corps perdu sur cette proposition et se maquilla, trouva une tenue, des chaussures, enfin le grand jeu.

Et puis, elle adorait la musique et elle adorait danser. Vraiment. Si elle était stressée, elle avait tendance à devenir surexcitée de toute façon et à faire ce genre de trucs. Aryal le savait. Niniane avait fait la fête plus souvent qu'à son tour et était restée jusqu'à la fermeture de nombreuses boîtes de nuit. Elle resterait sans le moindre doute au Big Red's jusqu'au petit matin. Elle allait pouvoir se déchaîner d'une minute à l'autre, et alors attention, ça allait swinguer.

Mais pour se déchaîner, il fallait un minimum d'entrain. Elle avait l'impression que son corps était mou et sans grâce. Elle se sentait déconnectée de la musique qui sortait des enceintes en beuglant, une vraie cacophonie. La policière, Cameron, était en jean, débardeur et portait une veste légère qui lui permettait de dissimuler son arme ; elle déambulait parmi les danseurs. La foule qui s'agitait sur la piste était bruyante et chahuteuse et Cameron ne s'éloignait pas d'elle tandis qu'Aryal et Duncan étaient postés au comptoir et ne la quittaient pas des yeux.

Niniane s'efforça de sourire et eut l'impression qu'elle ne faisait qu'étirer les muscles fatigués de son visage et que son sourire devait avoir l'air totalement factice. Personne d'autre ne sembla le remarquer. Cameron lui sourit, ravie, semblait-t-il, devant le plaisir apparent de Niniane. C'était franchement épouvantable, à vrai dire.

La journée qui venait de s'écouler avait été longue, étrange et infernale. Où se trouvait Tiago maintenant ? Aryal avait indiqué qu'il avait retrouvé Rune. Peut-être que Tiago allait vraiment repartir pour New York maintenant qu'Aryal et Rune étaient là. Il avait honoré la promesse qu'il lui avait faite. Il était resté jusqu'à ce qu'elle soit guérie. Elle connaissait l'importance de tenir une promesse pour toutes les sentinelles. Est-ce qu'il partirait sans lui dire au revoir ou la rappeler ? Il était tellement fier et réservé et elle avait rejeté son soutien devant Carling et toute la délégation des Faes noires, alors il n'aurait pas été surprenant qu'il soit parti.

Certes, il avait commis une erreur quand il avait oublié de lui dire pour les Wyrs, mais après tout ce qu'il avait fait pour elle, il méritait mieux que ça.

Elle ne cessait pas de revoir l'éclair de désespoir qui était passé sur son visage quand elle l'avait congédié. Elle lui avait fait mal et il lui manquait tellement que c'était comme si elle était privée d'une partie d'elle-même. Elle voulait demander à quelqu'un par quel artifice elle se sentait transportée dans un roman de l'époque victorienne.

Un mariage de convenance ? Elle rêvait ou quoi ?

Elle laissa échapper en toussant un rire nerveux et agacé. La musique en couvrit le bruit.

Elle se récapitulait la progression des événements. D'abord elle avait craint d'avoir une liaison avec Tiago. Ensuite elle avait redouté de n'avoir qu'un tout petit peu de temps avec lui. Puis elle avait été reconnaissante à l'idée d'avoir du temps, simplement un peu de temps, avec lui. Enfin elle avait perdu tout espoir quand elle lui avait dit de partir. Et maintenant que Kellen et Aubrey avaient accepté de tolérer la présence de ses amis Wyrs pendant quelques semaines, elle ne savait même pas s'il était encore à Chicago. S'il y était, il y avait fort à parier qu'elle ne l'intéressait plus. Et même s'il était toujours intéressé, elle n'était pas sûre de pouvoir assumer une liaison avec lui tout en cherchant un mari.

Et encore, c'était seulement le bilan de sa vie personnelle, et pas de ces histoires de couronne, de politique, et d'attentats à répétition.

Qu'est-ce qui avait bien pu compliquer les choses à ce point ? Elle était presque nostalgique de l'époque où son seul souci était son oncle qui voulait sa mort.

Urien était alors Puissant et effrayant et Niniane vivait sous la protection de son ennemi Dragos, à New York. Point.

Peut-être qu'elle avait mal analysé tous les facteurs, mais elle n'en avait pas l'impression. Peut-être qu'un mariage de raison n'était pas nécessaire. Même si elle était à peu près certaine que ça l'était. Peut-être qu'elle verrait les choses sous un autre jour après une bonne nuit de sommeil. Et beaucoup de tequila.

Et pourquoi fallait-il que ce soit un bar non-fumeur ? Elle serra les dents en regardant autour d'elle. Tout le monde connaissait le stress du travail des flics. Quelqu'un dans ce foutu rade devait avoir des cigarettes. Elle allait en demander une ou piquer un paquet.

L'atmosphère devint chargée en électricité statique. Elle sentit le duvet sur sa nuque et ses bras se hérisser.

Elle connaissait cette sensation. Elle la connaissait.

Les lumières clignotèrent, puis faiblirent. Une enceinte à côté des portes laissa échapper un crachement, puis une autre prit le relais ; une ampoule au-dessus du bar explosa en un jaillissement d'étincelles.

Un espoir insensé la saisit. Elle se retourna, le cherchant des yeux. Elle était trop petite pour voir par-dessus la tête des gens qui l'entouraient. Puis les enceintes hurlèrent une note suraiguë et la musique cessa brutalement.

Les gens s'arrêtèrent de danser. Elle entendit des marmonnements bon enfant « … orage dehors… la foudre a dû tomber tout près… »

C'est alors qu'elle le vit. Toujours vêtu de son treillis et portant ses armes. Il était plus grand que la majorité des humains, et beaucoup plus dangereux. L'ossature de son visage ciselait ses traits, sa magnifique bouche était une ligne dure et il portait ses lunettes noires qui lui donnaient l'allure d'un étranger imprévisible. Il semblait la regarder en tout cas tandis qu'il fendait la foule. Un passage s'ouvrit entre eux sur la piste de danse. Les gens, en le voyant, se reculaient immédiatement.

C'est son corps qui réagit en premier quand elle le vit. Elle se mit à trembler, à haleter et son cœur battit à tout rompre. Puis ses émotions s'éveillèrent à leur tour.

Une joie immense qu'il ne soit pas parti.

Elle était stupéfaite de constater que sa seule présence suffisait à la propulser dans une réalité différente. Tout autour d'elle devint plus net, plus clair, plus brillant, plus coloré. Tout en elle atteignit un niveau d'intensité qui menaça de lui faire perdre la tête.

Et puis il y avait aussi l'incertitude. Beaucoup d'incertitude.

Parce qu'il avait l'air tellement cruel, tellement sadique. *Non, sexy. Non, sadique. Oh merde.*

Il s'arrêta pile devant elle. Une véritable muraille de virilité agressive. Ses lunettes sombres se baissèrent et son visage sans pitié d'assassin était le même que lorsqu'il avait promis de détruire par le feu le monde de la souveraine la plus Puissante des Créatures de la Nuit.

Alors, ma fille, c'est le moment de dire un truc, n'importe quoi sauf « j'ai pô fait exprès ».

Elle essaya de prononcer son nom et émit un gargouillis inintelligible.

— Tiago ?

— Qu'est-ce que tu as sur le dos, bordel ? aboya-t-il.

La question lui fit l'effet d'une gifle.

— Pardon ?

Elle recula d'un pas, saisie d'une douleur dans le ventre comme s'il l'avait frappée. Elle n'était peut-être pas transportée par l'idée de cette sortie, mais elle avait quand même fait un effort pour s'habiller et se maquiller parce qu'elle voulait se faire belle.

Elle désigna la porte et murmura entre ses dents :

— Il faut que tu sortes et reviennes avec une autre attitude.

— Ce que je vais faire, c'est te ramener à l'hôtel pour que tu puisses *t'habiller*, fit-il avec hargne.

Un génie invisible devait être dans la pièce, car il versa de l'essence sur l'humeur de Niniane et craqua une allumette. Une vague de chaleur courut le long de sa peau. Elle tapa du pied et hurla :

— Cette robe me va très bien !

Dr Cataclysme plongea la tête vers elle de façon à ce qu'ils se retrouvent nez à nez.

— Tu es à moitié nue ! rugit-il.

Il la mettait hors d'elle comme lui seul en était capable. Elle n'avait pas à endurer ses conneries. Elle pencha la tête sur le côté et lança un regard furieux à son reflet qu'elle voyait dans ses lunettes. C'est alors qu'elle s'entendit dire :

— Et alors, qu'est-ce que tu vas faire, me donner une fessée ?

L'insolence des mots résonna.

Il la regarda avec incrédulité. Une bribe de raison tenta de se glisser dans la tête de Niniane.

— Sûr, fit Tiago. Ça me va.

Le sol disparut et elle se sentit basculer quand il la saisit par la taille et la jeta sur son épaule. Elle eut le souffle coupé quand son abdomen frappa son épaule musclée.

— Attends, essaya-t-elle de dire. (Elle n'avait plus d'air dans les poumons et le mot tenait du couinement et du sifflement.) Je ne voulais pas dire ça. Je veux qu'on reprenne à zéro.

— Trop tard, répondit-il.

Il enveloppa un bras autour de ses jambes et quitta la piste de danse.

— Est-ce que tu te rends compte à quel point je suis appréciée ici ? siffla-t-elle. (Elle se plia au niveau de la taille et agita les bras jusqu'à ce qu'elle arrive à agripper une oreille de Tiago avec ses ongles. Elle le pinça fort. Il gronda et pencha la tête sur le côté pour essayer de la faire lâcher.) Tu ne peux pas donner la fessée en public à une princesse, une fée de surcroît, en Amérique. Tu veux te faire descendre ?

— Ne vous inquiétez pas, Votre Impétuosité, coupa-t-il. Il n'y aura pas de témoins.

Il avisa un couloir au fond du bar et se dirigea dans cette direction. Il devait y avoir des toilettes, un bureau, enfin quelque chose.

Niniane écarta ses cheveux. Le sang lui battait aux tempes. Les longues jambes de Tiago, qu'elle voyait à l'envers puisqu'elle avait la tête en bas, lui faisaient penser à des troncs d'arbre. Elle appuya un avant-bras contre ses reins et essaya de regarder autour d'elle. Sa tête tressautait. Où étaient les autres ? Elle tenta une seconde fois de le raisonner :

— Tiago, ça m'a échappé. Je ne voulais pas dire ça, c'est tout ce que j'essaie d'expliquer !

— Tais-toi. (Sa voix était rauque.) Garde le couloir, lança-t-il à quelqu'un.

Une voix qu'elle connaissait poussa un juron. Elle regarda d'où elle venait et finit par apercevoir Aryal et Cameron. Elles faisaient revenir la foule sur la piste de danse, tandis que les gens les regardaient avec plus ou moins de curiosité, d'amusement ou d'inquiétude. Au bar, Duncan cria à quelqu'un de remettre la musique.

Niniane crut voir quelque chose d'étrange passer dans les yeux d'Aryal quand elle les regarda. La harpie étrécissait les yeux et son visage anguleux était pâle et tendu. Niniane se trompait peut-être. Quand on se balançait la tête en bas, on ne voyait plus rien de la même façon. Les gens se déplaçaient d'une drôle de manière ; leurs sourires étaient à l'envers et les liquides se renversaient vers le haut. C'était un peu comme rêver que l'on se trouvait dans une galerie de miroirs de fête foraine.

Tiago traversa le couloir. Bureau, sur la droite. C'était un petit réduit encombré, rempli de papiers jaunis. Toilettes. Il entendit quelqu'un aller et venir dans une cabine puis le bruit de soufflerie d'un sèche-mains. Niniane gigotait sur son épaule et faillit tomber. Il la hissa plus haut et continua. Puis vers la sortie de secours au fond il avisa une porte ouverte.

Il se courba pour entrer et se retrouva dans une pièce sombre remplie d'étagères en métal et de caisses.

Une partie de la réserve avait été aménagée en coin repos avec un canapé usé, mais qui paraissait confortable, un vieux fauteuil et une table basse éraflée couverte de vieux magazines. Un plaid était posé sur le dossier du canapé et un meuble appuyé contre l'un des murs soutenait une grosse télé avec une antenne et un boîtier numérique. Un four microondes occupait une étagère.

Il s'arrêta au milieu de la pièce. Elle attendit un moment. Rien ne se passa. L'immense corps de Tiago restait immobile.

Elle lâcha son oreille et ses doigts effleurèrent peut-être son cou sans qu'elle le veuille.

— La robe me va bien, murmura-t-elle.

Elle posa la joue contre son large dos musclé.

Il inspira. Elle se sentit trembler. Il posa une main sur l'arrière de sa cuisse et la caressa. Le contact légèrement râpeux de sa large paume calleuse lui donna la chair de poule, car sa peau était nue.

Puis il se pencha en avant et avec une infinie douceur la remit debout. Il garda les mains posées sur sa taille fine jusqu'à ce qu'elle ait retrouvé son équilibre. Ils se regardèrent. Elle devait lever la tête alors que lui devait baisser la sienne. Elle se sentait ridiculement petite quand elle était si près de lui. Une certaine chaleur qui n'avait rien à voir avec la température de la pièce envahissait leurs corps.

— Je suis si vieux, dit-il. (Sa voix était tellement basse qu'elle l'entendit à peine.) Et pourtant, tu es la chose la plus belle que j'aie jamais vue.

Elle posa les doigts sur ses bras afin de pouvoir savourer la chaleur de sa peau tout en levant les yeux vers son visage à moitié caché dans l'ombre. L'agressivité s'était évaporée et l'avait laissé troublé et... vulnérable. Il était une telle forteresse imprenable. Depuis toutes les années qu'elle le connaissait, elle ne l'avait jamais vu dans cet état. Elle leva les bras pour lui retirer ses lunettes. Ses yeux d'obsidienne brillaient dans la pièce obscure.

— Si tu penses que je suis belle, pourquoi tu ne l'as pas dit ? demanda-t-elle. (Elle eut comme un hoquet.) Et pourquoi tu es tellement en colère après moi ?

Écoutez-la. Elle allait être la reine qui tapait du pied et pleurait quand elle était vexée. Des nations entières trembleraient de peur.

Il prit son visage en coupe entre ses mains. Elles étaient tellement grandes qu'elles enveloppaient même la courbe gracieuse de sa tête.

— Tu me fais perdre la boule, gronda-t-il. Tu me rends tellement cinglé que je n'arrive plus à raisonner. Est-ce que tu l'as seulement remarqué ? Chaque homme dans ce bar, et plusieurs femmes aussi d'ailleurs, te déshabillaient du regard – et ils n'avaient pas grand-chose à enlever. Tu ne peux pas sortir en public ainsi. Enfin Niniane. Qu'est-ce. Qui. T'a. Pris. Bordel.

Il s'énervait de nouveau rien qu'en en parlant. Son visage et son corps se crispèrent. Elle cligna des yeux en le regardant.

Il se consumait de jalousie.

Ça ne pouvait vouloir dire qu'une seule chose. Il la voulait toujours.

— Tu aimes la robe donc.

Il la regarda d'un air scandalisé.

— Ce n'est pas une robe.

Un ravissement au goût d'hydromel l'enivrait. Un sourire se dessina sur ses lèvres.

— Qu'est-ce que c'est alors ?

— C'est, c'est…

Son regard descendit le long de son corps et le désir bouillonna en lui. Il dut déglutir pour s'éclaircir la gorge.

— Jeune fille, dit-il d'une voix rauque, cette chose qui couvre à peine ton corps va me causer une attaque.

Son sourire s'élargit. Elle prit une de ses mains dans les siennes. Elle était énorme et dotée d'une force de tueur. Elle la fit glisser sur les sequins.

— C'est bon, n'est-ce pas ? murmura-t-elle.

Il avait couché avec d'innombrables femmes au cours de sa longue vie et elles avaient toujours été des guerrières athlétiques à la recherche d'une bonne baise. Elles n'attendaient rien après, sinon partir. Niniane était une créature tellement exotique pour lui avec son penchant pour les fringues féminines et la délicatesse voluptueuse de son petit corps. Au milieu de cette réserve miteuse, elle était hallucinante, elle incarnait l'essence même du glamour et illuminait la pièce comme un éclairage diffus. Les petits trucs brillants qui se balançaient sur sa robe alors qu'il les faisait passer entre ses doigts étaient froids et durs et faisaient penser à des éclats de glace. Il en saisit un entre les doigts, sous l'enchantement, et répondit dans un souffle :

— Putain, oui.

Le sourire de Niniane s'effaça et ses yeux immenses absorbèrent les ombres de la pièce.

— Je suis désolée de t'avoir renvoyé comme je l'ai fait.

Il retourna la main et lui serra les doigts.

— Moi aussi, je suis désolé, petite fée. Je connaissais ton passé. J'aurais dû faire preuve de davantage de sensibilité. Je n'ai pas d'excuse. J'ai manqué de considération et j'ai merdé.

Elle leva la main et posa les doigts sur le pli chaud et ciselé de ses lèvres. Pour quelqu'un qui avait l'air si brutal, sa bouche avait une élégance sévère, marquée par la force de caractère, mais aussi par la sensualité.

— J'ai cru que tu étais peut-être reparti pour New York. Tu me manquais déjà tellement.

Il ouvrit la bouche et prit son index entre ses dents. Il le mordilla avec un plaisir tellement sensuel qu'un frisson délicieux l'envahit.

— Je te l'ai déjà dit une fois, fit-il d'une voix rocailleuse. Je ne pars pas.

Il prononça ce mensonge avec une telle conviction que son sens de la vérité essaya de la persuader que ce n'en était pas un. Elle ferma les yeux et explora son visage de ses doigts, lisant ses traits comme du Braille. Ses lèvres avaient la douceur de plumes contre sa paume. Elle avait l'impression que quelqu'un déposait des pierres, une par une, sur sa poitrine et que la pression augmentait doucement. Elle commençait à avoir du mal à respirer. Le poids serait bientôt intolérable et écraserait ses côtes.

Dans la salle principale, quelqu'un avait finalement relancé la musique. Elle reprit si soudainement que Niniane écarquilla les yeux. Elle eut l'air tellement surprise en oscillant sur ses hauts talons que Tiago rit et la plaqua contre son torse. Les Black Eyed Peas emportèrent les danseurs. Les murs du bâtiment vibrèrent, résonnant des paroles de la chanson récitées avec entrain.

Riant toujours, il la souleva, se retourna et l'appuya contre un mur. Il la maintenait à sa hauteur, face à lui. Il avait l'air de ne faire aucun effort, un bras sous ses hanches pour la soutenir. Avec son visage éclairé par la lumière du couloir et ses yeux noirs étincelants, il était d'une beauté barbare qui lui coupa le souffle.

Puis sa Force l'enveloppa et elle ressentit un besoin tellement fort pour lui que ce besoin électrisa tout son corps et s'enfouit jusque dans ses gènes. Elle sut à ce moment précis qu'elle n'en serait jamais affranchie, jamais libre, pas plus de cette sensation, de ce désir, que de lui. Il s'incrustait dans les recoins les plus profonds, les plus secrets de son être et elle se sentait se reformer, se reconstituer autour de lui. Elle était Galatée, la Galatée de pierre, qui revenait à la vie sous ses mains.

Il vint caler ses hanches entre les cuisses de la fée et lui saisit une cheville pour que sa jambe lui ceigne la taille. Elle passa l'autre jambe autour de lui et croisa les chevilles derrière son dos. Puis elle agrippa ses épaules. Mon Dieu, il fallait qu'elle suive un cours d'anatomie, ma parole. Chacun de ces muscles devait avoir un nom.

Elle noua les bras autour de son cou et regarda l'étincelle de rire dans ses yeux se transformer, s'assombrir. Une différente sorte de sauvagerie se glissa au fond de ses pupilles. Il écarta les jambes et poussa son bassin contre elle. Elle rejeta la tête en arrière en sentant le contour épais de sa queue à travers le tissu de leurs vêtements. Elle se frotta contre lui en gémissant doucement et il enfouit son visage dans son cou en murmurant un juron. Sentir le poids de son corps alors qu'il la pressait contre le mur était exquis, aussi insoutenable que tout ce qui se passait entre eux. Il aurait un peu de mal à se glisser en elle, elle le savait. Il était trop gros et cela faisait trop longtemps qu'elle n'avait pas eu d'amant. Il faudrait qu'ils s'y prennent doucement pour qu'elle se fasse à son membre, et cela brûlerait si délicieusement quand ses muscles s'étireraient pour l'accueillir, et puis… et puis…

Elle accentua son frottement, cherchant la brûlure, la désirant plus que tout. Il souleva ses hanches en haletant. Il passa sa main libre sous sa robe à la recherche de son string. Il marmonna quelque chose d'inintelligible en le déchirant, son souffle chaud contre son cou. Il plongea la main plus loin, plaçant son bras sous ses fesses tandis qu'il explorait doucement de ses doigts fébriles les lèvres gonflées et déjà trempées de miel. Elle mit elle aussi la main entre ses cuisses, s'arc-boutant contre le mur de béton froid pour mieux chercher la fermeture Éclair de son treillis.

Il mordit son cou, son oreille, plusieurs fois.

— Tu mérites qu'on aille doucement, articula-t-il péniblement, mais bordel, je ne crois pas que je puisse ralentir.

Ils ne pouvaient pas aller doucement. Le temps était trop précieux. Ils ne pouvaient pas gaspiller un seul instant.

— Fais-le, gémit-elle à son oreille.

Les paroles de la chanson résonnèrent étrangement en elle. *Fais-le, fais-le, fais le...* Il glissa le bout d'un doigt dans son vagin et elle sentit toutes ses terminaisons nerveuses s'affoler. Elle se cambra et perdit sa prise sur sa braguette.

— *Niniane, je dois te parler.*

La voix mentale au ton pressant trancha la brume sexuelle qui voilait son esprit. Elle secoua la tête, désorientée. Qui était dans sa tête ? Elle réussit à articuler :

— *Quoi, maintenant ?*

— *Oui, maintenant.*

Elle comprit enfin qui lui parlait. C'était Rune. Son ton était plus âpre et plus impérieux que jamais.

— *Mignonne, tu es en train de le tuer*, fit Rune. *Il faut que tu arrêtes ça. Sur-le-champ. Tu es la seule en mesure de le faire.*

12

« Tu es en train de le tuer. »

Les mots étaient mélodramatiques, absurdes. Dénués de sens. S'ils avaient été prononcés par quelqu'un d'autre, ils l'auraient mise hors d'elle.

Mais les mots venaient de Rune et l'envahirent d'angoisse. Elle appuya la tête contre le mur en béton et prit une grande goulée d'air. Elle balaya la pièce du regard, cherchant à localiser le danger. Elle n'en trouva pas. Elle réalisa pour la première fois l'endroit où ils se trouvaient : la réserve d'un bar.

Tiago baissa la tête pour l'embrasser, les traits empourprés par le désir sexuel.

Elle tourna brutalement la tête de côté et réussit à balbutier :

— Il faut qu'on arrête.

Il se figea et une déception sans nom se lut sur son visage. Il tomba à genoux et elle se laissa glisser à terre avec lui. La friction arracha des sequins du dos de la robe. Ils s'éparpillèrent autour d'eux en scintillant, comme de petites étoiles déchues. Il la laissa se poser sur ses genoux et appuya ses deux bras sur le mur au-dessus de sa tête en posant son front contre le sien.

— Ne fais pas ça, petite fée, pas cette fois-ci.

Rune ferait bien d'avoir une raison absolument vitale ou elle l'écorcherait vif.

— Je suis désolée, gémit-elle.

Il rejeta la tête en arrière et hurla en silence en écrasant ses poings contre le mur. Le béton se fissura, faisant tomber une poussière grise sur leur tapis d'étoiles. Elle cessa de respirer en voyant son expression de douleur. Elle était consternée par ce qu'elle venait de faire. Elle bascula en avant et jeta ses bras autour de son cou. Il baissa la tête et posa sa joue contre la sienne pour la câliner tout en laissant échapper un feulement, le visage déformé. Ses poings étaient toujours plantés sur les cicatrices qu'il avait laissées sur le mur. Elle s'assit sur ses cuisses, les jambes écartées et se sentit cernée, éclipsée par son immense corps.

— Je suis tellement désolée, lui répéta-t-elle à l'oreille.

Elle caressa ses cheveux. Il frissonna et resta muet en tentant de se maîtriser.

Elle ne voyait pas Rune mais il ne devait pas être loin pour pouvoir la joindre par télépathie, probablement dans le couloir. Elle gronda :

— *Je viens d'agir cruellement, alors tu ferais bien de m'expliquer et tu as intérêt à être convaincant.*

— *Niniane*, répondit Rune, *personne ne sera plus désolé que moi si je me trompe. Mais je viens de passer les dernières heures avec Tiago et il s'est comporté comme je ne l'ai jamais vu se comporter avant. Il a perdu contrôle plus d'une fois et il l'a perdu de manière spectaculaire.*

Elle écouta le débit rapide de Rune, le corps serré contre Tiago. Elle prit sa tête entre ses mains dans un geste protecteur. Il respirait fort et lentement, comme un coureur de marathon parvenu à mi-parcours, la peau couverte d'une fine pellicule de sueur.

— *Personne ne peut t'en vouloir de chercher à avoir une liaison. En temps normal, si tu cherchais un peu de réconfort, quelqu'un à chérir un moment avant de monter sur le trône, je t'encouragerais à fond. Mais je crois que Tiago commence à s'unir avec toi et tu sais ce qui arrive aux Wyrs lorsqu'ils s'unissent. J'espère ardemment qu'il n'est pas déjà allé trop loin.*

Elle cessa de respirer. *Tiago ? S'unir ? Avec moi ?*

Cela lui parut une chose magnifique, miraculeuse. Et impossible et horrifiante.

Oh, Dieu, je le veux. Je le veux lui.

Mais je ne peux pas, je ne dois pas.

Quelques jours auparavant, les chocs avaient commencé. D'abord la mort de son oncle Urien. Au fil des décennies, l'idée d'Urien mort était devenue un rêve pour elle, un rêve de vengeance qui ouvrait la perspective d'un avenir nébuleux.

Quand Dragos avait tué Urien, elle s'était retrouvée catapultée dans une autre réalité. Chaque fois qu'elle pensait que les chocs allaient ralentir ou s'arrêter, un autre prenait le relais et lui flanquait un nouveau coup sur la tête. Elle se sentait ballottée, secouée, incrédule, un peu comme si elle était allée nager à marée haute et que les vagues l'avaient emportée. Elles la retournaient et la faisaient basculer tête en bas et elle venait juste de réaliser qu'elle était peut-être en train de se noyer.

Elle savait ce qui se passait quand un Wyr s'unissait. Les Wyrs s'unissaient pour la vie. Elle avait observé plusieurs fois le phénomène à la cour de Dragos. L'union naissait de l'alliance complexe de plusieurs facteurs : choix, attrait sexuel, instinct, actions et émotions. Tout cela devait intervenir avec une exacte dose d'intensité et à un moment opportun. Personne ne comprenait vraiment quand l'union devenait irréversible. Plus profond que le fait de tomber amoureux, c'était un moment dangereux, souvent violent. Et c'était un phénomène rare pour les Wyrs qui vivaient depuis des milliers d'années, ceux que l'on qualifiait d'immortels. Et il était encore plus rare pour un Wyr de s'unir avec un être qui n'était pas lui-même wyr. Trop souvent, ces unions aboutissaient à des conséquences tragiques.

La mère de Pia s'était unie avec un humain. À sa mort, elle avait réussi à survivre le temps d'élever Pia, puis elle s'était éteinte. Niniane se souvenait d'un autre exemple, vers 1835, quand un Wyr s'était uni à une vampire. Ils avaient vécu ensemble jusqu'à la Guerre de Sécession lorsque des loyautés divergentes les avaient déchirés. Le Wyr s'était laissé mourir de faim quand la vampire l'avait quitté.

— *Jc l'aimc*, avoua t elle d'une petite voix.

En le disant à Rune, elle l'admettait pour la première fois à elle-même. Elle s'accrochait à Tiago de toutes ses forces. Elle se mit à trembler. Elle avait l'impression qu'elle commençait à se désintégrer.

Tiago lâcha un juron, l'enveloppa de ses bras et la serra au point de lui faire mal.

— *D'accord*, fit-il d'une voix rauque. *Ne tremble pas comme ça, bordel. Ça va. Dis-moi juste ce qui s'est passé. Quel est le problème ?*

— *Je voulais un peu de temps, c'est tout.*

La voix mentale de Rune s'adoucit :

— *Si tu l'aimes, alors renonce à lui, mignonne. Tu ne peux pas vivre sa vie et les Faes noires ne laisseront jamais un Wyr partager ton trône.*

Elle opina, mais n'osa pas parler pendant un moment.

La tête de Tiago bougea sous ses mains et il releva la tête.

— Petite fée ?

— *Renonce à lui, mignonne.*

Elle se concentra, réussit à se ressaisir et à se redresser un peu. Elle contraignit ses bras et ses jambes à le lâcher.

— Aide-moi à me lever.

Il recula et la regarda en fronçant les sourcils. Elle était livide ; les mèches de ses cheveux noirs étaient en désordre. Quelques minutes plus tôt, elle était rose du désir qui lui avait fait monter le sang aux joues. On aurait dit maintenant qu'elle pleurait quelqu'un. Ses yeux immenses et fascinants étaient vides, les pupilles dilatées.

— Je ne crois pas que je devrais faire ça, dit-il doucement.

Elle le regarda droit dans les yeux, sans ciller.

— S'il te plaît, Tiago, aide-moi à me relever, maintenant.

Son visage se crispa. Il la souleva en se levant, puis la laissa glisser le long de son torse, lui faisant délibérément sentir le renflement dur de son érection, jusqu'à ce que ses pieds touchent le sol. Il observa la ligne gracieuse de sa gorge quand elle déglutit. Elle essaya de s'éloigner, mais il la prit par les coudes et l'immobilisa. Chaque fois qu'il l'avait laissée partir, une catastrophe s'était produite. Il n'allait pas refaire cette erreur en agissant précipitamment.

— Maintenant, explique-moi ce qui ne va pas.

Elle posa les mains sur son torse et écarta les doigts. Rien que des muscles, des tendons et des os, pas un gramme de graisse ; c'était un corps sculpté par une vie incroyablement longue passée à combattre. Elle regarda ses mains parce que c'était plus facile que d'affronter son visage inquiet et crispé.

Elle réalisa quelque chose qu'elle avait assimilé inconsciemment depuis un moment. Si la musique résonnait toujours, elle n'entendait plus rien d'autre, pas de bruits de pas, pas de cliquetis de verres, pas d'éclats de rire ou d'autres sons qui remplissaient normalement un bar bondé. Aryal et Rune avaient dû promettre au propriétaire de le dédommager et lui avaient demandé d'évacuer le bâtiment, ce qui révélait l'ampleur de leur inquiétude. Les autres sentinelles établiraient leur surveillance et attendraient, les garderaient en éloignant tout le monde, car si Tiago était en train de s'unir à elle, il pouvait représenter un danger pour tout le monde, excepté elle.

Elle voulait lui dire beaucoup de choses.

En commençant par « je t'aime ». *Ne le dis pas.*

— Tu as dit que tu ne partais pas, commença-t-elle.

Il ne bougea pas, aussi solide, constant et immuable qu'une montagne.

— Non, je ne pars pas.

« J'ai besoin de toi ». Non, ravale ça.

— Mais tu partiras un jour, fit-elle. Tu le devras. Tu ne pourras pas t'en empêcher.

— Je resterai, répondit l'Oiseau-Tonnerre tandis que des éclairs perçaient la nuit. Et aucune Force sur terre ne peut s'y opposer.

La pression intolérable augmentait dans sa poitrine. Elle l'aiguillonna.

— Dragos t'appellera, fit-elle d'une voix blanche. Et tu prendras ton envol pour le rejoindre, comme un faucon sur son poignet. Ou bien un autre conflit commencera quelque part dans le monde et tu iras faire la guerre. C'est ce que tu fais, Tiago. Tu t'en vas toujours. C'est ce que tu es.

Il la regarda, le souffle court, sans rien dire. La douleur aveugla Niniane.

Elle ne voulait pas lui dire, mais la pression fit jaillir les mots.

— Je vais devoir me marier. (Les syllabes fusèrent vers lui comme des météorites.) Il faut que je me mette tout de suite à chercher un mari.

Ses yeux lancèrent des éclairs puis devinrent d'un blanc absolu.

— Certainement pas, articula-t-il.

Elle eut un haut-le-cœur. Elle savait que ça allait être difficile. C'était tellement plus dur qu'elle ne l'avait imaginé.

— Il le faut pourtant.

Elle dut s'arrêter pour reprendre son souffle parce qu'il n'avait pas bougé d'un millimètre, mais son corps puissant se changeait peu à peu en arme tant sa Force devenait violente et oppressante. Il prenait un air meurtrier.

— Il faut qu'il soit Puissant, qu'il ait de l'influence…

Il bougea plus vite que la pensée, la souleva, pivota et la plaqua de nouveau contre le mur. Le choc la paralysa.

— Certainement pas ! lui cria-t-il.

Elle le frappa. Elle ne put pas se retenir. Elle lui donna un coup de poing dans la poitrine.

— Et il faut qu'il veuille le trône, mais ne soit pas en mesure de l'obtenir tout seul…

La fureur déforma ses traits. On aurait cru un animal blessé quand il rugit.

— Personne ne peut t'avoir parce que tu es à moi !

Dignité, sophistication, civilité, tous ces concepts n'étaient que des assemblages de syllabes qui n'avaient pas de sens dans ce lieu où les émotions pures rageaient librement.

— Je ne peux pas être à toi, s'écria-t-elle, et il faut que j'aie quelqu'un près de moi pour pouvoir rester en vie !

— Tais-toi, bon sang, fit-il d'un ton sauvage.

Ses traits s'étaient reformés. Il était une monstrueuse, impitoyable aberration de la nature et elle le voulait tellement qu'elle se dit que son désir allait l'anéantir.

Elle continua à le frapper, à l'aveuglette.

— Veux-tu t'en aller, espèce d'enfoiré ? Retourne à ta vie !

Elle le gifla. Elle fit tout ce qu'elle pouvait pour l'offenser et l'éloigner. Il encaissa tout sans broncher. Il la secoua une fois, un mouvement bref et contrôlé du poignet qui l'étourdit, puis il la tira violemment à lui, ses yeux blancs incandescents. Enfin la bouche du monstre s'abattit sur la sienne et il la dévora, cœur et âme.

Elle lui livra l'un et l'autre avec passion. Il fouilla sa bouche, ses dents et sa langue, agressif. Elle s'agrippa à son tee-shirt avec ses ongles en lui rendant son baiser. Elle l'aurait voulu encore plus proche, que le baiser soit encore plus profond.

Puis il empoigna ses cheveux et la força à le regarder.

— Maintenant, tu vas m'écouter, gronda-t-il. C'est à mon tour de parler. Je ne te quitterai pas. Si cela pose un problème à Dragos ou à quelqu'un d'autre, ils n'auront qu'à venir me trouver.

— Les Faes noires ne t'accepteront jamais, fit-elle les dents serrées.

— Je me fous de ce que les Faes noires acceptent ou n'acceptent pas. Il n'y a qu'une personne, qu'une chose qui pourrait me faire partir, et c'est toi. Regarde-moi dans les yeux, petite fée. Dis-moi que tu ne me veux pas et tu as intérêt à être crédible.

Les larmes remplirent ses yeux et débordèrent. Elles coulèrent le long de ses joues et trempèrent ses cheveux. Elle avait l'air totalement désespérée. Elle essaya de former des mots, la bouche tremblante. Quelqu'un d'autre aurait peut-être eu pitié d'elle, mais il ne connaissait pas la pitié. Tout ce qu'il connaissait, c'était le combat, la lutte, et la survie. Il se battait pour eux deux désormais. Si seulement elle avait pu le comprendre…

— Je… je ne te veux pas, murmura-t-elle.

— Quelle piètre menteuse tu fais, murmura le monstre. Je peux flairer à quel point tu me veux. J'ai senti que tu mouillais et tout ce que je veux, c'est te lécher. Mes doigts sont enduits de ton désir. J'en bande tellement que j'ai du mal à me tenir droit. Tu es un nœud dans mon ventre que je ne peux pas dénouer. Je te cherche quand tu n'es pas avec moi. Lorsque tu m'as renvoyé, je n'ai plus eu qu'une chose en tête : combien de temps je devrais t'accorder avant de retourner vers toi. J'ai compté les heures, les minutes.

Elle le dévisagea, fascinée par ses yeux blancs et la structure reformée de son visage.

— C'est juste sexuel.

— Vraiment ? (Il lui montra les dents.) Quand tu as cru que j'étais retourné à New York, je ne t'ai pas manqué ?

— Pas… pas tellement.

Quand elle avait su qu'il avait quitté l'hôtel, elle s'était recroquevillée sur son lit, incapable de bouger.

— Tu soutiens que je ne t'ai « pas tellement » manqué. Et ça veut dire quoi, « pas tellement » ?

— Pas beaucoup.

Il pencha la tête. Sa férocité était presque plaintive désormais. Ce prodige inconcevable la déchirait.

— Pourquoi est-ce que tu continues à mentir ? Pourquoi tu ne peux pas admettre la vérité devant moi ? Est-ce une chose tellement horrible de me désirer ? Est-ce que tu voudrais ne pas avoir envie de moi ? Est-ce que c'est pour ça que tu essaies de m'éloigner, de me faire partir avec autant d'obstination ?

Il était un seigneur de la guerre. Il connaissait mieux toutes les tactiques d'assaut imaginables qu'elle ne les connaîtrait jamais. Il devait savoir qu'il effritait le mur qu'elle avait dressé devant elle. C'était une attaque sur deux fronts, vu qu'il l'attaquait de l'extérieur, mais aussi de l'intérieur, car elle était sa pire ennemie. Elle s'effondra et sanglota :

— Je te veux tellement que cela me rend folle.

— Alors prends-moi. (Il relâcha la prise qu'il avait sur ses cheveux. Il s'agenouilla devant elle, lui infligeant un nouveau choc, et il l'entoura de ses bras au niveau de la taille en posant sa tête contre son sein.) Parce que rien d'autre n'a d'importance.

Elle prit sa tête dans ses mains avec douceur et s'inclina, s'essuyant les joues d'une main.

— Nous sommes tellement différents.

— On vit longtemps. C'est bien de ne pas s'ennuyer.

— J'aime le rouge à lèvres rose, renifla-t-elle. Et les jolies chaussures.

— À ma grande surprise, je me rends compte que moi aussi, fit le monstre.

Ses grandes mains caressèrent les courbes de son corps et s'arrêtèrent sur l'arrière de ses genoux minces. Il ne laissa pas les serres qui prolongeaient ses longs doigts effleurer une seule fois sa peau tendre.

— J'ai essayé de réfléchir au moyen de renoncer au trône et de te suivre, chuchota-t-elle. Mais c'est trop tard. Tout le monde sait que je suis vivante maintenant. Il y aurait toujours quelqu'un qui essaierait de me tuer.

— Tu as besoin de moi, petite fée. Je te protégerai.

Il frotta son visage contre cette extravagante, invraisemblable et merveilleuse robe et des minuscules rangées de sequins lui chatouillèrent le nez. Il sourit en sentant ses petits doigts passer et repasser dans ses cheveux courts. Bientôt, très bientôt, ces petits ongles de chaton s'enfonceraient dans son dos pendant qu'il la ferait hurler de plaisir.

— Tu sais très bien que nous sommes faits l'un pour l'autre, reprit-il. Même nos disputes sont excitantes.

Ils étaient faits l'un pour l'autre. Elle enfouit son visage dans ses cheveux.

— Rune avait raison, chuchota-t-elle, les Faes noires n'accepteront jamais un Wyr comme souverain.

Rune ? Tiago recula légèrement en tournant la tête pendant qu'il réfléchissait. Il avait su quand le premier lieutenant était arrivé dans le bar, avait entendu que Rune et Aryal faisaient sortir tout le monde et cela n'avait pas eu d'importance. Rune avait dû parler à Niniane par télépathie – oui, c'était logique. Cela expliquait ce qui s'était passé. Elle était avec Tiago, totalement avec lui, et puis elle avait brutalement changé, si brutalement qu'il en ressentait encore le choc mental. Elle avait essayé de l'éloigner, de le faire partir, pas pour elle, mais pour lui. Il était à peu près sûr que Rune en était responsable.

Tiago veillerait à le « remercier » personnellement plus tard.

Mais chaque chose en son temps.

— Cette excuse ne marchera pas, répliqua Tiago. Parce que je me fiche totalement d'être à la tête d'un État ou d'être sur le trône des Faes noires. Mais il faut que tu saches qu'ils vont malgré tout émettre des objections.

Elle essaya de réfléchir. C'était difficile quand l'espoir se tordait en elle à la manière d'un bretzel. Est-ce qu'ils pouvaient le faire ? Y parviendraient-ils ? L'idée de Tiago venant avec elle changeait tellement la donne qu'elle avait du mal à en évaluer les conséquences.

Tiago releva la tête pour bien la voir. Ses yeux blancs s'étaient assombris et les lignes de son visage étaient redevenues normales.

— Arrête d'essayer de réfléchir à comment arranger tout ça. Il n'y a rien à arranger.

— Mais Tiago…

— Mais rien du tout. Je n'ai pas toutes les réponses. Personne ne les a ; personne ne peut les avoir. Accroche-toi à ça, Ninianc. Accroche-toi à moi et ne lâche pas, jamais. Il faut qu'on tente notre chance. On aura des disputes, on s'engueulera, mais ce n'est pas grave. Nous pouvons affronter ce que l'avenir nous réserve. Tu savais depuis le début que ce qui t'attendait n'allait pas être facile de toute façon.

— Tu aimes te battre, fit-elle en touchant sa lèvre inférieure, les yeux rivés sur lui, l'air grave.

— Et je me bats bien, répondit-il en esquissant un sourire.

Cela lui semblait dangereux, mais en même temps, tout lui semblait dangereux. Peut-être que Tiago et elle n'auraient pas une longue vie, mais si elle restait seule, ce constat était vrai aussi. Si Tiago était là pour la garder et la protéger, ils avaient une chance de réussir et elle ne serait plus seule.

— Tu renoncerais à tout, ajouta-t-elle.

— Tu me donneras tout ce qui m'importe, dit-il en souriant.

Puis son sourire s'évanouit et ses traits se durcirent.

— Mais si tu me prends, il n'y aura personne d'autre que moi. Je ne le tolérerai pas, petite fée.

Elle le savait déjà. Il était beaucoup trop dominateur et possessif. Elle aurait pu lui dire qu'il était tout ce qu'elle avait jamais espéré et bien plus encore. Elle aurait pu avouer qu'elle était aussi possessive et jalouse que lui. Elle aurait dû lui rappeler que ses stylets étaient empoisonnés et qu'elle savait aussi se servir d'une arme à feu.

Au lieu de ça, elle fit une moue boudeuse.

— Je ne t'ai même pas encore eu, grommela-t-elle. Tu es là à parler de se mettre ensemble, alors que je ne sais même pas si tu es bon, après tout. Je trouve que ce n'est pas franchement juste de tempêter et fulminer en pensant à la possibilité de quelqu'un d'autre tant…

Il la regarda avec stupéfaction.

— Qui n'arrête pas d'interrompre nos ébats ?

Elle ouvrit la bouche tant la question l'interloqua.

— J'ai le droit de dire non si quelque chose cloche, m'sieur.

— Est-ce que j'ai dit que tu ne pouvais pas dire non ? fit-il. Non, je n'ai pas dit ça, même quand j'ai failli en être castré. Mais tu pousses un peu le bouchon si tu dis non et puis que tu commences à te plaindre du résultat, Niniane.

Elle étrécit les yeux et lui lança un regard exaspéré.

— Est-ce que c'est de ma faute si je suis de mauvaise humeur quand je ne suis pas sexuellement satisfaite ?

Les angles sévères de son visage se crispèrent et son regard d'obsidienne se mit à étinceler. Sa Force s'affûta et devint prédatrice. Il fit courir ses mains le long de son corps.

— Pauvre petite fée, murmura-t-il en se levant. Elle est donc sexuellement frustrée ?

— Peut-être un peu, marmonna-t-elle.

Elle le regarda d'un air trouble. Dieu, il était colossal. Il était grand, puissant, et il la regardait comme si elle était son amuse-gueule préféré. Ce petit jeu était plus dangereux que de narguer un tigre. Elle se mit à balbutier :

— Tu dois reconnaître qu'on a eu des moments passablement frustrants ces derniers...

— Et si tu te taisais ? fit-il doucement.

Il saisit sa robe des deux mains et la déchira de haut en bas.

Des sequins volèrent dans toute la pièce et l'on aurait dit des petites lumières d'argent. Elle regarda bouche bée les lambeaux de tissu qui pendaient à ses bras. Peut-être qu'il fallait qu'elle consulte un psychiatre. Les tigres étaient d'inoffensifs chatons comparés à cette catastrophe ambulante. Puis elle retrouva sa voix.

— Comment as-tu pu, espèce d'idiot ? J'adorais cette robe.

— Moi aussi, haleta-t-il.

Il la regarda, cloué sur place. Il lui avait déjà enlevé son string, et elle n'avait pas de soutien-gorge. Elle était aussi délicieuse que dans son imagination, avec des seins ronds aux mamelons roses, gonflés et parfaits, une taille de guêpe, sans parler d'un ventre plat qui s'épanouissait légèrement au niveau de ses hanches minces. Et entre ses cuisses, il pouvait distinguer l'ombre d'une toison noire.

Il savait à quel point cette touffe de poils fournie et intime était soyeuse. Il l'avait caressée brièvement, trop brièvement, il n'y avait pas si longtemps.

Niniane avait toujours ses escarpins d'argent avec ses talons de dix centimètres.

Il rencontra son regard et lui dit d'une voix rauque :

— Je t'achèterai mille jolies robes, une montagne de rouges à lèvres, je te couvrirai de bijoux, et je ne laisserai plus jamais quelqu'un te faire du mal.

Ses traits mutins de fée frissonnèrent. La colère s'estompa et fut remplacée par des choses bien plus fragiles et précieuses : la confiance et l'espoir. Elle inclina la tête sur le côté et sans le quitter des yeux fit glisser le reste de la robe de ses épaules, jusqu'au sol.

Il fit un pas en avant. La soulever dans ses bras était tellement naturel. Il se retourna et la porta jusqu'au canapé. Il se mit sur un genou pour déposer son corps mince et voluptueux sur les coussins, puis il retira ses armes, déposant ses armes à feu et son couteau de guerrier à portée de main, par terre.

Elle retira ses chaussures et caressa son bras puissant en l'observant. Quand il eut fini, elle murmura :

— Ton tee-shirt maintenant.

Il inspira profondément. Puis il leva les bras, retira son vêtement et le jeta par terre. Il garda les yeux rivés sur elle pendant qu'il défaisait sa ceinture et baissait la fermeture Éclair de son treillis. Elle sentit son miel sourdre entre ses cuisses en le regardant se déshabiller, révélant, petit à petit, l'architecture massive de son corps. Il se leva et les muscles de sa poitrine et de ses bras saillirent pendant qu'il enlevait ses bottes. Il se débarrassa de son treillis d'un coup de pied.

Elle s'abreuva de sa nudité. Ses jambes musclées n'en finissaient pas, ses abdominaux ou plutôt ses plaquettes de chocolat s'arrêtaient juste au-dessus de son pénis fièrement dressé sur de lourds testicules dont la peau tendue attestait la force de son désir. Elle avança la main et le caressa. Il était tellement gros qu'elle ne pouvait pas en faire le tour avec sa main. Elle massa la tête épaisse et large avec son pouce et il inspira en feulant tandis que les muscles de ses cuisses massives tremblaient.

Elle aimait faire l'amour, elle aimait le sexe depuis longtemps et n'en avait aucun complexe. Elle avait traversé les années soixante avec trop d'appétit et d'abandon à une sexualité débridée pour se sentir gênée ou embarrassée par le cadre où ils se trouvaient. Mais quelque chose avait changé depuis cette époque. Elle était devenue, non pas indifférente, mais détachée disons ; les jolis garçons et les avances ou tentatives de séduction suaves, pour ne pas dire baveuses, ne l'intéressaient plus. Même si elle adorait le sexe, elle avait découvert qu'elle n'en avait plus envie. Ce paradoxe s'expliquait par sa gloutonnerie passée : elle s'était gorgée d'un buffet de desserts puis avait quitté la table sans avoir apaisé sa faim.

Cette faim-là, maintenant, était la faim la plus onctueuse qu'elle ait jamais connue. Une faim réveillée par la tendresse qui adoucissait le visage ciselé de Tiago et l'amour qu'elle lui portait. Elle le caressa ; ses doigts suivaient de haut en bas toute sa longueur majestueuse et veloutée. Elle se régalait de voir le plaisir sensuel colorer sa peau et de sentir son corps se détendre.

Il s'étendit sur elle et la sentir sous lui était la sensation la plus naturelle qu'il ait jamais eu l'impression d'éprouver. Il s'appuya sur un avant-bras et caressa sa joue et son cou en la buvant des yeux. Il arrivait là où il n'était encore jamais allé, dans un lieu nouveau et primordial dont il n'avait jamais soupçonné l'existence. Et tout avait commencé avec ces premiers pas vers elle lorsqu'il avait quitté New York.

Elle avait toujours cette expression fragile qui lui coupait le souffle.

— Je n'ai pas fait ça depuis longtemps, murmura-t-elle.

Il effleura la ligne de sa gorge, descendit jusqu'à son sein. Il passa son doigt autour du mamelon et vit le délicieux bouton s'ériger. Il réussit à ne pas oublier de remplir ses poumons d'air. Elle avait un corps ravissant et tellement menu et il était un mastodonte brutal.

— Je suis content que tu m'aies donné une tape sur la tête et que tu m'aies fait ralentir, chuchota-t-il. Tu as besoin d'un peu de temps.

Il se mit sur le flanc, son membre lourd reposant sur la courbe d'une de ses hanches. Elle frissonna quand les longs doigts de son immense main descendirent le long de sa poitrine, frôlant, caressant, traçant des cercles, pinçant doucement le mamelon, tiraillant l'anneau d'or de son nombril avant de descendre et de toucher la chair hypersensible entre ses cuisses. Il trouva l'ouverture cannelée de ses grandes lèvres et la cajola. Elle commença à haleter. Le tressaillement le plus impérieux qu'elle ait éprouvé de sa vie secoua son corps comme une tornade et lui fit jeter toute prudence par-dessus bord.

— Peu importe. Viens en moi, souffla-t-elle en agrippant son bras.

Il la regarda en fronçant légèrement les sourcils.

— Ça m'importe à *moi*. Lève un peu la jambe, petite fée.

Elle obéit, repliant sa jambe et l'appuyant sur le dos du canapé tout en plongeant son regard dans celui de Tiago. Il se pencha pour caresser sa bouche de la sienne et introduisit doucement un doigt dans sa fente.

La sensation les fit tous deux pousser un long soupir. Les muscles de l'abdomen de Niniane se contractèrent instinctivement et un gémissement naquit au fond de sa gorge en sentant l'aiguillon du plaisir.

Tiago se mit à transpirer quand le son qui criait le désir et le besoin de son amante s'écrasa contre ses lèvres. Il l'avala avec avidité. Elle était tellement humide et somptueusement étroite que ses muscles intimes se serraient autour de son doigt. Sa queue eut un sursaut furieux. *Doucement, mec, doucement*, se dit-il. *C'est la chose la plus importante que tu feras de ta vie.* Quand Niniane passa la main sur son membre, il crut qu'il allait exploser.

Il serra les dents.

— Arrête.

Elle se figea et le regarda d'un air hésitant.

Il réussit à grimacer un sourire crispé.

— Laisse-moi te combler d'abord.

— Mais nous sommes deux, chuchota-t-elle. (Elle abandonna son sexe et posa la main sur sa joue, puis elle leva la tête et l'embrassa.)

Il ferma les yeux et il goûta le ravissement d'embrasser cette bouche sensuelle et enchanteresse tout en la baisant tendrement de son doigt. Ses hanches suivaient le rythme de sa main ; sa soie liquide inondait ses doigts. Il trouva le bouton gonflé de son clitoris avec son pouce et le frotta au moment où il enfonçait sa langue avec frénésie dans sa bouche. Elle poussa un cri perçant et surpris, et elle jouit.

Secoué, il gronda dans sa bouche, lécha ses lèvres, et introduisit un deuxième doigt dans le fourreau étroit. Elle se cambra, étirant son corps tout en ondulant des hanches.

— Tu vas me tuer, souffla-t-il. Et je mourrai heureux.

Elle laissa échapper un petit rire sexy et ses longues paupières frémirent. Son regard aiguisé de prédateur saisissait chaque détail de son corps dans la pièce obscure, la manière dont sa peau pâle rosissait sous le plaisir, de ses joues jusqu'à ses seins. Ses lèvres brillantes étaient entrouvertes. Il la contempla tandis qu'il recommençait à agacer son clitoris et qu'elle se mordait sa pulpeuse lèvre inférieure avec ses petites dents blanches.

Quand ses yeux immenses s'ouvrirent et qu'elle croisa son regard, il ressentit un choc profond de communion. Il fit un pas de plus vers ce lieu sacré.

— Je veux jouir avec toi à l'intérieur de moi, murmura-t-elle. S'il te plaît.

Il marmonna quelque chose, il ne savait pas quoi, et se dressa au-dessus d'elle.

Elle écarta les cuisses et il se cala entre ses jambes, regardant en direction de son pubis afin de soigneusement positionner sa verge à l'entrée de son con. Il s'appuya sur ses avant-bras et enfonça son gland en elle, puis resta immobile, rigide, haletant.

Elle ressentit une brûlure, elle s'y attendait. Mais la sensation était tellement plus merveilleuse qu'elle ne s'y était attendue. C'était comme de l'acier enveloppé dans du velours et il était tellement précautionneux que cela la rendait folle. Elle appuya ses pieds sur le canapé et releva le bassin, s'empalant sur lui en lui griffant le dos et en grognant :

— Viens.

Elle le libéra totalement. Et son monstre surgit en rugissant au moment où il la pénétra. Tiago se retira presque complètement, la regardant avec incrédulité, puis la pénétra de nouveau, et le mouvement d'aller-retour qui commença était divin ; ce va-et-vient dans ce fourreau étroit et humide et cette brûlure le long de son dos où elle l'avait griffé comme il en rêvait depuis si longtemps lui faisaient perdre la tête, puis elle rejeta la tête en arrière et bordel, elle lui offrit sa gorge, totalement soumise – *comment sait-elle que j'adore ça* – et il plongea tête baissée vers l'orgasme.

Il frissonna, se répandit en elle, l'entraînant avec lui en frottant ses hanches contre son bassin. Elle serra les cuisses contre lui quand son orgasme à elle déferla, encore plus fort et plus dévastateur que le premier. Il passa une main sous ses fesses pour la serrer encore plus contre lui en la berçant, le visage enfoui dans son cou gracile.

Elle caressa le bord de son oreille, embrassa sa tempe. *Je t'aime.* Pouvait-elle le dire désormais ?

Il releva la tête. Il avait l'air grave, aux abois. Il tremblait des pieds à la tête.

— Je n'ai pas fini, haleta-t-il. Je n'ai… J'ai besoin…

Oh, Dieu, elle avait entendu parler de ça, l'état dans lequel était un Wyr au paroxysme de l'union. Elle le saisit par le menton et le força à la regarder droit dans les yeux. Ses yeux étincelaient de leur propre lumière déchue.

— *J'ai besoin de tout ce que tu as et de tout ce que tu es. N'arrête pas*, lui dit-elle en pensée.

Il gronda, se retira et la retourna tellement vite qu'elle en fut étourdie. Il la tira vers lui afin de la positionner, la mit à quatre pattes, penchée sur le canapé. Puis il lui écarta les genoux autant qu'il le put et la pénétra vigoureusement par-derrière. Elle hurla dans le coussin. Il était encore plus gros, semblait-il, et il s'enfonça plus loin, jusqu'à la garde.

Il s'immobilisa, penché au-dessus d'elle, ses lourdes cuisses appuyées contre les siennes, sa poitrine pressant son dos. Elle sentait le battement affolé de son cœur.

— Est-ce que ça va, petite fée ? fit-il d'une voix tremblante.

Elle se retourna pour frotter sa joue contre lui.

— Je n'ai jamais été aussi bien. Je suis petite et bruyante, mais je suis incassable.

Il glissa un bras sous elle afin de pouvoir poser sa main à la base de sa gorge. Il fit courir ses lèvres sur la ligne de sa mâchoire.

— Tu as failli me faire croire le contraire, marmonna-t-il. (Il ne pouvait se retenir plus longtemps et il reprit son va-et-vient.) Tu es tellement à moi.

— Oui, je le suis, n'est-ce pas ? fit-elle en retenant son souffle tant la sensation était exquise.

Il ferma les yeux et son visage se tendit comme il accélérait ses coups de boutoir. Elle enfiévrait son sang.

— À moi, gronda-t-il.

— À toi, répéta-t-elle.

Il la couvrait et l'enveloppait. Il se mit à aller et venir en elle avec frénésie. Elle jeta les mains en avant pour se stabiliser.

— Mienne, lui glissa-t-il à l'oreille.

— Oui, gémit-elle.

Il l'attrapa par le menton et la tourna pour qu'elle le regarde. Ses yeux lançaient des éclairs blancs tandis qu'il la pénétrait en la projetant contre le canapé. Il lui montra les dents.

Tu y es. Ses lèvres formèrent les mots, mais elle n'avait plus de souffle. Il était tellement fatal, tellement beau, tellement sexy, tellement tout.

— Mienne, siffla le monstre.

Oh, Dieu, oui.

Un regard d'émerveillement passa sur son visage. L'orgasme se forma à la base de son échine et fusa. C'était comme s'il chevauchait la foudre, canalisait l'orage. Sa Force rugit au-dessus d'elle au moment où il se tordait et jaillissait en elle. Elle hurla, catapultée avec lui au septième ciel. Elle s'accrocha à lui avec tout ce qu'elle avait et trembla si fort qu'elle eut l'impression de se désintégrer et pendant un moment elle crut comprendre ce qu'il était vraiment, car elle eut l'impression de voler.

Il l'enveloppa de ses bras et la serra contre sa poitrine.

Il avait trouvé le lieu inconnu, l'endroit primordial. Maintenant qu'il l'avait trouvé, il s'exclama :

— Bien sûr. Maintenant je comprends.

Pour la première fois dans sa très longue existence, Tiago comprenait ce que l'expression « rentrer chez soi » signifiait.

13

Après de longues minutes, il se recula afin de ne plus peser sur elle. Elle s'effondra de tout son long sur le canapé, tremblante. Il frotta son dos.

— Je t'ai prise au mot, petite fée, fit-il en respirant bruyamment. Maintenant, tu ferais mieux de me dire que tout va bien.

Aller bien ? *Aller bien* c'était à la rigueur un cornet de glace par un après-midi chaud, une conférence de presse où rien de désastreux ne se passait, ou même, tiens, une journée, juste une journée passée sans que son oncle ait réussi à l'assassiner. Elle était beaucoup trop compliquée pour *aller bien*. Elle était follement heureuse, outrageusement effrayée et totalement fourbue.

— Je vais parfaitement bien, fit-elle contre le coussin. Mais tous mes muscles sont en coton et j'ai besoin d'un coup de main.

— Bien sûr, fit-il en lui embrassant l'épaule. Une seconde.

Elle avait entendu un sourire satisfait et très masculin dans sa voix, ce qui la fit sourire à son tour.

Il prit un linge pour l'essuyer avec délicatesse.

— J'espère que ce n'est pas ton tee-shirt, espèce de fou, parce que grâce à toi, je n'ai plus rien à me mettre, murmura-t-elle.

Elle bâilla. Tellement de choses semblaient impossibles. Marcher. Se rendre d'ici à, euh, n'importe où. Prendre une décision. Affronter d'autres gens.

Elle grimaça à cette simple idée. *Beurk*, en fait.

— Je me sers de la doublure de ta robe.

Bon. Quand il eut fini, elle réussit à se redresser, mais elle n'exagérait pas en disant que ses muscles étaient en coton. Elle tremblait.

Il lui tendit son tee-shirt noir. Elle tourna et retourna le vêtement froissé entre ses mains tandis que son esprit épuisé essayait de trouver l'encolure et les manches. Quand elle eut enfin compris comment l'enfiler, Tiago avait déjà remis son pantalon et était en train de boucler sa ceinture. La lumière du couloir soulignait en contre-jour le vaste arc de son dos et de ses épaules ainsi qu'une pommette et une joue creuse. Il s'arma de nouveau avec les deux pistolets et le couteau glissé dans son étui fixé autour de la cuisse. Il avait l'air parfaitement à l'aise avec les deux holsters accrochés sur sa poitrine nue. Il roula des épaules pour bien les caler.

Elle inspira profondément en le voyant, tout en chancelant. Il pencha la tête en la voyant et haussa un sourcil interrogateur.

— Je ne peux pas, oh, là, là, je ne peux pas, lui ditelle. J'essaie pourtant.

Un sourire éclatant fendit ses traits et éclaira son visage. Il avait l'air plein d'énergie, alerte. Il s'avança rapidement vers elle, lui souleva le menton et l'embrassa furtivement sur les lèvres.

— Tu es superbe et appétissante et tu me fais envie, dit-il.

Elle émit un petit bruit dégoûté en se regardant.

— J'ai l'air d'une épave.

Il fit glisser un doigt le long de son cou en l'examinant. Ses soyeux cheveux noirs étaient emmêlés et tout son maquillage s'était effacé sous ses baisers. Ses lèvres nues et gonflées avaient l'air d'avoir été mordues et ses yeux étaient soulignés par de grands cernes trahissant son épuisement, mais une lueur ironique y dansait. Son tee-shirt noir lui arrivait aux genoux et son encolure était trop large, sans parler des manches dans lesquelles elle flottait. Les ongles de ses doigts et de ses orteils étaient peints en rose. Elle avait l'air d'une femme à qui l'on vient de longuement faire l'amour et il sentit son sexe réagir à la pensée de toutes les zones de son corps délectable qu'il n'avait pas encore explorées.

— Une magnifique épave alors. Rien qu'à moi.

Elle le regarda avec des étincelles dans les yeux, puis elle tourna le regard vers le couloir et les étincelles laissèrent place à des ombres et de la tension. Elle soupira. Il pouvait voir qu'elle endossait de nouveau le fardeau de son destin. Son visage affichait l'expression si reconnaissable de la solitude. Elle l'avait accepté, mais elle n'avait pas encore intégré sa présence. Il savait que cela prendrait du temps.

Elle se leva pour ramasser ses escarpins et s'avança vers la porte.

— Qu'est-ce que tu fais ? dit-il en posant une main sur son bras.

— On s'en va, non ? répliqua-t-elle en le regardant interloquée.

Il indiqua ses chaussures du menton et haussa les sourcils.

Elle les regarda à son tour. Oh que non. Les muscles de ses cuisses pouvaient à peine la soutenir, alors sur des talons pareils…

— Je ne peux pas les mettre.

— Tu ne vas pas marcher pieds nus. Pas dans un bar et certainement pas sur le parking. Il y a forcément des morceaux de verre cassé un peu partout.

Veillant à couvrir l'arrière de ses jambes avec le tissu du tee-shirt, il la souleva dans ses bras.

— Bon, peu importe après tout.

Elle tenta de prendre un ton agacé tout en se pelotonnant contre lui, la tête sur son épaule et en laissant son corps courbaturé se détendre.

Il s'arrêta.

— Petite fée.

— Quoi ? fit-elle en ouvrant les yeux et en découvrant son regard rivé sur elle avec un air sévère.

— On sort d'ici partenaires. On est unis désormais. Ne laisse personne essayer de te prouver le contraire. Je ne renoncerai pas à toi.

Elle eut un hochement de tête légèrement hésitant.

Il avait l'air grave comme s'il voulait ajouter quelque chose. Mais il se contenta de l'embrasser rapidement sur les lèvres. Puis il sortit de la réserve en la serrant contre lui.

Comme elle l'avait soupçonné, les seules personnes encore présentes dans le bar étaient Aryal et Rune. Ils avaient fait sortir tout le monde, y compris Duncan et Cameron. Le lieu abandonné précipitamment semblait triste. Des verres à moitié pleins et des bols de cacahuètes et de pop-corn jonchaient encore les tables. Aryal se tenait derrière le bar, debout, une bouteille de tequila et un petit verre devant elle qu'elle faisait tourner. Rune lançait des fléchettes avec des gestes rapides et secs en direction d'une cible fixée au fond de la salle. Quand ils apparurent, Aryal tendit un bras derrière elle et éteignit la musique. Le silence tomba sur eux.

Niniane croisa le regard d'Aryal. La harpie avait une expression lugubre. Était-ce de la désapprobation qu'elle lisait sur ses traits ? Niniane se serra un peu plus contre Tiago et se sentit un peu engourdie. Elle ne se souvenait pas avoir jamais vu Aryal la regarder ainsi. Est-ce qu'ils venaient de commettre quelque chose de si affreux ?

Tiago choisit un tabouret à côté d'Aryal et la déposa dessus. Il l'embrassa sur la tempe.

— *Ne bouge pas.*

Elle posa ses chaussures sur le bar et se tourna pour lui faire face. Elle ne pouvait déchiffrer son expression.

— *Pourquoi ?* demanda-t-elle.

— *J'ai quelque chose à faire.*

Puis Tiago se retourna et se jeta sur Rune qui venait de lancer sa dernière fléchette. Tiago plaqua l'autre sentinelle et ils allèrent percuter une table ; près de deux cent cinquante kilos de muscles wyrs. La table s'effondra. Rune s'efforça de repousser Tiago, mais le guerrier était plus fort et l'immobilisait en enserrant sa tête d'un bras avec une technique d'étranglement. Tiago montrait les dents, la rage avait transformé son visage en un masque féroce.

Oh merde. Niniane émit un gémissement et se balança en avant. Aryal la saisit par l'épaule et la maintint en place. Elle se débattit pour se dégager, mais les longs doigts de la harpie semblaient faits d'acier.

— Lâche-moi ! s'écria-t-elle.

— Ne sois pas idiote, répliqua Aryal. (La voix de la harpie était aussi dure que sa poigne.) Tu sais très bien qu'on ne peut rien faire.

C'était vrai. S'interposer entre deux Wyrs en train de se battre relevait du suicide, à moins d'être plus fort qu'eux. Dragos était le seul susceptible de pouvoir séparer deux sentinelles sans y laisser la vie. Elle obtempéra sans quitter des yeux les deux mâles qui luttaient en silence. Aryal la lâcha et avala une grande lampée de tequila.

Tiago n'aurait jamais réussi à immobiliser Rune s'il lui avait laissé deviner son intention. Il resserra encore son étreinte autour du cou de Rune et força le premier lieutenant à se cambrer d'une manière qui ne pouvait être que douloureuse.

— *Toi et moi, nous étions déjà amis avant même que la plupart des nations modernes n'apparaissent*, murmura-t-il au premier lieutenant de Dragos. *C'est pourquoi je ne vais pas te briser la nuque. Mais si tu essaies encore une fois de te mettre entre Niniane et moi, JE TE TUERAI.*

Rune essayait péniblement de respirer tout en luttant pour diminuer la pression exercée sur sa trachée.

— *Putain, Ti-Bird*, fit-il. *J'aime cette fée autant que nous tous, mais je ne pouvais pas rester les bras ballants tandis qu'elle devenait ton* Titanic.

— *Tu es allé trop loin*, siffla Tiago. *Je la choisis, je la veux, et je la prends.*

— *J'essayais de te sauver la vie, bordel !* Rune essaya de glisser ses doigts sous l'avant-bras de Tiago.

— *Tu essayais de me contrôler*, gronda Tiago. *Tu as le choix. Soit nous sortons de ce combat amis, soit nous en ressortons ennemis mais, en tous les cas, tu n'essaieras plus jamais de me contrôler. Compris ?*

— *Oui*, grogna Rune.

Tiago le lâcha et bondit en arrière alors que Rune se remettait debout en grondant, ses yeux d'or lançant des éclairs. Il se retournait pour faire face à Tiago.

— *Un de ces jours*, reprit Tiago, *tu vas trouver ta compagne de vie. Et peut-être qu'elle sera wyr, ou peut-être pas. Alors tu comprendras exactement ce que tu as bien failli me faire.*

Rune, prenant manifestement sur lui, ravala ses instincts agressifs. Quand les deux mâles inspirèrent profondément et se redressèrent, le danger palpable qui avait flotté dans la salle se dissipa progressivement. Niniane eut l'impression qu'elle venait de courir un marathon. Elle essuya ses joues et se tourna vers le bar. Elle tendit la main vers la bouteille de Tequila.

La harpie la poussa vers elle sans lui jeter un regard.

Ce fut un choc. Un vilain choc.

Niniane avala quelques gorgées et l'alcool enflamma sa gorge.

— Quoi, tu ne peux même plus me regarder maintenant ? dit-elle à la harpie.

— Je suis trop en colère pour te regarder, répliqua Aryal.

Elle tendit la main vers la bouteille.

Niniane la poussa sans ménagement vers elle. L'amertume la brûlait et elle ressentait aussi de la peur. Rune et Aryal étaient censés être deux de ses amis les plus proches et les plus proches de Tiago également. S'ils réagissaient de cette façon, comment allaient réagir les autres ?

— Après tout ce que nous avons traversé et le temps que nous avons passé ensemble, fit-elle à voix basse, je pensais mériter mieux.

— Je n'ai pas dit que c'était juste, rétorqua Aryal. J'ai simplement dit que j'étais en colère.

La harpie porta la bouteille à sa bouche et avala plusieurs lampées.

— Bon, très bien. (Niniane se passa les mains sur son visage, puis elle essaya de réveiller ses neurones en se massant le cuir chevelu.) Pourquoi ?

Aryal déposa brutalement la bouteille sur le bar et fixa les yeux dessus.

— Je suis en colère que tu aies choisi les Faes noires et que tu ne nous aies pas choisis. Tu n'avais pas besoin d'annoncer à la terre entière qui tu étais. Il y avait de grandes chances que le secret de ta véritable identité se soit éteint avec Urien, parce que lui n'avait certainement pas divulgué l'information. Tu aurais pu rester à New York. Tu étais heureuse avec nous.

— Nous avons déjà discuté de tout ça avant mon départ, soupira Niniane. (Elle était tellement lasse qu'elle avait du mal à rester assise sur son tabouret.) Tu sais pourquoi je l'ai fait.

— Oui, mais je ne suis pas obligée de dire que ça me plaît. Et tu n'es pas wyr, et je déteste quand l'un d'entre nous s'unit avec quelqu'un qui n'est pas wyr. Et surtout Tiago, bordel. Il est plus wyr que nous tous réunis. Alors non seulement tu nous quittes, mais tu prends avec toi l'un de nos plus puissants compagnons. Je déteste ça et je n'y peux rien, et tu sais à quel point je déteste me sentir impuissante à propos de quelque chose. C'est pour ça que je suis en colère.

Niniane eut l'impression de recevoir une gifle.

— Alors on a le droit de m'aimer, mais jusqu'à un certain point, c'est ça ? Je ne savais pas que tu étais aussi sectaire.

— Putain, fit la harpie. Ce n'est pas ce que je voulais dire.

Le regard orageux d'Aryal plongea dans le sien. Elle s'adressa télépathiquement à elle :

— *Qu'est-ce qui se passera dans vingt ou trente ans si tu décides que toi et Tiago, ça ne va plus ? Tu pourras continuer ta vie sans lui. Mais il ne renoncera jamais à toi.*

— *Voilà*, répondit Niniane. *C'est du sectarisme.*

Aryal, avec colère, fit le geste de trancher quelque chose.

— *J'ai vu ce qui peut se passer. Et toi aussi !*

— *Je ne parle pas de ce qui peut arriver à quelqu'un d'autre dans un autre cas de figure*, répliqua Niniane. *Je te parle de moi, là. Le fait est que tu ne me fais pas confiance. Tu ne me crois pas capable de l'aimer ni de m'occuper de lui. Tu l'as dit toi-même. C'est parce que je ne suis pas wyr. Je ne pourrai jamais être suffisamment bonne pour lui ni vraiment lui convenir, c'est ça ?*

Aryal s'absorba dans la contemplation de la bouteille sans rien dire.

Les yeux de Niniane brillèrent. Quand Tiago passa un bras autour de ses épaules, elle se retourna et passa les bras autour de sa taille, posant la joue contre sa peau nue et chaude. Elle ne pouvait plus supporter de regarder Aryal ou Rune pour le moment.

Elle savait que son ancienne vie était révolue et elle l'acceptait, mais elle n'avait jamais pensé que cela sonnerait aussi le glas de ses amitiés les plus anciennes.

Peut-être que c'était égoïste de prendre ce qu'il avait offert. Sa vie n'allait pas être facile. Peut-être qu'elle aurait dû essayer de le repousser avec plus de conviction. Il avait dit qu'il partirait si elle pouvait lui dire qu'elle ne le voulait pas et qu'elle arrivait à l'en convaincre.

Elle n'avait pas été assez forte.

— *J'ai plus besoin de lui que vous*, dit-elle à Aryal.

La joue de Niniane était mouillée. Tiago posa une main protectrice contre sa tête et cacha son visage. Il se pencha et pressa les lèvres sur son front. Apparemment ce qu'elle et Aryal s'étaient dit avait été douloureux. Il voulait flanquer son poing dans la figure de la harpie.

Il se retint de justesse. Il entendait déjà la conversation que cela entraînerait avec Niniane. Elle dirait : « Tiago, tu ne peux pas te battre sur tous les fronts pour moi. » Mais il ne voyait pas pourquoi, sincèrement.

Il souleva Niniane et la serra contre lui. Elle tint ses escarpins sur son ventre et lova son visage dans son cou. Il se tourna vers la porte et marqua une pause.

— Ne venez pas avec nous si vous ne pouvez pas nous accepter, fit-il à Aryal et Rune sans les regarder.

Il attendit un instant pour voir si Niniane allait le contredire. Elle passa un bras autour de son cou et resta muette. Il l'étreignit et sortit.

Les premières lueurs de l'aube éclaircissaient le ciel à l'est. Elles révélaient un quartier détrempé et malmené par l'orage qui avait sévi au cours de la nuit. Des emballages de sandwiches et des gobelets en plastique jonchaient le parking. De l'extérieur, les lumières éteintes, le Big Red's avait l'air usé.

Il entendit le bruit de bottes sur le gravier et se retourna. Rune et Aryal étaient sortis à leur tour. Ils semblaient fatigués, mais résolus. Ils se dirigeaient vers eux. La tête fauve du griffon dominait les cheveux noirs en désordre de la harpie de quelques centimètres. Ils avançaient de manière fluide et athlétique. Ils s'arrêtèrent de part et d'autre de lui. Aryal tendit la main et toucha celle de Niniane. Après une brève hésitation, la fée serra la main de la harpie.

Rune avait dit vrai un peu plus tôt. Les Wyrs ne savaient pas bien pardonner et ils n'oubliaient jamais.

Ils étaient aussi terriblement opiniâtres et renoncer n'était vraiment pas dans leurs habitudes.

L'épuisement de Niniane l'engloutit tout entière. Sa tête était pleine d'un brouillard épais. Elle se rendit vaguement compte que Tiago montait à l'arrière d'un véhicule en la portant toujours dans ses bras. Rune lui dit quelque chose, et il répondit, puis la sentinelle claqua la portière. D'autres portières de voiture s'ouvrirent et se fermèrent. Un moment plus tard, Aryal les conduisait dans les rues tranquilles et grises de Chicago.

Puis Niniane avait dû s'endormir ou en tout cas sombrer dans un état proche du sommeil. Elle percevait des mouvements et des bruits feutrés, mais elle ne se réveilla vraiment que lorsque Tiago se pencha pour l'étendre sur un lit.

Elle entrouvrit les yeux et regarda autour d'elle. Ils étaient dans sa chambre du penthouse, de retour à l'hôtel infernal. Elle s'assit, l'inquiétude inscrite sur ses traits cernés.

Les traits de Tiago, en revanche, s'adoucirent en se penchant vers elle.

— Tout va bien. Tu es en sécurité.

Avait-elle fait un long rêve, incroyablement beau et réaliste ? Elle cligna des yeux. Elle portait un immense tee-shirt noir. Tiago était armé et torse nu et il portait un treillis noir.

Un certain nombre d'endroits intimes de son corps la brûlaient et la tiraillaient un peu. Elle se détendit légèrement. Non, ce n'était pas un rêve.

— Est-ce que tu vas quelque part ? marmonna-t-elle.

— Non. (Il embrassa sa frimousse endormie.) Je vais juste dans la pièce à côté pendant quelques minutes. Il faut que j'appelle New York et que je parle à Dragos.

— D'accord.

Elle avait l'impression que ses paupières pesaient près de cinquante kilos chacune. Elles s'abaissèrent sur ses yeux et elle n'arriva pas à les rouvrir. Sa tête se pencha sur le côté.

— Je t'attends ici, lui dit-elle.

Il rit.

— Je vais laisser la porte ouverte afin de pouvoir garder un œil sur toi. Je n'ai toujours pas digéré le kidnapping du djinn. Allonge-toi, petite fée. Je reviens dans quelques minutes.

Il posa une main sur son épaule et l'incita à se rallonger. Elle résista pendant dix secondes au maximum. Puis elle s'allongea et se coucha sur le côté en étreignant un oreiller pendant qu'il la bordait. Elle sentit ses doigts glisser dans ses cheveux. Il éteignit la lampe de chevet et entra dans la salle de bains. Elle l'entendit parler doucement.

Ce fut la dernière chose dont elle se souvint avant de courir à perdre haleine dans un palais plongé dans l'obscurité et inondé du sang de ses frères.

Tiago se plaça dans la salle de bains de façon à pouvoir voir le dessus de la tête de Niniane. Il s'adossa contre le lavabo et appuya sur le raccourci #1 sur l'iPhone qu'il avait subtilisé à Rune. Il n'avait pas besoin de vérifier le numéro. Tous les téléphones des sentinelles avaient le #1 de programmé et c'était le numéro pour joindre Dragos.

— Quoi encore ? fit Dragos.

Tiago fit rouler ses épaules, essayant de détendre les muscles que son combat avec Rune avait tendus.

— Je démissionne.

Silence.

— Niniane est ma compagne de vie, expliqua Tiago.

Il attendit, écouta. Rien.

— Ne me dis pas que Rune n'a pas trouvé un moyen de te joindre ces deux dernières heures, reprit-il agacé.

— J'attends d'entendre de ta bouche si tu es toujours un allié ou non, répliqua Dragos.

— Ne sois pas ridicule. Bien entendu que nous le sommes.

— D'accord. Protège-la et donne des nouvelles de temps à autre.

Il avait raccroché.

Tiago secoua la tête et rit silencieusement. Quand tout était décidé et accompli, Dragos était le prédateur le plus efficace d'entre eux. Et après tout, qu'y avait-il d'autre à dire ?

Il s'aspergea d'eau pour se rafraîchir, puis trouva une brosse à dents neuve et se brossa les dents. Il s'approcha du lit, se déshabilla et posa ses armes à portée de main sur la table de chevet. Il fut ravi par l'intimité exotique de ce moment lorsqu'il la rejoignit nu sous les draps.

Il la découvrit recroquevillée en une petite boule compacte. Il s'appuya sur un bras pour mieux la voir. Elle était moite de sueur, respirait mal et ses deux mains étaient plaquées contre sa bouche.

— Petite fée, dit-il à haute voix.

Sa Force investit la pièce, cherchant un ennemi. Il ne capta aucune autre Force ou influence dans les parages. Il saisit l'épaule de Niniane. Elle émit un bruit étranglé et explosa, se transformant en vraie tigresse. Elle donna des coups de pied et des coups de poing ; ses mouvements étaient totalement incontrôlés, confus. Il plaqua une de ses cuisses sur ses jambes qui s'agitaient et saisit ses poignets aussi doucement qu'il le pouvait. Il les cloua sur l'oreiller de chaque côté de sa tête.

— *Niniane, réveille-toi.*

Elle se réveilla en sursaut, le cœur battant la chamade. Pendant un instant cauchemardesque elle n'arriva pas à se souvenir où elle se trouvait ni à reconnaître la silhouette penchée sur elle qui l'immobilisait, les poignets au-dessus de la tête. Un cri terrifié, désespéré sortit de sa bouche comme elle essayait de repousser son poids. Il se recula immédiatement, mais sans lâcher ses poignets. Puis il prononça de nouveau son nom, la ramenant à la réalité.

Elle cessa de se débattre et articula péniblement :

— Je suis réveillée, excuse-moi.

Tiago s'appuya sur un coude à côté d'elle et posa une main sur ses côtes. Il était aussi hagard qu'elle.

— Il n'y a rien à excuser. Dis-moi juste ce qui s'est passé.

Comme c'était étrange qu'il soit là, chaud, nu, une hanche pressant avec insistance contre la sienne. Avide de sentir sa peau, elle se lova contre lui et frotta ses orteils contre son mollet. Les poils de sa jambe chatouillèrent son pied nu.

— Je faisais un cauchemar sur la nuit où Urien et ses hommes ont tué ma famille. C'est un cauchemar que je faisais tout le temps. Puis je ne l'ai plus fait, ou très rarement. Mais il revient maintenant.

Il émit un grondement guttural. Le son menaçant vibra contre sa joue. Il avait l'air frustré.

— Je voudrais tuer ce salaud et le tuer encore, et encore, et encore.

— Ce n'était qu'un rêve, murmura-t-elle.

— Non, petite fée. C'est le souvenir épouvantable d'un crime commis contre toi et ceux que tu aimais.

— Oui.

Le mot était à peine intelligible.

Il positionna un oreiller contre la tête de lit, s'adossa et l'attira dans ses bras. Elle se nicha contre lui, la tête sur son épaule, une jambe fine sur ses hanches, un bras drapé sur sa poitrine. Il irradiait chaleur et force : sa présence emplissait la pièce et éparpillait les derniers lambeaux de son cauchemar qui se collaient à elle comme des toiles d'araignée.

Il écarta les cheveux de son front moite.

— Tu veux m'en parler ?

Elle leva une épaule, timidement.

— J'aimerais tant ne plus faire ce cauchemar.

Il posa la main sur son épaule, palpant les os délicats sous son tee-shirt.

— Peut-être qu'il ne reviendra pas si on en parle.

Alors elle lui raconta. Sa voix était hachée, comme les mots sortaient en se pressant les uns contre les autres. Quand elle arriva au moment où elle avait découvert les cadavres de ses frères jumeaux, les larmes coulaient le long de ses joues. Elle décrivit comment elle avait vu l'un des soldats d'Urien assassiner sa mère d'un coup d'épée et Tiago l'étendit sur le dos et la recouvrit de son corps. Sa joue reposa contre la sienne et il couvrit son front de sa paume énorme. On aurait dit qu'il essayait de la protéger du traumatisme passé. Elle frotta son dos.

— Je n'ai jamais su les détails concernant la mort de mon père, si ce n'est que lui et Urien se sont battus, et qu'Urien a eu le dessus et l'a tué. Mon père avait une Force intense. Je pensais que rien ne pouvait l'atteindre. Urien a voulu le combattre en personne et a expédié ses soldats s'occuper de nous.

Tiago l'embrassa sur la joue, puis sur la tempe.

— Comment as-tu réussi à t'enfuir ?

Elle eut un petit rire triste, juste un souffle.

— J'avais fait le mur ce soir-là pour retrouver un garçon. Il n'était pas acceptable et je n'avais pas le droit de le voir, bref, c'était juste un truc idiot d'adolescents. J'ai passé presque toute la nuit en sa compagnie en essayant de décider si je voulais coucher avec lui ou non. J'ai décidé de ne pas franchir le pas et je suis rentrée au palais en catimini ; c'est alors que j'ai entendu quelque chose. On aurait dit que des gens couraient dans le hall, sauf que leurs pas étaient étrangement furtifs et feutrés. Les chambres de mes frères étaient à côté de la mienne, alors je suis entrée voir si tout allait bien, j'ai découvert leurs corps et je suis partie en courant chercher de l'aide. Puis j'ai vu des soldats tuer ma mère et j'ai senti de la Force palpiter en provenance du combat qui opposait Urien et mon père, et j'ai alors su que je devais m'enfuir. Je suis sortie par là où je venais de rentrer.

L'appartement de Niniane avait une cour privée entourée de murs, une fontaine en marbre et quelques arbres fruitiers. Plusieurs pommiers poussaient tout près des murs. Quelques semaines plus tôt, elle avait dérobé une corde aux écuries et avait confectionné une échelle afin de pouvoir sortir quand elle le voulait et poursuivre sa romance clandestine. Il lui avait donc suffi de grimper à un arbre et de jeter l'échelle par-dessus le mur.

Tiago déposa un baiser sur un coin de sa bouche tout en réfléchissant. Adriyel était le siège du domaine des Faes noires, profondément établi au cœur d'une des voies les plus importantes des Autres Contrées du continent américain. Il n'y était jamais allé personnellement, mais il avait entendu dire que le voyage jusqu'au palais depuis un des passages nécessitait plusieurs jours de cheval. Il dut s'éclaircir la gorge avant de pouvoir parler de nouveau.

— La ville de Chicago a été fondée quelques années seulement après que tu es passée de l'autre côté. Au début des années 1830, si mes souvenirs sont bons.

Elle opina en suivant des doigts la ligne de son épaule.

— Les colons européens avaient bâti un fort en 1803 à l'emplacement actuel de la ville : Fort Dearborn. Les Amérindiens, eux, appelaient cette région Chickagou.

— Le voyage de Fort Dearborn à New York a dû être périlleux. (Plus il pensait au périple qu'elle avait dû accomplir, plus il avait froid dans le dos.) Comment as-tu fait pour rejoindre Fort Dearborn depuis Adriyel ?

— Je suis allée aux écuries et j'ai volé un graewing, expliqua-t-elle. Mais je n'avais pas l'habitude d'en chevaucher un et ce fut un vol plutôt chaotique. J'ai réussi à le diriger tant bien que mal et à l'approcher assez près du tunnel permettant de quitter l'Autre Contrée avant que nous ayons un accident. Il était blessé, mais j'ai réussi à lui échapper.

Il poussa un juron entre ses dents. Les graewings étaient une espèce ailée qui se reproduisait dans les Autres Contrées. Ils ressemblaient à des libellules géantes. À l'instar de leurs cousins miniatures qui se nourrissaient de moustiques, ils étaient de redoutables prédateurs, mais ils se nourrissaient de créatures bien plus grosses que des moustiques. Ils faisaient des montures dangereuses, non seulement parce qu'ils étaient difficiles à contrôler, mais parce que leurs aptitudes de vol s'assimilaient à celles d'un hélicoptère. Ils pouvaient se lancer en avant et en arrière, ou s'élever à la verticale et descendre de la même façon. Les accidents à dos de graewing étaient en général mortels. Si la chute ne tuait pas le cavalier, le graewing s'en chargeait presque toujours. Les Faes noires avaient un escadron d'élite composé de cinquante soldats qui étaient des cavaliers graewings traditionnellement dirigés par leur monarque. Urien avait d'ailleurs la réputation d'être un excellent cavalier.

Un corps ne devrait pas ressentir autant de choses à la fois, décida Tiago. Il ne savait pas s'il était possible d'exploser sous l'assaut d'autant d'émotions, mais vu ce qu'il ressentait, cela lui semblait probable. Il desserra les mâchoires afin de pouvoir parler.

— Bon. Tout ça s'est passé il y a longtemps. Tu as survécu. C'est tout ce qui compte.

Elle embrassa son épaule.

— Je viens de prendre conscience de quelque chose, nota-t-elle. (Elle avait une voix tout ensommeillée.) Je rêve toujours de mes frères, mais jamais de ma mère ou de mon père. En fait, dans mon cauchemar, je sais juste qu'ils sont morts. Je me demande pourquoi.

— Au-delà de l'impact émotionnel terrible de découvrir les corps de tes frères, c'est aussi le moment où tu as pris conscience que ta vie venait de changer à tout jamais, fit Tiago. Tu devais déjà être trop en état de choc quand tu as assisté à l'assassinat de ta mère.

— Peut-être. Je rêve aussi que j'entends les pas d'Urien pendant qu'il me traque dans le palais, mais les seuls pas que j'ai réellement entendus, c'étaient ceux des soldats courant dans le palais. Bref, après ma fuite, Urien a fait bâtir le manoir et dresser des murs autour du passage, et puis il a bien entendu établi des avant-postes devant tous les autres passages afin de pouvoir contrôler toutes les entrées et sorties d'Adriyel. Je sais que je suis partiale quand il s'agit d'Urien, mais j'ai toujours eu l'impression que cela revenait à dresser un Rideau de fer autour de son domaine.

Elle bâilla. Ils n'avaient pas dormi de la nuit et elle était déjà épuisée avant cela. Parler du cauchemar et remuer tous ces souvenirs l'avait anéantie de fatigue.

— Rentrer dans le palais va être une épreuve, fit Tiago.

Que pouvait-elle répondre, sinon la vérité.

— Oui.

— Tu dois me dire quand les souvenirs te tourmentent, ordonna-t-il. Et tu dois me jurer que tu ne remonteras jamais à dos de graewing. Je ne veux pas que tu t'en approches. Même à plus de trente mètres. Compris ?

— C'est un peu extrême, marmonna-t-elle. Ce n'était pas si terrible que ça, tu sais. C'est juste qu'ils sont tellement rapides ! Je les avais vus voler de nombreuses fois, mais je ne savais pas du tout comment en diriger un. De toute façon, ça fait partie de mes attributions. Tradition oblige. J'ai besoin de prendre des cours de pilotage cela dit.

Elle ferma les yeux.

— Je me fous de la tradition. Si tu as besoin de voler, je te transporterai, moi.

Il pourrait la protéger de cette manière et si jamais elle perdait prise, il pourrait la rattraper au vol. Il fronça les sourcils. Peut-être qu'il pourrait créer un harnais qu'il attacherait autour de lui et dont elle se servirait comme d'une selle. Avec une ceinture de sécurité. Et il faudrait qu'elle porte un casque. Et un gilet de sauvetage s'ils survolaient l'océan. Un parachute serait peut-être excessif, mais bon, juste au cas où ?

— Bon, bon, on verra. (Elle tâtonna à la recherche de sa bouche puis la tapota du doigt.) Chut, maintenant.

— D'accord, petite fée. (Il appuya les lèvres sur son petit doigt.) Dors.

Le temps qu'il s'étende à son tour, elle dormait déjà à poings fermés.

Le manoir des Faes noires et ses trente-deux hectares de terrain étaient situés à moins d'un kilomètre au nord-ouest du centre commercial de Chicago. La propriété était cernée par un haut mur de pierres couronné de rouleaux barbelés. Le paysage avait tellement changé en deux cents ans que Niniane ne reconnut rien ; les alentours étaient désormais complètement urbanisés. Leur 4 × 4 s'approcha du portail en fer.

Cette fois-ci Rune conduisait et Aryal était installée sur le siège passager. Toutes les affaires de Niniane étaient rangées dans des valises au fond du coffre, avec le sac de Tiago. Rune et Aryal avaient déjà fait apporter leurs propres affaires. Rune s'était habillé pour l'occasion : le jean qu'il portait n'était pas troué au niveau des genoux. Quant à Aryal, elle portait sa tenue habituelle de guerrière, cuir et armes. Tiago était assis à l'arrière avec Niniane. Il portait un tee-shirt noir propre et un treillis, et bien entendu ses armes. Son visage aquilin était attentif et détendu tandis qu'il surveillait tout ce qui se passait dehors.

Elle se remémora la matinée qui venait de s'écouler. Elle s'était réveillée avec le long et puissant corps de Tiago étendu à côté d'elle, ses mains posées sur son flanc. Avant même d'ouvrir les yeux, elle savait qu'elle allait vivre un jour profondément différent des autres jours. Elle s'était étirée et tournée vers lui et avait constaté qu'il la contemplait d'un air pensif, mâtiné d'une rare tendresse.

Il n'avait rien dit. Il l'avait embrassée. Puis il lui avait retiré son tee-shirt et caressé les seins. Il avait pris son temps, baissant la tête pour lécher et mordiller les parties les plus sensibles de son corps, sa gorge, l'intérieur de ses coudes, faisant aller et venir sa langue autour de l'anneau qu'elle avait au nombril, tandis qu'il découvrait avec émerveillement ce qui l'excitait le plus. Puis il l'avait léchée, tiraillant et mordillant avec sensualité ses mamelons. Il avait fait glisser légèrement ses ongles sur sa peau jusqu'à ce que son désir pour lui devienne cette pulsation presque douloureuse, mais délicieuse qui la rendait folle et l'étourdissait. Mais il refusa de la pénétrer malgré toutes ses supplications.

— Tu es trop endolorie, je te ferais mal.

— Je m'en fiche, haleta-t-elle en se tordant sous sa bouche et ses mains habiles.

— Moi non.

Il descendit le long de son corps et lui écarta les jambes.

Il se mit sur le ventre et caressa d'abord avec les doigts, puis avec la langue, la chair sensible et gonflée de son entrecuisse. La vue de ses larges épaules et de sa tête noire entre ses cuisses tandis qu'il la caressait fit exploser son orgasme. Puis il leva les yeux en s'attardant sur sa poitrine nue avec une expression lascive et dit :

— Encore ?

Elle était trop fatiguée pour supporter plus longtemps cette extase. Les mains tremblantes en caressant sa tête, elle fit :

— Je ne peux plus, non.

— Mais si, tu peux, répondit-il en écartant les plis de ses lèvres et en posant sa bouche sur son clitoris.

Et elle jouit une nouvelle fois, un feu d'artifice de plaisir qui n'en finissait plus, jusqu'à ce qu'elle sanglote, à bout et épuisée et qu'il remonte le long de son corps à la hâte pour la prendre dans ses bras.

— *Mais je n'ai pas... tu n'as pas...*, fit-elle.

Écoutez-la. Elle ne pouvait même pas contrôler sa télépathie.

— J'ai pris tout le plaisir que je voulais, lui glissa-t-il à l'oreille. J'aurai chaque centimètre de toi jusqu'à vivre dans ta peau.

Si c'était son objectif, il l'avait atteint. Elle était assise calmement, sa ceinture de sécurité bouclée, les jambes croisées, les mains sur ses genoux. Après avoir pris une douche, vers midi, elle s'était habillée et avait choisi une robe Givenchy noire, toute simple, des escarpins à bout découpé, un collier et des boucles d'oreilles de perles. Elle s'était très légèrement maquillée. Ses cheveux étaient tout juste séchés et elle les avait arrangés avec ses doigts. Le tissu soyeux et coûteux de sa robe convenait bien car il était doux sur les marques laissées par leurs ébats.

Elle observait le monde par la vitre avec une candeur émerveillée qui venait à la fois de son profond épuisement physique et des souvenirs érotiques qui berçaient son esprit. Elle voyait Tiago différemment désormais, le connaissait tellement mieux.

Là par exemple, ses cheveux courts brillaient au soleil. Elle connaissait la sensation de glisser ses doigts dedans. Là, sa bouche élégante. Elle connaissait le savoir-faire de ses lèvres quand elles voyageaient sur les monts et les vallées de son corps. Là encore, le mouvement de ses longs et puissants doigts. Elle en connaissait précisément la sensation quand ils enveloppaient ses chevilles, quand ils la pénétraient ; elle savait où se trouvaient les callosités sur ses mains et la manière dont elles râpaient sa peau. Là ses yeux vifs, intelligents. Elle connaissait la promesse immuable qui les habitait quand il la possédait encore et encore, jusqu'à ce qu'elle n'ait plus rien à donner parce qu'il avait tout pris. Oui, il vivait avec elle désormais, sous sa peau.

Rune conduisit le 4 × 4 jusqu'au portail, qui était flanqué par une guérite et un garde. Une jeune femme, une Fae noire, dans un uniforme noir tout simple s'approcha de la fenêtre du conducteur pour s'adresser à Rune. Son regard fasciné se posa rapidement sur Niniane, mais elle se comporta avec la plus grande discrétion. Niniane lui sourit et après une hésitation imperceptible, la garde lui sourit en retour. Leurs identités confirmées, elle retourna dans sa guérite.

Personne n'échangea un mot quand les portes s'ouvrirent. Rune entra, puis ralentit dès qu'il les eut franchies. Niniane se retourna pour les voir se refermer derrière eux. Elle regarda la rue ensoleillée. Elle était occupée par la bande habituelle de paparazzi déchaînés et de reporters occupés à capturer le moment de son départ officiel du territoire américain.

Elle ne reverrait pas le monde extérieur avant son couronnement.

Tiago posa une main sur les siennes. Son énorme paume les enveloppait. Il les serra jusqu'à ce qu'elle le regarde.

Il la dévisageait de son regard tranquille, assuré, inflexible.

— *Je serai là,* disait ce regard. *Je ne te quitterai pas. Je vais te prendre et te faire mienne si complètement que tu ne connaîtras plus jamais la solitude.*

Elle se détendit et lui fit un petit signe de tête pendant qu'il frottait le dos de sa main avec son pouce.

Rune accéléra et le 4 × 4 s'engagea sur une vaste allée en pavés bordée de buissons, de fleurs, et d'arbres. Tout ce qui était à portée de vue était rigoureusement pensé, coupé et taillé au millimètre. Le Versailles d'Urien. La sensation d'un territoire magique la picota et elle sut qu'elle percevait l'entrée du passage vers Adriyel qui devait se trouver non loin de là.

— *Je voulais te demander s'il y avait du nouveau du côté de l'enquête,* dit-elle à Tiago.

— *Tu n'as pas à te soucier de ça,* répondit-il. *Tu as suffisamment de choses à gérer pour l'instant. On s'en occupe.*

Elle poussa un soupir. En dépit de leur relation intime, Tiago n'avait jamais été son garde du corps avant cette semaine et ils avaient encore beaucoup à apprendre l'un de l'autre.

— *M'ordonner de ne pas m'occuper de ça n'est d'aucune utilité. J'ai besoin d'avoir des détails.*

Il y eut une pause. Puis il ajouta :

— *L'enquête a un peu avancé. Rune et moi sommes allés à la morgue examiner les corps des trois Wyrs. On est tombés sur Arethusa et ça a donné un échange productif, ce qui était inattendu, même si nous n'en touchons pas un mot pour l'instant. Écoute, pourquoi ne pas te faire un compte rendu exhaustif plus tard, quand on aura le temps de souffler ?*

Elle lui sourit.

— *Ce serait parfait, merci.*

Le 4 × 4 prit un virage et une demeure de style géorgien surgit devant eux. C'était une structure imposante, mais elle s'y attendait. Haute de trois étages, sa façade de pierre était à moitié recouverte d'un lierre vert foncé. Le devant du manoir avait un portique abrité sous lequel les fiacres, et maintenant les voitures, pouvaient s'avancer et permettre aux gens d'entrer et sortir sans se faire mouiller s'il pleuvait ou neigeait. Les rangées des hautes fenêtres miroitaient en cet après-midi ensoleillé. Il y avait peut-être du poison, de la malveillance, de la trahison et des envies de meurtres entre ces murs, mais il n'y aurait pas un grain de poussière.

Le cœur de Niniane battait la chamade.

— Urien est mort, murmura-t-elle.

Ses trois compagnons wyrs réagirent. Tiago lui serra les mains plus fort. Aryal se retourna pour la regarder et Rune inspira profondément.

— Urien est peut-être mort, mais c'est encore sa maison, souligna Tiago. Et nous n'avons pas eu le droit de la fouiller. N'oublie pas d'être prudente. Chaque fois que tu le peux, laisse l'un de nous te précéder dans une pièce.

— Est-ce que tu portes tes stylets ?

Niniane acquiesça. La harpie parlait des petites lames fines que possédait Niniane. Elle les avait sur elle, fixées à ses cuisses.

Les portes d'entrée de la demeure s'ouvrirent alors que le 4 × 4 approchait. Rune arrêta doucement le véhicule alors qu'une foule de gens sortait de la maison. La délégation des Faes noires était revenue s'installer le matin même, ainsi que Carling et ses vampires, qui avaient dû déménager avant l'aube. Aubrey, Kellen et Arethusa, ainsi que divers gardes et domestiques se tenaient en rangs sur les marches pour l'accueillir.

Cela lui rappelait la scène similaire qui avait eu lieu quand elle avait quitté l'hôtel et qu'elle avait remercié le personnel et les policiers pour leurs efforts et leur travail. Il y aurait des groupes semblables partout où elle se rendrait désormais. Elle ferait bien de s'y habituer.

Le personnel de l'hôtel était à part toutefois. Elle veilla à s'adresser personnellement à Scott Hughes, au Dr Weylan, et à Cameron. Pour exprimer sa gratitude, elle les invita tous à son couronnement. Scott et le Dr Weylan la remercièrent chaleureusement, mais expliquèrent qu'ils avaient de la famille et d'autres obligations et ne pouvaient pas s'absenter à la dernière minute. La réaction de Cameron fut très différente. Après un moment de surprise, elle sourit et s'exclama :

— Sérieusement ?

Niniane se pencha vers elle et lui glissa à l'oreille :

— Nous savons toutes les deux que M. Incroyable n'aurait pas eu l'idée de m'acheter du parfum ni su comment assortir du maquillage et des boucles d'oreilles aux vêtements. Et qui a eu l'idée de cette sortie fabuleuse au Big Red's ?

Derrière elle, Tiago se pencha.

— M. Incroyable entend tout ce que tu dis, chuchota-t-il.

Elle lui lança un regard pétillant et lui sourit en retour. Cameron éclata de rire, ravie.

— J'adorerais venir. Il faut juste que je pose un congé.

Niniane battit des mains.

— Youpi ! Mais prendre un congé peut s'avérer compliqué dans ces cas-là. N'oubliez pas que la temporalité est différente quand on passe dans une Autre Contrée et vous ne pouvez pas savoir combien de temps exactement vous serez partie.

— Je ne manquerai ça pour rien au monde, assura Cameron. J'ai une pension qui m'attend, je démissionnerai s'il le faut.

Niniane avait ri à son tour.

— Nous traverserons dans deux jours, alors soyez sûre d'arriver d'ici là. Je prendrai des dispositions pour qu'on vous laisse entrer.

Elle souriait maintenant en se rappelant l'exubérance décomplexée de Cameron. L'entente naturelle et décontractée qu'elle avait eue avec l'humaine contrastait fort avec ce qu'elle ressentait en observant ce groupe massé sur les marches du perron. Plusieurs souriaient de manière avenante, d'autres avaient des expressions plus neutres. Elle remarqua une Fae noire de grande taille, élégante, debout à côté d'Aubrey. Elle était presque aussi grande que lui et portait une tunique et un pantalon bleu marine d'une coupe très classique, et ses cheveux noirs étaient rassemblés en un chignon tout simple. Elle avait glissé son bras sous celui d'Aubrey. Il devait s'agir de Naida, son épouse, restée au manoir pour arranger les détails de leur départ et de leur voyage.

Ces gens étaient les gens de Niniane, son peuple, et en les regardant, elle ne ressentit rien, si ce n'est un vague sentiment d'angoisse en pensant à tous les replis de leurs vêtements où il était possible de cacher un pistolet ou une dague.

De toute évidence, il lui faudrait du temps pour apprendre à les connaître et se rapprocher d'eux.

14

Rune ouvrit la portière pour Niniane. Il lui tendit la main pour l'aider à descendre. Tiago sortit et contourna le véhicule afin de se placer derrière elle, tellement près qu'elle pouvait sentir la chaleur de son corps. Sa Force l'enveloppait au point qu'elle avait l'impression de porter un manteau invisible, une cape chaude, protectrice et vivante qui se collait à sa peau nue. Cela l'intrigua et elle lui lança un coup d'œil interrogateur. Aucune des autres sentinelles ne l'avaient jamais recouverte ainsi de leur Force.

Il lui adressa un autre de ses sourires discrets et si elle n'avait pas été désormais si familière avec ses expressions, elle ne l'aurait sans doute pas remarqué.

— *Aryal et moi allons porter tes bagages en haut*, lui dit Rune par télépathie. *Cela nous donnera l'occasion d'inspecter les pièces. Puis nous avons des trucs à faire pendant que nous sommes encore à Chicago. On se verra plus tard.*

— *Merci.*

Rune lui fit un petit clin d'œil.

— *Ensorcelle-les, choupette.*

Elle sourit, puis se retourna et Tiago la suivit comme son ombre. Il resta derrière elle, immense silhouette portant avec lui la promesse d'une mort inéluctable à toute personne assez stupide pour essayer de lui faire du mal. Elle savait sans avoir à tourner la tête qu'il avait revêtu son masque d'assassin. Elle le voyait à la manière dont les gens réagissaient tandis qu'elle les saluait un à un.

Elle s'approcha d'abord d'Aubrey et de Naida en souriant. Aubrey inclina la tête et se courba pour la saluer et Naida l'imita.

— Votre Majesté, fit-il. Bienvenue, nous sommes si heureux que vous soyez arrivée dans l'une de vos demeures.

— Merci, répondit-elle. J'apprécie tous vos efforts pour faciliter les choses.

Aubrey indiqua la femme à son bras.

— Je vous présente mon épouse, Naida.

Niniane leva les yeux sur la Fae noire qui faisait plusieurs centimètres de plus qu'elle et son sourire s'élargit.

— C'est un plaisir de faire votre connaissance, Naida.

— Merci Votre Majesté. Tout le plaisir est pour moi.

Le sourire de Naida était plaisant et détendu, puis ses yeux gris foncé se posèrent sur Tiago et son expression se rafraîchit nettement.

— *Ne réagis pas*.

La réaction de Naida n'allait être que la première d'une longue série.

— J'ai appris que vous aviez déployé beaucoup d'efforts pour préparer mon arrivée et notre voyage jusqu'à Adriyel. Je vous remercie pour tout ce que vous avez fait.

— Je suis heureuse de vous servir. On m'a dit combien vous aimiez faire de l'équitation. Je crois que je vous ai trouvé une jument que vous apprécierez.

Niniane rit, se sentant à l'aise pour la première fois depuis qu'ils avaient franchi le portail de la propriété.

— Oh, mais c'est merveilleux ! Je n'ai pas fait de cheval depuis des années.

— Je suis certaine que cela vous reviendra sans peine, dit Naida.

— Un peu comme monter à bicyclette.

Les sourcils de Naida se haussèrent légèrement.

— Je ne saurais le savoir.

Niniane ouvrit la bouche et faillit inviter Naida à prendre des cours pour apprendre à faire du vélo, mais quelque chose dans l'attitude sophistiquée, posée et réservée de l'autre femme la fit hésiter. Elle se contenta de dire :

— Le vélo est une activité très amusante. (Elle se tourna vers Aubrey.) Peut-être que nous devrions nous entretenir bientôt.

Aubrey sourit ; l'éventail des pattes d'oie aux coins de ses yeux se creusa de manière charmante.

— Je suis à votre disposition. Quand souhaitez-vous discuter ?

— Dès que j'aurai salué tout le monde.

— Je vais demander que des rafraîchissements soient servis dans le bureau, murmura Naida à Aubrey.

Niniane hésita une nouvelle fois. Pourquoi est-ce que la remarque lui semblait un peu étrange ?

Naida essayait simplement de faciliter les choses en se comportant comme si elle était l'hôtesse, mais ce n'était pas sa maison et elle n'était pas une domestique.

Mais peut-être que tout allait lui sembler bizarre. Comment devait-on accueillir l'héritière longtemps perdue du trône des Faes noires dans l'une de ses propriétés après l'exécution de son oncle meurtrier ? Ce n'était pas exactement une situation prévue par l'étiquette. Même si Naida devait probablement être plus intéressée par l'étiquette que par le vélo. Niniane n'avait pas le temps d'analyser davantage la situation et elle chassa donc son vague malaise. Elle se tourna pour saluer Kellen et Arethusa qui se montrèrent si chaleureux qu'elle retrouva le sourire.

Après avoir fini de saluer Naida et la délégation des Faes noires, ils rentrèrent dans la maison et elle porta son attention vers le personnel qui s'occupait de la propriété. Elle commença par l'intendant, Brennan, un mâle plutôt âgé au regard nerveux et aux mains qui bougeaient sans cesse. Après lui avoir dit quelques mots, elle s'adressa au personnel de maison et aux jardiniers. Puis elle s'entretint brièvement avec le capitaine de la garde, Prydian, un homme taciturne qui ne lui répondait que par des monosyllabes. Elle parla également aux gardes qui n'étaient pas de faction au portail ou à d'autres points dc la propriété.

Elle mit un point d'honneur à dire quelque chose à chaque membre du personnel, à demander leurs noms et à faire une remarque ou deux sur leur travail, ou même leur poser une question sur leur famille ou leur vie privée. Ils réagirent tous avec stupéfaction et divers degrés de plaisir. Elle soupçonnait que son oncle Urien n'avait pas dû user beaucoup de son charme auprès des individus qu'il tenait pour dénués de toute Force et de toute influence politique.

Tout le temps, elle eut une conscience aiguë de la présence de Tiago derrière elle et de sa protection. Il bougeait quand elle bougeait, telle une ombre fluide et silencieuse. Puis quelque chose de différent se produisit. Sa Force l'enserra plus fort, d'une façon aussi évidente que s'il avait tendu la main pour la prendre par l'épaule. Elle marqua une pause et ce furent seulement ses années d'entraînement qui l'empêchèrent de froncer les sourcils en regardant Prydian, le capitaine de la garde avec qui elle venait de discuter. Tout en restant naturelle, elle se rapprocha de Tiago et sa Force s'éclaira de nouveau pour se faire presque caressante.

Intéressant. Elle prétendit regarder autour d'elle comme si elle admirait les jardins et en profita pour lancer un coup d'œil à Tiago. Il avait une expression impassible et certainement aussi discrète qu'il le pouvait, mais elle remarqua qu'elle avait failli franchir la « distance de sécurité », ce qui l'aurait amenée trop près d'un assaillant potentiel et en même temps un tout petit peu trop loin de son garde. Tiago avait rectifié sa trajectoire sans l'interrompre télépathiquement ni faire aucun geste. Peu de temps après, elle sentit sa Force la pousser un peu plus vers la droite et quand elle se soumit, elle ressentit cette chaleur lumineuse qui frôla sa peau.

Il allait se faire sa propre idée des gens qu'elle rencontrait, évaluer la menace potentielle qu'ils pouvaient représenter, cataloguer leurs réactions en y associant un nom et un visage. Elle n'oublierait pas de lui demander ce qu'il pensait de la nervosité de Brennan et de la réserve de Prydian. Elle ne pouvait pas renvoyer tout le monde sur le prétexte que ces gens avaient travaillé pour son oncle. Ils ne pouvaient pas être tous des ennemis. La majorité d'entre eux n'avait même sûrement jamais parlé à Urien.

Il était également vrai, toutefois, que c'était une propriété importante vu qu'il s'agissait du point de passage principal des territoires des Faes noires jusqu'à Chicago. En tant que tel, tout ici méritait une attention particulière et une vigilance accrue, même s'il n'y avait pas lieu de vouloir immédiatement tout chambouler.

Au bout d'une demi-heure environ, elle se tourna vers la maison et fit signe à Brennan de s'approcher.

— Je suis prête à être escortée jusqu'au bureau désormais.

— Bien entendu, Votre Majesté ! s'empressa de dire l'intendant. (Il se frottait les mains en permanence, comme s'il faisait le geste de les laver.) Je serai ravi de vous montrer tout ce que vous souhaitez !

Impossible de le croire. Même le sens de la vérité rudimentaire de Niniane émit un avertissement. Brennan n'était pas ravi du tout. Il était clair qu'il était torturé par l'angoisse. Il craignait certainement de perdre son boulot. Elle essaya de ne pas laisser transparaître le dégoût qu'il lui inspirait. Elle avait envie de lui ordonner d'arrêter de faire ce qu'il faisait et de le frapper sur les mains pour les séparer. Le pauvre diable ressemblait à Montgomery Burns des *Simpsons*. Elle lui fit signe de passer devant pour lui montrer le chemin.

Comme ils entraient dans l'intérieur frais et élégant de la maison, Tiago lui dit soudain télépathiquement :

— *Sois sincère. Tu serais vraiment en colère après moi si j'écrasais ce cloporte ?*

Elle le regarda par-dessus son épaule avec un regard jubilatoire et étonné.

— *Ce truc qu'il fait avec ses mains me rend dingue. Mais il doit être un intendant très efficace s'il a survécu sous le règne d'Urien et on ne peut pas tuer tous les gens qui ne nous plaisent pas.*

— *Et si je ne le tuais pas ?* reprit Tiago d'une voix pensive. *Je pourrais me contenter de l'abîmer un peu et de le rapetisser.*

Elle se pinça le nez jusqu'à ce que ses yeux la piquent et réussit à transformer le rire en toux. C'était ce qui avait manqué pendant le trajet en voiture : toutes les sentinelles échangeant des vannes, déconnant. Même si Rune et Aryal allaient les accompagner jusqu'à Adriyel, leur séparation imminente leur pesait à tous.

Elle aperçut un grand escalier, une immense entrée et de larges couloirs tandis qu'ils suivaient Brennan vers l'arrière de la demeure. Le bois ciré brillait partout. Les sols en marbre étincelaient. Chaque fois qu'elle faisait un pas, elle voyait les semelles de ses chaussures se refléter juste avant que ses pieds n'entrent en contact avec le sol.

Une collection inestimable de rares œuvres d'art créées par des Faes noires décorait l'entrée et les salles du rez-de-chaussée. Les sujets des tableaux étaient essentiellement des paysages des environs d'Adriyel. Un tableau en particulier lui coupa le souffle. Il reproduisait le palais et la cascade spectaculaire du fleuve Adriyel en arrière-plan ; la scène lui était tellement familière, et c'était tellement inattendu, que les larmes lui montèrent aux yeux. Les sculptures élancées et gracieuses étaient toutes en métal. Elles embellissaient l'espace de leurs hauteurs impossibles et tintaient d'une délicate virtuosité de Force aussi plaisante à l'esprit que leur forme l'était aux yeux. Grâce au contrôle étroit d'Urien sur les passages permettant la traversée jusqu'à l'Autre Contrée, et donc vers Adriyel, l'art fae noire était difficile à trouver et atteignait des prix exorbitants à Sotheby's et dans les autres salles de ventes.

Elle se demanda quel message Urien essayait de faire passer avec ces œuvres d'art. Tout ce qui touchait à la propriété était réfléchi, depuis la demeure de style géorgien jusqu'aux jardins impeccablement soignés. Cet étalage d'art dans ce manoir, dans sa propriété de Chicago, semblait aussi calculé dans son agencement que le reste du domaine. Il recevait des alliés et des associés dans cette maison. Leur avait-il offert des vues d'Adriyel pour les attirer, les séduire, ou avait-il simplement exposé toutes ces œuvres d'art pour afficher, c'était le cas de le dire, sa fortune et sa Force ?

Elle soupira. Elle était hantée par un homme mort. Elle détestait son obsession tenace à l'égard d'Urien alors que tout ce qu'elle voulait c'était sauter à pieds joints sur sa tombe en chantant la chanson de Dorothy dans le *Magicien d'Oz, Ding-Dong, la sorcière est morte*. Elle pressentait que son ombre allait planer sur elle pendant encore longtemps, quand elle aurait à démêler le but de ses manœuvres passées ou à décider lesquelles de ses lois elle pourrait abroger.

Même si elle détestait le reconnaître, Urien était un homme très intelligent. Elle voulait mépriser tout ce qu'il avait fait, mais n'était pas certaine de le pouvoir. Les œuvres d'art fae noire qui décoraient les pièces étaient vraiment superbes. Niniane commençait à ne plus être sûre de certaines de ses opinions, et même d'un grand nombre d'entre elles à vrai dire. Peut-être qu'elle devrait compter de un à dix et inspirer profondément chaque fois qu'elle se trouverait face à une création d'Urien. Elle avait besoin d'évaluer objectivement les choses, pas de rejeter systématiquement tout ce qui portait l'empreinte de son oncle.

Quel qu'ait été le goût d'Urien en matière d'art, ce que Carling avait déclaré était vrai. Pour la plupart des gens, politiquement aussi bien que financièrement, les Faes noires semblaient solides, fortes par rapport aux autres domaines. Toutefois, des individus plus éclairés, tels que Carling par exemple, avaient une opinion différente et avaient décelé le potentiel non exploité des Faes noires.

Ils parvinrent à une porte lambrissée. Brennan se tint sur le côté et s'inclina devant elle. Elle le remercia et sans réfléchir s'apprêta à entrer dans la pièce. La Force de Tiago l'enserra alors qu'il la saisissait par le bras. Brennan dévisagea Tiago bouche bée.

Niniane leva les yeux au ciel en remarquant la réaction de l'intendant. Elle recula pour laisser Tiago entrer en premier en lui disant *pardon* par télépathie.

— *T'en fais pas, petite fée. Simplement, si le cloporte a une attaque d'apoplexie, ne compte pas sur moi pour lui faire du bouche-à-bouche.*

Elle se mordit les lèvres pour s'empêcher de rire tandis qu'il entrait d'un pas décidé dans la pièce. Il se retourna et l'invita à entrer en lui tendant la main. Elle lui emboîta le pas et se figea.

Le bureau était très masculin avec un mobilier lourd en cuir sombre qui avait l'air plus confortable qu'élégant, des étagères, un grand bureau en acajou dans un coin et une cheminée. De hautes fenêtres donnaient sur les jardins situés à l'arrière de la demeure où le terrain descendait jusqu'à un lac qui miroitait au soleil. Un immense tableau, une marine peinte par l'artiste anglais Turner, dominait une large cheminée en moellons. Plus que n'importe où ailleurs dans la maison, la personnalité d'Urien semblait inscrite dans chaque recoin de cette pièce. Elle l'imaginait assis à son bureau, en maître des lieux, regardant ce foutu paysage immaculé. Si elle avait été wyr, elle aurait parié que son odeur imprégnait la pièce.

Tout se serra en elle. Estomac, poings, visage. *Compte jusqu'à dix.*

Tiago fut à côté d'elle en trois longues enjambées, l'air inquiet. Il posa une main sur son dos.

— *Petite fée ?*

Elle leva une main et fit le geste qui signifiait juste-une-minute en s'efforçant de se détendre. Ce n'était que des meubles, que des livres après tout.

C'est alors qu'elle remarqua Aubrey. Il s'était levé lorsqu'elle était entrée. Naida était également présente. Un service à thé avec trois tasses et trois petites assiettes, ainsi qu'un plateau de pâtisseries étaient disposés sur une table devant le sofa. Aubrey l'observait avec une inquiétude presque aussi appuyée que celle de Tiago tandis que Naida les regardait tous deux avec un étonnement croissant.

— *Ça va*, fit-elle à Tiago.

Elle lui serra le bras. Il opina, les sourcils toujours froncés, et lui frotta les épaules.

— *La pièce sent comme lui, n'est-ce pas ?* s'enquit-elle.

— *Il y a une odeur masculine fae noire prédominante en effet. Très probablement celle d'Urien.*

Elle ne distinguait quant à elle que l'odeur de la cire d'abeille et du produit à polir aromatisé au citron. Elle décida que c'était une bonne chose. Elle lui sourit, sentant un sursaut de tendresse à son égard. Vraiment, il était le type le plus effrayant qu'elle connaissait et elle connaissait pourtant beaucoup de types effrayants. Il était le mâle alpha dans toute sa splendeur. Il avait été un dieu. Il avait l'habitude de commander des troupes de guerriers wyrs. Il était rompu aux manœuvres tactiques et aux prises de décisions rapides. Il avait renoncé à tout. Aujourd'hui, il avait transcendé son identité pour elle, pour la suivre comme son ombre. Elle essaya de l'imaginer vivre ainsi, année après année, en étouffant tout ce qui constituait l'essence de son être, simplement pour se tenir auprès d'elle.

Oh, non, Rune avait raison, ça n'allait pas marcher.

Elle regarda ensuite Aubrey, puis posa les yeux sur Naida, dont l'expression était fermée.

Trop de choses se passaient déjà dans ce bureau et personne n'avait encore prononcé un mot. La panique menaçait de l'envahir. Elle essaya de la pulvériser. Elle était trop fatiguée, trop stimulée, stressée par le simple fait de se trouver là, sur le territoire d'Urien, littéralement cernée par ses objets, par son héritage. Et puis au cours des trente-six heures qui venaient de s'écouler, elle avait été prise dans une véritable tornade et avait visité en un temps record tous les lieux les plus importants de la carte des émotions.

Elle aurait préféré visiter les grandes villes d'Europe. Tiens d'ailleurs, ses valises étaient déjà faites. Peut-être que s'enfuir résoudrait tous ses problèmes. Bon, c'était un peu extrême et peu réaliste, mais elle était prête à tenter le coup.

Tiago la tourna vers lui et l'attrapa par les épaules. Sa Force ne l'avait pas quittée une seule fois depuis leur arrivée et maintenant elle l'enveloppait totalement et lui servait de source inépuisable d'énergie et de chaleur.

— Prends ton temps, lui dit-il d'un ton calme.

Elle hocha la tête et leva les yeux, croisant son regard.

Stable. Constant. Solide comme un roc.

Elle se remémora soudain la dernière conversation privée qu'elle avait eue avec Dragos. Ils étaient dans le bureau du seigneur des Wyrs. Le dragon était affalé dans son fauteuil, les yeux plus dorés que le soleil, ses pieds chaussés de bottes posés sur le bureau. Elle était perchée sur un meuble, assise en tailleur, sans chaussures.

— Ils te donneront peut-être le trône, mais il faudra que tu prennes le pouvoir, avait fait remarquer Dragos.

— Plus facile à dire qu'à faire, avait-elle marmonné en se grattant une oreille. Des conseils ?

Dragos avait haussé les épaules.

— Accepte le fait que tu te feras des ennemis. Travaille à te faire des alliés. Ne t'attends pas à nouer des amitiés. L'amitié, c'est un cadeau qui prend forme au fil du temps. Tu as beaucoup d'atouts pour toi. Tu es diplomate, tu es intelligente et tu es vive. Tu as le sens des conséquences et des nuances, et tu sais tricher. Mais tu as un gros défaut qui pourrait te gêner quand tu devras prendre le trône.

Elle s'était renfrognée. Seul Dieu savait ce qui allait sortir de la bouche du dragon. Elle ne pouvait pas se métamorphoser, elle maniait l'épée comme un manche et elle n'avait ni crocs, ni griffes pour se défendre. Oui, tout cela était vrai.

— Qu'est-ce que c'est ?

— Tu veux être aimée, avait dit le dragon.

Quelles que soient les choses qu'Urien avait faites ou n'avait pas faites, il n'avait jamais commis cette erreur.

Elle releva le menton, infiniment reconnaissante de l'oasis de soutien que Tiago lui offrait. Il lui décocha son petit sourire, lui serra l'épaule et recula.

Elle devrait adopter une nouvelle devise : Qu'est-ce que ferait Dragos ? Elle se tourna vers Aubrey et Naida. Naida, qui avait apparemment décidé de se joindre à leur conversation privée sans y être invitée.

— Merci d'avoir veillé à ce que des rafraîchissements soient servis. Veuillez refermer les portes en sortant, s'il vous plaît.

Bon, elle n'était pas sûre que Dragos aurait ajouté le « s'il vous plaît ». Il commençait tout juste à utiliser ses mots avec ses proches. Mais le message fut reçu et compris. Naida inclina la tête et sortit. Tiago la regarda s'en aller d'un air impassible.

Niniane laissa échapper le souffle qu'elle avait retenu. Elle s'avança vers un fauteuil et s'assit. Elle avait de nouveau les jambes flageolantes. Tiago se posta derrière elle.

— Naida veut bien faire, dit Aubrey.

Niniane leva les yeux. L'homme la dévisageait, l'air troublé. Elle fit un geste de dénégation, comme pour tirer un trait sur ce qui venait de se passer.

— Pouvez-vous vous asseoir tous les deux, s'il vous plaît ?

Le regard surpris d'Aubrey se posa fugitivement sur Tiago, puis le chancelier alla s'asseoir à l'extrémité du sofa le plus proche de Niniane, sur sa gauche, tandis que Tiago choisissait le fauteuil à sa droite.

Niniane leva un pied et s'absorba dans la contemplation de sa chaussure.

— J'étais dans le palais la nuit du massacre de ma famille, fit-elle d'une voix monocorde. Tiago le sait : entreprendre ce voyage est une épreuve, Aubrey. Dès que je m'approche de quelque chose qui a appartenu à Urien, comme lorsque je suis entrée dans cette pièce, j'ai envie d'y mettre le feu.

Aubrey plissa le front.

— Je ne savais pas.

— Bien entendu que vous ne le saviez pas, dit-elle en s'adressant toujours à sa chaussure. Comment auriez-vous pu le savoir ? Vous ne saviez même pas que j'étais encore en vie.

— Est-ce que vous avez conscience de votre renommée auprès des Faes noires ? s'enquit-il. (La remarque lui fit lever les yeux ; l'homme plus âgé la regarda avec une expression douce-amère.) Vous vous étiez évaporée. Il n'y avait pas de corps, pas de preuve de votre décès. Tout le monde a supposé que vous étiez morte, mais le doute planait, une rumeur courait que vous étiez vivante et cachée quelque part et qu'un jour vous reviendriez gouverner. Au début, c'était un chuchotement tranquille, une de ces histoires de fantômes qu'on se raconte autour d'un feu de camp, mais ces vingt dernières années, disons, la rumeur a commencé à enfler.

— Qu'est-ce que vous voulez dire ?

— Urien et ceux qui le soutenaient, reprit Aubrey, ont renversé votre père en réaction à plusieurs choses. L'une de ces choses était la défaite des Anglais dans la guerre d'Indépendance des États-Unis. J'étais d'accord avec votre père. Quand le changement arrive, il faut savoir s'y adapter. Mais ses opposants affirmaient qu'ils défendaient le statu quo des Faes noires qui refusaient d'être envahies par ce qu'ils percevaient comme une horde de sauvages païens. Ils protégeaient en fait l'élite Puissante des Faes noires, et donc eux-mêmes dans la foulée, mais au fil du temps cela fut au détriment du peuple qui aurait pu prospérer davantage avec cet afflux d'opportunités et de choix qui s'offraient avec l'arrivée de ces hordes barbares.

Aubrey n'avait jamais fait partie du « peuple » au cours de sa longue vie, mais elle choisit de ne pas le souligner.

— Eh bien, vous tenez presque un discours démocratique, dit-elle à la place.

Il rit.

— Je n'irai peut-être pas jusque-là, à moins qu'il soit possible d'être un soutien à l'esprit démocratique auprès d'un dirigeant bienveillant et à l'esprit ouvert ? (Il retrouva son sérieux et continua :) En tout cas, les perspectives d'avenir et de changement sont devenues rares et allaient toutes au cercle d'amis et de proches d'Urien, cercle qui rétrécissait d'ailleurs au fur et à mesure que notre économie ralentissait. Pendant ce temps, les gens ordinaires souffraient et on commençait à parler de vous et de votre statut quasi mythique avec des étoiles dans les yeux. Cela rendait Urien fou de rage. Bien entendu, nous savons désormais qu'il connaissait la vérité à votre sujet.

— En effet, il la connaissait, fit-elle en lui lançant un regard sombre.

— Je le haïssais, s'exclama Aubrey. (Il secoua la tête.) Nous nous accoutumons seulement à sa mort, je crois, parce que l'admettre nous semble encore dangereux. Votre père était un de mes amis, et comme bien d'autres, j'étais à moitié amoureux de votre mère.

Elle sourit.

— Vraiment ? Je suppose qu'elle devait être belle. Je ne sais pas. Je ne me souviens plus très bien. Ce dont je me souviens, c'était qu'elle était drôle et affectueuse, pleine de vie, et aussi qu'elle éclairait chaque pièce de sa présence.

— Oui, dit Aubrey. Elle était tout ça. Elle serait tellement fière de vous.

Niniane haussa les sourcils avec surprise. Elle était tellement étonnée de cette remarque qu'elle en eut les larmes aux yeux.

— Juste ciel ! (Elle rit et s'essuya le nez.) Vous le croyez vraiment ?

— Oui, affirma Aubrey. Non seulement vous avez survécu contre vents et marées et vous êtes devenue une très belle femme, mais vous avez appris beaucoup de choses et établi des connexions. Enfin vous êtes devenue quelqu'un qu'elle aurait été ravie de voir monter sur le trône.

— Je ne sais pas, mais je suis très touchée par ce que vous me dites.

Elle aperçut Tiago du coin de l'œil. Il lui souriait.

— Merci, dit-elle au Wyr.

— Pour quoi ?

Il était affalé sur son fauteuil, ses longues jambes étendues devant lui et croisées au niveau des chevilles, les coudes sur les accoudoirs et le bout des doigts joints.

— Tu n'as fait que me soutenir et m'aider toute la journée.

— C'est un jour compliqué, répondit-il. J'essaie d'aider.

Son ton était neutre, mais sa Force lui caressa la joue avec tendresse.

— Ça me touche beaucoup.

Elle redressa son dos courbaturé et se retourna vers Aubrey qui avait suivi leur échange avec attention.

— J'ai plusieurs choses à vous annoncer. D'abord, j'ai promis de vous expliquer pourquoi je suis certaine que Dragos et les Wyrs ne sont pas derrière la seconde attaque. Deuxièmement, il faut que vous le sachiez : Tiago vient avec moi à Adriyel pour s'y installer.

L'expression du chancelier s'enflamma aussitôt.

— C'est inacceptable.

— Vraiment ? intervint Tiago. (Il pencha la tête et toisa le chancelier avec un regard de prédateur indolent.) Pourtant, ce sera comme ça et pas autrement.

Tiago fit une découverte intéressante ce jour-là alors qu'il servait d'escorte à Niniane et l'observait se comporter avec deux groupes de personnes très différents. Elle parlait beaucoup. Elle parlait à tout le monde – ce qui entre parenthèses ne serait pas toujours possible, mais passons – mais rien de ce qu'elle disait n'était du bla-bla. Elle s'adressait aux gens avec une chaleur non feinte et leur parlait de choses qui les affectaient directement : un véritable échange se créait avec eux.

Il trouvait toujours quelque chose d'intéressant chez elle à observer, à admirer, à contempler, que ce soit ce qu'elle disait ou la manière dont elle fronçait le nez et ouvrait grand les yeux quand elle se sentait d'humeur taquine, ou encore chaque fois qu'une lueur malicieuse se glissait dans son regard. Parfois, il se contentait de suivre des yeux son adorable petit cul pendant qu'elle marchait et il se perdait dans les souvenirs de ce qui s'était passé et fantasmait sur leurs ébats à venir.

Il s'était rendu compte que toutes ses chaussures étaient bandantes. Ces jolis petits trucs avec des brides dans lesquels elle glissait les pieds auraient dû être considérés comme des armes de destruction massive, car ils anéantissaient toutes ses capacités de raisonnement. Ils allongeaient et soulignaient ces ravissantes jambes fines. Il aurait juré qu'ils lui donnaient une démarche chaloupée qui attirait les regards de tous les hommes sur son passage, comme s'ils étaient des setters irlandais et qu'elle était le gibier qu'ils venaient de débusquer des fourrés.

Elle serait formidable sur le trône, se dit-il non sans fierté. Elle avait besoin d'acquérir de l'expérience et d'être plus sûre d'elle, et elle avait légèrement flanché une ou deux fois, mais l'essentiel était là, avec le bonus ajouté, et qui était loin d'être insignifiant, de sa capacité à faire tomber les gens amoureux d'elle où qu'elle aille.

Alors il était content de marcher derrière la petite fée et d'apprendre à la connaître de mieux en mieux. Il analysa les menaces potentielles, mémorisa les visages, et nota les points faibles dans la disposition de la propriété en s'imaginant par où il passerait pour lancer un assaut ou s'introduire dans le manoir. Il n'y avait pas grand-chose à revoir de ce côté-là ; la propriété était solidement bâtie et bien défendue. Mais il y avait tout de même quelques petites choses qu'il retoucherait.

Il prit également note des personnalités et des conflits qui pouvaient exister parmi les gardes. Il avait commandé des hommes pendant très longtemps. La plupart des individus se trahissaient par des signes révélateurs, un tic ou un geste nerveux, une manière de parler, ou encore une odeur qu'ils exhalaient. Les odeurs étaient des indices intéressants parce qu'elles constituaient une réponse involontaire à des stimuli. Il était extrêmement rare de rencontrer une entité que rien, absolument rien ne trahissait. Carling ou Dragos pouvaient y parvenir.

Et le seigneur suprême des Elfes y arrivait, mais la compagne du seigneur des Elfes intriguait davantage Tiago, vu qu'elle y parvenait bien plus souvent que tous les êtres qu'il avait rencontrés jusque-là.

Prenez le cloporte par exemple. Il était à peu près certain que ce petit bonhomme nerveux avait une addiction à une drogue. Il avait une odeur trop chimique et dénuée de couches sous-jacentes susceptibles d'indiquer qu'il prenait un médicament pour lutter contre une maladie. Tiago était plutôt tolérant en ce qui concernait les addictions aux drogues. Pour lui, chacun était libre de faire ce qu'il voulait – sauf lorsqu'on occupait un poste important ou une position d'autorité. Une addiction impliquait en effet des facultés de jugement affaiblies et une faille que des ennemis pouvaient potentiellement exploiter. Quelqu'un pouvait être soumis à un chantage ou corrompu par une offre d'argent ou pouvait tout simplement merder. Le cloporte sentait la peur. Il avait peur d'être découvert et de perdre son poste. Et il avait raison.

Une autre personne qui intéressait Tiago était le capitaine de la garde, dont l'attitude à l'égard de Niniane révélait une hostilité à peine voilée. Tiago avait réagi afin d'inciter la fée à se rapprocher silencieusement de lui pendant qu'il évaluait le type. Il avait continué à observer le capitaine sans en avoir l'air plusieurs minutes après que Niniane se fut éloignée, observant les expressions de l'homme et la manière dont il se comportait avec les gens. S'il avait dû émettre une hypothèse, il aurait dit que le capitaine avait un problème avec les femmes exerçant des postes d'autorité. Son antipathie ne semblait pas dirigée contre Niniane en particulier. Non, ce n'était pas personnel – et il faudrait que le type soit renvoyé dès que Tiago pourrait s'entretenir avec Arethusa.

Naida, maintenant. La nana était pour le moins intéressante. Tiago était très amusé par son recours subtil au service à thé et au plateau de douceurs pour tenter d'obtenir les faveurs de la nouvelle souveraine, et pourquoi pas une position. Le type de manœuvre auquel il était habitué pour obtenir une position tendait à impliquer de l'artillerie lourde, un combat pour parvenir en terrain surélevé et des soldats embusqués effectuant des tirs de couverture. Il avait observé patiemment pendant que sa fée évaluait la situation, réfléchissait, puis renvoyait la femme. La posture et l'expression de Naida avaient été courtoises et accommodantes, mais elle n'avait pu masquer la saute d'humeur que son odeur avait trahie au moment où elle était sortie de la pièce. Naida ne pouvait pas être renvoyée comme les deux autres, mais il pensait qu'il pourrait apprendre beaucoup de choses en la gardant à l'œil.

Le chancelier était une autre histoire. Son visage, son odeur, et son attitude trahissaient l'inquiétude, pas l'agression. Tiago prit une assiette, la remplit, et la tendit à Niniane qui l'accepta après une légère hésitation et un sursaut de surprise. Il prit une autre assiette – il y en avait trois, avait-il remarqué, ce qui était parfait, même si ce n'était pas ce que Naida avait prévu initialement – et il la remplit encore davantage, puis se réinstalla dans son fauteuil et observa le chancelier avec la froideur d'un tueur. Tiago décida que la guerre dans un fauteuil le bottait. C'était confortable, et puis il y avait des pâtisseries.

Le visage d'Aubrey se raidit comme s'il réprimait une émotion forte. C'était une odeur complexe que

Tiago n'arrivait pas encore à analyser. Le chancelier se tourna vers Niniane :

— Je vous prie d'excuser ma réaction un peu vive, Votre Majesté. Vous avez dit que vous vouliez me faire part d'autre chose.

Le mec avait de la classe, Tiago lui laissait ça. Peut-être qu'il était sincère, peut-être pas. On verrait avec le temps.

Il pouvait presque voir sa fée faire un haussement d'épaules mental signifiant « oh, peu importe » lorsqu'elle retira ses escarpins, glissa les pieds sous elle et choisit l'un des gâteaux que Tiago lui avait donnés. Celui qu'elle choisit était au chocolat et la boîte de chocolats qu'il lui avait offerte avait déjà disparu. Il en prit note mentalement.

Niniane prit une bouchée du gâteau, puis le reposa sur son assiette d'un air pensif. Tiago déplaça quant à lui son assiette pour dissimuler le renflement de plus en plus gros de son entrejambe alors qu'il l'observait lécher le sucre glace sur ses doigts. Réfléchir et lécher venaient de devenir les deux choses qu'il préférait lui voir faire. À quoi pensait-elle, sa petite fée avec cette expression concentrée sur son visage mutin ? Passait-elle de A à B et allait-elle continuer pour arriver à C, puis D, ou allait-elle de nouveau sauter plein de lettres et ne pas suivre l'alphabet ? Il adorait l'observer quand elle manigançait quelque chose.

Quand elle reprit la parole, ce fut pour confier au chancelier ce qu'elle pensait des Wyrs, forte de la profonde connaissance qu'elle avait d'eux après toutes ces années passées à leurs côtés. Puis elle lui rapporta la conversation qu'elle avait eue avec Aryal.

— Vous voyez donc qu'il est absurde de croire que les Wyrs puissent avoir commandité l'attaque.

— Je vois, fit Aubrey. Merci d'avoir pris le temps de m'expliquer tout ça. Sous cet angle, il apparaît évident que Dragos et le gouvernement wyr ne sont pas impliqués, si ce n'est par l'intervention de Tiago qui vous a défendue.

Tiago savourait sa collation tout en écoutant et en observant. Aubrey ne souffla mot de la conversation d'Arethusa avec Rune et lui à la morgue. Arethusa avait dû décider de ne pas en parler. Intéressant. Apparemment, elle ne faisait confiance à personne en ce moment. Étant donné la connaissance qu'elle avait des autres Faes noires, qu'est-ce que cela disait sur elle, ou sur les Faes d'ailleurs ? Tiago laissa les pièces du puzzle s'assembler dans sa tête, se détacher, et se reformer en différents motifs possibles.

— Maintenant, pour aborder votre second point, reprit Aubrey. (Le chancelier regarda Tiago dans les yeux.) Comprenez, je vous en prie, que ce que je vais vous dire n'a rien de personnel. J'ai beaucoup d'admiration pour tout ce que vous avez accompli. Mais personne n'acceptera qu'une des sentinelles de Dragos, et encore moins son seigneur de la guerre, soit déployée de manière permanente sur le domaine des Faes noires. Ce serait interprété comme un acte invasif et une déclaration de guerre. La mort d'Urien a suffisamment déstabilisé les Faes noires. S'il n'était pas aimé, il dirigeait en revanche avec autorité et cela donnait à beaucoup de gens un sentiment de sécurité qu'ils n'ont plus.

— C'est pour ça que j'ai démissionné, annonça Tiago.

Il enfourna une autre pâtisserie.

Son interlocuteur se pencha en avant avec un air attentif.

— Pardon ?

— J'ai dit que j'avais démissionné, fit Tiago. Je suis indépendant désormais. Je ne travaille plus pour Dragos.

Le regard stupéfait d'Aubrey se posa sur Niniane, qui fit un signe de tête.

— Il vient avec moi.

— Je vois, fit Aubrey.

Tiago était sûr qu'il ne voyait rien du tout. L'homme était certainement intelligent et bien établi dans le gouvernement des Faes noires, mais il n'était pas aussi vif à piger certaines choses que sa femme. Dès qu'elle avait vu Tiago et Niniane, Naida avait tout de suite compris.

— Votre Majesté, même si les gens croient que Tiago a réellement démissionné, ils ne vont pas..., poursuivit-il.

— Aubrey, le coupa Niniane. (Sa voix aussi bien que son expression étaient calmes, son regard clair.) Je ne demande pas la permission ni l'opinion des gens sur cette question. Soit Tiago vient avec moi, soit je ne viens pas. Le dernier point que je souhaitais aborder est la possibilité de parvenir à un arrangement avec vous sur cette question. Je veux que vous m'appuyiez. Je veux que vous me prêtiez main-forte. Je veux m'entretenir avec vous, me confier à vous et vous demander votre avis. Il faut que je commence à développer des relations et que je commence à me fier à quelqu'un. Franchement, si nous ne pouvons pas faire accepter ceci à vous, je ne vois aucune raison de traverser et de me rendre dans l'Autre Contrée. Nous ferions alors tout aussi bien de demeurer ici et les Faes noires n'auraient qu'à se trouver quelqu'un d'autre pour monter sur le trône. Vous êtes un lointain cousin par alliance, ça pourrait être vous.

— Non, je vous en prie. (Aubrey leva les mains ; son visage et son odeur indiquaient un état proche de la panique.) Ne dites pas ça. Mes liens familiaux sont distants et de toute façon, *vous* êtes l'héritière de droit.

— Alors soutenez-moi, fit Niniane. Si vous appuyez cette décision, d'autres personnes rechigneront peut-être au début et seront sans doute mécontentes, mais elles finiront par l'accepter. Tiago est mon…

— Chef de la sécurité, intervint Tiago.

Elle se tourna vers lui avec surprise.

— C'est ce que tu es ?

Maintenant qu'il l'avait énoncé à voix haute, il réfléchit. Ce n'était pas la peine de faire flipper les fées plus que de raison en leur parlant d'union wyr. Ce qui se passait entre Niniane et lui ne les regardait pas et Niniane avait besoin de lui pour la protéger, ce qui allait être une tâche beaucoup plus délicate que celle de simple garde du corps.

— Oui, répondit-il.

Elle le regarda d'un air inquiet.

— Ce sera une position difficile pour un étranger.

— J'aime les défis. C'est là que je dois être et c'est là que tu as besoin de moi.

— *Et je serai sacrément bon,* ajouta-t-il télépathiquement.

Elle le scruta et hocha la tête.

Elle regarda Aubrey qui avait les yeux perdus dans le vide, les sourcils froncés.

— Si vous croyez vraiment que je suis l'héritière légitime, vous devez également accepter qu'il va y avoir du changement, ajouta Niniane. Je ne crois pas que vous ayez totalement intégré ce fait, vous et les Faes noires en général. Un certain nombre des anciens partisans d'Urien ne vont pas apprécier ce changement non plus, mais il est inutile d'essayer d'y résister. Ce changement est aussi ce qu'Urien a légué, au même titre que les lois qu'il a instituées ou la manière dont il a choisi d'isoler Adriyel du monde extérieur. À cause de ses actions, j'ai dû fuir et aller autre part afin de survivre.

Aubrey la regarda d'un air peiné.

— Si j'avais su que vous étiez en vie, je n'aurais jamais cessé de vous chercher.

L'expression de Niniane s'adoucit. Elle le croyait. Il y avait tellement de sincérité dans sa voix que Tiago lui-même le croyait presque.

— J'apprécie ce que vous me dites plus que vous ne le pensez, fit-elle doucement, mais tout ça, c'est du passé maintenant. Ce que j'essaie de souligner, c'est qu'à cause de ce qui s'est passé, je suis devenue quelqu'un que je ne serais pas devenue sans cela. Je suis jeune pour une fée et je vis avec mon temps, or les Faes noires n'ont pas l'habitude de ça chez un monarque. J'aime la pop culture, la pizza, lire des romans à l'eau de rose et faire les boutiques à Milan. De plus, grâce à Dragos, j'ai des relations bien établies avec tous les domaines des Anciens du continent américain. Je peux accepter de faire des compromis sur beaucoup de choses, je ne suis pas fermée aux conseils et je saurai amener le changement prudemment et en douceur, mais je ne ferai pas de compromis sur cette question. J'ai une confiance aveugle en Tiago. J'ai confiance en lui comme je n'ai confiance en personne, pas même vous.

Aubrey se frotta le front et la quitta des yeux pour regarder Tiago.

— Je retirerai mon soutien, finit-il par dire à Tiago, au premier soupçon ou indice que vous êtes en réalité à la solde des Wyrs.

— Je n'en attends pas moins de vous, répliqua Tiago.

Aubrey insista.

— Elle est la dernière descendante directe de la lignée Lorelle et tout ce qui reste de son père. Vous devrez toujours agir en fonction de ce qui est le mieux pour elle et faire tout ce qui est en votre pouvoir pour assurer sa sécurité et sa protection.

— Ça ne risque pas d'être un problème, répondit Tiago avec une sincérité profonde.

— Très bien alors. Je vous appuierai.

Le visage de Niniane s'illumina. Elle se leva de son fauteuil et s'approcha d'Aubrey, lui passa les bras autour du cou et l'embrassa. Tiago se raidit, n'aimant pas du tout ce contact avec l'autre homme, mais il se garda de le laisser paraître car il savait que ce moment était important, voire crucial pour la suite. Il observa toutefois Aubrey attentivement, avec jalousie, notant l'emplacement exact de ses mains et de ses bras pendant qu'il la serrait contre lui. Il ne se détendit que lorsqu'ils se séparèrent.

Elle se tourna vers Tiago et chercha son regard.

— *Je ne voudrais pas le submerger. Tu crois que je devrais lui dire que j'ai l'intention de traduire en justice les personnes qui ont soutenu Urien la nuit du coup d'État ?*

Tiago étudia le chancelier pensivement. Le changement, amené avec patience. C'était une bonne stratégie.

— *Pas encore. N'oublie pas tes propres conseils et amène le changement avec prudence. Engager des poursuites judiciaires contre des gens pour trahison et pour meurtre peut attendre après ton couronnement, quand nous aurons eu l'occasion d'établir une certaine stabilité politique. Pour l'heure, je n'ai qu'une chose à dire* – il lui sourit d'un air très satisfait –, *bien joué*.

15

Plus tard dans la soirée, Niniane gravit les marches de l'escalier derrière Naida, ses mouvements ralentis par l'épuisement. Elle avait visité les jardins et le reste de la demeure. Elle avait effectué une inspection rapide des comptes portant sur l'entretien de la propriété. Tout semblait en ordre. Aubrey et elle avaient eu une discussion préliminaire sur les finances des Faes noires et elle avait appris qu'elles n'étaient pas aussi solides qu'elle l'avait espéré, mais cela ne la surprit pas outre mesure depuis sa conversation avec Carling.

Il lui avait également dressé un panorama rapide de l'étendue de la fortune personnelle d'Urien, qui était désormais sienne. La somme qu'il avait amassée était proprement hallucinante. Elle se rappela que la fortune de sa famille avait aussi été accaparée par Urien suite à son coup d'État. Elle s'entretint également et séparément avec Kellen et Arethusa afin de les informer que Tiago allait s'installer à Adriyel en tant que chef de la sécurité. Kellen avait été scandalisé, Arethusa était restée neutre.

Le dîner avait été tendu. Carling les avait rejoints à table. La vampire avait bu du vin rouge, écouté la conversation et peu parlé. Le repas en lui-même avait été exquis, en tout cas les trois bouchées que Niniane avait réussi à avaler. Elle veilla à faire un tour aux cuisines pour féliciter personnellement le chef et le personnel. Ils avaient été transportés de joie.

Tiago gravissait maintenant l'escalier à côté d'elle, son corps puissant se déplaçant avec fluidité. Il avait les mains croisées derrière le dos et arborait cette expression impassible qui ne l'avait pas quitté de la journée. Il lui rappelait la sentinelle peu loquace qu'elle avait connue à la tour de Cuelebre. Après avoir avalé l'énorme plateau de pâtisseries, il avait dévoré une quantité impressionnante de nourriture au dîner. Il semblait tout à fait indifférent aux regards noirs, à l'antipathie, aux rebuffades et aux sous-entendus. Elle avait eu plusieurs fois l'envie irrationnelle de le frapper sur la tête avec sa serviette.

Naida s'adressa à elle par-dessus son épaule.

— Vos sacs avaient été montés dans la grande chambre, mais Aubrey et moi avons pensé que vous préféreriez peut-être une note plus féminine dans vos appartements. Il y a une suite qui a une très jolie vue sur les jardins à l'arrière de la maison. J'ai pris la liberté d'y faire transporter vos affaires. J'espère que vous n'y voyez pas d'inconvénient ?

Elle soupira. Elle était trop fatiguée pour déterminer s'il y avait une quelconque ironie dans la voix de Naida. De toute évidence, Aubrey avait pensé à faire ce changement en voyant sa réaction dans le bureau d'Urien. Elle en avait ras la casquette d'avoir sous les yeux en permanence les affaires d'Urien, son écriture, ses choix de décoration, son approche de la politique étrangère et ses scandaleuses dépenses. Il avait apparemment un faible pour le vin elfique et le vieux cognac datant de la Révolution française et que tout le monde avait pu goûter au dîner. La qualité du vin était probablement la seule chose sur laquelle ils soient tous tombés d'accord. Si elle avait dû voir l'ancien lit d'Urien pour couronner le tout, elle aurait été capable de vomir ses trois bouchées sur ce qui aurait été sans le moindre doute un magnifique tapis hors de prix.

Elle choisit donc d'être aimable et se contenta de répondre :

— C'est très bien, merci.

Naida se retourna et lui sourit.

— Tout le monde a sollicité votre attention aujourd'hui. Je ne peux même pas imaginer à quel point vous devez être fatiguée.

— Je suis assez fatiguée, oui, reconnut Niniane.

Ils traversèrent un couloir au premier étage. Le parquet était recouvert d'une moquette en laine bordeaux et meublé de lourdes tables et d'armoires anciennes en bois sombre. Apparemment, Urien avait voulu que le style manoir anglais complète l'architecture de style géorgien. Ils étaient presque arrivés au bout du couloir quand Naida ouvrit une porte et s'effaça pour laisser Tiago entrer en premier. Il le fit, se tourna et indiqua à Niniane qu'elle pouvait entrer. Elle pénétra dans une vaste chambre aux teintes vert et crème.

Un motif floral délicat moucheté de rose décorait le couvre-lit et les taies d'oreillers.

Elle se tourna vers Naida, qui observait Tiago d'un regard indéchiffrable.

— Votre sac se trouve dans la chambre à côté, fit Naida.

Tiago fit un signe de tête et resta silencieux. Il était détendu, les mains sur les hanches, et n'avait manifestement pas l'intention de sortir de la pièce. Son physique massif et ses vêtements noirs, sans parler de ses armes, juraient avec le décor féminin de la pièce.

Les sourcils fins de Naida se levèrent imperceptiblement.

— Si personne ne vous l'a encore expliqué, ajouta-t-elle en se tournant vers Niniane, toutes les chambres sont reliées à un système d'interphone. Vous pouvez demander tout ce que vous voulez en contactant le personnel de maison par le biais du combiné posé sur la table de chevet. Est-ce que je peux faire autre chose pour vous ?

— Non, merci.

— Je vous souhaite bonne nuit, alors. Reposez-vous bien.

Elle sortit en refermant la porte derrière elle.

— Je crois qu'elle m'aime bien, déclara Tiago.

Elle éclata de rire et plaqua une main sur sa bouche.

Il lui décocha son petit sourire sexy.

— Tu ne crois pas ? Je suis à peu près sûr qu'elle a le béguin pour moi.

— *Chut, souviens-toi que les Faes noires ont une ouïe hypersensible. Elle peut encore t'entendre !* fit-elle télépathiquement en essayant d'étouffer son hilarité.

— Ça ne me préoccupe pas le moins du monde, répliqua Tiago.

Elle ne pouvait pas rester debout plus longtemps. Elle enleva ses chaussures, s'avança en chancelant vers le lit et s'effondra dessus. Elle était tellement épuisée que tous ses muscles lui faisaient mal. Elle tremblait, au bord de quelque chose, même si elle aurait été bien en peine de dire quoi. Toutes les réactions qu'elle avait retenues toute la journée menaçaient de lui tomber dessus en même temps.

Elle serra le couvre-lit entre ses poings. Dans le bureau d'Urien, elle avait eu l'intuition que Rune avait raison et que Tiago et elle étaient en train de commettre une erreur monumentale. La sensation avait été si forte et si réelle qu'elle l'avait épouvantée ; Niniane l'avait donc refoulée et avait refusé d'y penser pendant le reste de la journée. Maintenant que le stress de la journée se dissipait, le souvenir de cette conviction l'assaillait de nouveau avec fureur.

Elle entendait Tiago aller et venir dans la chambre. Il ouvrit et ferma la porte du dressing et celle de la salle de bains. Puis le lit se creusa quand il s'agenouilla à côté d'elle. Il posa ses larges mains sur elle, trouva la fermeture Éclair de sa robe et la descendit. L'air frais embrassa sa peau.

— Je sais que je suis une petite amie exigeante, fit-elle dans le couvre-lit.

— Bordel, oui. Super exigeante. Tu as besoin d'un personnel à ton service à temps complet. (Il marqua une pause.) Je viens de me rendre compte que ce que je viens de dire n'était pas une plaisanterie.

— J'ai paniqué dans le bureau.

Il la poussa doucement. Elle roula sur le côté et il sortit un de ses bras de la robe. Puis elle roula de l'autre côté et il fit de même avec l'autre bras.

— Je m'en occupe. (Il lui donna une petite tape au niveau des reins.) Soulève les hanches.

Elle obéit et il tira la robe vers le bas afin de lui enlever. Au moins, il ne la déchira pas. Peut-être qu'il ne déchirait que les robes ornées de sequins. Ils se connaissaient si peu et pourtant cela ne les avait pas empêchés de se lancer ensemble dans cette aventure tête baissée. Rétrospectivement, leur intrépidité la faisait trembler.

— J'ai paniqué à propos de nous.

Silence. Il posa une main sur son dos. Elle lui faisait l'effet d'être immense, chaude et lourde.

— Pourquoi ?

Elle haussa les épaules.

— Ce n'est pas une réponse adéquate, petite fée, gronda-t-il. (Sa Force imprégnait la pièce, une présence pesante, troublante.) J'ai besoin d'une série de mots alignés les uns après les autres en vue de former des phrases cohérentes.

— Je t'ai regardé et quelque chose m'est apparu, fit-elle. Tout ce que je pouvais voir, c'était tout ce que tu avais laissé derrière toi pour me suivre. Je ne voyais pas comment tu pourrais supporter de vivre ainsi, et puis ce que Rune m'a dit m'est revenu. Tiago, est-ce que tu es sûr que tu peux faire ça ?

Il resta silencieux un moment. Puis il dit :

— Ne bouge pas.

— D'accord.

Elle s'enfouit dans le couvre-lit.

Tiago entra dans la salle de bains et l'inspecta. Elle était grande et luxueuse, dans des tons assortis à la chambre, et la robinetterie étincelait. Il nota avec approbation qu'il y avait plein de flacons remplis de sent-bon posés sur les étagères. Ça lui plairait. Il retira le bouchon d'une des bouteilles posées sur le rebord de la baignoire et en huma le contenu. Ça sentait rose. Il fit couler un bain chaud et versa du machin qui sentait rose sous le jet de l'eau. Des bulles se formèrent. Il plongea la main dans l'eau et l'agita. La température semblait adéquate, mais il avait une main si calleuse et couverte de corne qu'il faudrait faire attention avec sa peau délicate à elle.

Il retourna dans la chambre et contempla tout en se déshabillant le dos presque nu de sa fée rongée par le doute. Cet adorable petit corps voluptueux était la définition même de l'adjectif sexy avec ces deux lames mignonnes glissées dans des étuis fixés à ses cuisses minces. Savoir que ces stylets étaient enduits de poison et qu'elle savait s'en servir l'enflammait encore plus. Comment avait-il pu penser que les grandes femmes athlétiques et costaudes pouvaient être son type ? Il se promettait une gâterie un de ces jours. Il la regarderait le chevaucher en ne portant que ses étuis de cuisse, et rien d'autre. Il pencha la tête.

— *Non, attends. Peut-être ce collier de perles aussi.*

Quand il fut nu, il détacha les étuis en question, dégrafa son soutien-gorge et lui retira sa culotte. Puis il la prit dans ses bras, l'emmena dans la salle de bains et la pencha au-dessus de l'eau.

— Regarde si ça va, fit-il.

Elle agita les doigts dans la mousse parfumée, les trempa dans l'eau et soupira.

— C'est parfait.

Il la déposa dans la baignoire et monta à sa suite de sorte qu'elle se retrouve devant lui, entre ses jambes. Il s'adossa contre l'émail froid de la baignoire en grognant et l'attira contre lui. Elle gémit et s'effondra sur sa poitrine. Depuis qu'il lui avait enlevé sa robe, son sexe engorgé était de plus en plus dur et il dut se déplacer un peu pour trouver une position confortable. Il enveloppa ensuite ses bras autour de son corps nu et chaud et savoura cette vision parfaite.

— Nous disions donc que tu avais paniqué dans le bureau, fit-il.

Elle répondit par un petit signe de tête.

— Est-ce que nous avons dit également que plusieurs choses t'avaient fait paniquer, et pas seulement moi ?

Un autre signe de tête.

— Peut-on considérer la possibilité que ce mouvement de panique ait été entraîné par le stress ?

— Oui, marmonna-t-elle. Mais Tiago…

— Pas de « mais », ordonna-t-il. Et ne te tortille pas.

Elle souffla bruyamment, comme si elle était sur le point de râler, mais obéit tout de même. Il retint un sourire. C'était un moment rare quand elle n'avait pas de repartie. Elle devait vraiment être épuisée. Il déposa un baiser sur le sommet de sa tête.

— Peut-être que nous pouvons donc en venir à la conclusion que nous ne devrions pas vraiment nous inquiéter des raisons de ta crise de panique, poursuivit-il.

— Tiago…

— J'entends un « mais » dans le début de ta phrase, l'avertit-il. Il est sous-entendu, mais il est là. (Elle gronda, frustrée, tout en l'entourant affectueusement de ses bras.) Tu dois me faire confiance, je sais ce que je veux. Et je me suis bien amusé aujourd'hui.

— Tu t'es *amusé* ?

Elle renversa la tête en arrière pour le regarder avec surprise.

— Oui, dit-il en profitant de son mouvement pour embrasser sa bouche pulpeuse. Et j'ai appris beaucoup de choses en plus. J'ai appris des choses sur toi et sur les gens qui t'entouraient. Tu te souviendras peut-être aussi que j'ai pu déterminer ce qu'il fallait que je fasse et comment.

— Oui, je te l'accorde.

Il la tira un peu plus haut de sorte qu'elle repose sur lui, leurs jambes entrelacées.

— Tu n'arrêtes pas de me prendre dans tes bras et de me transporter, marmonna-t-elle. Tu sais, quand je ne suis pas blessée ou ronde comme une barrique, j'ai deux pieds qui marchent parfaitement bien.

— Tu es juste tellement magnifiquement portable, lui dit-il. (Elle pouffa et son corps se détendit contre le sien, sa tête calée sous son menton.) J'aime te trimballer. (Il adorait la sensation de l'avoir dans ses bras.) Alors, c'est donc la morale de l'histoire ?

Elle bâilla.

— Arrêter de paniquer ?

— Ça aussi, oui. (Il lui frotta le dos.) La morale de l'histoire est que tu dois apprendre à me faire confiance. N'essaie pas de faire ton boulot et de t'inquiéter de moi en même temps. C'est trop, et surtout, ce n'est pas nécessaire. Tu as une immense tâche devant toi. Il faut que je puisse te faire confiance moi aussi, savoir que tu es au top de ta forme pour ce travail. On a tous les deux besoin que tu réussisses.

Elle l'embrassa dans le cou.

— Nous avons tous les deux besoin que tu réussisses toi aussi.

— Je pense que ça marche bien jusque-là, fit Tiago. Pas toi ?

— Si, si.

Le bain moussant était chaud et délicieux et le corps de Tiago le lit le plus confortable qui soit. Elle entrouvrit les yeux. Sa poitrine musclée paraissait encore plus masculine au milieu des bulles. Elle posa les yeux sur l'énorme renflement de son biceps en suivant du doigt le contour de son tatouage en forme de barbelé.

— Qu'est-ce que tu as appris ? s'enquit-elle.

— Sur toi ?

Sa voix grave, paresseuse résonna dans son oreille.

— Non, gros bêta, sur les autres.

Il se déplaça et l'embrassa sur le front. Il lui dit par télépathie :

— *D'après son odeur et ses tics, le cloporte est certainement un toxico. À moins qu'il puisse me convaincre qu'il est malade et prend un médicament qui lui donne cette odeur chimique, il faut qu'il dégage. Le capitaine de la garde doit dégager aussi. À mon avis, il a un problème avec les femmes qui ont de l'autorité, mais ça n'a pas tellement d'importance. Je n'aime pas comment il réagit en face de toi, tout simplement. J'aime bien la majorité du personnel de maison. Je n'ai pas d'opinion sur le personnel chargé du terrain, enfin de l'extérieur, du moment qu'ils appliquent les consignes de sécurité. Et je n'ai nullement confiance en Naida.*

» *Je n'ai pas encore décidé à propos d'Aubrey. Désolé, mais je ne sais pas encore, non. Je pense qu'Arethusa enquête vraiment sur les attentats et elle semble ne se fier à personne. Ce qui m'incite à être d'autant plus prudent. Et je pense que Kellen est vraisemblablement un problème, politiquement du moins. Et puis il y a une dernière chose.*

— *Quoi ?* Sa voix mentale était atone, lasse.

Il imaginait combien cela devait être difficile pour elle d'entendre tout cela. Ces gens étaient ses gens, son peuple. Elle se souvenait même d'un certain nombre d'entre eux, qui avaient été présents dans son enfance heureuse. Elle devait être aux prises avec des instincts contradictoires pour déterminer en qui elle pouvait avoir confiance. Il sentit ses bras se tendre. Il lui dit de sa voix la plus douce :

— *Peut-être que les attaques à ton encontre ont été manigancées par des individus qui ne sont pas des Faes noires. Mais en analysant tous les facteurs, y compris la chronologie des événements, je pense qu'il est à peu près sûr que l'individu qui se cache derrière les attaques se trouve sous ce toit.*

Elle resta silencieuse, soupesant ses mots.

— *Qu'est-ce que tu veux dire ?*

— *Je n'ai pas de preuves*, dit-il. *Et je me trompe peut-être. Mais réfléchis : qui aurait eu le temps de développer une alliance avec Geril et de l'inciter à commettre un crime franchement tordu ? Et ce n'était pas seulement un crime. C'était un assassinat politique. Il devait y avoir un sacré mobile pour ça et je ne suis pas certain que l'argent ait été le véritable mobile.*

— *Quoi d'autre, alors ?* s'enquit-elle.

Il relata la conversation que Rune et lui avaient eue avec Arethusa à la morgue, et le pot-de-vin que Geril avait reçu de la société factice basée dans l'Illinois et que Cuelebre Enterprises soi-disant possédait.

— *N'oublie pas, je ne fais que des suppositions*, dit-il. *Mais vu la manière dont Urien contrôlait la circulation des personnes et des marchandises entre Adriyel et le reste du monde, il semble peu vraisemblable qu'un agent extérieur venant d'un autre domaine ait pu avoir le temps de persuader Geril d'agir. Et pourquoi un autre domaine aurait-il voulu faire un truc pareil ?*

— *Il n'aurait aucune raison*, murmura-t-elle. *Aucune raison.*

— *Précisément*, reprit-il. *Il n'y a pas de mobile. Il faut examiner cela en pesant les risques et les avantages. Tu es déjà connue de tous les domaines et chacun d'entre eux, sans exception, espère développer avec toi une bonne relation. Ils n'apprécient peut-être pas outre mesure tes liens avec Dragos, mais au pire ils observeraient et attendraient de voir quel monarque tu ferais. Le projet de t'assassiner viendrait plus tard s'ils avaient l'impression que tu représentais un danger pour eux. Essayer de t'assassiner maintenant ne profiterait à aucun d'eux et ne compenserait aucunement le risque bien réel d'une guerre avec les Faes noires ou avec Dragos.*

Elle était toujours blottie contre lui et gardait le silence.

— *Je le répète, je n'ai pas de preuve*, ajouta-t-il doucement. *Mais le scénario le plus logique, si on s'en tient à ce que nous savons, c'est que l'auteur de ces tentatives d'assassinat est quelqu'un qui a accompagné Geril à Chicago. Peut-être quelqu'un ayant une allégeance à la clique d'Urien. Ses vieux potes en somme. Cette piste m'intéresse tout particulièrement et je compte la poursuivre dès que nous serons à Adriyel. L'auteur des attaques aurait pu mettre Geril dans sa poche en lui promettant une grosse récompense. De son côté, Geril aurait perçu cet individu comme un nouveau chef suffisamment crédible pour que te tuer devienne plus souhaitable que de t'épargner et d'essayer d'être dans tes petits papiers.*

Elle secoua la main pour en détacher la mousse et se frotter le front car elle commençait à avoir mal à la tête.

— *Geril était une vraie girouette*, remarqua-t-elle pensivement. *Il me semble que l'intérêt politique d'une liaison avec moi l'aurait emporté sur le risque représenté par son complice.*

— *Il avait peut-être même envisagé de le trahir*, ajouta Tiago. *Jusqu'à ce qu'il soit clair que Geril ne t'intéressait pas du tout. C'est alors qu'il est devenu impératif d'agir conformément au pacte conclu initialement avec son complice. Et ce complice ne pouvait être qu'à Chicago et non à Adriyel parce qu'il avait les moyens et l'occasion d'agir vite pour monter la seconde attaque. C'est le scénario le plus probable que nous ayons pour l'heure. Tout indique qu'il s'agit de quelqu'un faisant partie de la délégation des Faes noires – ou de leur entourage direct.*

Elle savait déjà qu'il y avait de fortes chances que les personnes qui avaient essayé de la tuer soient des Faes noires, mais c'était bien pire de l'entendre énoncé et exposé avec la logique froide et implacable de Tiago.

— Tu sais en tout cas comment gâcher un excellent bain mousseux, fit-elle à voix haute.

Quand l'eau du bain refroidit, il la souleva et la sortit de la baignoire. Puisqu'il aimait tellement la transporter, elle décida de le laisser faire. Il la déposa et lui tendit une serviette. Elle se sécha, les paupières closes. Puis il la reprit dans ses bras. Elle était endormie avant qu'il ait franchi le seuil de la salle de bains.

La chose dont elle eut ensuite conscience fut d'avoir chaud partout. Son cou, sa joue et son oreille étaient brûlants.

Irritée, elle se frotta le cou et essaya de glisser la tête sous son oreiller qui était dur, mais elle n'arrivait pas à se mettre dessous ; il montait et descendait. Elle ouvrit les yeux. Elle était allongée sur Tiago qui était affalé sur le dos, la tête tournée. Tous les oreillers de plume étaient tombés par terre. Elle leva la tête pour examiner le lit. Toutes les couvertures avaient atterri par terre elles aussi. Ils étaient tous les deux nus et seul le drap les couvrait. Les rideaux n'avaient pas été complètement tirés et une bande brillante de soleil matinal barrait le lit. C'était la chaleur de ces rayons qui l'avait réveillée.

Elle pencha la tête et étudia Tiago. Elle ne l'avait jamais vu dormir auparavant. C'était seulement la deuxième fois qu'elle partageait un lit avec lui. Apparemment, il ne comprenait pas encore très bien le concept de partager un lit d'ailleurs. Il occupait toute la largeur du lit deux places.

Il diffusait de la chaleur. Elle pouvait la sentir quand elle laissait planer sa main deux centimètres au-dessus de sa peau brunie par le soleil. Il avait la tête tournée du côté de l'astre. L'arc formé par sa tête et qui se poursuivait le long de la colonne de son cou jusqu'à l'évasement de ses clavicules était puissant et gracieux. Une longue cicatrice balafrait le côté droit de son torse. Elle naissait à la base de ses côtes pour finir dans le dos. Ses muscles intercostaux saillaient le long de sa cage thoracique. Ses larges épaules et sa poitrine massive révélaient une force herculéenne en mesure de catapulter son immense forme wyr dans les airs avec une vélocité suffisante pour abattre un hélicoptère de combat.

Elle toucha la cicatrice. L'une des légendes qui circulaient sur Tiago dans la tour depuis la fin des années soixante racontait que des soldats sous ses ordres s'étaient un jour retrouvés coincés sous le feu ennemi d'un hélicoptère de combat. Ses guerriers se faisaient tuer, alors il s'était transformé, avait pris sa forme wyr et foncé dans l'hélicoptère, le percutant de plein fouet et le poussant vers une falaise ; il avait réussi à s'écarter juste avant l'explosion de l'appareil. Il avait été gravement blessé quand l'une des pales de l'hélice l'avait coupé et il avait dû faire un hiatus de six mois. Se remémorant la manière dont il avait bondi pour stopper net le 4 × 4 qu'elle conduisait, elle était tout à fait prête à croire ce récit.

Elle poursuivit son étude. Une beauté magnétique résidait dans ses pommettes saillantes, ses sourcils sombres, ses joues creuses, son front, son nez et son menton volontaires et cette bouche tellement expressive. Quand il était éveillé, l'intelligence et l'agressivité se lisaient sur ses traits et faisaient de lui une arme biologique naturelle. Il lui faisait penser à un bélier ; sa personnalité avait la force nécessaire pour renverser un gouvernement. Pas étonnant que les Faes noires se montrent si réticentes à l'idée de son installation dans leurs terres et leur royaume.

Il s'était amusé la veille. *Amusé.* Elle le revoyait affalé sur le fauteuil dans le bureau, engloutissant calmement les pâtisseries sous le regard choqué d'Aubrey. Et au cours de cet horrible dîner ? Un certain nombre de personnes le fusillaient du regard et avaient plusieurs fois essayé de lui décocher des remarques vénéneuses pendant qu'il ingurgitait des quantités effarantes de plats délicieusement préparés. Il avait apprécié son repas tout en affichant une indifférence monumentale envers les autres convives. Ce n'était pas qu'il ne se rendait pas compte de l'hostilité qui l'entourait. Mais juste qu'il s'en fichait éperdument.

Elle se pinça le nez et se mordit la lèvre pour s'empêcher de rire et ne pas le réveiller. Il avait besoin de beaucoup moins de sommeil qu'elle et d'après ce qu'elle avait pu constater, il n'avait pas beaucoup dormi depuis son arrivée à Chicago. Elle voulait savourer ce rare plaisir de pouvoir le regarder dormir.

Il fallait qu'elle apprenne à lui faire confiance, avait-il dit. C'était vrai. La veille, il avait glané une somme étonnante d'informations simplement en observant les gens, et il avait une vision claire et forte de ce qu'il devait faire. Son caractère impitoyable, son sens tactique et sa logique implacable associée à ses talents d'investigation faisaient de lui un choix naturel et idéal pour la position qu'il avait choisi d'adopter.

Elle inspira profondément et poussa un long soupir. Pour la première fois depuis une éternité, lui semblait-il, l'étau qui lui serrait la poitrine avait disparu. Elle se sentait plus légère, pleine d'espoir et d'optimisme.

La théorie que Tiago avait avancée était convaincante. Elle croyait, tout comme lui, qu'un tueur était aux aguets dans la maison. Mais elle était persuadée désormais que le tueur serait découvert et arrêté et que Tiago et elle avaient une petite chance de réussir cette nouvelle vie qu'ils avaient commencé à se construire.

Confiance, espoir, optimisme. Passion et rire. Sécurité. C'était la moisson de cadeaux qu'il lui avait apportée. Quelques jours plus tôt seulement, elle était ivre, blessée, effrayée et seule.

Saisie par l'émotion, elle appuya ses lèvres sur son torse chaud. Elle observa ses traits quand il commença à émerger du sommeil, sa belle bouche esquissant un sourire endormi. Il posa une main sur sa joue et toucha le bout pointu de son oreille. Elle sentit le sexe de Tiago durcir contre sa hanche ; une palpitation au creux de son ventre lui fit aussitôt écho. Elle s'offrit un merveilleux étirement de tout son corps et vint se glisser contre lui.

— Petite fée, tu sais vraiment faire prendre conscience à un homme qu'il est content d'être en vie, fit-il.

Sa voix au réveil était rocailleuse et plus grave et elle vibra contre sa joue. Il bâilla.

— En attendant, tu prends tout le lit, fit-elle remarquer.

Elle l'embrassa sur le mamelon, qui se durcit sous ses lèvres.

— C'est confortable, alors pourquoi pas ?

— Tiago, c'est mon lit.

Elle lécha son téton et le mordilla en l'écoutant respirer plus vite. C'était le son le plus sexy qu'elle ait jamais entendu. La palpitation au creux de son ventre devint liquide tandis qu'elle sentait croître l'érection de Tiago.

Son sourire s'élargit. Il enveloppa sa joue de ses longs doigts habiles.

— Tu es ma fée et puis je ne t'ai pas entendue te plaindre pendant la nuit.

— Je me plains maintenant.

Elle continua de mordiller sa peau. Il inspira bruyamment.

— C'est ça que tu es en train de faire ? fit-il entre les dents. (Ses jambes bougeaient sous elle.) Prends ton temps, dis-moi tout. J'ai une patience infinie pour ce genre de plaintes et de récriminations.

— J'exige une récompense.

Elle se glissa plus bas le long du torse musclé, traçant son chemin en léchant et en embrassant sa peau.

Il poussa un feulement et leva la tête pour la regarder de ses yeux noirs étincelants. Il prit tendrement sa tête entre ses mains.

— C'est ça la récompense ? Je suis en train d'apprendre une langue nouvelle. Je t'en prie, par pitié, récompense-toi autant que tu le souhaites.

— Je pense que je vais le faire en effet.

Son membre rigide reposait contre son ventre plat. Le gland atteignait presque son nombril. C'était aussi beau que le reste de son corps : gros, chaud et soyeux. Les testicules étaient des globes durs entre ses doigts. Elle souleva le pénis, le porta à ses lèvres et se mit à le sucer.

Il rejeta la tête en arrière contre le matelas et ouvrit la bouche en un cri silencieux. La vue de son plaisir intense était tellement excitante qu'elle sentit son miel abonder encore davantage. Un désir farouche se lova entre ses cuisses, vibrant avec insistance. Elle égratigna doucement ses flancs tout en le suçant et il s'arc-bouta.

Ses mains et les muscles puissants de ses cuisses tremblaient. Et c'était elle qui était responsable de ça. Elle faisait trembler cet homme. Elle ronronna, ouvrit la gorge et prit toute la longueur de son sexe dans sa bouche.

— Niniane !

Cette chambre paisible baignée de soleil était leur oasis, le lieu où laisser de côté leur stress et les dangers extérieurs, le lieu où savourer la richesse de leur sensualité. Quand ils quitteraient cette demeure, il faudrait qu'ils portent des armes et qu'ils observent le monde avec prudence, mais pour l'heure, ce moment leur appartenait et elle en profiterait jusqu'au bout avant de le laisser s'enfuir. Comblée par la générosité de tous ces cadeaux somptueux, elle osa penser et formuler ce qu'elle ressentait.

— *Tu es à moi,* murmura-t-elle dans sa tête.

— Je ne saurais être davantage à toi, petite fée, réussit-il à articuler. Ne laisse rien de moi.

Elle tendit les mains vers lui. Il entrelaça ses doigts entre les siens. Ils ne se lâchèrent pas pendant qu'elle continuait à lui donner du plaisir jusqu'à ce que la vitalité tiède de son orgasme lui inonde la bouche.

Il n'avait pas fini, bien sûr. Elle l'avait excité à un tel point qu'il se dressa au-dessus d'elle avec un air éperdu, vulnérable presque. Il la cloua sur le lit et la pénétra avec vigueur. Elle tourna la tête en savourant l'extrême beauté de cette invasion intime et le soleil l'aveugla. Le monde qui l'entourait était radieux, lumineux. Il s'étira et épousa les contours de son fourreau, et elle s'agrippa à lui de toutes ses forces. Elle saisit l'arc de ses larges épaules courbé sur elle. Il avait rejeté la tête en arrière et fermé les yeux. Certains tueraient pour ce genre de beauté.

Il prit tout. Il était impensable de laisser quoi que ce soit d'elle.

— Je t'aime.

Elle entendit l'écho dans la chambre et sut qu'elle avait prononcé les mots à voix haute.

Il se pencha au-dessus de son visage et prit sa bouche tout en allant et venant en elle.

— C'est donc ce qu'on appelle l'amour, haleta-t-il. *La petite mort*.

Inondée d'or, elle s'émerveillait du langage de son corps, de la poésie de son esprit.

La petite mort. Plus qu'un orgasme, une libération spirituelle.

Puis ils prirent leur envol.

Tard dans l'après-midi, un coup hésitant fut frappé à la porte.

— Oui ? fit Niniane.

Vrayna, une des domestiques, dit :

— Toutes mes excuses, Votre Majesté, je sais que vous avez demandé à ne pas être dérangée, mais une policière de Chicago est arrivée et voudrait vous voir.

— Oh, super, c'est Cameron ! (Niniane laissa tomber les vêtements qu'elle avait dans les mains et applaudit.) Faites-la monter.

Quelques minutes plus tard, un second coup, plus hardi, retentit. Elle ouvrit la porte en grand. Cameron se tenait dans le hall, habillée de manière décontractée, en jean, débardeur rouge, des chaussures noires aux pieds. Ses cheveux auburn étaient retenus par une simple barrette et son visage constellé de taches de rousseur brillait de joie. Niniane se jeta à son cou. Cameron rit et lui rendit son accolade affectueuse.

Puis elle regarda par-dessus l'épaule de Niniane.

— Euh, vous êtes sûrs que vous avez toujours l'intention de partir demain ?

Niniane se retourna pour regarder à son tour.

La chambre était un véritable capharnaüm aux couleurs de l'arc-en-ciel. Il y avait deux fauteuils à côté d'une petite table installée devant les fenêtres ouvertes. Il y avait sur un plateau les restes d'un repas. Tiago était assis dans l'un des fauteuils, les jambes étendues. Il était vêtu d'un jean, d'un tee-shirt noir, de bottes et ne semblait porter qu'une seule arme, un pistolet glissé dans un holster. Des boîtes à bijoux et des trousses de toilette et de maquillage étaient amoncelées au bas du lit. Ce dernier disparaissait sous des robes et d'autres tenues. Des dizaines de chaussures débordaient d'un placard. Le second fauteuil croulait sous des livres de poche, des magazines, des dossiers et un ordinateur portable.

Une montagne de sous-vêtements ajourés et transparents dans toute une gamme de couleurs, rose, crème, bleu roi, noir, rouge et quelques-uns fleuris étaient empilés sur les genoux de Tiago. Il tenait dans ses mains une paire de mules rose pâle à hauts talons bordées de plumes de marabout. Elles paraissaient ridiculement petites dans ses immenses mains ; les plumes ondulaient doucement dans la brise qui se faufilait par les fenêtres.

Cameron tenta sans grand succès de dissimuler son éclat de rire en prétendant tousser.

— Les fanfreluches vous vont plutôt bien, sentinelle.

— Allez vous faire foutre, répondit Tiago d'un ton affable.

Il tourna une des chaussures et la regarda d'un air perplexe, puis il souffla sur les plumes.

— M. Incroyable a découvert qu'il avait des opinions sur la mode féminine, expliqua Niniane à Cameron avec un air espiègle.

— Vraiment ? (Cameron secoua la tête.) J'en reste sans voix.

— J'ai des opinions très arrêtées sur la mode en matière de lingerie, déclara Tiago. (Il regarda la pile d'article soyeux sur ses genoux.) Tout ceci doit venir avec nous. Je trouverai de la place quelque part, quitte à les transporter dans mes propres sacoches. (Il leva la chaussure pour que Cameron puisse voir le talon.) Elle arrive à équilibrer son poids, qui n'est pas lourd, j'en conviens, sur ces minuscules surfaces.

— C'est un talent que je n'ai jamais acquis, dit Cameron. Même si je n'ai jamais cherché à l'avoir non plus, à vrai dire.

— J'arrive même à courir dans ces chaussures.

Tiago leva la tête. Son visage devint attentif.

— Je demande à voir. Tu as ces perles et ces lames quelque part ?

— Pas maintenant, répliqua-t-elle, le rouge lui montant aux joues. Nous avons de la visite. (Elle sourit à Cameron.) J'espère que vous n'avez pas eu besoin de démissionner pour pouvoir venir.

— Non. J'ai pris un congé. Étant donné les circonstances un peu particulières et la différence temporelle entre ici et l'Autre Contrée, sans compter l'honneur de l'invitation, mon patron a fait preuve de souplesse. J'ai mes bagages avec moi et je suis prête à partir. Vous, clairement, ne l'êtes pas, fit la policière en levant les sourcils.

— *Pff* ! (Niniane balaya la remarque d'un revers de main.) Nous aurons des animaux de bât, mais l'essentiel reste ici de toute façon. J'essayais de choisir ce que je voulais emmener quand Tiago a voulu participer, s'est mis à poser des questions, et… bref. (Elle tira légèrement la langue.) Nous avons dérangé quelque peu la chambre.

Tiago étudiait Cameron d'un air pensif. Il pointa une des chaussures dans sa direction.

— Je voudrais vous parler de quelque chose.

— Bien sûr, fit Cameron en passant les pouces dans les passants de son jean. Qu'est-ce qu'il y a ?

— Asseyez-vous dans mon bureau.

Il indiqua l'autre fauteuil, puis remarqua qu'il était jonché de vêtements.

— Petite fée, ça te dérange si on déplace ces trucs ?

— Non, non. (Niniane se frotta la nuque, visiblement frustrée.) Je n'arrive pas à retrouver cette boîte incrustée d'ivoire et je sais que je l'ai amenée avec moi. Tu as besoin de moi pour cette conversation ?

— Non. Va chercher ta boîte, répondit Tiago en lui souriant.

Il aida Cameron à dégager le second fauteuil pendant que Niniane disparaissait dans le dressing. Cameron s'assit et il tapota contre ses lèvres la mule qu'il tenait toujours en la regardant.

— Je crois que j'ai une assez bonne idée de votre salaire annuel, fit-il. (Il donna un chiffre.) C'est proche ?

Cameron fit un petit bruit de la bouche.

— Oui, assez. J'ai vingt ans d'ancienneté, mais un flic ne gagne pas des mille et des cents.

— Vous avez peut-être entendu que je n'étais plus une des sentinelles de Dragos.

— Le bruit court, oui.

— Je suis désormais le chef de la sécurité de Niniane, fit Tiago, et je pars de zéro. Venez travailler pour moi pendant un an et je triple votre salaire. Si vous voulez partir au bout d'un an, je vous aiderai à vous installer de nouveau à Chicago et à trouver un boulot.

— Vous me demandez de venir *vivre* à Adriyel pendant un an ?

Tiago haussa les épaules. Il continua en s'adressant à elle par télépathie :

— *Elle vous aime beaucoup et elle est détendue quand vous êtes là. Elle rit, elle plaisante. Vous avez les mêmes références culturelles qu'elle et vous comprenez que toutes ces fanfreluches ont de l'importance pour elle. Niniane et moi devons établir des relations avec les Faes noires et nous allons le faire. Mais pour l'heure, vous êtes un détective aguerri, vous êtes gentille avec elle et je crois que vous l'aimez bien vous aussi. Et j'ai confiance en vous. En vous regardant, je me rends compte que tout ce que vous incarnez est plutôt rare à trouver.*

— *Je l'aime bien*, répliqua Cameron. (L'humaine fronçait les sourcils, pas de manière sceptique, mais pensive.) *Je l'aime même beaucoup.*

— *Le travail de policier et celui de garde du corps sont deux choses différentes bien sûr*, ajouta Tiago. *Vous aurez beaucoup à apprendre et il faudra que vous appreniez vite. Je me souviens avoir lu sur votre fiche que vous aviez suivi une formation d'arts martiaux, mais je doute que vous ayez manié l'épée.*

— *En fait, si, j'ai manié l'épée, ainsi que le couteau et l'arc*, expliqua Cameron. *Il y a un cours prévu pour les détectives comme moi qui ont une étincelle de Force en eux et qui sont susceptibles d'avoir à passer dans une Autre Contrée à la poursuite d'un fugitif. C'était juste un cours d'introduction. Ce n'est pas suffisant, mais c'est un début. Mon Dieu, je songe vraiment à accepter. Mais vous n'avez pas déjà assez de gardes du corps ? Puissants, je veux dire ? Rune, Aryal, et des vampires ?*

— Si, mais ils repartent tous après le couronnement de Niniane dans une semaine environ. Et je ne peux pas rester avec elle vingt-quatre heures sur vingt-quatre. Il va falloir que j'établisse mon propre bureau quand nous arriverons à Adriyel et que je commence à développer mon propre réseau de services secrets. Et nous avons un tueur parmi nous, quelqu'un qui veut la mort de Niniane.

Quelque chose tomba dans le dressing et Niniane poussa un juron.

— Ça va, petite fée ? héla Tiago.

— Ouiiiiiiiii, répondit Niniane. (Elle avait l'air énervé.) Cette foutue boîte vient juste de me tomber sur la tête.

Il sourit.

— Je ne peux pas vraiment vous laisser le temps de la réflexion, ajouta Tiago en s'adressant à Cameron. Si vous n'acceptez pas cette mission, il faut que je trouve quelqu'un d'autre.

— J'accepte, répondit Cameron.

16

Niniane était contente de voir Cameron, mais elle se rendait aussi compte que son arrivée annonçait un changement inévitable. L'intimité ensoleillée qu'elle venait de partager avec Tiago s'évapora. Elle était heureuse d'avoir pu prolonger leur idylle pendant presque toute la journée, mais regrettait qu'il faille déjà passer à autre chose.

Tiago passa la tête dans le dressing.

— Petite fée ?

Elle était assise en tailleur, la boîte incrustée d'ivoire sur les genoux, passant un doigt sur le couvercle.

— Oui ?

— Ça te va si Cameron reste avec toi ? J'ai des trucs à faire. Je veux parler à Rune et Aryal.

— Bien sûr, fit-elle sans relever la tête.

Il resta silencieux. Puis elle avisa ses bottes. Il s'agenouilla et glissa une main sous son menton afin de lui faire relever la tête. Il l'embrassa rapidement, avec fougue toutefois.

— *Tu ne montres pas beaucoup d'enthousiasme à cette idée.* (Il caressa sa lèvre avec son pouce.) *Tu es sûre ?*

Elle s'éclaircit la gorge et lui dit d'une voix plus affermie :

— Oui, je suis sûre. (Elle croisa son regard interrogateur et lui fit un petit sourire.) C'est juste que je ne voulais pas que notre journée ensemble s'achève, enfin c'est déjà un peu le cas dans ma tête, de toute façon. Nous avons tous les deux beaucoup de choses à faire avant de passer de l'autre côté demain.

Il avait une expression résolue.

— Nous nous ménagerons du temps. Et je ne transigerai pas là-dessus. Je suis un homme égoïste et je n'ai pas l'intention de me priver.

Le sourire de Niniane s'élargit.

— Je te rappellerai cette phrase.

Il pencha la tête et désigna du menton ce qu'elle avait sur les genoux.

— Qu'est-ce qu'il y a dans cette boîte ?

Elle protégea le couvercle avec ses mains.

— Juste des souvenirs. Je te dirai une autre fois.

— D'accord. (Il saisit ses cuisses et se pencha.) Allez, encore un pour la route.

Elle caressa sa joue en l'embrassant, savourant son odeur masculine et la sensation de ses lèvres chaudes et fermes sur les siennes. Puis il se leva et sortit. Il sembla emmener avec lui presque toute la lumière et la chaleur du jour.

Elle se leva au bout de quelques minutes, les bras autour de la boîte, et retourna dans la chambre. Cameron était occupée à trier la pile de vêtements sur le lit, faisant des tas bien nets. Elle avait déjà trié la lingerie. La pile était posée au pied du lit avec les mules bordées de marabout perchées sur le dessus.

— Vous n'avez pas besoin de faire ça, fit Niniane.

Un grand sourire fendit le visage de Cameron.

— Vous plaisantez ? C'est trop bien. Ranger votre garde-robe, c'est un peu comme faire une virée chez les grands couturiers.

— Je sais, j'achète trop. (Niniane se mordit la lèvre.) Faire des courses, c'est une réaction au stress chez moi.

Cameron haussa les épaules.

— Si votre budget vous le permet, qu'est-ce que ça peut faire ?

— J'écoutais votre conversation avec Tiago, reprit Niniane. Je suis ravie que vous ayez accepté sa proposition. Au fait, est-ce qu'on peut se tutoyer ?

— Bien sûr, fit Cameron. Super pour le poste, je me demandais justement si j'aurais dû t'en parler avant d'accepter. Il faudra que j'envoie mon préavis à mon patron par e-mail et que je voie avec mon frère pour qu'il s'occupe de mettre mes affaires dans un garde-meubles. Mais je peux faire ça plus tard. Pour l'instant, de quoi as-tu besoin ?

— Tu es déjà en train de le faire.

À elles deux, elles eurent tôt fait de trier les affaires. Niniane garda sur le lit ce qu'elle allait emporter avec elle. Elle choisit des tenues adaptées pour monter à cheval et camper : jeans, tee-shirts, pulls, baskets et bottes. Elle choisit le strict minimum en affaires de toilette et produits de beauté. Une veste imperméable, une écharpe et toute la lingerie qu'aimait Tiago, le petit sac qui contenait ses couteaux, leurs divers étuis et le petit flacon de poison dont elle se servait pour enduire leurs pointes complétèrent le tout. Sans oublier quelques bijoux, quelques souvenirs de sa vie à New York, deux ou trois livres de poche et la boîte incrustée d'ivoire. Elle ferait envoyer d'autres choses ultérieurement et étofferait sa garde-robe à

Adriyel avec des vêtements faes noires, elle pouvait donc se permettre de voyager assez léger.

Puis elle s'assit sur le lit et ouvrit la boîte. Elle contenait une paire de pistolets Remington derringer à double canon de calibre .41 avec des crosses incrustées d'argent, une cartouchière en feutrine et de quoi nettoyer les armes.

— Wow, ils sont magnifiques, s'exclama Cameron en s'asseyant à côté d'elle. Est-ce que ce sont des derringer 1866 ?

— Oui, répondit Niniane. (Elle en prit un, vérifia qu'il n'était pas chargé et le tendit à Cameron.) Je les ai achetés dès qu'ils sont sortis. Les derringer étaient tellement plus faciles à manier pour moi que les pistolets plus anciens, et puis on peut en porter un dans la poche de sa robe ou de son manteau, ou encore en glisser un dans sa bottine.

Cameron inspecta le petit pistolet avec révérence.

— Tu les as achetés quand ils étaient neufs. Mon Dieu. (Elle regarda dans le canon.) Où est-ce que tu vas les ranger quand nous traverserons ?

— Je ne vais les ranger nulle part. Nous allons les nettoyer, les charger, et je vais les emmener avec nous.

Cameron leva les sourcils avec surprise.

— Je ne comprends pas. La technologie ne marche pas dans les Autres Contrées.

— Ce n'est pas tout à fait vrai, rétorqua Niniane en tendant la main vers l'arme que Cameron lui donna. (Elle montra à la policière comment la nettoyer et la charger.) Dragos a fait de nombreuses expériences. Les technologies passives, telles que les toilettes sèches ou les appareils qui utilisent la chaleur solaire marchent parfaitement bien. Nous emmenons d'ailleurs avec nous un filtre à café Melitta. Les arcs modernes et les arcs à poulies fonctionnent également.

— Intéressant.

Cameron nettoyait le pistolet qui lui avait été confié. Ses mains longues et fortes maniaient l'arme avec assurance et expertise.

— La magie est tellement puissante dans les Autres Contrées que Dragos pense qu'elle constitue une espèce de mécanisme de défense naturel. Il affirme que cela fonctionne comme le système immunitaire de l'organisme, poursuivit Niniane. Quand elle identifie quelque chose agissant selon un quelconque principe de combustion, la magie intervient pour la bloquer. C'est pour cette raison que les pistolets s'enrayent.

Niniane chargea le sien et tendit quelques balles à Cameron qui les prit d'un air toujours aussi surpris.

— Tu ne me rassures pas tellement avec cette petite conversation, fit-elle.

— Je t'explique, reprit Niniane. Les armes automatiques se bloquent ou s'enrayent toujours dès qu'on les utilise de l'autre côté, mais il peut prendre un peu plus longtemps à la magie pour reconnaître un modèle aussi ancien de pistolet. On ne sait jamais quand ils risquent d'exploser ou de s'enrayer, et ils sont donc dangereux. C'est pour cela que personne ne les utilise. Mais ils tirent toujours au moins un coup.

L'expression de Cameron était dure. Ses yeux noisette regardaient fixement Niniane.

— Le pistolet peut tirer, mais aussi te tuer par la même occasion.

— Tiago et moi discutions de peser les risques et les avantages la nuit dernière. (Elle s'assit avec le derringer chargé sur les genoux. Elle croisa le regard troublé de Cameron.) L'avantage potentiel que représente ce pistolet compense son risque.

— Il faudrait une situation extrême, dit Cameron, pour que quelqu'un ait recours à cette arme.

Niniane opina. Elle se revoyait glisser dans le sang de ses frères. Puis elle s'imagina glisser dans le sang de Tiago.

— Et alors personne ne s'y attendrait.

Elle réussit à persuader Cameron de ne parler à personne du contenu de la boîte. Elle lui expliqua que si Tiago l'apprenait, il flipperait et les lui confisquerait. Les pistolets ne seraient sans doute jamais utilisés, mais les avoir avec elle lui apporterait un énorme réconfort. L'autre femme rechigna malgré tout jusqu'à ce que Niniane finisse par s'énerver :

— Ça ne te regarde pas, Cameron ! Et si j'éprouve le besoin de me servir de l'un de ces pistolets, c'est que Tiago ne sera pas là pour m'aider.

Cameron affichait un air sombre, mais elle se tut.

Niniane demanda à ce qu'on lui monte des sacoches et des coffres. Cameron et elle y rangèrent la boîte et le reste des affaires.

Peu après le lever du jour, le lendemain, le groupe qui allait se rendre à Adriyel se réunit devant les écuries. La rosée mouillait encore la pelouse, mais l'air matinal se réchauffait rapidement et perdait sa fraîcheur légèrement piquante. La météo annonçait une journée de très forte chaleur à Chicago avec des températures de plus de trente degrés.

Niniane observa les voyageurs depuis sa fenêtre au premier étage. C'était un groupe nombreux et hétéroclite.

Les Créatures de la Nuit avaient fourni leurs propres montures, animaux de bâts, ravitaillement et matériel. Leurs huit humains étaient habillés de manière fonctionnelle, très similaire à la tenue de

Niniane : jeans, bottes, tee-shirts et vestes. Trois silhouettes portaient des pulls à col roulé à manches longues ainsi que des gants sous des robes et des pèlerines qui touchaient le sol. Ils portaient des lunettes de soleil et des masques de ski, et les capuches de leurs pèlerines étaient rabattues sur leurs têtes. Ils n'allaient pas prendre le moindre risque avec le soleil. Et sous leurs vêtements protecteurs, ils s'étaient certainement enduits d'une crème écran total. Ces trois-là devaient être Rhoswen, Duncan et le troisième vampire que Niniane n'avait pas encore rencontré. L'un d'eux – certainement Rhoswen d'après sa taille – tenait le mors d'un étalon arabe à la robe noire. Le cheval avait une couverture sur le dos, mais pas de selle. Il s'ébrouait et essayait de reculer, or la mince silhouette à côté de lui le tenait fermement en place.

Chaque membre de la délégation des Faes noires avait son groupe spécifique. Elles portaient toutes la tenue de voyage habituelle propre à leur domaine et qui consistait en une tunique, des collants, des bottes hautes et de longues redingotes ou pèlerines fendues dans le dos.

Arethusa attendait en compagnie de dix soldats. Elle était habillée pour le voyage tout comme sa troupe : vêtue d'une tenue de combat sobre, brune, constituée d'un haubert, d'un pantalon et de bottes en cuir. Le commandant était occupé à inspecter leurs montures et le chariot de ravitaillement que les soldats étaient chargés de défendre.

Le juge Kellen était saisissant car il était la seule personne aux cheveux blancs. Il déplaçait son grand corps élancé avec une énergie et une vigueur que l'on aurait difficilement imaginées au vu de sa chevelure blanche. Cela aurait été une erreur fatale de croire que son âge impliquait une certaine faiblesse. Il se tenait avec son entourage personnel de quatre serviteurs, le dos tourné vers les autres, et semblait s'entretenir à voix basse avec l'un de ses hommes.

Le groupe d'Aubrey et de Naida n'était pas plus grand, ils avaient juste quatre serviteurs à eux deux. Naida portait une tenue d'équitation brodée vert foncé ; ses cheveux noirs étaient tirés en arrière et son beau visage dégagé. La tenue marron et beige d'Aubrey allait bien avec celle de sa femme. Il vérifiait les étriers et les sangles de leurs chevaux. Ses longs cheveux étaient retenus par un simple cordon de cuir.

Rune, Aryal et Cameron formaient leur propre petit groupe au sein du grand groupe. La tête fauve de Rune était penchée vers Cameron. Elle riait à quelque chose que le griffon venait de lui dire. Niniane sourit en voyant Rune faire son numéro de charme habituel. Aryal avait les bras croisés. Elle étudiait les autres voyageurs de son regard ombrageux et perçant, puis elle leva les yeux et aperçut Niniane à la fenêtre. Elle jeta un regard de côté vers Rune et Cameron et leva les yeux au ciel. Niniane éclata de rire.

Puis Carling entra dans son champ de vision. Elle se déplaçait avec la grâce féline d'une panthère. Quand elle apparut, un silence se fit dans le groupe, comme un frémissement au-dessus de l'eau. La chevelure brune de la vampire n'était pas du noir de jais des Faes noires. Ses cheveux étincelants avaient des reflets auburn qui capturaient la lumière matinale du soleil. Elle les avait relevés, et deux stylets les retenaient. Elle était pieds nus et portait un caftan de coton noir tout simple fendu des deux côtés à mi-cuisse. Chaque fois qu'elle faisait un pas, le vêtement flottait autour de son corps souple qui avait la couleur du miel. En approchant du groupe, elle prit un peu d'élan et sauta sur le dos de l'étalon noir. Elle saisit les rênes que lui tendait la vampire et contrôla facilement sa monture avec ses mains et ses genoux.

— Tu es prête ? fit la voix de Tiago derrière elle.

— Oui, répondit-elle.

Elle se retourna. La silhouette massive de Tiago remplissait l'embrasure de la porte. Il portait son treillis noir habituel, deux épées se croisaient sur son dos, et son couteau de chasse était fixé autour d'une de ses cuisses. Les volutes rasées à l'arrière de son crâne avaient poussé ces derniers jours, il avait donc passé la tondeuse le matin même pour égaliser sa coupe. De nouveau, ses cheveux étaient coupés court ; la sévérité de la coupe soulignait la forme puissante et élégante de son crâne. Il avait fière allure et semblait plus redoutable que jamais.

Il recula pour la laisser passer et, quand elle sortit dans le couloir, il lui prit la main. Il veilla à régler ses foulées sur les siennes tandis qu'ils empruntaient le couloir, puis l'escalier principal. Le personnel de maison s'était rassemblé dans l'entrée pour assister à leur départ. Ils s'inclinèrent tous quand elle arriva au rez-de-chaussée. Elle murmura des au revoir en passant devant eux. Ils franchirent les doubles portes d'entrée et se retrouvèrent en plein soleil.

Tandis qu'ils contournaient la vaste demeure afin de se rendre aux écuries, la Force de Tiago l'enveloppait. Elle soupira de plaisir en sentant sa présence l'environner. Il était d'humeur farouche, prêt à batailler.

— Tu ne t'éloigneras jamais de moi, de Rune, d'Aryal ou de Cameron, ordonna-t-il d'une voix grave. Est-ce que c'est clair ?

— Oui, fit-elle.

Elle lui répondit de manière neutre et patiente, avec calme. Ils avaient déjà discuté de tout cela. Elle était à peu près certaine qu'elle ne courrait aucun danger avec les vampires et leurs serviteurs, mais l'instinct protecteur de Tiago était exacerbé par la taille importante du groupe qui voyageait avec eux et par l'absence relative de progrès dans l'enquête.

Il était d'une humeur massacrante depuis qu'il l'avait retrouvée la veille au soir. Rune et Aryal avaient activement enquêté dans les bars de Chicago et de sa banlieue, que les Anciens fréquentaient. Ils avaient trouvé le bar où les trois Wyrs avaient dîné avant leur attaque, et, en discutant avec le personnel et quelques clients, ils avaient pu obtenir des noms. Qui avaient mené à des adresses. Les Wyrs habitaient et travaillaient à Chicago ; ils étaient des habitués de ce bar, mais préféraient rester entre eux. L'examen de leurs comptes bancaires avait révélé que chacun d'entre eux avait reçu un paiement de vingt-cinq mille dollars, versé par Tri-State Financial Services, la même société qui appartenait soi-disant à Cuelebre Enterprises et qui avait rémunéré Geril. La piste s'arrêtait là.

Personne n'avait vu les trois Wyrs rencontrer qui que ce soit la nuit où ils avaient attaqué. Les sentinelles fouillèrent leurs appartements, mais ne trouvèrent rien. Tri-State Financial Services avait un siège social enregistré auprès de l'administration de l'Illinois, mais l'adresse figurant sur les transferts bancaires s'avéra être celle d'un dépôt UPS.

Cette foutue société était une énigme. Établir une corporation bidon prenait du temps, et ce facteur remettait tout en question. Aucune des Faes noires arrivées à Chicago en provenance d'Adriyel n'aurait eu le temps de créer Tri-State. Rune et Aryal avaient au moins exhumé la preuve que la même personne ou la même conspiration se cachait derrière les deux tentatives d'assassinat. Rune avait demandé à un comptable spécialisé en criminologie de rechercher les origines des ressources financières de la société, mais ce type d'enquête prenait du temps, or le groupe était sur le point de partir pour Adriyel.

Niniane et Tiago arrivèrent devant l'attroupement. Tout le monde se tourna en même temps et les regarda approcher. Elle leur sourit à tous. Le groupe comptait un total de trente-sept personnes, trente-huit, elle y compris, et si peu d'entre eux étaient de confiance. Ce serait un grand pas en avant si elle pouvait au moins avoir foi en Arethusa et ses soldats.

Puis elle remarqua Rune qui marchait vers elle. Il guidait un cheval qu'elle n'avait pas remarqué depuis sa fenêtre, une jolie jument appaloosa au regard intelligent. Elle avait une robe d'un noir brillant et des taches blanches, caractéristiques de cette espèce, sur la croupe et le chanfrein. L'animal avait une tête fine et gracieuse et de longues jambes qui révélaient des ancêtres arabes ; sa selle et sa bride étaient en cuir noir bordé d'argent.

Niniane rosit de plaisir.

— Qu'elle est belle.

Elle chercha Naida des yeux et vit que cette dernière ainsi qu'Aubrey la regardaient en souriant.

— Nous vous prions de l'accepter en cadeau, fit Naida. Je me suis dit que vous aimeriez peut-être la croiser avec l'une de nos races.

Rune ajouta par télépathie :

— *Je l'ai soigneusement inspectée ainsi que son harnachement. C'est une adorable petite jument. Elle est réactive et affectueuse, elle a une foulée fluide, rapide et elle est stable. Mon odeur wyr la trouble un petit peu, mais elle n'est pas nerveuse. Elle va bien s'adapter à notre présence et fera une excellente monture.*

— C'est tellement généreux de votre part, fit Niniane en se tournant vers Aubrey et Naida.

Elle caressa les naseaux veloutés de la jument qui souffla sur ses doigts et poussa doucement sa tête contre sa main, faisant fondre Niniane d'attendrissement. Toute réflexion sur la politique et les manœuvres pour affermir son nouveau statut de reine la déserta et elle s'extasia :

— Je l'aime déjà. Je t'aime, dit-elle à la jument. (Elle regarda le couple de Faes noires.) Merci du fond du cœur.

— Tout le plaisir est pour nous, Votre Majesté, répondit Aubrey. J'espère que vous profiterez d'elle pendant de nombreuses années.

À ce moment précis, il lui fut impossible de douter de sa sincérité. Le soleil brillait, la jument la regardait de ses grands yeux sombres et liquides, et tout le monde souriait en voyant combien le cadeau lui faisait plaisir. Peut-être que l'un d'entre eux était la personne qui avait essayé de la tuer. Et oui, Tiago insistait beaucoup pour qu'elle soit prudente, et elle suivrait ses ordres. Cela signifiait toutefois que trente-six autres personnes dans ce groupe étaient susceptibles d'être ses amis.

Elle décida que cette cote lui était assez favorable pour que la journée à venir soit belle.

Tiago la prit par la taille, la souleva et l'installa sur la selle. Puis Rune et lui montèrent sur leurs destriers, de formidables chevaux de trait croisés, extrêmement robustes et capables de porter leurs corps de Wyrs pendant des jours et des jours. Puis rien ne se passa. Niniane regarda autour d'elle. Tout le monde était à cheval, mais personne ne bougeait.

Elle lança un coup d'œil à Arethusa qui leva les sourcils. Ah, c'est vrai, ils attendaient qu'elle lance le départ. Le rouge lui monta aux joues. Elle adressa un sourire un peu penaud au commandant et fit un signe de tête. Arethusa inclina la sienne en souriant et donna un coup de la jambe pour faire partir son cheval et ouvrir la marche en direction du point de passage. Niniane et Tiago suivirent Arethusa ; le reste du groupe se mit en route à son tour.

Plus ils s'approchaient du point de traversée, plus la magie se faisait palpable. Niniane ne reconnaissait rien, mais le relief avait eu le temps de changer entre-temps et, de plus, toute la propriété avait été redessinée depuis qu'elle l'avait vue la dernière fois, il y avait plus de deux cents ans. Par ailleurs, elle avait été si stressée lors de sa traversée qu'elle marchait vite, non disposée à s'arrêter pour contempler le paysage.

Le chemin emprunté par Arethusa suivait une pente qui se transformait en un ravin peu profond pour rejoindre l'ancien lit d'un fleuve asséché, et c'est alors qu'elle reconnut l'endroit. Elle se raidit au souvenir de son avancée difficile le long du lit de cc fleuve. Elle était hébétée et en état de choc après le massacre dans le palais, sa fuite et l'accident de graewing. Le fleuve n'était pas sec à l'époque. L'eau était glacée. Elle avait plus d'une fois dérapé sur les pierres mouillées et glissantes, l'esprit et le corps engourdis.

Tiago lui toucha la jambe de la sienne.

— Petite fée.

— Ça va, fit-elle.

— Je demande une preuve.

— Je n'ai pas dit que ça n'était pas difficile. (Elle garda un ton neutre, précis.) J'ai juste dit que ça allait.

Elle garda le dos droit comme un I. Elle ne le regarda pas, parce que si elle lisait de l'inquiétude dans ses yeux noirs, elle pourrait se mettre à pleurer devant tout le monde, ce qui serait horriblement gênant. Elle était peut-être une fille qui aimait les câlins, mais elle était trop fière pour se laisser aller en public.

Il dut comprendre, car il s'écarta pour la laisser avec ses souvenirs.

Le groupe suivit le lit du fleuve et la magie s'intensifia. D'un tournant à un autre, le paysage changea, la saison également. Une bourrasque de vent passa sur eux. Il faisait frais.

Elle contempla le paysage changé. Pour la première fois en deux cents ans, elle voyait les couleurs éclatantes d'Adriyel en plein automne.

C'était tellement silencieux et paisible.

Tiago maintenait son cheval au niveau de la petite jument plus vive de Niniane. Le groupe était en train de contourner le poste de surveillance qui avait été construit pour garder le point de traversée. Le poste était juste une tour ramassée de deux étages flanquée par une caserne. Arethusa leva une main à l'attention des gardes postés en haut de la tour. Ils répondirent par un salut rapide.

Ils avaient quitté Chicago à l'aube ou presque, mais le soleil était déjà presque à son zénith à Adriyel. Les cuisines avaient travaillé toute la nuit afin de fournir au groupe de voyageurs de nombreux plats préparés qui avaient été entassés dans des glacières, puis chargés sur le chariot de ravitaillement. La première journée du voyage serait facile.

Une fois qu'ils eurent traversé, la colonne s'étira un peu le long de la route de terre étroite et forma naturellement des petits groupes choisissant de faire le voyage ensemble et de discuter. Tiago écoutait le bruit que faisaient tous ces gens. Il saisissait des bribes de conversation portées par la brise automnale, le piaffement des chevaux et le bruit sourd des sabots martelant la terre, le cliquetis des harnais et, de temps à autre, un éclat de rire. Des oiseaux volaient dans tous les sens, chantant et gazouillant, lançant des signaux d'alarme. On entendait le bruissement du vent dans les arbres.

Plusieurs soldats passèrent devant eux afin de rejoindre Arethusa et surveiller l'avant du chariot de ravitaillement. Quelques-uns continuèrent en chevauchant sur le côté et le reste des soldats ferma la marche avec les animaux de bât. L'arrangement était un peu trop anarchique et détendu à son goût. Il avait l'habitude des formations serrées, silencieuses et aux aguets progressant dans des zones déchirées par la guerre.

La route suivait un paysage vallonné dont le tapis émeraude d'herbes folles virait au doré avec la fin de l'été. La campagne était piquetée de bouquets d'arbres caducs qui explosaient de couleurs dans une symphonie de rouges, de jaunes et d'orange foncé. Quelques arbres dont la couleur changeait plus tardivement commençaient tout juste à virer, le vert profond de l'été s'éclaircissant et devenant un vert plus tendre, jaunissant sur les bords.

Et c'était tellement tranquille.

Il songeait à l'absence extraordinaire de circulation vrombissante, du ronronnement permanent de la ville qu'il n'arrivait jamais à bloquer totalement, à l'azur de ce ciel vierge qui n'avait jamais été marqué par la traînée blanche d'un avion, et il sourit. Cela faisait du bien d'avoir une raison de sourire. Cela faisait du bien d'inspirer de l'air qui n'était pas souillé par les gaz d'échappement et les autres sources de pollution urbaine.

Il regarda derrière lui, saisit le regard d'Aryal et lui fit signe d'approcher. La harpie obtempéra.

— *Qu'y a-t-il ?* demanda-t-elle télépathiquement.

— *Reste avec Niniane, tu veux bien ? Je vais partir un peu en reconnaissance.*

— *Pas de problème.*

— Petite fée, je vais aller voir un peu en avant, dit-il à haute voix.

Elle était silencieuse depuis un moment, l'air songeur, fermé, triste même, mais elle sortit de sa torpeur et lui sourit.

— Oui, oui, vas-y.

Il lui fit un signe de tête et poussa son cheval afin de se mettre à la hauteur d'Arethusa.

— Je pars en éclaireur, lui dit-il.

Il s'était attendu à ce que le commandant émette une objection, mais Arethusa le regarda simplement en fronçant les sourcils, puis dit :

— Bien sûr.

Il aimait son cheval. C'était une bonne bête qui connaissait bien son boulot. Il pressa ses talons sur ses flancs et partit au galop. Il s'éloigna du groupe à un rythme soutenu jusqu'à ce qu'il parvienne à un bosquet suffisamment éloigné pour lui garantir suffisamment de discrétion. Il s'arrêta, attacha le cheval, prit sa forme wyr et s'envola.

Les Faes noires s'étaient habituées à ce qu'Adriyel soit protégé. Les fées auraient une attaque si elles voyaient un oiseau-tonnerre survoler leur territoire, et il se dit qu'il était préférable qu'elles ne le voient pas, pour l'instant, en tout cas. Il n'avait jamais demandé la permission de voler à qui que ce soit auparavant, et il avait bien l'intention de continuer ainsi. Il se fit invisible dès qu'il fut dans les airs. Les Wyrs les plus anciens et les plus puissants, tels que Dragos et ses sentinelles, avaient l'aptitude de se cacher aux yeux de tous. Peu nombreux étaient ceux qui connaissaient ce détail.

Il parcourut plusieurs kilomètres, devançant le groupe, puis il partit en reconnaissance sur les côtés et survola enfin la queue du convoi, histoire d'être rigoureux dans son inspection. Tout était paisible et tranquille. Il n'y avait pas de fées en embuscade qui guettaient leur passage. Niniane était en sécurité. Elle n'était peut-être pas encore heureuse, mais elle le serait un jour. Il faisait le serment de la rendre heureuse. Pour l'heure, il était suffisant qu'elle soit protégée et qu'elle monte un beau cheval par un après-midi frais et ensoleillé, entourée de vieux amis.

Il osa se détendre pendant un petit moment. Le vent vif soufflait. Il s'éleva haut dans l'azur où l'air était plus rare et laissait entendre un chant mélancolique, sans fin. Le soleil radieux avait une luminosité éclatante qu'il ne lui avait pas vue depuis trop longtemps, et la magie chatoyante de l'Autre Contrée vint à sa rencontre tandis qu'il montait en flèche, ses magnifiques ailes déployées.

Et tout était merveilleusement paisible.

17

Après sa petite expédition de reconnaissance, Tiago rejoignit le groupe détendu et revigoré. Le moral de Niniane remonta en flèche en le voyant approcher. Il faisait un superbe cavalier. Sa silhouette toute de noir vêtue chevauchant le puissant cheval gris pommelé attirait les regards tandis qu'il avançait, imposant et noble. Il était de loin l'homme le plus massif du groupe. Les mâles faes noires qui étaient aussi grands que lui avaient une constitution plus sèche et paraissaient presque efféminés à côté de lui.

Tiago s'approcha pour s'assurer que tout allait bien pour elle, la scrutant de son regard sombre tandis qu'elle lui souriait. Sa Force l'enveloppa de nouveau en une caresse invisible, fugace et ardente. Puis il rejoignit la tête du convoi. Il s'entretint avec Arethusa et repartit en éclaireur accompagné de trois soldats.

Un peu plus tard, le groupe atteignit un coude formé par un fleuve large mais peu profond, et Arethusa décida d'y bivouaquer pour la nuit. L'endroit, plutôt dégagé, avait déjà dû servir de campement par le passé. Tiago et son groupe de soldats étaient partis ramasser du bois, aussi la tâche d'installer le camp fut elle facilitée aux arrivants. La température chuta dès que le soleil déclina. Il gèlerait d'ici peu. Plusieurs grands feux de camp pétillèrent bientôt.

De nombreuses personnes du groupe avaient des tentes modernes en nylon ; la tente de Niniane, elle, était une vaste construction luxueuse, chauffée par des tapis de laine et partagée en deux pièces par de lourdes tentures brodées. De gros coussins étaient disposés dans le salon ainsi que deux chaises en bois capitonnées ; des lampes et un brasero rempli de charbons ardents éliminaient l'humidité et chassaient le froid. La seconde pièce contenait un lit, un tabouret et un petit bureau de voyage, ses sacoches, une autre lampe suspendue à un crochet sur un poteau en métal et les deux coffres remplis de ses affaires. Il y avait aussi, d'après un soldat femelle fae noire, une baignoire en cuivre. Si Sa Majesté le souhaitait, on pouvait faire chauffer de l'eau pour qu'elle puisse prendre un bain chaud.

Niniane faillit pousser un soupir d'extase quand elle l'apprit. Cameron et elle avaient clopiné jusqu'à la tente et s'étaient écroulées sur les chaises une fois à l'intérieur. Elles faisaient partie des plus fourbues du groupe. Elle se demanda si les humains qui servaient les vampires souffraient autant qu'elles. Cameron était athlétique mais n'avait jamais passé ainsi des heures à cheval, quant à Niniane, cela faisait des années qu'elle ne l'avait pas fait.

— Est-ce que ça se voit tant que ça que nous sommes courbaturées ? demanda Niniane.

Cameron, affalée sur sa chaise lui lança un regard sévère.

— Oui, Votre Majesté, répondit le soldat.

Le visage de l'autre Fae noire resta impassible mais ses yeux gris sourirent avec empathie.

— Je vous serais infiniment reconnaissante de pouvoir prendre un bain chaud. Cam ?

— Je donnerais n'importe quoi pour un bon bain, répondit Cameron. Merci.

— Nous allons faire chauffer de l'eau, dit le soldat.

Un peu plus tard, la baignoire fut apportée et remplie de seaux d'eau brûlante. Niniane se déshabilla en toute simplicité, sans complexe et se plongea dans le bain. Cameron lui apporta du Doliprane et du vin chaud. Vingt minutes plus tard, elle se séchait et enfilait un jean propre et un pull. Elle avait encore des courbatures, mais ça allait mieux. Elle laissa Cameron prendre son bain et sortit dehors.

Après la chaleur du bain et de la tente, elle fut saisie par l'air vif. Le camp était installé. Sa tente était dans la zone la mieux protégée, entourée des autres et bien éclairée par les feux de camp. Le soleil avait disparu derrière la cime des arbres. La lumière riche du soir tombant commençait à faiblir. Elle était suffisamment diffuse pour que les vampires aient pu retirer leurs vêtements de protection.

Aryal était assise sur un rondin devant la tente de Niniane, occupée à faire rôtir plusieurs lapins au-dessus du feu. Quelques glacières étaient empilées à côté de ses longues jambes minces. Rune était debout près d'elle, les mains sur les hanches, et observait l'activité qui régnait autour des autres feux. Tiago ne devait pas être loin, Niniane le savait, mais elle ne le voyait pas, son sac non plus. Elle fronça les sourcils, croisa les bras et tapota du pied, réfléchissant.

Rune l'aperçut.

— Hé, choupette. On a préparé à dîner, si tu as faim. Il y a les trucs élaborés dans les glacières, et Aryal voulait aussi de la viande fraîche.

— Encore un quart d'heure environ et le lapin sera cuit, fit-elle.

— Merci. Où est Tiago ?

Rune lui répondit télépathiquement.

— *Il est avec les soldats, il essaie d'établir de bons rapports avec eux, une relation de camaraderie. Ils semblent l'apprécier. Je crois qu'il essaie aussi de faire cracher le morceau à Arethusa. Elle avait promis qu'elle nous dirait ce qu'elle découvrirait à propos de l'enquête, mais elle est restée muette depuis. Peut-être qu'il arrivera à la faire parler.*

Elle opina et regarda les flammes d'un air songeur. Tout ce qu'elle voulait, c'était s'asseoir, détendre son corps endolori en compagnie de ses amis et rester dans la bulle protectrice qui avait été créée pour elle. Mais elle savait qu'il fallait qu'elle communique avec les Faes noires et essaie d'établir un rapport avec elles, tout comme Tiago le faisait, sinon davantage. Elle leva les yeux vers Rune.

— Je devrais faire un tour dans le camp.

— D'accord, allons-y, fit-il.

Il lui emboîta le pas pendant qu'elle passait d'un feu de camp à un autre. Elle s'arrêtait pour discuter avec les soldats, tâchait de mémoriser leurs noms, puis les remerciait d'avoir établi un bivouac confortable. Ils souriaient, puis, elle se dirigea vers le feu de Kellen.

Le juge était en train de manger un simple repas composé de ragoût et de pain poêlé. Il posa son assiette pour se lever en la voyant approcher. Elle leva la main.

— Je suis désolée. Je voulais juste voir comment allait tout le monde. Je vous en prie, ne me laissez pas vous interrompre.

— Mais votre visite est le moment le plus marquant de ma journée, s'exclama Kellen. (Il sourit et indiqua le tabouret à côté de lui.) Je suis tellement content que vous soyez venue. Je vous en prie, joignez-vous à moi. J'adore le ragoût que cuisine mon ordonnance, Huwyn. Je lui demande de le préparer chaque fois que nous voyageons. Puis-je vous en proposer ?

Elle s'assit et garda une expression neutre. Un ragoût fae noire classique était un plat de chasseurs qu'on préparait à l'automne. Il consistait en du gibier, celui qu'on pouvait trouver, cuit avec des baies séchées, des aromates et des racines. La passion de Kellen pour ce plat s'expliquait sans doute par le fait qu'il le savait non empoisonné.

— Mon souper est en train d'être préparé, répondit-elle, mais j'aimerais beaucoup goûter au ragoût d'Huwyn. Je n'en ai pas mangé depuis des années.

Elle sentit plus qu'elle n'entendit Rune derrière elle. Le sourire de Kellen s'élargit. Il lui lança un regard de connivence et lui tendit son propre bol.

— Ce serait un honneur que vous goûtiez au mien.

— Merci, fit-elle. (Elle prit le bol et goûta. C'était un mélange riche et nourrissant tout à fait succulent. Elle prit une autre bouchée avant de se forcer à arrêter, puis lui rendit le bol.) C'est délicieux. Peut-être que je pourrais convaincre Huwyn d'en préparer une grande marmite à partager la prochaine fois.

— Je sais qu'il en serait absolument ravi.

Elle discuta quelques minutes avec lui de la journée qui venait de s'écouler, laissant la conversation prendre un tour détendu.

— J'aimerais vous parler de quelque chose, dit-elle enfin.

— Bien sûr, fit Kellen en posant sur elle son regard intelligent.

Elle observa les flammes dansantes en essayant de trouver les bons mots.

— Je sais combien la tradition compte à vos yeux et à ceux de nombreuses Faes noires, dit-elle enfin. Il est important pour moi d'honorer nos traditions tout en cherchant des moyens d'offrir de nouvelles opportunités, de nouveaux débouchés aux Faes noires. Je pense que trouver le juste équilibre peut se révéler complexe, et j'espère pouvoir discuter avec vous de temps à autre de mes idées, si vous le voulez bien.

— Je serais ravi et honoré de parler avec vous, dit-il immédiatement. (Il lui sourit et les minuscules rides sur son visage mince s'élargirent.) Je peux être un peu obtus parfois, je le reconnais. Vos idées neuves sont exactement ce dont les Faes noires ont besoin.

— Je l'espère, fit-elle. Par exemple, quand nous étions à Chicago, j'ai observé cette vaste demeure, et cela m'a fait penser à quelque chose. Du personnel est affecté en permanence à la propriété, mais elle est inoccupée la plupart du temps. Je pensais qu'on pourrait peut-être la transformer en école. Les gens y suivraient des cours pendant six semaines sur la technologie ainsi que des cours d'informatique. Nous avons tellement de merveilleux métallurgistes. Je me demande ce qu'ils feraient à partir d'ordinateurs et d'autres appareils électroniques. Il faut que nous ouvrions nos frontières et communiquions davantage avec le monde extérieur, et je pensais que ce serait peut-être un moyen de stimuler l'innovation et la croissance économique.

Kellen l'écoutait avec attention. Quand elle se tut, il prononça lentement :

— Je pense que c'est une excellente idée, très généreuse qui plus est, et j'aime aussi le fait que la propriété soit si bien protégée. Une ville comme Chicago peut être étourdissante quand on a vécu tellement longtemps à Adriyel.

— Je suis heureuse de vous l'entendre dire.

Ils discutèrent encore un moment de ce projet d'école. Il était facile d'éviter les sujets épineux en se concentrant sur un autre qui faisait consensus. Il se leva quand elle quitta son siège et tendit la main pour lui toucher le bras.

— C'était une discussion agréable et fructueuse, fit-il. Je suis content que vous soyez passée.

— Moi aussi. Nous nous reparlerons bientôt.

Elle lui souhaita bonsoir et se dirigea vers le camp d'Aubrey et de Naida. Rune la suivait, telle une ombre silencieuse.

Niniane était en pleine réflexion. Elle souhaitait établir des rapports étroits avec Kellen. Il était vrai qu'il ne voyait pas du même œil certaines choses importantes – la présence de Tiago et son installation à Adriyel, par exemple –, et son sens de la vérité n'était pas si affûté que cela, mais elle l'aimait beaucoup. Dans d'autres circonstances, elle serait restée plus longtemps en son agréable compagnie. Elle voulait pouvoir compter sur sa sagesse et son expérience en termes de législation.

Naida et Aubrey étaient détendus et buvaient du vin chaud aux épices. Des glacières ouvertes étaient à leurs pieds. Apparemment, ils avaient apprécié ce que le personnel de cuisine avait préparé. Ils se levèrent en la voyant approcher.

— Niniane, fit Aubrey. (Il prit ses mains dans les siennes et l'embrassa sur la joue.) Comme c'est gentil de passer nous voir. Comment allez-vous après votre première journée à cheval ?

Elle eut un petit rire.

— Après un bain chaud et des comprimés, je me sens seulement mal en point !

Naida lui sourit.

— Je trouve que vous avez été formidable. Vous retrouverez vos muscles très vite. Comment est la jument ?

— Elle est parfaite. Un vrai plaisir à monter.

— Voulez-vous vous joindre à nous ? demanda Aubrey.

Elle répéta ce qu'elle avait dit à Kellen.

— Mon souper m'attend, mais je serais ravie de rester quelques minutes en votre compagnie.

Elle fut contente de noter qu'Aubrey regardait derrière elle en direction de Rune et l'incluait dans l'invitation. Pour lui, Rune faisait désormais partie des meubles, au même titre que les gardes et les serviteurs. La sentinelle s'assit et ils discutèrent tous les quatre de la journée. Rune était un agréable compagnon. Niniane cacha un sourire derrière sa main en observant Naida s'animer et presque se hasarder à flirter avec lui. Il était plus facile d'apprécier Naida loin de la pression et des tensions du groupe.

— Les vêtements que vous portez semblent très pratiques, souligna cette dernière.

Niniane rit.

— Vous voulez dire mon jean ? Oui, c'est vrai. C'est un tissu très résistant et confortable. (Elle hésita puis dit :) Je n'ai pas apporté beaucoup de vêtements avec moi, juste quelques tenues de voyage et quelques souvenirs. J'ai remarqué votre élégance en matière vestimentaire. J'espère que cela ne vous dérangera pas si je vous demande conseil. J'aimerais acquérir une garde-robe plus traditionnelle.

Naida et Aubrey eurent tous deux l'air content.

— J'en serais honorée, répondit Naida. Peut-être que nous pourrons passer un après-midi ensemble pour que j'aie une idée des couleurs que vous aimez.

— Ce sera avec plaisir. (Niniane sourit et se leva.) Je vous en prie, ne vous levez pas, j'ai suffisamment interrompu votre soirée.

Ils se levèrent tout de même, en dépit de ses protestations.

— Je suis contente que vous soyez venue, ajouta Naida avec chaleur. Revenez nous parler quand vous le souhaitez.

Niniane hocha la tête, leur sourit et s'en alla. Dès qu'elle leur eut tourné le dos, son sourire s'effaça et elle prit un air renfrogné. Rune se mit à sa hauteur, se déplaçant avec une grâce nonchalante, alors qu'elle se dirigeait vers le camp des vampires.

— Je remarque que notre souper n'est pas dans cette direction.

— J'ai encore un arrêt à faire, gronda-t-elle.

— Peut-être que tu serais plus à même d'apprécier ta prochaine visite si tu la faisais après dîner, suggéra-t-il.

— Oh, tais-toi.

— Certainement, Votre Majesté. (Il haussa les sourcils et prit un air innocent quand elle le fusilla du regard.) Ce que j'en dis, moi...

Quelques lueurs dorées témoignaient encore de cette belle journée mais les ombres s'allongeaient et la lumière des lanternes commençait à poindre à différents endroits stratégiques. Rune et elle approchèrent du lieu choisi par les Créatures de la Nuit pour installer leur campement. Rhoswen, Duncan, l'autre vampire mâle et leurs compagnons humains – serviteurs ou nourriture ? – étaient eux aussi rassemblés autour d'un feu de camp. Le groupe avait l'air paisible et détendu. Les humains avaient dévoré leur portion du repas fourni par le personnel de cuisine de Chicago. Peut-être que leur allure détendue n'était qu'une illusion, mais Niniane leur envia leur camaraderie apparente.

Elle fut amusée de constater que les humains ne sautaient pas sur leurs pieds en la voyant. Ils ne le firent que lorsque Rhoswen leur lança un regard sévère. La décontraction de l'Amérique moderne allait lui manquer.

— J'espérais pouvoir m'entretenir avec Carling, fit-elle en s'adressant à Rhoswen.

Après une brève pause, la vampire blonde répondit :

— Certainement. La Chancelière est descendue au fleuve. Elle vous invite à l'y rejoindre.

— Merci.

Niniane se dirigea vers l'endroit indiqué par Rhoswen. Elle suivit un court chemin qui passait à travers des fourrés et menait au bord du fleuve, Rune sur les talons. Comme le ciel s'assombrissait, les étoiles les plus brillantes se mirent à étinceler. Le fleuve était ridé d'argent par le crépuscule, et les flamboyantes couleurs automnales sur les deux rives se fondaient dans un gris indistinct. Elle chercha d'abord Carling le long de la rive la plus proche. Ce n'est qu'en remarquant le tissu clair accroché à un buisson qu'elle pensa à regarder dans l'eau. La tête sombre et élégante de Carling fendait l'onde.

— Mon Dieu, s'exclama-t-elle. (Elle frissonna. L'eau devait être tellement glaciale. Toute personne qui tomberait dedans risquerait de souffrir d'hypothermie en l'espace de quelques minutes, enfin si elle était encore, euh, vivante.) Vous ne sentez pas le froid ?

Rune avait l'air amusé, appuyé contre un bouleau, les bras croisés. Le rire un peu rauque de Carling résonna. La vampire nageait à contre-courant. Sa brasse tranquille donnait l'impression qu'elle ne faisait aucun effort.

— Je le sens, répondit-elle. (Elle plongea la tête sous l'eau et revint à la surface.) Il ne m'affecte pas comme vous, c'est tout.

— C'est la même chose que la lumière du soleil ?

— Ça, c'est tout à fait autre chose.

— Comment cela ?

Niniane brûlait d'envie de lui poser la question depuis qu'elle avait vu Carling sortir en plein soleil à l'hôtel.

— Je m'enveloppe de Force afin de pouvoir marcher au soleil. Sinon il faudrait que je porte des vêtements de protection et de la crème antisolaire comme les autres vampires car le soleil me réduirait en cendres. Je peux marcher au soleil et le regarder, mais je ne peux plus le sentir sur ma peau et survivre.

— Cela doit être épuisant.

— Je ne voudrais pas voyager de jour pendant des semaines sans repos, mais ce voyage relativement court n'est pas un problème.

Carling nagea jusqu'à la rive et sortit de l'eau. Niniane eut le souffle coupé. L'éclat argenté de la lumière tombante faisait luire le corps mouillé et nu de la vampire. Ses seins pleins, sa taille fine et ses jambes fuselées étaient d'une grâce infinie, la perfection même. Mais toute prétention à la perfection s'arrêtait là car elle était couverte de zébrures des épaules jusqu'aux cuisses, le corps marqué par des dizaines de balafres blanches. Quelqu'un l'avait battue avec cruauté quand elle était humaine. Au vu de ces cicatrices, elle avait même dû frôler la mort.

Niniane serra les dents et les larmes lui montèrent aux yeux. Carling lui lança un regard rapide et indifférent en mettant un pied sur le rivage. Puis son attention se tourna sur Rune et elle marqua une brève pause.

Niniane se tourna elle aussi vers Rune.

Il ne quittait pas Carling des yeux. Son beau visage avait des lignes dures. Une tension habitait son corps et ses muscles semblaient figés. Ses yeux dorés étincelaient.

Carling se détourna. Elle saisit son caftan propre et l'enfila avec des gestes languides. L'ennui ne quittait pas ses traits. Son visage et son corps irradiaient.

— Nous devrions peut-être parler à l'intérieur, dit-elle.

Niniane la suivit jusqu'au campement. La vampire entra dans sa tente qui était l'un de ces grands trucs en nylon avec des fenêtres zippées. Niniane s'arrêta à l'entrée.

— Attends-moi ici, s'il te plaît, dit-elle à Rune. Je sais que Tiago veut que je sois toujours accompagnée par l'un de vous, mais je serai juste de l'autre côté de ce rabat.

Rune acquiesça sans mot dire.

Elle hésita. Elle ne savait pas ce qu'elle voulait lui demander, peut-être simplement si tout allait bien, mais il arborait un visage fermé. Son langage corporel la fit s'abstenir. Elle soupira. Parfois les Wyrs étaient inexplicables.

Elle pénétra dans la tente, qui était décorée avec les étoffes de soie damassée et le coffre incrusté en acajou qu'elle avait vus à l'hôtel. Il n'y avait pas de chaises, juste des coussins éparpillés sur un tapis. Carling servit deux verres de vin rouge. Ses cheveux mouillés étaient lisses et brillants. Elle se tourna et offrit un verre à Niniane. Puis la vampire se baissa afin de s'asseoir en tailleur sur un coussin. Niniane essaya de ne pas trahir l'effort que cela représentait pour elle de poser son corps endolori sur un coussin.

— De quoi avez-vous besoin ? demanda Carling en avalant une gorgée de vin.

— D'un conseil, si vous pouvez m'en donner un. (Niniane se frotta les yeux. Il était inutile de tourner autour du pot.) Est-ce que vous savez si l'une des Faes noires dans ce groupe a tenté de me tuer ?

— Non, répondit Carling. Je ne le sais pas.

Niniane eut du mal à trouver la meilleure formulation possible pour sa prochaine question. Elle était étonnamment difficile à poser.

— Comment les... Sentez-vous... Quelles sensations les Faes noires font-elles naître en vous ?

— Les sensations habituelles que je peux ressentir en présence de gens.

— Je veux dire, émotionnellement. Est-ce que vous seriez en mesure de savoir si l'une d'entre elles était violente ?

Carling leva les sourcils.

— Oui, certainement. Je peux également savoir quand elles sont tristes ou en colère, et quand elles ressentent de l'antipathie ou de la joie. Cependant, aucune de ces émotions n'a à voir avec ce qu'elles ont pu ou projettent de commettre. Notamment un meurtre.

Niniane serra les dents et gronda :

— Tout ça est tellement frustrant. Je viens de passer du temps avec chacune d'entre elles – enfin, à l'exception d'Arethusa qui n'est pas disponible ce soir. La compagnie de chacune d'elles m'a été agréable. Elles avaient toutes l'air de m'apprécier.

— Je n'en doute pas. Pourquoi ne serait-ce pas le cas ? Vous êtes une personne sympathique. (Carling sourit.) Mais j'ai déjà tué quelqu'un que j'appréciais. J'ai même éprouvé des remords après l'avoir fait. J'ai aussi perçu des émotions violentes chez vous et, pourtant vous n'avez pas commis d'acte violent. Les émotions sont comme les couleurs, Niniane. Mais ce sont les pensées et les actions qui structurent les individus et leur donnent un but. C'est quand on associe le tout qu'une image commence à prendre forme. Les Faes noires sont des êtres complexes avec une mémoire ancestrale et de multiples motivations susceptibles d'influencer leurs actes et leurs ambitions.

— Je vois, fit Niniane. (Elle avala une gorgée de vin.) Je suppose que je cherchais un raccourci qui n'existe pas.

— Je suis navrée qu'il n'y en ait pas. (Carling marqua une pause.) Mais puisque nous avons l'occasion de discuter, je voudrais vous donner un conseil à propos d'autre chose.

— Allez-y. (Niniane but un peu plus de vin.) Je vous en prie.

— Je vous conseille de ne pas aller trop vite avec Tiago. Toutes les Faes noires se sentent menacées et font preuve d'agressivité à son égard, sauf peut-être Aubrey, dont la réaction a été étonnamment neutre.

— Comment a-t-il réagi ? intervint Niniane.

— Je dirais qu'il se fait du souci, qu'il est troublé même, mais je n'ai pas perçu d'agressivité de sa part.

Est-ce que cela voulait dire qu'Aubrey prenait plutôt bien la présence de Tiago ou, au contraire, qu'il ne se sentait pas menacé par lui, parce qu'il avait l'intention de la tuer de toute façon ? *Arrgh*. Ce genre de chose allait lui faire perdre la boule. Elle finit son verre d'un trait.

— Je crois que vous allez devoir mettre un frein à votre relation si vous voulez garder le trône et préserver la paix. Aucune Fae noire ne tolérera qu'un Wyr dirige leur royaume. Je dirais même plus : aucun autre domaine des Anciens ne le tolérera. Le pouvoir entre les Anciens, aux États-Unis, est soigneusement équilibré. Les Wyrs ne peuvent pas donner l'impression de prendre plus que la part qui leur est allouée.

— Tiago et moi avons discuté de ça. Le trône ne l'intéresse absolument pas.

— Je ne parle pas seulement de Tiago, reprit Carling. Je parle de tout héritier futur.

Niniane se figea. Même son esprit cessa de fonctionner.

— Vous voulez dire le ou les enfants que nous sommes susceptibles d'avoir ? fit-elle d'une voix rauque.

— Permettez-moi d'être franche et directe. Vous ne pouvez pas monter sur le trône, avoir des enfants avec Tiago et espérer éviter la guerre, que ce soit une guerre civile avec les Faes noires ou la guerre avec les autres domaines.

L'étau qui lui enserrait la poitrine était revenu. Elle posa son verre en veillant à ne pas le faire tomber et se força à inspirer doucement.

— Je crois comprendre que vous n'aviez pas envisagé ces conséquences ?

La voix de Carling était douce.

— J'ai été très occupée.

— Vous pourriez envisager un mariage d'État, ajouta Carling. Avoir un héritier avec un autre et entretenir une relation privée avec…

— Non, la coupa Niniane.

Tout son être réagit violemment à cette simple évocation. Et c'était sans tenir compte de la réaction de Tiago. Il n'accepterait jamais un tel compromis. Il tuerait celui qu'elle serait susceptible d'épouser.

— C'est impossible, reprit-elle.

Carling garda le silence un moment. Puis elle se leva et alla chercher la bouteille de vin à moitié vide. Elle resservit Niniane avant de remplir son propre verre.

— L'Histoire est riche en enseignements, fit Carling. Voyez les Anglais. Édouard VIII a dû abdiquer parce que son gouvernement et son peuple n'allaient jamais accepter Wallis Simpson. Pour eux, le mariage signifiait qu'elle accéderait au trône. Croyez-vous que les Faes noires accepteraient un mariage entre vous et Tiago sans croire qu'il partagerait le trône avec vous ?

Niniane but son vin, le regard fixe.

— Non, finit-elle par dire.

— Et puis il y a Elizabeth I, reprit Carling. Je l'aimais bien, Elizabeth. C'était une femme intelligente. Elle a joué de la possibilité d'une union par alliance comme d'un levier diplomatique, mais elle n'est pas allée jusqu'au bout, elle ne s'est jamais mariée. Si elle a eu des amants, elle a fait preuve d'une telle discrétion que cela n'a jamais été prouvé. Et son parlement a eu beau exercer une incroyable pression sur elle, elle n'a jamais nommé d'héritier et a ainsi protégé son trône de la menace d'un coup d'État.

Niniane leva enfin les yeux sur Carling. La vampire semblait sereine. Elle faisait presque penser à une madone.

— Avec vous, les conversations prennent toujours un tour inattendu, grommela-t-elle.

Elle finit la bouteille de vin avec Carling, puis prit congé et sortit de la tente. Rune la suivit et ils retournèrent à leur campement. Tiago était assis avec Cameron et Aryal. Il dînait. Niniane l'observa. Il était assis, les coudes sur les genoux, et inspectait le contenu d'une glacière ouverte à ses pieds. Il ne participait pas à la conversation entre Cameron et Aryal mais il écoutait. Sa peau paraissait dorée. Une vitalité irradiait de lui et, pourtant, il semblait plus détendu et plus à l'aise qu'elle ne l'avait jamais vu à New York. Adriyel semblait lui convenir.

Puis il leva les yeux, la vit et ne sembla plus apaisé du tout. Il se leva et son visage afficha son expression de guerrier. Il s'enquit par télépathie :

— *Qu'est-ce qui ne va pas ?*

Elle le regarda, une lueur d'exaspération affectueuse dans les yeux las.

— *Comment sais-tu ?*

— *Ton odeur.* (Il fut devant elle en deux enjambées. Il lui prit les coudes en la regardant avec inquiétude.) *Dis-moi ce qui s'est passé.*

Les larmes lui montèrent aux yeux. Elle posa une main sur son torse et le caressa.

— *Je te promets que je vais te le dire très bientôt, mais je ne suis pas prête pour l'instant. Il faut que je réfléchisse avant de pouvoir en parler.*

— *D'accord.*

— Viens donc t'asseoir et dîner. J'ai entendu dire que tu n'avais pas encore mangé.

— Je n'ai pas faim. Je vais me coucher.

— Petite fée, fit-il d'un air sombre.

Elle ferma les yeux.

— *Ne me pousse pas, pas maintenant, Tiago.*

Il appuya son front contre le sien.

— *Mais je ne peux pas arranger les choses si tu ne me parles pas.*

— *Peut-être que tu ne peux pas les arranger. Certaines choses font mal, et on n'y peut rien.*

Il serra les mains et elle ouvrit les yeux pour se retrouver piégée par son regard farouche. Elle s'arma de courage et lui dit :

— *Je te parlerai bientôt. Pour l'instant, je vais me coucher. J'ai besoin d'un peu de temps à moi pour réfléchir, donc… j'ai besoin de me coucher seule, s'il te plaît.*

Ses lèvres s'entrouvrirent sur ses dents serrées et sa Force pesa sur elle. Elle savait que cela allait contre tous ses instincts, mais après un moment, il relâcha la pression.

— *Je serai à portée télépathique. Tu m'appelles si tu as besoin de quoi que ce soit, tu m'entends ?*

Portée télépathique. Cela voulait dire qu'il ne s'éloignerait pas de plus de quatre ou cinq mètres d'elle. Elle se détendit et fit un signe d'assentiment.

— *Je t'aime.*

— *Nous aurons cette conversation, Niniane.*

— *Bientôt, je te le promets.*

Il la lâcha et recula. Les autres s'étaient tus et semblaient se concentrer sur leurs propres pensées en mangeant. Elle leur fit un signe de tête et entra dans sa tente. Il y faisait chaud. Le feu du brasero s'était éteint, mais les charbons rougeoyaient toujours.

Elle alla directement au lit, se déshabilla, ne gardant que son tee-shirt, puis se coucha en frissonnant. Elle se recroquevilla ensuite en attendant que le lit se réchauffe. Tiago l'aurait réchauffé en quelques secondes, lui. Il lui aurait réchauffé le cœur aussi, de presque toutes les manières possibles, sauf là où elle avait si mal.

La nature semblait vouloir compenser quelque chose avec ceux qui vivaient très longtemps et les enfants étaient donc rares et précieux. De plus, elle n'avait jamais osé envisager en avoir quand sa vie était constamment menacée. La possibilité d'avoir un enfant était toujours restée de l'ordre d'un futur hypothétique.

Il ne lui avait jamais effleuré l'esprit qu'elle puisse ne jamais être en mesure d'en avoir.

Elle passa en revue tous les arguments de Carling. Elle ne pouvait pas trouver la moindre faille dans la logique de la vampire.

Le lit se chauffa, mais elle resta recroquevillée. Elle finit par s'endormir, lovée autour de ce vide glacial qui lui lestait la poitrine.

Un cri brisa le silence. Elle se redressa vivement quand quelqu'un poussa un autre cri. De lourds pas martelèrent le sol au-dehors.

Elle eut un sursaut effrayé quand Tiago surgit devant elle, l'épée à la main. Dans la pénombre, ses traits étaient sauvages.

— Habille-toi, ordonna-t-il.

— Que se passe-t-il ? demanda-t-elle le cœur battant à tout rompre.

— Je ne sais pas.

Elle sauta hors du lit et enfila à la hâte jean, bottes et pull. Puis elle attrapa les étuis avec ses stylets et les glissa dans la poche de son jean. Dès qu'elle fut prête, il la saisit par le bras et l'escorta dehors. Cameron était postée devant la tente, une courte épée à la main, elle aussi. Le chaos régnait dans le reste du camp.

Tiago passa un bras autour des épaules de Niniane et la serra contre lui. Elle le prit par la taille. Aryal passa en courant devant des serviteurs effarés et effrayés qui ne savaient pas quoi faire et restaient là, à bloquer le passage.

— Poussez-vous, bordel, ordonna la harpie d'un ton sec. Retournez à vos bivouacs et n'en bougez pas pour l'instant.

Ils se dispersèrent immédiatement en voyant l'expression de la harpie.

Aryal s'avança vers Tiago, Cameron et Niniane, ses yeux de rapace étincelant de rage. La harpie semblait prête à se battre, impatiente même.

— Quoi ? aboya Tiago.

Aryal s'arrêta devant eux.

— Arethusa est morte.

18

La peau de Tiago était une couche fine sous laquelle un brasier de violence couvait et faisait vibrer l'air autour de lui. Cameron lui lança un regard en biais et se recula de deux pas. Aryal garda elle aussi ses distances. Seule Niniane se rapprocha. Elle s'appuya contre lui et son aura électrique la réconforta.

— Que s'est-il passé ? demanda-t-elle.

Aryal secoua la tête ; elle avait un air grave.

— À première vue, il semblerait qu'elle ait glissé sur des rochers au bord du fleuve. Elle se serait violemment cogné la tête et serait ensuite tombée dans le fleuve. L'un des soldats parti à sa recherche a retrouvé son corps une cinquantaine de mètres en aval.

Niniane regarda Tiago.

— *Qu'est-ce que tu en penses ?*

Il secoua légèrement la tête.

— *Arethusa avait la souplesse et l'assurance d'une panthère. Il est impossible qu'elle ait glissé, se soit assommée puis noyée accidentellement. Je n'y crois pas un instant.*

— *Que doit-on faire, à ton avis ?*

Il voulait prendre Niniane dans ses bras, s'envoler loin de cet endroit et ne se poser que lorsqu'il la saurait en sécurité. Il voulait fouiller le camp et ne pas s'arrêter tant qu'il n'aurait pas retrouvé le meurtrier. Il serra le pommeau de son épée au point d'en faire trembler sa main. Il prit une profonde inspiration.

— *Il faut que Rune et Aryal enquêtent, que nous sachions le plus vite possible s'ils peuvent innocenter les soldats d'Arethusa. Nous avons besoin de savoir si nous pouvons compter sur eux.*

Elle scruta ses traits, puis hocha la tête. Son expression devint calme, elle le serra contre elle, puis recula. D'une voix pouvant être entendue de loin, elle dit à Aryal :

— Faites tout ce qui est nécessaire pour éclaircir les circonstances de la mort du commandant.

— Oui, très bien, fit Aryal avant de tourner les talons et de s'éloigner.

Niniane leva de nouveau les yeux sur Tiago. La bouche de l'Oiseau-Tonnerre se durcit en constatant les cernes violets qui ombraient la peau délicate sous ses yeux. Elle ne s'était pas suffisamment reposée avant qu'il ne la réveille. Elle était sans doute trop troublée par ce malaise dont il ne connaissait pas encore la raison et, évidemment, ce n'était pas le moment de remettre ça sur le tapis.

— Est-ce que tu peux m'accompagner, s'il te plaît ? demanda-t-elle.

— Bien sûr. *N'importe où,* ajouta-t-il silencieusement.

Elle marqua une pause. L'ombre d'un sourire passa dans son regard las. Elle lui dit dans sa tête :

— *Est-ce que tu peux ranger ton épée, s'il te plaît ?*

Il baissa les yeux sur sa main crispée sur l'arme.

— *Je n'y tiens pas, franchement.*

— *C'est toi, la véritable arme*, fit-elle. *Crois-moi, personne n'en doute une seconde.*

— Bien, dit-il à haute voix d'un ton agacé.

Il leva l'arme par-dessus sa tête et la glissa dans le fourreau accroché dans son dos. Il balaya la zone du regard. Le feu de camp devant la tente de Niniane empêchait quiconque d'approcher sans être repéré, mais il ne voulait prendre aucun risque.

— Gardez la tente, dit-il à Cameron.

— Bien sûr, répondit-elle avec tout le sang-froid que lui avait inculqué son métier de flic.

La petite silhouette mince et très droite de Niniane se retourna et traversa le camp, suivie de Tiago. Il remarqua la manière dont tout le monde réagissait en les voyant. Les gens le regardaient avec divers degrés de méfiance et d'inquiétude, mais en apercevant Niniane, ils se détendaient imperceptiblement.

Il n'avait pas besoin de voir son expression pour savoir que la fée était incroyablement douée quand il s'agissait de paraître en public.

Elle se dirigeait droit vers le camp des soldats faes noires.

— *Qu'est-ce que tu fais ?* demanda-t-il.

— *Ce qui doit être fait. Je vais témoigner de la sympathie à mes soldats et les réconforter. Ils ne vont pas me voir arriver trop tard, une fois qu'ils auront été innocentés par les enquêteurs wyrs. Il faut qu'ils sachent que j'ai confiance en eux. Arethusa les a choisis pour ce voyage. Je suis prête à supposer qu'ils sont fiables et loyaux, prête à prendre ce risque, surtout avec toi qui protèges mes arrières.*

L'instinct protecteur de Tiago rugit, se rebellant à l'idée qu'elle puisse se trouver au milieu de tant de gens, mais il refoula sa colère et prit en considération son raisonnement. Il était solide. Bien entendu qu'il l'était. *Merde.* Il laissa sa tension s'échapper en un grondement presque inaudible et elle le regarda par-dessus son épaule. Elle paraissait vaguement contrite, décidée toutefois. Il lui adressa un petit signe de tête, la bouche pincée. Elle prit une profonde inspiration, tourna les talons et rejoignit ses soldats.

Rassemblés autour du feu, ils formaient un petit groupe malheureux et perdu. Ils levèrent les yeux en entendant Niniane et Tiago approcher. Il avait réussi à se contrôler et quand ils arrivèrent près d'eux, il était calme. Il évalua attentivement, bien que rapidement, chacun des dix soldats. Leurs odeurs révélaient leur stress et ils avaient l'air d'être peinés et en état de choc. Deux ou trois s'essuyèrent subrepticement les yeux au moment de se lever.

— La mort d'Arethusa est une perte inimaginable, commença Niniane, et une enquête est menée en ce moment même pour élucider ce drame. Pour l'heure, je suis venue honorer sa mémoire avec vous et vous dire combien elle était fière de chacun d'entre vous.

Elle dit d'autres choses, sa petite fée, et ce n'était que des choses qu'il fallait dire à des gens qui ont du chagrin, mais ce n'aurait même pas été nécessaire. S'il savait faire quelque chose particulièrement bien, c'était lire les soldats. Et après les deux phrases prononcées dès son arrivée auprès d'eux, ceux-là lui étaient dévoués corps et âme.

On apporta un tabouret à Niniane puis, avec Tiago, elle tint compagnie aux soldats, parlant d'Arethusa jusqu'à ce que le ciel pâlisse aux premières lueurs de l'aube. Niniane annonça que le capitaine prendrait le commandement pendant le reste du voyage et que des mesures définitives seraient mises en place à leur arrivée à Adriyel. Un nouveau commandant serait nommé. Le capitaine s'appelait Durin ; c'était un homme compétent et respectueux.

Niniane se leva enfin et tout le monde suivit son exemple. Elle offrait quelques derniers mots d'encouragement quand l'un des soldats se glissa furtivement derrière Tiago. C'était un mâle mince, discret, répondant au nom de Hefeydd. Il était chargé de s'occuper des chevaux de trait qui tiraient le chariot de ravitaillement.

Tiago remarqua immédiatement sa présence. Il était conscient de tout ce qui se passait autour de lui, percevait chaque geste maladroit, chaque main levée, chaque mouvement un peu trop brusque. Il attendit, prêt à bondir.

Une voix timide s'adressa à lui télépathiquement :

— *Monsieur.*

— *Oui ?* répondit-il, tranquille, recourbant les doigts de la main qu'il utilisait pour manier l'épée.

— *Le commandant Arethusa m'avait confié quelque chose que je devais vous remettre si jamais, euh, si quelque chose devait arriver – non, monsieur, ne vous retournez pas ! J'ai pen… pensé que vous n'auriez pas d'objection si je vous le glissais simplement dans la main ?*

C'est ça, comme s'il allait obtempérer, faillit-il lancer avec hargne, mais il se retint. Hefeydd était l'un des soldats aux yeux rougis. Jusque-là, il s'était tenu à la limite de la lueur jetée par le feu de camp. Il n'avait pas parlé au cours de la veillée impromptue à la mémoire d'Arethusa, mais Tiago avait remarqué le chagrin qui se lisait sur le doux visage de l'homme.

Tiago soupira, passa une main derrière son dos et ouvrit les doigts.

Un paquet plat enveloppé dans du cuir glissa contre sa paume. Il sentit le départ d'Hefeydd alors que ses doigts se refermaient sur l'objet.

Tiago le mit sous son bras alors que Niniane se retournait enfin vers lui. Si elle avait l'air fatiguée avant leur visite aux soldats, elle semblait désormais totalement épuisée et son visage était blême. Il domina son impulsion de la prendre dans ses bras et de l'emporter. Ils devaient surveiller tous leurs gestes et leurs attitudes quand ils étaient ainsi exposés aux yeux de tous. Il ne devait rien faire qui puisse laisser supposer qu'elle avait des moments de faiblesse ou qu'elle manquait de nerf.

Elle s'approcha de lui et il dut se contenter de poser doucement une main sur son dos en guise de soutien. Il régla ses pas sur les siens tandis qu'ils traversaient le camp plongé dans la pénombre.

Devant la tente de Niniane, Cameron montait toujours la garde. Le regard affûté de Tiago parcourut la silhouette de l'humaine. Cameron avait l'air fatiguée mais alerte, et elle se tenait droit. Il leva les sourcils en la regardant, et elle lui fit un signe de tête.

— J'ai fait du café, si vous en voulez, leur dit-elle.

Niniane secoua la tête sans dire un mot. Il tint le rabat de la tente ouvert pour la laisser entrer tout en disant à Cameron :

— J'en prendrai bien une tasse.

Il suivit Niniane qui s'arrêta dans ce qui constituait le salon de la tente. Le brasero avait été approvisionné en charbon et il réchauffait l'espace. Les lampes étaient allumées. Il laissa tomber le paquet à côté d'une des chaises. Niniane se tourna vers lui. Il l'attira dans ses bras et ressentit un énorme sentiment de soulagement quand son corps fragile se lova contre le sien.

Elle enfouit son visage dans sa poitrine. Il caressa sa chevelure noire et soyeuse.

— Je suis tellement fier de toi, fit-il.

— Ne sois pas gentil avec moi. (Sa voix était étouffée.) Ou je risque de me mettre à pleurer comme un bébé.

Il recouvrit l'arrière de sa tête d'une main protectrice.

— Tu pleures si tu en as besoin, ne te retiens pas, murmura-t-il.

Le rabat de la tente s'ouvrit et Cameron entra, une tasse remplie de café chaud à la main. Elle hésita en les voyant, puis s'avança et posa le café sur la chaise la plus proche avant de se retourner et de sortir.

— Est-ce qu'on sait quelque chose ? demanda Niniane en levant la tête.

— Désolée, non. Pas encore. Aux dernières nouvelles, Rune et Aryal avaient fini d'examiner le terrain et fouillaient le camp.

Niniane opina et reposa sa tête contre Tiago. Il lui caressa les cheveux. Il entendit des pas qui se rapprochaient et prit Niniane par les épaules pour la repousser doucement afin de pouvoir se retourner et faire face à l'entrée de la tente en ayant les mains libres.

Juste de l'autre côté, le capitaine Durin dit à voix basse :

— Excusez-moi, Votre Majesté ?

— Oui Durin, entrez, fit Niniane.

Tiago remarqua avec satisfaction que Cameron avait adopté une position défensive. Le rabat se souleva et la Fae noire entra, une expression embarrassée sur le visage.

— Qu'est-ce que c'est, capitaine ?

— Avec votre accord, j'aimerais mettre en place un roulement d'équipes pour garder votre tente, expliqua-t-il.

L'épuisement ralentissait son temps de réaction. Elle regarda Tiago avec surprise. Il lui dit télépathiquement :

— *Je suis d'accord. Tu es allée les voir, tu les as réconfortés et maintenant ils estiment que tu es une des leurs. C'est un grand pas en avant.*

Elle fit un signe de tête.

— C'est une excellente idée, capitaine. Je vous laisse arranger les détails avec Tiago. Il est chargé de la sécurité et, à partir de maintenant, c'est à lui que vous rendez des comptes.

— Oui, Majesté. (Durin le regarda.) Monsieur ?

— Prévoyez des roulements courts et veillez à ce que les rations soient généreuses, lui dit Tiago. Tout le monde est fatigué. Je ne pense pas que nous nous remettrons en route avant demain matin. Je passerai un peu plus tard voir si vous avez besoin de quelque chose. Ce sera tout, capitaine.

— Bien monsieur.

Durin inclina la tête en direction de Niniane et sortit.

— En parlant de fatigue, fit Tiago. (Il regarda Cameron.) Allez dormir un peu pendant que vous le pouvez.

— Bonne idée, si vous êtes sûrs de ne pas avoir besoin de moi, dit Cameron.

Elle se tourna, prête à sortir de la tente.

— Non, attends ! s'écria Niniane. (L'inquiétude se lisait sur son visage exsangue. Elle saisit la femme par le bras.) Prends mon lit.

Le visage de Cameron s'adoucit.

— Niniane, *tu* as besoin de ton lit.

— Je n'en aurai pas besoin avant un bon moment, répliqua-t-elle en prenant un air têtu. Et je ne veux pas que tu t'en ailles je ne sais où toute seule.

Cameron regarda Tiago. Il leva les sourcils et dit :

— Vous l'avez entendue. Allez vous coucher.

Un amusement exaspéré se peignit sur les traits de Cameron.

— N'oubliez pas que je vous ai déjà entendus tous les deux quand vous vous engueulez. Je n'aurais jamais deviné que vous étiez capables de faire front commun de la sorte.

Niniane lui sourit et, pendant un instant, les ombres qui voilaient ses yeux s'estompèrent.

— On apprend petit à petit, dit-elle.

— Et on fait un super boulot, ajouta-t-il.

— Sur ce, fit Cameron.

Elle passa un bras autour des épaules de Niniane et la serra. Cette dernière l'attira contre elle dans une franche embrassade, puis Cameron se retira dans l'autre partie de la tente et ils se retrouvèrent enfin seuls.

Tiago s'approcha de la chaise au pied de laquelle l'attendaient sa tasse de café et le paquet enveloppé de cuir. Il retira le fourreau et l'épée qu'il avait sur le dos, les posa par terre, puis s'assit et étendit les jambes en grognant de plaisir. C'était une belle chaise, solide, de fabrication fae noire, qui s'assemblait et se démontait pour faciliter le transport. Elle supportait bien son poids et son assise lui convenait. Il approuva.

— Mes genoux réclament la présence d'une fée, dit-il comme s'il s'adressait à la cantonade.

Le visage fatigué de Niniane s'illumina. Elle s'approcha et il l'enveloppa de ses bras en la soulevant. Elle posa sa tête sur son épaule et laissa son corps se détendre en soupirant. Il posa la joue contre sa chevelure soyeuse qui sentait si bon.

— *J'ai patiemment attendu*, fit-il. *Et tu pourras m'en faire compliment quand tu le souhaiteras, mais maintenant je veux savoir ce qui t'a contrariée à ce point hier soir avant que tu ailles te coucher.*

Il sentit son corps se tendre de nouveau. L'humeur de Tiago, qui n'était déjà pas excellente, s'assombrit un peu plus. Ses bras se crispèrent autour de la fée.

Le silence s'éternisa.

— Je pense que tu conviendras avec moi que les événements se sont succédé à une cadence extraordinaire ? dit-elle enfin.

Il hocha la tête d'un air pensif.

— Tu conviendras également que nous nous faisons confiance pour ce qui est de faire notre travail ?

Il étrécit les yeux et fit un autre signe d'assentiment.

Elle passa ses petits doigts sur sa poitrine.

— Pouvons-nous aussi nous accorder sur le fait que notre travail nous attache à gérer tous les événements récents et les décisions que nous avons prises ?

— Oui, fit-il les dents serrées. Petite fée, il faut que tu saches que je ne suis plus tellement charmé par ce raisonnement…

— Pas d'objections, ordonna-t-elle. (Elle tapota un doigt contre ses lèvres. Il soupira et embrassa le doigt qui le tançait.) Peut-être devrions-nous par conséquent en arriver à la conclusion que ce qui me taraudait lorsque je me suis couchée n'est peut-être pas nécessairement un motif réel d'inquiétude et que cela fait partie de mon travail, de gérer cela. Surtout lorsque nous avons tellement d'autres sujets urgents qui requièrent notre attention.

— Non, non, dit-il. C'est bien essayé, mais je ne marche pas. Tu as promis de me parler de ce qui te contrariait. Tu dois tenir ta promesse.

Un autre silence. Tendu, cette fois-ci. Puis elle se redressa et le regarda avec gravité.

— J'ai promis, n'est-ce pas ? Je suis désolée, Tiago. J'ai discuté avec Carling qui a souligné quelques faits désagréables concernant cette nouvelle vie que nous essayons de construire auprès des Faes noires.

— Cette foutue garce, gronda-t-il. Je jure que je vais…

Elle plaqua une main sur sa bouche avant qu'il puisse continuer.

— Est-ce que tu veux entendre ce que j'ai à dire, oui ou non ? fit-elle avec emphase.

Il inspira profondément, s'efforça de se calmer et embrassa la paume de sa main.

— À mon tour de faire mes excuses, dit-il. Je suis désolé, continue.

— Il n'y a pas grand-chose à ajouter. Elle a juste souligné que nous ne pouvons espérer qu'un certain degré d'acceptation, pas plus. Personne ne croira que tu n'as pas l'intention de partager le trône avec moi si nous nous marions. Et personne, pas plus les Faes noires que les autres domaines, n'acceptera des enfants à moitié wyrs comme héritiers du trône des Faes noires.

Il s'assombrit au fur et à mesure qu'elle parlait.

— Qu'est-ce qui t'a fait le plus mal dans tout ce qu'elle t'a dit ?

Elle baissa les yeux.

Il sentit tous ses muscles se raidir. « Peut-être que nous ne pouvons pas arranger les choses, avait-elle dit. Certaines font mal, et on n'y peut rien. » Une boule de lave brûlante se logea dans sa poitrine.

— C'était l'idée de ne jamais avoir d'enfants, c'est ça ?

Elle secoua la tête.

— C'est parti de là, mais tu sais, je crois qu'en réalité, j'ai un problème avec les concepts de « toujours » et de « jamais ». Je ne veux pas penser en termes absolus. Je ne meurs pas d'envie d'avoir des enfants mais je ne veux pas non plus partir du principe que je n'en aurai jamais, surtout si c'est juste pour rassurer d'autres gens. Et je ne suis pas transportée de joie à l'idée d'être reine des Faes noires pour le restant de mes jours, surtout si c'est des jours comme celui-ci qui m'attendent.

Elle leva les yeux, croisa son regard et le choc de la connexion entre eux fut plus profond et plus puissant que jamais.

— Il n'y a qu'une chose et qu'une personne pour l'instant, murmura-t-elle, à l'égard de qui je suis totalement engagée, et c'est toi.

Il sentit ses poumons s'ouvrir et découvrit qu'il pouvait de nouveau respirer. Il prit son visage en coupe entre ses mains et l'embrassa, savourant la texture de ses douces lèvres.

— Seulement une personne, murmura-t-il. Seulement une chose.

Elle posa sa joue contre la sienne et s'y frotta.

— Est-ce que tu aimerais avoir des enfants un jour ?

— Je ne sais pas, avoua-t-il. (Il passa les mains le long de son dos, jusqu'à sa taille fine.) Peut-être. J'aime les enfants. J'aimerais en avoir de toi. Je dois reconnaître que ce n'est pas un sujet auquel j'ai beaucoup réfléchi.

— Moi non plus, soupira-t-elle.

Elle s'adressa alors à lui par télépathie :

— *Tu sais, on décidera peut-être un jour que le moment sera venu d'abdiquer. J'aimerais voir ce que nous penserons une fois que nous aurons ouvert les frontières et fait traduire en justice le reste des meurtriers de ma famille. Je ne crois pas que nous devrions trop nous soucier du long terme alors que la réalisation de nos objectifs à court terme est déjà un défi suffisamment difficile à relever.*

— *C'est juste. Une étape à la fois. Maintenant, sur la question du mariage.*

Elle l'embrassa.

— *Quoi ?*

— *Est-ce que tu as besoin de ce rituel pour être heureuse ? Nous pourrions toujours nous marier en secret.*

Il écarta une mèche qui cachait en partie ses yeux magnifiques.

Elle fit une moue et grommela :

— *J'aimerais souligner que je suis en fait beaucoup plus wyr que l'on a bien voulu le reconnaître jusqu'à maintenant. Bien sûr, je n'ai pas de sang wyr dans les veines, mais je me suis installée avec vous quand j'avais dix-sept ans, au cas où tu l'aurais oublié. Je sais bien que, pour un bon nombre d'entre vous, vieillards que vous êtes, ce n'était pas il y a si longtemps, mais pour moi, si. Tiago, est-ce que nous sommes unis ?*

— *Absolument, oui.*

Elle s'approcha de lui au point de lui toucher le nez du sien.

— *Et est-ce que tu me voudras moi et personne d'autre ?*

— *Oui.* (Il toucha sa peau délicate.) *Et toi, est-ce que tu me voudras moi et personne d'autre ?*

— *Pour le reste de ma vie.*

Elle sourit.

— Je pense donc que tout est dit.

— Je le crois moi aussi.

Il lui rendit son sourire.

— Tiens, bois ton café avant qu'il ne soit complètement froid. (Elle se pencha pour prendre la tasse par terre et marqua une pause. Elle inclina la tête.) Qu'est-ce que c'est que ce paquet ?

Il se pencha et le regarda à son tour.

— C'est la prochaine chose sur ma liste de trucs à faire après cette conversation.

— Qu'est-ce qu'il y a dedans ?

— Je ne sais pas. C'est un message en provenance d'une femme morte.

Niniane le regarda avec étonnement et il lui raconta comment le paquet avait fini entre ses mains.

— Comment as-tu pu ne pas l'ouvrir sur-le-champ ? s'exclama-t-elle.

Elle saisit le paquet et le lui fourra dans les mains.

— C'est une tâche placée très haut sur la liste de mes priorités, reconnut-il. Mais m'assurer que tu allais bien l'emportait sur tout le reste.

— Je crois que c'est une des choses les plus gentilles que tu m'aies dites. (Elle descendit de ses genoux pour s'asseoir devant lui. Elle s'appuya sur ses jambes et indiqua le paquet du menton.) Dépêche-toi, ouvre-le.

Il le retourna entre ses mains en l'examinant. Il faisait environ vingt centimètres sur quinze, était plus ou moins plat, enveloppé dans du cuir et maintenu par une mince cordelette au nœud très serré. Il sortit un couteau de poche et coupa la ficelle. Puis il défit l'emballage de cuir. Il y avait dedans une enveloppe en papier kraft pliée en deux. Il l'ouvrit et en sortit le contenu.

Le message en provenance de la défunte consistait en des papiers d'enregistrement d'une société possédée par un homme, mort lui aussi.

Les papiers concernaient en effet Tri-State Financial Services. Tout y était répertorié, comptes bancaires et chéquiers inclus. La société était soi-disant enregistrée par Cuelebre Enterprises, mais la liste d'actionnaires ne comportait qu'un seul nom, celui d'Urien Lorelle.

Salaud.

⁂

Un peu plus tard, Niniane était allongée sur une pile de coussins posée par terre près du brasero. Tiago avait bondi de sa chaise pour arpenter la tente quand ils avaient découvert le contenu du paquet. Après le stress de la nuit, l'énergie de Niniane était sapée. Il avait beaucoup plus de résistance qu'elle n'en aurait jamais. Elle n'arrivait pas à le suivre et n'essaya même pas.

Il avait cessé ses allées et venues exaspérées le temps de la draper d'une douce couverture en laine. Puis il avait ouvert l'une des glacières rangées dans un coin de la tente la veille au soir. Il avait empilé des mets divers sur une assiette, de la nourriture typiquement américaine : du poulet frit, de la salade de pommes de terre, et des donuts aux cerises et aux pommes. Puis il avait posé l'assiette devant elle et lui avait ordonné de manger avec un regard inflexible, le seigneur des guerriers-mère poule dans toute sa splendeur.

Elle s'était donc reposée en le regardant et en picorant.

Puis ils avaient entendu la voix d'Aryal juste devant leur tente :

— Alors vous montez la garde, maintenant, bande de clowns ? Tant mieux pour vous. Bougez-vous de là ou je vous brise les jambes.

Niniane faillit s'étouffer sur un morceau de pomme de terre, toussa et réussit à avaler.

— Aryal !

Tiago cessa de marcher de long en large et se tourna vers l'entrée de la tente.

— Quoi ! répliqua Aryal d'un ton courroucé. (La harpie avait l'air d'être de plus mauvaise humeur encore que d'ordinaire.) On a fait tout le voyage ensemble. Ils pourraient quand même savoir qu'ils n'ont pas besoin de se méfier de ni de Rune, ni de moi.

Niniane laissa retomber sa tête sur l'oreiller et se couvrit les yeux d'une main.

— Ce n'est pas le moment de m'énerver et de venir à bout du peu de patience qu'il me reste, dit-elle depuis l'extérieur de la tente à l'attention de Tiago.

— Je sais, répondit le griffon entre ses dents. Je suis avec toi, crois-moi, fit-il en prenant un ton hargneux.

C'est alors qu'avec une politesse exquise, une Fae noire annonça :

— Votre Majesté, pardonnez-moi d'interrompre votre repos. Les sentinelles wyrs Aryal et Rune sollicitent une audience auprès de vous.

On entendit juste après le marmonnement sarcastique d'Aryal :

— Ding Dong. Oh, quelle surprise. Il y a quelqu'un à la porte.

— C'est pour ça que tu as tellement peu d'amis, nigaude, dit Rune.

Niniane plaqua son autre main sur sa bouche. *Ne rigole pas.*

Elle réussit à articuler après un moment :

— Merci de m'en informer, euh…

Elle leva la main et découvrit ses yeux, puis fit un clin d'œil à Tiago.

— *Celui-ci s'appelle Bruin,* lui dit-il.
— Merci Bruin. Faites entrer Aryal et Rune.
— Oui, Votre Majesté, répondit le soldat.
— Encore que… S'ils ne commencent pas à faire au moins semblant d'être bien élevés, je vais les virer de la tente et fissa, marmonna Niniane.
Tiago posa les mains sur ses hanches.
— Il faudra que tu attendes ton tour, petite fée.
Elle s'assit alors que les sentinelles pénétraient dans la tente. Son exaspération s'évanouit en les voyant. Ils étaient maculés de boue et semblaient tous les deux exténués. Le regard d'Aryal se posa aussitôt sur l'assiette. L'espoir se lut dans les yeux de la harpie et elle s'approcha.
— Il y a de la nourriture ?
Tiago lui donna une tape sur l'arrière de la tête qui ne ressemblait en rien à une chiquenaude.
— Touche à son assiette et tu es morte.
— Aïe !
Aryal le fusilla du regard et se frotta la tête.
— La glacière est encore pleine de victuailles, la rassura Niniane.
Rune était déjà en train de mettre le nez dedans. Il dévora la moitié d'un pilon de poulet en une bouchée. Il mâchait tout en effectuant différents mouvements pour essayer de détendre les muscles de son cou.
— On a fait tout ce qu'on pouvait, fit-il entre deux bouchées. Durin et l'un des serviteurs de Kellen ont traité le corps d'Arethusa avec des herbes et des aromates et l'ont enveloppé afin qu'il soit prêt à être transporté jusqu'à Adriyel en vue d'un enterrement dans les règles.
Les Wyrs privilégiaient l'incinération, aussi quand Rune parla d'un enterrement « dans les règles »,

alors que l'inhumation était plutôt un concept de Fae noire, il était clair qu'il s'adressait aux deux paires d'oreilles postées devant la tente. Tiago secoua la tête et sortit en hâte. Niniane, Rune et Aryal gardèrent le silence. Ils écoutèrent ce qu'il disait aux gardes.

— Nous avons trop de gardes et pas assez de temps de repos. Je ferai venir la prochaine équipe quand nous en aurons besoin. Pour l'heure, allez donc piquer un somme.

— Oui, monsieur.

Tiago réapparut. Il souleva Niniane dans ses bras, avec la couverture, et s'installa dans une chaise. Rune apporta la glacière et la posa près de la seconde chaise ; Aryal se vautra par terre à côté de lui. Les deux sentinelles s'en partagèrent le contenu.

Niniane appuya son front dans le creux du cou de Tiago et ferma à moitié les yeux. Tiago s'adressa aux deux sentinelles.

— Bon alors ? Accouchez.

Aryal lécha le sucre qu'un donut lui avait laissé sur les doigts.

— Peu concluant. Nous sommes des Wyrs en territoire fae noire. Nous ne pouvons que demander la coopération des gens, pas l'exiger. Quand nous les avons interrogés, nous ne pouvions pas nous montrer trop agressifs.

Le grondement commença si bas dans la poitrine de Tiago que Niniane fut probablement la seule à l'entendre. Elle posa une main à plat contre ses puissants pectoraux, le caressa, et il se calma.

— Arethusa a une blessure derrière le crâne qui a été causée par un objet contondant, mais la cause du décès est la noyade. Théoriquement, elle *aurait pu* glisser, heurter sa tête et se noyer, mais il est clair par la manière dont tout le monde réagit que personne ne croit à une mort accidentelle. Le problème, c'est qu'il n'y a tout simplement pas de preuves. Celui ou celle qui l'a tuée savait exactement comment procéder. La personne a observé et attendu que presque tout le campement soit endormi ou retiré dans ses quartiers. Le meurtrier a dû marcher dans l'eau parce qu'il n'y a pas d'odeur particulière autour de la zone du crime.

— Ne te méprends pas, il y a plein d'odeurs et de traces, marmonna Aryal. Nous avons inspecté, scruté, examiné chaque centimètre de la rive et il y en a partout. Mais presque chaque personne dans le camp a quelque chose de mouillé ou d'humide en sa possession. Tout le camp est descendu jusqu'au fleuve à un moment ou un autre pour se laver ou chercher de l'eau.

Rune ouvrit le récipient qui contenait la salade de pommes de terre. Il prit la fourchette que Niniane avait laissée sur son assiette et se mit à enfourner d'énormes bouchées.

— Je pense que le meurtrier est allé au plus simple, expliqua-t-il. Il lui a donné un coup sur la tête avec un gros caillou, a jeté l'arme du crime dans l'eau et a laissé le fleuve s'occuper du reste. C'était peut-être quelqu'un en qui Arethusa avait confiance ou, en tout cas, quelqu'un qu'elle ne percevait pas comme une menace ; ou bien c'était une personne capable de se faufiler derrière elle et de l'attaquer par surprise. C'est l'un ou l'autre, il n'y a pas d'autre explication. Arethusa n'aurait pas tourné le dos comme ça à un inconnu.

L'idée d'une malveillance aussi fourbe et calculée fit frissonner Niniane. Tiago posa une main sur sa joue. Ses doigts entourèrent sa nuque, passèrent sous ses cheveux et il lui caressa le visage. Il indiqua du menton l'enveloppe kraft posée par terre.

— Regardez ce qu'Arethusa m'a laissé. Elle l'avait confié à l'un de ses hommes, dit-il à Rune et Aryal.

Aryal sortit les papiers bancaires. Elle les leva pour que Rune et elle puissent les parcourir en même temps.

— Voilà le mobile, mon chou, murmura Rune.

— Je crois que ça s'est passé comme ça, déclara Tiago. Quelqu'un travaille Geril au corps et le convainc d'essayer de tuer Niniane. Ce quelqu'un a également accès au domaine d'Urien, il trouve cette société fantôme dans ses dossiers et décide de s'en servir. Si Geril accomplit sa mission, il est payé. Et si les répercussions de la mort de Niniane entraînent une enquête qui met le paiement à jour, les Wyrs sont accusés. Sauf que nous avons pu parler avec Arethusa et que, depuis, elle n'a cessé de fouiner là où elle n'était pas censée le faire. Et elle a trouvé ce dossier. Elle n'a rien dit parce qu'elle savait alors qu'une des Faes noires était coupable, mais elle ne savait pas laquelle.

— Elle n'aurait pas eu l'autorité nécessaire pour fouiller les affaires d'Aubrey et de Kellen sans provoquer un gros scandale, ajouta Niniane. Si cela s'était produit, on en aurait eu vent.

— Et nous ne sommes pas partis la queue entre les jambes comme on s'attendait à ce que nous le fassions, fit Rune. (Il se pencha, les coudes sur les genoux.) Alors… quoi ? Vous pensez que quelqu'un a peut-être découvert que ce dossier avait disparu ? Je me demande où Arethusa a bien pu le trouver.

— Le coupable n'aurait pas conservé quelque chose d'aussi compromettant avec lui, intervint Tiago. Le dossier a probablement été remis à sa place où il pourrait s'avérer de nouveau utile, ou mieux encore, il a été caché autre part, dans un petit coin ou glissé sous des serviettes dans un placard à linge. Le manoir est grand, ce n'est pas les cachettes qui manquent là-bas.

— Ou bien quelqu'un voulait protéger ses arrières, ajouta Rune. Mais cette personne a commis une autre erreur en ne détruisant pas ce fichier.

Aryal bâilla. Elle s'était étendue sur le sol, ses longues jambes croisées au niveau des chevilles.

— Je pourrais commencer à cuisiner les gens, fit-elle d'une voix ensommeillée. Quelqu'un finirait bien par se mettre à table.

Niniane était tellement fatiguée qu'elle avait l'impression qu'un tiraillement glacé lui engourdissait l'esprit. C'était l'épuisement qui faisait pleurer ses yeux. Ça ne pouvait être que ça.

— Je ne comprends pas pourquoi vous êtes tous si hésitants, dit-elle. Arrêtons de tourner autour du pot et disons les choses clairement.

Tiago resserra son étreinte. Il la tenait avec tout son corps, mais c'est Rune qui prit la parole :

— Qu'est-ce que tu veux dire, choupette ?

— N'importe qui ayant accès à la maison aurait pu trouver ce fichier, fit-elle. Mais celui qui connaissait l'existence de cette société était probablement celui qui était chargé d'examiner les finances d'Urien, ainsi que toutes les questions financières des Faes noires.

Aryal pencha la tête pour regarder Niniane. La harpie arborait une expression plutôt rare chez elle : l'empathie.

— Tu penses que le tueur est le chancelier Aubrey, dit Rune.

— Je préférerais qu'il en soit autrement, soupira-t-elle. (Elle avait une petite voix qui semblait aussi glacée que le reste de son corps.) Mais le dossier en possession d'Arethusa fait pencher les soupçons vers lui et lui fournissait une bonne raison de la faire taire. (Elle renversa la tête en arrière pour regarder Tiago.) Qu'est-ce que tu en penses ?

Son visage intransigeant regardait la douleur qui se lisait sur ses traits avec une expression de sauvagerie muette.

« Si j'avais su que vous étiez en vie, je n'aurais jamais cessé de vous chercher », avait dit Aubrey à Niniane. Elle avait eu l'impression qu'il était sincère. Et si le sens de cette déclaration était beaucoup moins plaisant qu'il ne l'avait laissé entendre ? Avait-il toujours clamé aussi vigoureusement que son lien avec le trône était trop distant pour y prétendre ?

En y réfléchissant, Tiago pensait que non. Cela le troublait, surtout qu'Aubrey occupait déjà une position centrale dans le gouvernement des Faes noires et pouvait compter sur ses alliés et ses relations. Maintenant que l'une des personnalités les plus influentes du pouvoir fae noire était morte, l'équilibre de la triade était perturbé, et l'armée privée de son chef.

Il embrassa Niniane avec une tendresse infinie.

— Je crois qu'il faut que nous arrivions à Adriyel le plus vite possible, déclara-t-il enfin.

19

Changement de programme.

Ils ne pouvaient pas arrêter Aubrey sans preuve, pas en présence d'autant de témoins si haut placés, et ils ne pouvaient pas le laisser renouer avec ses partisans à Adriyel et gagner éventuellement le contrôle de l'armée. Le même raisonnement s'appliquait à Kellen. Sans preuve, ils ne pouvaient pas disculper totalement Kellen. Aubrey et Kellen avaient peut-être conclu un pacte et travaillaient de concert.

Il fallait que Niniane parte et vite, mais il fallait aussi qu'elle voyage en toute sécurité. S'il s'agissait simplement d'arriver en premier à Adriyel, Tiago, Rune et Aryal pouvaient prendre leurs formes wyrs et la porter jusqu'à Adriyel, cela ne prendrait que quelques heures, pas des jours. Mais elle ne pouvait pas être perçue comme ayant pris le pouvoir grâce aux Wyrs.

— Les soldats doivent venir avec nous, dit-elle à Tiago.

— Je suis d'accord. Hier, Arethusa m'a dit que cela prendrait trois jours encore pour arriver à Adriyel. Nous avons eu une journée relativement facile, nos chevaux sont encore frais. Si nous voyageons léger et forçons l'allure, nous pouvons être à Adriyel dans un jour, un jour et demi peut-être.

Il regarda Rune et Aryal.

— Il faudra que vous restiez en arrière et surveilliez les faits et gestes de tout le monde quand nous partirons.

— Ça devrait être intéressant, fit Aryal en s'étirant.

Cameron émergea des tentures, chaussures à la main, fourreau dans l'autre, les cheveux en désordre et le visage encore ensommeillé.

— Et moi ? fit-elle d'une voix râpeuse.

— Vous venez avec nous, répondit Tiago.

Cameron opina. Elle n'avait pas l'air surprise. Elle décocha un petit sourire à Niniane.

— Mon postérieur endolori s'en réjouit d'avance.

— Le mien aussi, fit Niniane en étouffant un rire.

Tiago passa la main sur les cheveux de la fée.

— Est-ce que tu as besoin de dormir une heure ou deux avant le départ ?

Elle secoua la tête.

— Je me suis reposée et j'ai mangé, je survivrai.

— Bien. Le choix des bagages ne va pas être compliqué : eau, nourriture et armes. Rien d'autre. (Il se leva et la mit sur ses pieds.) Je vais aller rassembler les soldats et faire seller nos chevaux. On part dans une demi-heure. Et même avant si possible.

— D'accord. (Elle le regarda partir, puis se tourna vers Cameron.) Ça te donne le temps de manger un morceau.

Cameron regarda les glacières éparses et les boîtes vides. Elle leva les sourcils.

Niniane lui tendit son assiette.

— J'ai juste grignoté. M. Incroyable m'avait servi de quoi tenir une semaine. Finis ça pendant que je fais du café.

— Tu es la princesse la plus cool que j'ai jamais rencontrée, répondit Cameron.

Elle remplit un pot en métal et le posa sur le brasero pour faire bouillir l'eau. Puis Rune et Aryal partirent se laver et passer des vêtements propres, et aussi, comme le disait Rune, se préparer à la consternation générale et à quelques réactions virulentes… Ils étreignirent tous deux Niniane à l'étouffer.

— On te verra à Adriyel, fit Rune.

— Soyez prudents.

— Toi aussi, choupette.

Il sourit et lui toucha le bout du nez.

Puis ce fut au tour d'Aryal de faire ses adieux :

— Ne fais rien que je ne ferais pas.

Niniane ouvrit la bouche, puis la referma aussitôt.

— Je ne sais vraiment pas quoi répondre à un truc pareil.

— Oui, bon.

Aryal la souleva de terre en l'embrassant. Puis la harpie sortit à la suite de Rune.

L'eau parvint à ébullition. Niniane fit les gestes familiers de préparer du café pendant que Cameron mangeait tout ce qui restait sur l'assiette. La fée essaya de boire le breuvage, mais il était trop chaud. Elle avait l'impression que le temps passait trop vite, comme s'il fonçait vers un lieu étranger, meurtrier, inévitable, tel le rideau d'une cascade qui finit par se briser sur des rochers tranchants en contrebas.

Ses mains tremblaient quand elle ajouta de l'eau froide au liquide fumant afin de pouvoir le boire.

Cameron fit la même chose avec son café. Quand elle finit sa tasse, elles entendirent Durin qui se tenait devant la tente :

— Votre Majesté.

— Entrez, Durin.

Il souleva le rabat et les regarda toutes deux d'un air solennel.

— Il est temps de partir.

— D'accord.

Elle se leva et Cameron saisit son épée glissée dans son fourreau et la fixa à son harnais d'épaule.

L'aube avait depuis longtemps laissé place au jour et dans la lumière éclatante du matin, le givre qui fondait faisait tout étinceler. Il y avait une délicieuse fraîcheur dans l'air. Niniane entendait le bruit des harnais des chevaux et des voix venant du bivouac des soldats. Durin s'approcha de sorte que Niniane se retrouve entre lui et Cameron. Il désigna l'arrière de la tente et leur fit signe d'avancer dans cette direction, c'est-à-dire du côté opposé des soldats. Cameron fronça les sourcils et Niniane lui lança un regard interrogateur.

— Les soldats attirent l'attention des autres, expliqua Durin rapidement et à voix basse. Nous avons pensé que ce serait plus rapide et plus discret de vous faire sortir par là. Il faut que nous nous dépêchions maintenant.

Niniane opina et se tourna dans la direction indiquée. Cameron posa une main sur son dos pour l'inciter à avancer. C'est alors que Niniane sentit la main de la policière saisir son pull dans son poing, puis la pousser violemment en avant.

— Hé ho, quoi ?

Niniane partit en avant, essayant vainement de rectifier son équilibre alors qu'elle tombait vers la toile de la tente. Puis elle atteignit le point où elle ne pouvait plus rétablir son équilibre et tomba en avant. Elle rentra une épaule comme on le lui avait appris, frappa le sol, et effectua un roulé-boulé. Elle entendit un bruit métallique alors qu'elle tombait, le son d'épées s'entrechoquant. Encore étourdie, elle se redressa puis se retourna.

Cameron et Durin se battaient. Cameron fit un pas de côté pour parer le coup de la Fae noire. Les mouvements de la femme étaient athlétiques et assurés, mais Durin se déplaçait avec une telle grâce et un tel style meurtrier qu'il était clair que l'humaine était complètement dépassée.

— Fuis ! cria Cameron.

Elle se releva et garda les yeux rivés sur le combat tout en reculant.

Un bras la saisit par le cou et elle sentit le tranchant froid et dur d'un couteau posé contre sa jugulaire. La lame mordit la peau. La brûlure arriva un moment plus tard et elle sentit le filet de sang couler.

— J'aurais dû le savoir, lui murmura Naida à l'oreille. Rien ne va depuis que vous avez fait votre réapparition.

Et merde, et merde.

Durin se lança en avant. Son épée zigzagua comme un éclair quand il exécuta une botte compliquée qui fit sauter l'épée des mains de Cameron. Elle pivota et tenta de lui donner un coup de pied, mais il plongea en avant, trop près pour qu'elle ait le recul nécessaire pour lui porter un coup puissant. Au même moment, il retourna la prise qu'il avait sur son épée et lui frappa la mâchoire avec le pommeau. Cameron s'écroula sans émettre un son.

— Laissez vos mains bien en évidence. (La chaleur du souffle de Naida lui chatouillait l'oreille.) Je n'ai pas l'intention de finir empoisonnée comme Geril et ses acolytes.

Elle leva les mains. Naida la força à se retourner et l'entraîna rapidement vers la lisière du campement. Durin se posta à côté d'elle. Il gardait son épée à la main et jetait autour de lui des regards méfiants.

— Je n'arrive pas à croire que personne ne remarque ce qui se passe, fit Niniane en serrant les dents.

— Ils sont tous en train de discuter et de s'énerver et de regarder les soldats se préparer à partir, fit Naida.

Ils arrivèrent en un rien de temps à la limite de la clairière et Naida la força à avancer plus vite jusqu'à ce qu'elles courent.

— Pourquoi ça prend autant de temps ? demanda Naida à Durin.

— Ryle n'arrive pas à s'approcher du chancelier, fit le capitaine. La garce Wyr l'observe de trop près.

Qui était Ryle ? Pas l'un des soldats. L'un des serviteurs de Naida et d'Aubrey ? Niniane jeta un regard de côté vers Durin. Il avait une expression sinistre.

« J'ai déjà tué quelqu'un que j'appréciais, avait déclaré Carling. J'ai même éprouvé des remords après l'avoir fait. »

— C'est vous le coupable, fit-elle. Vous avez tué Arethusa. Elle était votre commandant en chef. Elle vous faisait confiance et vous l'avez tuée. Comment avez-vous pu faire ça ?

Le regard furieux de Durin se posa brièvement sur elle, puis il détourna les yeux.

— Il l'a fait pour le bien de notre peuple, répliqua Naida.

Ils arrivèrent près de quatre chevaux attachés. Ils avaient leurs brides mais n'étaient pas sellés. Naida fit s'arrêter Niniane en la tirant violemment.

— Gardez les mains en l'air. Fouille-la, dit-elle à Durin.

Durin rengaina son épée et palpa Niniane, passant ses mains sur tout son corps. Il était aussi rapide et adroit à la fouiller qu'il l'était avec tout ce qu'il faisait. Elle poussa un soupir de frustration lorsqu'il sortit les stylets de sa poche. Il mit les petits étuis à l'intérieur de sa tunique. Une fois qu'elle fut désarmée, Durin lui attacha les mains derrière le dos avec un cordon de cuir alors qu'elle découvrait Naida sous un nouveau jour.

L'apparence immaculée et sophistiquée de celle-ci s'était volatilisée. Sa tenue de voyage était défaite. Elle portait un sac de cuir en bandoulière. Elle paraissait épuisée et ses cheveux habituellement impeccables étaient tout en désordre. Des lignes de stress marquaient sa peau pâle. Oui, bon, tant mieux. Il ne manquerait plus qu'elle soit splendide.

— Je suis un peu étonnée que vous vous donniez toute cette peine, fit Niniane. Pourquoi ne m'avez-vous pas encore tuée ?

— Si seulement vous étiez morte lors de la première attaque, mais les choses ne sont plus aussi simples désormais. En fait, j'aurais voulu que vous ne réapparaissiez jamais, fit Naida. (Son regard indifférent se posa brièvement sur Niniane, puis elle détourna les yeux.) Vous auriez dû rester dans le passé avec le reste de votre famille. Vous tuer ne suffit plus maintenant. Il faut aussi que nous nous tirions d'affaire afin de pouvoir mettre mon mari sur le trône qui lui revient.

La froideur inouïe de la voix de Naida coupa presque le souffle de Niniane. Durin avait tellement serré le cordon qui retenait ses mains qu'elle commençait déjà à ne plus sentir ses doigts. Elle tordit ses poignets en essayant d'atteindre les nœuds, sans succès. Mais le cordon était en cuir et se détendrait tôt ou tard. Elle continua à tordre les poignets dans l'espoir d'assouplir ses liens.

Deux des chevaux avaient des sacoches fixées sur leurs dos. Pourquoi n'étaient-ils pas sellés ? Elle pariait qu'ils n'avaient pas eu le temps de le faire. Naida, Durin, Aubrey, Ryle et ceux qui étaient de mèche avec eux réagissaient en fonction du moment. Croyaient-ils vraiment avoir une chance de fuir et d'échapper à des poursuivants ?

— Cela ne va pas se passer comme vous l'escomptez, fit-elle remarquer.

— Ah, vous croyez ? (Naida secoua la tête.) Nous devons improviser avec les outils que nous trouvons.

Elle observa Naida s'agenouiller et poser son sac par terre.

— Naida, écoutez-moi, reprit-elle. Cette histoire est allée trop loin. Beaucoup de gens sont impliqués. Il y a Carling et les autres vampires, Kellen, Tiago et les sentinelles, sans parler des soldats. Ils ne vous pardonneront ni n'oublieront jamais ce que Durin a fait à Arethusa.

Elle vit Durin tressaillir. Était-ce un signe de faiblesse qu'elle pouvait exploiter ? Elle sentit de la chaleur passer sur sa peau au niveau de ses mains, et elle se rendit compte qu'elle avait frotté ses poignets jusqu'au sang. Heureusement qu'elle ne sentait pas bien ses doigts. Peut-être que le sang qui imprégnait le cuir allait l'étirer. Oui, bon, c'était assez peu probable, mais elle n'avait d'autre choix que d'essayer. Elle baissa la tête et continua à tirer sur ses liens.

— Les seules personnes qu'il nous faut stopper, c'est vous et votre animal répugnant, fit Naida.

Animal répugnant... Elle rentra le menton un peu plus et envisagea sérieusement de lui donner un coup de tête. Apparemment ils ne voulaient pas la tuer tout de suite. Un bon coup, et elle pourrait casser le nez aristocratique de Naida.

— Si nous vous tuons tous les deux, continua Naida, il n'y a plus d'héritier direct. Aubrey serait le seul choix possible pour le trône. Il s'occupe des Faes noires et œuvre en notre nom depuis bien plus longtemps que vous et moi sommes en vie. Sa sagesse et son expérience en matière de gouvernement sont inégalées. Le tribunal des Anciens comprendra que son accession au pouvoir est inévitable. Et les Wyrs n'ont absolument pas le droit de rester sur le territoire des Faes noires, surtout depuis que votre animal a coupé tous les liens officiels avec le seigneur des Wyrs. Il faudra qu'ils partent. Je doute qu'une alliance avec nous intéresse les Wyrs après cela, mais peu importe. Les Faes noires se débrouillent très bien sans alliance wyr depuis deux cents ans. Nous gagnerons d'autant plus facilement que nous allons nommer le commandant qu'il faut à la tête de l'armée des Faes noires.

Le commandant qu'il faut. Ben voyons.

— Le bien du peuple, mes fesses ! gronda-t-elle. Durin a assassiné Arethusa pour accéder au poste de commandant, et si Aubrey devient le roi des Faes noires, vous régnerez à ses côtés, et c'est tout ce qui compte pour vous, espèce de garce psychotique.

Naida ouvrit son sac. Elle répondit avec un calme tranchant :

— Vous parlez de manière aussi vulgaire que vous en avez l'air. (Elle continuait à fouiller tranquillement son sac.) Vous l'ignorez encore, mais explorer la demeure d'Urien m'a beaucoup appris et m'a offert des opportunités inattendues.

— Si vous faites allusion à la société écran d'Urien, on est déjà au courant, fit Niniane.

— Cet élément-là ne m'est plus utile à présent. Non, je fais référence à autre chose.

Elle plongea la main dans le sac et en ressortit deux jeux de chaînes noires auxquelles pendaient des menottes. Elles irradiaient d'une sorte de Force qui donna la chair de poule à Niniane.

— Qu'est-ce que c'est que ça ? murmura-t-elle.

— Urien les a façonnées lui-même, expliqua Naida. Il était un expert en métallurgie et avait une telle Force. C'était l'une des Faes noires les plus douées du pays. Les notes qu'il consignait sur ses recherches étaient d'une rigueur extraordinaire.

— Vous plaisantez, fit Niniane. C'était un salaud ivre de pouvoir, égoïste et narcissique, et un lâche assassin.

Naida soupira.

— Oh, ça suffit. (La Fae noire contemplait les menottes. Ses yeux gris brillaient d'admiration.) Il les a spécifiquement conçues pour emprisonner les Wyrs. Elles marchent tellement bien apparemment qu'il a pu enchaîner le Grand Monstre en personne avec ces petites merveilles. D'après les notes d'Urien, même si le Monstre s'est libéré, il n'a pas pu rompre ces fers.

Oh merde. Niniane sentit le souffle lui manquer et elle se figea. Elle avait entendu parler de ces fers. Ils avaient été utilisés quand Urien avait fait kidnapper Dragos et Pia et les avait fait emprisonner dans la forteresse des orques. Ces menottes avaient empêché Dragos de pouvoir prendre sa forme de dragon. Dragos avait pu retrouver sa liberté seulement après avoir trouvé la clé des fers. Soucieux de retrouver Pia aussi vite que possible, il avait égaré les menottes et ne pensait qu'à remettre la main dessus depuis.

Une bourrasque glaciale en provenance de la clairière traversa alors les arbres en hurlant et la matinée d'automne ensoleillée et lumineuse se désintégra tandis que des nuages noirs bouillonnaient dans le ciel. Durin poussa un juron et Naida leva les yeux, une expression de stupéfaction sur le visage alors qu'un immense éclair déchirait la voûte céleste. Le tonnerre éclata avec fracas.

Niniane ne prit pas le temps de réfléchir. Elle prit son élan, leva une jambe et frappa aussi violemment qu'elle le put le visage de Naida avec le talon de sa botte.

Un os craqua. Le sang jaillit du nez de Naida alors que sa tête était projetée en arrière.

Durin se rua sur elle. Elle savait qu'elle n'avait aucune chance de s'échapper. Tout ce qui l'intéressait, c'était causer autant de dégâts que possible. Durin ne réussit pas à la saisir car elle se laissa tomber en arrière. Une douleur l'élança quand elle chuta de tout son poids sur ses bras entravés. Elle n'y prêta pas attention, roula vers lui et lui assena sur le genou le coup de pied le plus fort dont elle était capable.

Durin siffla de douleur et se renversa.

Nom d'un petit bonhomme. Elle avait réussi à infliger deux coups violents à la suite. Les sentinelles allaient trinquer en son honneur à son enterrement.

Elle roula et roula désespérément, s'évertuant de toutes ses forces à mettre de la distance entre elle et ses deux ravisseurs. Les miracles, ça existait, après tout. On ne sait jamais, elle y arriverait peut-être. Elle…

Une main qui lui fit l'effet d'un étau saisit sa cheville. Hoquetant pour tenter de reprendre son souffle, elle se remit sur le dos et essaya de donner un coup de pied à celui qui la tenait, mais Durin remonta sur elle, immobilisa ses jambes et elle eut beau hurler de rage, se débattre et ruer dans tous les sens, elle ne parvint pas à le déloger.

C'est alors que le monstre entra dans la clairière. Il se déplaçait à une vitesse stupéfiante vu sa stature massive. Il tenait une épée dans chacune de ses mains prolongée par des serres. Ses dents semblaient trop longues et trop acérées pour être vraies. Ses yeux étincelaient et lançaient des éclairs blancs. On aurait dit deux étoiles jumelles. Dieu qu'elle l'aimait. Elle savait pourquoi les conspirateurs ne l'avaient pas encore tuée ; elle était l'appât et le moyen de faire pression sur lui. Ils n'avaient qu'elle pour contrer la charge de ce cauchemar.

Durin la saisit par les cheveux et la força à se mettre à genoux. Il lui tira ensuite la tête en arrière pour exposer son cou. Naida s'approcha et lui posa le couteau sur la gorge.

— Arrêtez, ordonna Naida.

Le monstre posa ses yeux étincelants sur Niniane. Il s'arrêta net.

— Lâchez vos armes.

Naida avait une voix haletante.

Non, non, non.

Il ouvrit les mains. Les épées tombèrent à terre.

Elle eut vaguement conscience de l'arrivée d'autres gens et de quelque chose de meurtrier et d'ailé au-dessus des arbres. Le hurlement de rage d'une harpie résonna dans les airs au-dessus d'eux. Pas loin, Rune jura et ordonna aux gens de ne pas bouger. Ils ne pouvaient rien faire. Le monde se réduisait à elle, Tiago, Durin et Naida. Et le couteau sur sa gorge.

Durin se baissa, saisit les menottes et les jeta. Elles atterrirent aux pieds du monstre.

— Mets-les, fit-il. Passe la chaîne derrière ton dos.

Le monstre ne cilla pas.

Naida appuya plus fort la lame contre la peau fine du cou de Niniane. Une autre brûlure, une autre petite blessure et la sensation chaude d'un filet de sang.

— Un tout petit peu plus de pression et elle meurt. Faites-le.

— Non, murmura la fée. Non, ne le fais pas.

Le monstre ne la quitta pas du regard tandis qu'il se penchait pour ramasser les menottes.

Durin et Naida avaient l'intention de tuer Tiago dès que ses poignets seraient entravés. Elle se jetterait sur le couteau pour le sauver. Peut-être qu'ils n'étaient pas encore totalement unis pour la vie. Peut-être qu'il aurait une chance de survivre. Peut-être… Elle tenta d'avancer son cou, de chercher la lame, mais la prise de Durin sur ses cheveux lui interdisait tout mouvement.

Tiago referma une des menottes sur un de ses puissants poignets, passa la chaîne derrière son dos et referma la seconde menotte sur son autre poignet.

— Oh, mon Dieu, s'exclama Aubrey depuis l'autre côté de la clairière. (Il semblait profondément bouleversé et secoué.) Mon Dieu, Naida, qu'as-tu fait ?

— Dès que nous avons appris qu'Urien avait été tué, les gens ont commencé à jaser, fit Naida. Tu allais être roi. Tu ne les as pas entendus ? Tout le monde disait qu'il ne pouvait pas y avoir de meilleur roi, et il ne restait personne avec un lien de parenté plus proche avec le trône. Et puis *elle* a fait son apparition. Alors qu'elle n'est rien de plus désormais qu'une pute en plastique américanisée qui a couché avec des Wyrs pendant toutes ces années…

Le monstre gronda, le visage déformé par la haine.

— Elle est ta reine légitime ! s'écria Aubrey.

— Elle n'est pas encore reine ! répliqua Naida en hurlant à son tour. Pourquoi refuses-tu de voir que rien n'empêchera les gens de te soutenir à nouveau une fois qu'elle et son animal seront hors de ton chemin !

Naida pressa davantage le couteau contre le cou de Niniane.

Le monstre dénuda ses dents et se précipita en avant.

— Tue-le, ordonna Naida à Durin.

La prise qu'avait Durin sur ses cheveux se relâcha. Elle essaya de nouveau de se jeter sur le couteau, mais Naida prit aussitôt la place de Durin, la saisissant par la mâchoire et lui forçant à rejeter la tête en arrière. Durin s'avança et le temps plongea dans son inexorable gouffre, vers ce lieu déchiqueté où tout se brisait en mille morceaux pour l'éternité, et elle hurla et hurla lorsque le capitaine empala Tiago sur son épée. *Grand Dieu…*

Niniane vit Tiago s'enfoncer encore davantage sur cette épée meurtrière, jusqu'à la garde. Son corps puissant était l'arme la plus authentique et la plus létale qui soit. Il tourna la tête et, d'un claquement de dents aussi rapide que l'éclair, arracha la gorge de Durin.

Le sang éclaboussa le visage de Tiago. Il coulait aussi comme une rivière de l'épée plantée dans son ventre. Tiago recracha de la chair tandis que le cadavre de Durin s'effondrait. Les étoiles flamboyantes se rivèrent de nouveau sur elle. Il était rouge et couvert de sueur. Il ploya le genou.

— Il est une véritable abomination, souffla Naida.

Sa voix dans son oreille était aussi haletante que la sienne.

— Je vous ai dit que cela n'allait pas se passer comme vous l'escomptiez, articula-t-elle entre ses dents.

Il inclina la tête et s'écroula. *Tiago*.

— Lâchez le couteau, Naida, dit Cameron d'une voix dure et froide derrière eux.

Cameron avait l'air si sûre d'elle et ce qu'elle disait semblait si incongru que Naida se tourna en entraînant Niniane afin de la regarder. Niniane essaya de tourner la tête pour ne pas quitter Tiago des yeux, mais la main de Naida lui maintenait la mâchoire avec tellement de force qu'elle ne pouvait pas bouger.

Cameron se trouvait à trois mètres. Un côté de son visage avait bleui après le coup porté par Durin. Elle avait les deux derringer de Niniane, l'un dirigé vers le sol, l'autre vers la tête de Naida.

— Est-ce que vous pensez sérieusement que je renoncerais à mon seul moyen de pression, surtout pour un bluff aussi débile et ignorant que celui-ci ? demanda Naida. La technologie de vos armes ne marche pas ici, humaine. (Elle s'adressa à Niniane.) Levez-vous. Il faut que nous parvenions jusqu'à Adriyel, vous et moi, et puis nous verrons ce que les partisans inconditionnels d'Urien pensent de vous…

Naida se redressa. Niniane ne bougea pas. Elle ne savait pas si c'était une bonne chose à faire ou non. Elle ne pouvait pas abandonner Tiago, c'était tout.

Naida lui hurla à l'oreille :

— Levez-vous tout de suite ou je vous égorge devant tout le monde !

— Risques et avantages, hein, fit Cameron avec un sourire jaune.

Elle appuya sur la détente.

Le pistolet explosa.

Il y avait trop de sang, bien sûr.

Le monstre garda le visage tourné vers sa compagne en tombant. Il garda le visage tourné vers elle alors qu'une brume voilait sa vue, recouvrait les confins de la clairière et qu'il ne pouvait plus la voir.

Quelqu'un avec une tête fauve se pencha sur lui. Il faillit se dresser dans un ultime sursaut pour lui arracher la gorge à lui aussi, mais il avait une odeur qui lui était familière depuis longtemps, alors il se retint pour observer et attendre.

— Putain, Ti-Bird, regarde dans quel état tu t'es mis cette fois, fit celui qui avait l'odeur familière.

Il saisit par le pommeau l'épée fichée dans son ventre et la retira. Le monstre siffla en sentant le glissement liquide et brûlant quand la lame quitta ses chairs. Le mâle fauve arracha sa chemise et la pressa en boule contre la blessure et cria :

— ARYAL ! Pourquoi est-ce qu'il ne commence pas à cicatriser ? Appuie là.

Une autre personne dont il connaissait l'odeur s'agenouilla à ses côtés. Ses yeux jetaient des éclairs de peur et de fureur, mais ce n'était pas sa compagne.

— Je m'en occupe.

Puis elle fut là, sa belle et précieuse compagne. Son univers s'était désintégré, et il avait senti son cœur se fendre quand il était retourné dans la tente pour constater qu'elle avait disparu. Elle lui revenait maintenant, et c'était une telle bénédiction de l'apercevoir et de la sentir. Or elle saignait au cou et aux poignets ; il gronda de fureur en reniflant l'odeur de son sang et s'efforça de se lever pour aller massacrer ceux qui avaient fait ça…

— Est-ce que quelqu'un peut couper mes liens ? demanda sa Niniane. Non, Tiago. Ne bouge pas.

Il obéit et soupira quand elle se pencha près de lui et pressa sa joue contre la sienne.

— Une personne seulement, murmura-t-il. Une seule chose.

— Je ne peux pas te perdre, fit-elle. (Rune la libéra de ses liens et elle essuya le sang qui couvrait le visage de Tiago. Elle posa ses lèvres contre les siennes. Elle tremblait.) Tu dois te battre pour nous. Lutte aussi fort que tu peux, tu m'entends ? Tiens bon.

Toujours.

— Il lui parle, mais il n'est pas sorti de sa métamorphose partielle, et il continue à se vider de son sang, fit Aryal en serrant les dents. Qu'est-ce qui se passe, bordel ? On va le perdre si quelqu'un ne trouve pas ce qu'il faut faire, et tout de suite.

— Ce sont les fers, s'exclama soudain sa compagne. Urien les a créés pour emprisonner les Wyrs. Ils répriment leur Force. Ce sont ceux qui ont retenu Dragos et il nous faut la clé… (Elle se leva et s'éloigna en courant, et son univers s'effaça de nouveau.) Elle n'est pas dans son sac.

Elle revint en courant. Elle tomba à genoux à côté de sa tête. Elle pleurait.

Rune se leva.

— Aidez-le, Carling !

C'est alors qu'il vit l'autre femme qui se tenait non loin de lui.

Elle observait la scène d'un air un peu curieux. Son regard était totalement absent.

— Cela ne fait pas partie de mes attributions en tant que Chancelière du tribunal des Anciens, dit-elle machinalement.

Rune attrapa Carling et la secoua. Elle se pencha en arrière sous la pression de ses mains.

— Qu'est-ce qui vous prend, bordel ? rugit-il. Revenez avec nous.

Le regard de la vampire retrouva sa clarté. Elle inclina la tête et regarda la scène comme si elle la découvrait. Ses yeux en amande étincelaient de Force.

— Si je fais ça, dit-elle en s'adressant à Rune, vous me serez redevable. Pas Dragos, pas Tiago ou Niniane. Vous. Vous viendrez me trouver une semaine après notre départ d'Adriyel et vous ferez quelque chose pour moi, quelque chose dont je déciderai. Est-ce que vous êtes d'accord ?

— Oui, siffla Rune. Faites-le, bon sang.

Carling s'approcha de Tiago. Elle se pencha sur lui avec un sourire à la Mona Lisa.

— On m'a dit que cela pouvait faire un peu mal.

Il ferma les yeux avec résignation. *Foutue garce*.

20

Carling posa ses mains sur Tiago et prononça dans une langue étrange des mots remplis de Force. Niniane s'affaissa de soulagement tout en lui tenant la tête.

On s'activait autour des silhouettes étendues face contre terre de Cameron et de Naida. Les deux femmes étaient tombées quand le derringer avait explosé. Niniane ne pouvait pas penser à ça pour le moment. Peu lui importait que Rune ait dû conclure un marché avec Carling pour obtenir sa coopération. Elle était juste reconnaissante que la vampire lui vienne en aide. Ensuite, tout s'arrangerait. Il le fallait.

Carling fronça les sourcils. Son regard était vif.

— Le sort n'a pas pris.

Niniane leva la tête vers son amant. Elle scruta les traits ciselés, tranquilles du visage qu'elle encadrait de ses doigts.

— Tiago ?

Il resta silencieux.

— Il a perdu connaissance.

La panique envahit Niniane. Elle passa en mode télépathie et hurla :

— *NE PENSE MÊME PAS À MOURIR !*

Il ne répondit pas. Dans une explosion de rage, elle frappa les rochers tranchants autour d'eux.

Les autres parlaient tous en même temps.

— À quoi servez-vous, de toute façon ?

La question cruelle d'Aryal s'adressait à Carling.

Rune grondait en guise de reproche.

— Jetez de nouveau le sort. Maintenant.

Carling ne prêtait pas attention aux deux sentinelles ; son visage était tendu par la concentration. Elle prononça d'autres mots étranges tellement remplis de Force que Niniane sentit leur vibration battre en elle. Puis la vampire s'assit sur ses talons. Elle s'essuya le visage du dos de la main.

— Je l'ai rattrapé juste à temps. Je l'ai mis en état de stase, de paralysie pour le moment.

— Qu'est-ce qui ne va pas ? articula Niniane péniblement.

— Sa blessure nécessite un sort de guérison qui doit agir simultanément avec certains principes liés à son pouvoir de métamorphose. Ses artères et ses organes déchirés ont besoin de se ressouder pour arrêter l'hémorragie. Les Wyrs sont normalement aptes à soigner leurs blessures. Cela participe de leur aptitude inhérente à se métamorphoser. Je pense que la Force qui imprègne les fers bloque le sort. (Carling croisa le regard de Niniane.) Sa vie ne tient plus qu'à un fil. Si nous ne trouvons pas un moyen de lui retirer ces fers, il mourra.

— Vous n'allez pas laisser une chose pareille lui arriver, fit Niniane d'une voix qu'elle ne se connaissait pas.

— Je vais le maintenir aussi longtemps que je le peux. (Carling contempla le visage figé de Tiago comme s'il était un code secret qu'elle n'arrivait pas à déchiffrer.) Mais une partie de tout cela dépend aussi de lui. Si son esprit choisit de lâcher et de partir, je ne peux rien faire.

Le visage de Tiago disparut dans un miroitement mouillé. Elle essuya sa joue sur son épaule.

— Il a dit qu'il se battrait, murmura-t-elle. Il va se battre.

Rune et Aryal, accroupis à leurs côtés, se regardèrent.

— Niniane a fouillé le sac de Naida, fit Rune. Elle n'a pas fouillé son corps, ni Durin.

Les deux sentinelles bondirent. Rune atterrit près du corps de Durin tandis qu'Aryal se lançait sur la silhouette étendue de Naida.

— *Tu as promis que tu ne me quitterais pas*, dit Niniane à Tiago. *Tu m'as fait croire en toi. Tu m'as rendue amoureuse de toi. Les promesses, c'est bien beau, m'sieur. Le moment est venu de les tenir. Je ne pourrais... je ne pourrais pas le supporter si tu ne les tiens pas.*

Aryal lança un cri aigu et triomphant. La harpie se releva, courut vers Tiago et dérapa sur les genoux en arrivant près de lui. Ses longues mains devinrent une masse indistincte pendant qu'elle déverrouillait les fers. Puis Rune les rejoignit et ils œuvrèrent tous à débarrasser Tiago de ses chaînes.

— Emportez-les, ordonna Carling en désignant les liens.

Le regard orageux d'Aryal croisa celui de Niniane, puis elle tourna les talons, les fers dans une main, et disparut.

— Il faut que je le sorte de sa stase, expliqua Carling, puis que je jette immédiatement le sort de guérison. Si vous pensez que Dieu éprouve un quelconque intérêt pour nos vies, le moment est peut-être venu de prier.

Ô Dieu, je vous en prie. Je vous en prie. Elle mit dans sa prière toute la force de sa panique. Puis elle pressa ses lèvres sur le front de Tiago et lui dit :

— *Tiago, tu dois rester avec moi.*

Carling débitait ses incantations encore plus vite qu'avant. Les mots saturés de Force et prononcés à voix basse faisaient frissonner le monde, vibrer les os de Niniane et étinceler le corps de Tiago en le baignant d'une lumière dorée. Il se cambra et hoqueta tandis que sa figure grimaçait de douleur. Niniane l'entoura de ses bras, lui tint doucement la tête. Il se tourna et enfouit son visage dans son sein tandis que ses mains prolongées par des serres creusaient frénétiquement la terre.

Elle se souvint de la douleur atroce qu'elle avait ressentie lorsque sa blessure s'était refermée. Et la plaie était insignifiante à côté de la sienne. Elle souffrit avec lui jusqu'à ce que la tension quitte progressivement son corps et qu'enfin il repose contre elle, son visage et son corps retrouvant enfin leurs contours normaux.

— *Je te l'ai déjà dit plus d'une fois, petite fée, je ne te quitterai pas.* (Il parlait comme s'il avait entendu tout ce qu'elle lui avait dit et poursuivait la conversation là où elle s'était arrêtée. Sa voix mentale était presque inintelligible, il avait du mal à articuler et ses yeux étaient fuyants.) *Un jour tu le croiras.*

Elle sanglota un rire et le serra un peu plus contre elle.

— *Je crois que ce jour est arrivé, Tiago. Je crois bien qu'il est arrivé.*

Il perdit de nouveau connaissance. Carling semblait sûre d'elle en disant que le danger était passé, mais Niniane ne fut pas rassurée tant qu'elle n'eut pas déchiré la chemise trempée de sang et vu de ses yeux la cicatrice brillante laissée par la blessure. Elle faisait environ huit centimètres et on aurait dit qu'elle était presque argentée contre la peau bronzée de son ventre musclé. Elle posa les doigts dessus. Il y en aurait une autre dans son dos à l'endroit où la lame était ressortie.

Hefeydd et trois autres soldats faes noires au visage grave arrivèrent en portant un brancard improvisé avec des couvertures et deux perches. Ils posèrent Tiago dessus sous la surveillance angoissée de Niniane. Elle garda une main sur son épaule pendant qu'ils le ramenaient au camp. Aryal et Rune les escortèrent en balayant les environs d'un regard vigilant. Les soldats emmenèrent Tiago dans sa tente sans qu'elle ait besoin de leur dire. Elle leur demanda de l'étendre sur son lit et ils s'exécutèrent avec beaucoup de douceur.

— Faites chauffer de l'eau, s'il vous plaît, que je puisse le laver, fit-elle.

— Oui, Majesté. (Comme Hefeydd s'attardait, elle leva les yeux. Il la regardait d'un air soucieux.) Si cela vous agrée, Votre Majesté, nous souhaiterions apporter notre aide. Pouvons-nous faire autre chose pour vous ?

Elle essaya de réfléchir.

— Il aura sans doute faim quand il se réveillera. Il a besoin de beaucoup de viande.

— Avec votre permission, quelques-uns d'entre nous iront chasser.

Elle opina.

— Vous êtes celui à qui Arethusa avait confié le paquet, n'est-ce pas ?

Heyfeydd s'inclina.

— Oui, madame.

— Pourquoi avoir pris tant de précautions au moment de le donner à Tiago ?

Qu'est-ce que Hefeydd avait su, mais n'avait pas dit ?

Les yeux du soldat s'embuèrent.

— Aucun d'entre nous ne croyait que la mort du commandant était accidentelle et j'étais persuadé que personne n'aurait pu se glisser derrière elle sans qu'elle le remarque. Son tueur ne pouvait être que quelqu'un en qui elle avait confiance et, par conséquent, quelqu'un que je connaissais aussi.

Elle ferma les yeux, hocha la tête et il sortit.

Rune était entré, il portait les épées de Tiago. Il les déposa près du lit, puis s'agenouilla à côté d'elle pour l'aider à découper les vêtements ensanglantés de Tiago. Sans relever la tête de sa tâche, elle demanda :

— Comment va Cam ?

Il y eut une pause. Puis Rune se tourna et posa les mains sur ses épaules. Il la serra affectueusement.

— Je suis désolé, mon chou. Elle n'a pas survécu.

C'était trop. Elle se mit à se balancer et à se lamenter doucement et Rune la serra fort contre lui.

— Naida ? demanda-t-elle après quelques minutes.

— Morte elle aussi. Le pistolet a tiré et explosé simultanément.

— C'est ma faute. C'était mes pistolets. Je les ai apportés avec moi.

— Arrête. (La voix de Rune était calme et ferme. Il lui caressa les cheveux alors qu'elle s'appuyait contre lui.) Naida avait perdu la tête. Cameron t'a sauvé la vie. Elle a accompli un acte héroïque et elle est morte en guerrière. N'essaie pas de lui enlever ça.

Elle se mordit les lèvres. Après un moment, elle réussit à faire un signe d'assentiment.

— *Merci d'avoir fait intervenir Carling.*

— *Il le fallait. C'était Ti-Bird.*

Il l'embrassa sur le front. Elle leva la tête pour le regarder.

— *Rune, fais attention. Carling n'est pas tout à fait saine d'esprit.*

— *Oui, oui, j'ai cru comprendre.*

Il sourit d'un air serein.

— Ne t'inquiète pas, choupette. Tu connais la chanson : « Every little thing is gonna be all right. »

On pouvait compter sur Rune pour citer Bob Marley. Elle ne s'attendait pas à être en mesure de sourire elle aussi, et pourtant… Puis elle regarda la silhouette allongée de Tiago et son sourire laissa place à la rage.

— On en a fini avec la diplomatie. Je veux que tu fouilles le camp. Je me fous totalement que cela offense qui que ce soit. Fais usage de la force, si nécessaire. Durin et Naida ont mentionné un dénommé Ryle. Trouve-le et fais-le parler. Personne n'est exempt, ni Aubrey, ni Kellen. Personne.

— Rouspéter, foutre le bordel, fit-il. (Son sourire s'élargit et ses yeux dorés de fauve brillèrent dans son regard.) Ça me plaît bien.

— Niniane, fit Tiago en ouvrant les yeux.

Il était dans son lit, dans sa tente. Quelqu'un avait retiré ses vêtements et l'avait lavé. Il se mit à transpirer en se rappelant l'atroce douleur dans son ventre qui avait fini par se propager à tout son corps d'or brûlant. Il commença à se redresser. Soudain,

Niniane fut là, agenouillée à côté de lui. Elle posa une main sur sa joue.

— Je suis là. Ne te lève pas, je t'en prie.

Il la regarda avidement. Elle était propre et portait un peignoir. Les entailles fines sur son cou n'étaient pas couvertes, mais ses poignets étaient bandés. Elle avait les traits tirés et le teint pâle ; ses yeux merveilleux avaient un regard hanté.

Dans son esprit, il la revit ligotée et agenouillée, son cou exposé et en sang. À un cheveu de la mort.

Il ouvrit la bouche mais le souffle lui manquait. Il la saisit et la tira vers lui. Elle soupira quand il serra ses bras autour d'elle.

— Chaque fois que je te quitte des yeux, une catastrophe arrive.

Elle posa la tête sur son épaule, appuyant son corps menu contre le sien. Il posa une main à l'arrière de sa tête et enfouit le visage dans ses cheveux qui embaumaient.

— Tout va bien maintenant, murmura-t-elle.

Elle posa les lèvres sur la peau nue de son épaule. Elle était en sécurité et vivante, et elle était avec lui. Il l'entraîna sous les couvertures et l'enveloppa d'un geste protecteur.

— Les fers, dit-il.

Elle tressaillit.

— Aryal a les deux jeux et la clef. Elle jure qu'elle trouvera le moyen de les détruire. Elle dit souvent « mon précieux » et parle de les jeter dans un volcan.

Il inspira profondément puis souffla.

— Naida ? Cam ?

Elle avala sa salive et secoua la tête.

Il frotta sa joue dans ses cheveux soyeux en écoutant les bruits du camp. Les gens parlaient et se déplaçaient sans faire de bruit. Suffisamment de temps avait passé pour un retour au calme.

— J'ai été inconscient pendant combien de temps ?

— Presque trente-six heures. Tu as failli mourir. Tu étais entre la vie et la mort, c'était terrible.

Il lui caressait le dos, l'apaisait, et ils restèrent ainsi dans les bras l'un de l'autre pendant un moment, sans dire un mot. Puis elle bougea.

— Il y a de la nourriture, si tu veux. Du ragoût et du pain poêlé.

La faim le tenaillait, mais le besoin de savoir était encore plus fort.

— Raconte-moi tout, à partir du moment où je suis sorti de la tente.

Elle lui fit un récit complet. Comme elle avait appris beaucoup de choses après les faits, elle fut en mesure de ne pas parler seulement de ce qui lui était arrivé. Aryal et Rune s'étaient séparés pour surveiller Aubrey et Kellen, les deux suspects les plus dangereux. Pendant ce temps-là, Durin avait reçu l'ordre de Tiago de préparer les soldats à partir. Pendant que Tiago collectait de la nourriture et de l'eau pour le voyage, sellait son cheval et celui de Niniane, Durin avait transmis ses ordres, puis était allé directement trouver Naida.

— À partir de là, ça a été l'escalade pour Naida et Durin. Jusqu'à la fin, quand Naida s'est rendu compte qu'Aubrey ne cautionnerait jamais ce qu'elle avait fait et ne lui pardonnerait pas. Elle n'avait alors plus rien à perdre et je crois qu'elle a perdu la tête. Imagine, il y a seulement deux semaines encore, elle croyait qu'Aubrey serait couronné et qu'elle deviendrait reine.

— Tu crois Aubrey ? gronda-t-il.

Elle pencha la tête en arrière et caressa son visage.

— Tout le monde croit Aubrey, Tiago. Il est bouleversé. Il a demandé sa démission en tant que chancelier et a demandé à être arrêté. Et tu sais quoi, au fait ? J'ai enfin appris quels étaient les talents de Duncan.

— Quoi ? fit-il en levant la tête pour la regarder d'un air intrigué.

— Duncan, le vampire. Il se trouve qu'en 1890 ou dans ces eaux-là, il a fondé ce qui est maintenant l'un des cabinets d'avocats les plus réputés de San Francisco. Il est un expert quand il s'agit d'interroger des témoins et des suspects et il est très doué en particulier pour mener des contre-interrogatoires, même si après tout ce qui s'est passé, les gens étaient heureux de coopérer. Entre son expertise et le sens de la vérité d'Aryal et de Rune, ils sont sûrs que tout le monde dans le camp – y compris Aubrey – est innocent. L'un des serviteurs d'Aubrey et de Naida, un homme du nom de Ryle, n'était impliqué que de loin. Naida lui avait demandé de faire sortir Aubrey discrètement du camp, mais elle ne lui avait pas dit pourquoi. Geril et Durin étaient ses deux complices. Elle avait dû leur faire un sacré numéro pour jouer sur leur appât du gain et leur ambition. Elle avait quasiment promis à Durin de le faire nommer commandant, devant moi.

— Alors c'est bien fini cette fois, dit-il.

Elle opina. Ses yeux se remplirent de larmes.

— Ce qui est triste, c'est qu'Arethusa et Cameron n'avaient pas besoin de mourir. Si nous avions pu parvenir à un climat de franchise et d'ouverture – si nous avions tous travaillé un peu mieux ensemble, elles seraient toujours en vie…

— Chut, fit-il. Tu ne peux pas t'aventurer sur ce terrain. Tout ce que nous pouvions faire, c'était travailler avec les informations dont nous disposions à un moment donné.

Elle se mit à pleurer à chaudes larmes.

— Je sais, mais j'aimais tellement Cam et elle était tellement heureuse de venir.

— Je sais, murmura-t-il. (Il encadra son visage de ses mains et baisa ses paupières humides, le bout de son nez, sa bouche.) Je voudrais pouvoir chasser ta douleur.

— Pas moi, fit-elle. Elle mérite qu'on la pleure.

Peut-être, mais sa petite fée avait trop souffert et il en avait plus qu'assez. Si quelqu'un osait ne serait-ce que la regarder de travers, il lui ferait sentir les bouts en acier de ses bottes, et il n'y irait pas à la légère. Ensuite, il envisagerait sérieusement les bienfaits de l'éviscération.

Il l'embrassa de nouveau, doucement, et elle répondit à son baiser. Puis l'apaisement se fit de plus en plus caressant. Elle passa les bras autour de son cou et il émit un grondement tout en s'allongeant sur elle.

— Attends. Tu ne veux pas manger d'abord ? Tu dois mourir de faim.

— C'est sur ma liste de priorités, marmonna-t-il. (Il s'appuya sur un coude et passa la main le long de son corps, cherchant un moyen d'ouvrir son peignoir.) C'est à l'ordre du jour, tout de suite après toi. Toi tu es en tête de liste.

La chose la plus importante, la plus urgente.

Il trouva la ceinture, la dénoua et ouvrit le vêtement.

Elle était nue dessous et il déglutit en contemplant ses magnifiques seins aux pointes roses, cette taille mince, l'insolent petit anneau d'or et la touffe de poils intimes qui soulignait l'arc délicieux et gracieux de son bassin.

Il posa son front entre ses seins. Elle était sa vie. C'était aussi simple que ça. Et il avait failli la perdre.

Niniane glissa ses mains sous son menton et lui fit relever la tête. Son visage s'adoucit en voyant les lignes anguleuses de sa face, ses yeux étincelants. Il secoua la tête. Il avait une boule dans la gorge, et de toute façon, il ne trouvait pas les mots.

— Tout va bien, chuchota-t-elle.

Elle lui caressa le visage, les épaules. Elle mit la main dans l'espace qui les séparait et saisit son membre dur et le guida entre ses cuisses. Elle releva les genoux et passa les doigts le long de son torse tandis qu'il entrait en elle, entrait chez lui.

Puis les mots vinrent et la force des sentiments de Tiago les fit jaillir de sa bouche :

— J'ai besoin de ces chaînes et de ces fers. Je vais t'attacher à moi. Puis nous détruirons la clé. Nous ne serons plus jamais séparés par plus de cinquante centimètres.

— Oui, on fera ça, murmura-t-elle. Je te le promets.

— Ne te moque pas de moi, fit-il.

Il la pénétra le plus profondément possible, puis il se mit à aller et venir doucement, lentement, enfoncé jusqu'à la garde. Il était énorme et chaud et il la comblait ; il trouva le point le plus sensible. À chaque poussée, il semblait aller plus loin encore.

— Je ne me moque pas, haleta-t-elle. J'ai failli te perdre, moi aussi.

Elle rejeta la tête en arrière, les yeux fermés. Ses émotions étaient trop à vif, le plaisir trop intense. Elle enfonça ses ongles dans son dos musclé.

Il glissa un bras sous elle pour poser sa main sur sa nuque. Il la colla littéralement contre lui au point qu'elle pouvait à peine respirer.

— Regarde-moi.

Elle ouvrit les yeux et le regarda. Ses traits étaient presque sauvages, mais ses yeux étaient alertes, et ils étaient…

Déterminés, implacables, fiers et aussi immuables que de la roche.

— Tu ne me perdras jamais, petite fée, fit-il sans détour. Je t'aime trop.

Puis il poussa ses hanches une dernière fois en prenant son temps, avec force et volupté, et l'explosion de plaisir fut tellement intense qu'il brûla leur âme. Dieu, elle l'adorait. Cet homme était une telle force de la nature.

Ils mangèrent et dormirent, et firent de nouveau l'amour. Puis le rire revint tôt le lendemain matin et ils décidèrent que le moment était peut-être venu d'affronter de nouveau le monde. Ils s'habillèrent et sortirent ensemble de la tente. S'il se raidissait dès qu'elle s'éloignait un peu trop et qu'elle se retournait quant à elle un peu trop souvent pour vérifier que la haute silhouette rassurante vêtue de noir la suivait bien, ils s'en sortirent à peu près correctement.

Pendant que Tiago était inconscient, elle avait écrit une lettre de condoléances à la famille de Cameron. Deux soldats avaient pris le courrier pour l'amener à Chicago en même temps que la dépouille de Cameron. Après avoir guéri Tiago, Carling avait disparu dans sa tente et n'en était plus sortie. Quand Niniane avait annoncé qu'ils étaient prêts à lever le camp et à partir, ce furent quatre et non pas trois vampires enveloppés dans des vêtements et protégés par des cagoules qui apparurent le lendemain matin. Niniane remarqua que Rune jetait souvent des coups d'œil en direction de Carling d'un air intrigué. Mais en général, il affichait une expression fermée, lointaine. Elle et les autres respectèrent son silence et le laissèrent en paix.

Tel n'était pas le cas en revanche pour Aubrey. Le chariot en queue de cortège transportait trois cadavres enveloppés d'herbes et d'aromates. Le convoi de la future reine faisait un groupe bien sombre. Niniane adopta un rythme tranquille. Après avoir passé presque toute la journée à cheval, elle attira l'attention de Tiago, puis indiqua du menton le mâle fae noire. Tiago se retourna pour regarder. Aubrey était seul. Son manteau l'enveloppait et une expression lugubre et triste marquait ses traits ciselés.

Tiago serra les mâchoires et prit un air renfrogné, mais, après un moment, il fit un signe de tête. Niniane poussa sa jument docile en avant. Ils arrivèrent à la hauteur d'Aubrey, Tiago d'un côté et elle de l'autre.

La Fae noire leva la tête. Il regarda Niniane, puis Tiago et sembla se renfermer un peu plus.

— Votre Majesté, murmura-t-il d'une voix atone.

— Il faut que vous sachiez que cela ne va pas marcher, Aubrey, fit Niniane. Je refuse votre démission. J'ai trop besoin de vous.

Aubrey regardait devant lui d'un air absent.

— Après Geril et Naida, je crains que mon jugement n'ait pas grande valeur et ne vous soit d'aucune aide.

— Aux dernières nouvelles, ce n'est pas un crime d'avoir une bonne opinion des gens que l'on connaît, surtout si ce sont des proches, fit remarquer Tiago comme s'il ne s'adressait à personne en particulier, tout en surveillant les alentours.

Aubrey le scruta mais demeura coi. Ils continuèrent en silence pendant un moment.

Niniane soupira.

— Je ne sais pas si je peux me permettre de vous laisser le choix. Je sais que vous avez besoin de temps pour vous remettre et pleurer votre épouse et je vous promets que ce temps, vous l'aurez. Mais il faut que vous repreniez votre rôle de chancelier. Si vous ne le faites pas pour moi, faites-le pour les Faes noires.

Le silence se prolongea. Puis Aubrey prit doucement la parole :

— Je ferais pour vous tout ce qui…

Elle le coupa afin de contrer un autre rejet :

— Parfait, dit-elle avec force. J'ai besoin que vous vous réunissiez avec Kellen sur-le-champ. Vous devez tous les deux établir une liste de candidats qui seraient aptes selon vous à occuper le poste de commandant. Et puis, je ne sais pas comment vous allez procéder exactement, mais je veux que vous fassiez des recherches sur l'historique des finances d'Urien depuis son coup d'État.

Une étincelle de curiosité anima le regard vide d'Aubrey.

— Qu'est-ce que vous voulez savoir ?

Elle était trop maligne pour s'autoriser déjà à sourire.

— Je veux savoir quel était exactement le montant de la fortune de ma famille quand Urien est devenu roi. Cela n'a pas besoin d'être précis mais dépendra des données que vous aurez à votre disposition. Je souhaite simplement une estimation réaliste. J'ai été troublée, voyez-vous, par l'iniquité des chiffres que j'ai aperçus. Je crois qu'Urien a bien trop bénéficié de l'isolement où il a placé les Faes noires pendant toutes ces années. J'ai l'intention de ne prendre que ce qui nous revenait de plein droit avant la mort de mon père. Puis je veux investir le reste de la fortune d'Urien dans le développement de débouchés pour notre peuple. Vous voulez m'aider à dépenser cet argent sagement, n'est-ce pas ?

Elle lui jeta un regard en biais. La vie était revenue dans les yeux d'Aubrey sous la forme d'une étincelle de curiosité et de spéculation intellectuelle. Chevauchant tranquillement de l'autre côté d'Aubrey, Tiago la regarda en haussant un sourcil amusé.

Le moment était venu de sourire. Peut-être juste un peu.

La route et le fleuve sinueux s'éloignaient l'un de l'autre, puis se rapprochaient de nouveau comme des amoureux qui se disputent. Le troisième jour, les voyageurs commencèrent à voir des maisons et des villages. Des Faes noires aux yeux écarquillés sortirent pour observer le cortège d'un air émerveillé. C'était des gens beaux, qui faisaient preuve de beaucoup de créativité, mais si leurs maisons et leurs propriétés étaient bien tenues et étincelaient d'éclairs de Force, leur relative pauvreté était criante.

Tiago faillit avoir une attaque quand Niniane descendit de cheval pour marcher parmi eux et leur parler. Le tonnerre roula au loin, ce qui inquiéta grandement certains des voyageurs. Niniane se retourna et lui lança un regard noir. Il prit sur lui et le tonnerre s'éloigna.

La nouvelle de leur venue se répandit comme une traînée de poudre. Les gens se mirent à guetter leur passage. Ils offraient du pain frais et du fromage, de l'eau et du vin à tout le groupe, et ils tendaient à Niniane des fleurs, du linge de maison brodé à la main, des couettes, de magnifiques bijoux en argent travaillé, de l'encens et des épices. Ils se mirent à les suivre jusqu'à former une colonne de plus de deux cents mètres de long. Le dernier soir, de la musique et des rires parvinrent jusqu'à eux, en provenance des feux de camp qui constellaient la campagne.

— Je n'ai jamais rien vu de pareil, confia Kellen à Niniane alors qu'ils dégustaient un excellent ragoût.

Elle secoua la tête en croisant le regard de Tiago par-dessus le feu crépitant.

— Je ne sais pas quoi dire.

— Alors ne dites rien, répondit Kellen en souriant. Régnez bien, c'est tout.

Puis le dernier jour du voyage arriva. Elle reconnaissait certains lieux. Devant eux, tel ou tel virage de la route. Un peu plus loin, ils passèrent sous une falaise qui pouvait être escaladée pour avoir une vue imprenable sur le fleuve bleu argent qui miroitait aux pâles rayons du soleil. La route grimpa doucement pendant un moment, et elle savait exactement à quel endroit ils atteindraient la crête de la colline. Son cœur se mit à battre la chamade. Sa bouche se dessécha et ses mains tremblèrent.

— Petite fée, murmura Tiago qui chevauchait à ses côtés.

— Attends, attends, murmura-t-elle. Regarde.

Le paysage se déroulait devant eux, tapissé de vert et d'or. À travers les bosquets d'arbres parés de leurs brillants atours de l'automne, ils virent des bouquets de bâtiments en pierre blanche et aux lignes épurées. Le fleuve bordait la vallée. Il naissait d'une immense cascade, au loin, perpétuellement voilée d'une brume qui étincelait dans l'après-midi frais et lumineux.

Le bijou de cet écrin était le palais scintillant de nacre et d'or pâle, niché au bord du fleuve. Une double colonnade d'immenses sycomores festonnait la route qui menait jusqu'au palais. Les arbres vénérables atteignaient des dizaines de mètres de hauteur et la courbe de leurs branches d'ivoire rehaussées de feuilles d'un jaune d'or formait d'étonnants éventails. Le rouge écarlate du lierre qui habillait les troncs resplendissait.

Aryal poussa son cheval à côté de celui de Niniane. La harpie avait un regard absolument émerveillé.

— C'est donc ça, Adriyel. Pas étonnant que ce soit chanté dans les poèmes et tout le toutim. On est enfin arrivés.

Niniane et Tiago se regardèrent.

— Non, dit-il. Le voyage commence seulement.

Épilogue

Une semaine plus tard, un matin, Niniane était assise à une table sur sa terrasse et contemplait son jardin privé. L'aube froide et claire annonçait une belle journée. Elle portait une robe de chambre en fourrure et des braseros étaient disposés autour d'elle. Le jardin était ravissant, rempli d'arbres fruitiers, de fleurs et d'arbustes de toutes sortes. Une pelouse impeccablement entretenue délimitait ce trésor de verdure. Elle regardait l'homme qui s'entraînait dans le jardin. Il avait retiré sa chemise et des filets de sueur brillaient le long de son torse formidable.

Le couronnement avait eu lieu la veille. Urien avait porté une tenue incrustée de bijoux et d'or. Pour le sien, Niniane avait choisi une simple robe longue ajustée en soie bleu nuit. Elle avait dû prononcer les mots traditionnels et répondre aux moments appropriés. Elle ne s'en souvenait pas. Elle avait vécu la cérémonie dans la terreur et tremblait quand la lourde couronne de son père fut posée sur sa tête.

Ensuite, elle avait siégé en tant que reine et avait été entourée de sa cour pour la première fois. Le trône était effroyablement inconfortable. Elle prit note d'y faire mettre un coussin. Tiago, vêtu de noir des pieds à la tête, deux épées croisées dans le dos, avait pris position derrière elle pour la première fois. Des représentants des gouvernements américain et canadien et des autres domaines des Anciens lui avaient adressé des cadeaux, des messages de félicitations et des promesses d'amitié. Oui, bon, le temps parlerait.

Ensuite ce fut au tour des nobles faes noires de présenter leurs respects. Elle nota les alliés confirmés et potentiels et adressa un sourire froid à d'anciens ennemis à l'air avenant qui s'inclinèrent bien bas devant elle. Tiago avait déjà eu une semaine fructueuse. Il avait identifié cinq nobles qui devaient être arrêtés et traduits en justice pour leur rôle dans le coup d'État qui avait coûté la vie à sa famille. Elle proclama Kellen juge suprême et Aubrey chancelier, et elle nomma commandant des forces armées le candidat qu'ils avaient le plus chaudement recommandé, et que Tiago appréciait lui aussi : un mâle de talent, intelligent et sympathique du nom de Fafnir Orin.

Un grand festin fut donné après son couronnement. Elle dansa, d'abord avec Aubrey, puis avec Kellen, et enfin avec Fafnir. Tous trois avaient été pré-approuvés par celui avec qui elle dansa en dernier et qu'elle aimait le plus. Après les festivités, ils avaient transporté une montagne de couvertures dans son jardin privé et avaient fait l'amour sous les étoiles, et ce fut bien. Ce fut même très bien.

— Bonjour, Votre Majesté, fit Aubrey derrière elle. Merci de m'avoir invité pour le petit déjeuner.

Elle se retourna et lui adressa un sourire radieux.

— Bonjour, Aubrey. J'espère qu'un petit déjeuner de travail ne vous dérange pas.

— Pas le moins du monde. J'aime commencer ma journée tôt et nous avons beaucoup à faire.

Le chancelier la rejoignit à table. Elle lui versa une tasse de café. Ils regardèrent tous les deux l'homme qui exerçait son corps vigoureux en répétant une série de mouvements d'arts martiaux. Cet entraînement intense étirait et tonifiait ses muscles qui se remettaient d'une blessure très grave.

— Il sera toujours en guerre ici, fit Aubrey, le front plissé par l'inquiétude.

Au milieu de ses exercices, l'homme la regarda. Il savait ce qui venait d'être dit. Il savait tout ce qui se passait autour d'elle. Sa Force l'enveloppa d'une caresse chaude et invisible.

— Cela fait son bonheur, répondit la reine des Faes noires.

Découvrez les prochaines nouveautés
des différentes collections J'ai lu pour elle

AVENTURES
& PASSIONS

Le 3 juillet

Inédit **Les Frazier - 2 - Que serais-je sans ton amour ?**

Jade Lee

Kit Frazier est un homme détruit et hanté par le passé. Il vient de passer sept ans loin de son pays dans des conditions effroyables. À son retour, il découvre que la femme qu'il aime vient de se marier. Il va alors trouver du réconfort auprès de la splendide Maddy Wilson...

La ronde des saisons* - 5 - *Retrouvailles

Lisa Kleypas

Rafe Bowman vient de débarquer des États-Unis pour rencontrer Christine, la très digne et jolie fille de lady et lord Blanford. Certes, il a un physique agréable à regarder, mais pour pouvoir impressionner la dame il doit apprendre les bonnes manières londoniennes. Nos quatre anciennes célibataires endurcies jouent alors les entremetteuses. Et convaincre la jeune femme de l'épouser se révèle plus difficile que prévu...

Inédit ***Les célibataires* - 3- *Secrets intimes***

Emma Wildes

Michael Hepburn, espion pour la couronne britannique, n'avait jamais pensé se marier. Et pourtant, lorsque son frère aîné, le marquis Longhaven meurt, il va devoir le remplacer dans ses fonctions de duc mais aussi auprès de sa jeune fiancée Julianne Sutton. Dès lors, il va tout faire pour dissimuler à sa femme ses activités.

Le 10 juillet

Inédit *Comment conquérir son épouse ?*

☙ **Ashley March**

Charlotte, duchesse de Rutheford fait tout pour provoquer son mari : elle joue, jure et flirte avec de nombreux hommes. Elle cherche à divorcer afin d'échapper à un mariage désastreux. Mais voilà, Philip l'aime encore et cherche à la reconquérir...

Inédit *La saga des Bedwyn - 1 - Un mariage en blanc*

☙ **Ashley March**

Aidan Bedwyn est colonel dans l'armée. Sur le champ de bataille il promet à un de ses soldats de prendre soin de sa soeur : Eve Morris. Cette dernière n'accepte sa protection que pour pouvoir garder son domaine. Un mariage qui va totalement bouleverser la vie d'Aidan.

Inédit *Les trois grâces - 3 - Séduit par la grâce*

☙ **Jennifer Blake**

Lady Marguerite, la plus jeune des sœurs Milton, cherche le grand amour. Jusqu'au jour ou elle est kidnappée par le Chevalier d'Or. Ce dernier se revèle être David, celui qui s'était engagé dix ans plus tôt à être son chaste chevalier servant. Mais la vie de David est menacée par les diaboliques plans du roi Henry VII...

La saga des Montgomery - 3 - Une mélodie de velours

☙ **Jude Deveraux**

Après avoir résisté à l'immonde Pagnell, Alyx est accusée de sorcellerie et doit s'enfuir pour échapper au bûcher. Elle se fait alors passer pour un garçon et rejoint la bande de hors-la-loi du noble renégat Raine Montgomery. Commence alors entre Raine et Alyx un jeu de séduction dont seul l'amour sera vainqueur.

Le 10 juillet

CRÉPUSCULE

Inédit **_Dark-Hunters - 14 - L'astre des ténèbres_**

Sherilyn Kenyon

Dans le monde des Dark-Hunters, il n'est de place pour le mélange des espèces. Chaque créature vit dans la communauté qui lui est propre et nul n'oserait défier cette règle fondamentale. Excepté deux êtres : Fang Kattalakis, membre du clan des loups, et Aimée Peltier, l'héritière du trône des ours. Tout les oppose et pourtant, ils vont braver les interdits...

Romantic Suspense

Le 3 juillet

Mister Perfect ❧ **Linda Howard**
Un soir, Jaine dresse avec ses amies le portrait de l'homme idéal : honnête, fidèle, stable, drôle, friqué, beau gosse... Une liste qui, par une indiscrétion, se retrouve bientôt à la une de tous les journaux. Et voilà les quatre copines sous les feux des projecteurs ! Mais l'aventure tourne au cauchemar quand l'une d'elles est assassinée. Terrorisées mais en quête de vengeance, les trois autres enquêtent...

Le 10 juillet

Inédit ***Regards mortels*** ❧ **Allison Brennan**
Malgré des preuves évidentes, Julia Chandler, la substitut du procureur, ne peut croire que sa nièce est une criminelle. Comment imaginer qu'Emily a assassiné le juge Victor Montgomery, son beau-père ? Julia ne peut s'y résoudre, et elle veut prouver l'innocence de la jeune fille. Or pour l'aider à résoudre l'affaire, une seule personne peut l'aider : Connor Kincaid. Connor, détective privé hors-pair, qu'elle aurait souhaité de ne plus jamais revoir...

Passion intense

Des romans légers et coquins

Le 3 juillet

Séduction en ligne **Erin McCarthy**
Kindra Hill et son collègue Mack, Jared Kincaid et la très sexy Candy Appleton, Halley Connors et son ami Evan...
Trois duos, un point commun : Internet. En amour comme en matière de sexe, le web recèle de mille et une promesses... Derrière leur écran, ils vont livrer leurs secrets les plus intimes et entamer le plus voluptueux des jeux, celui de la séduction en ligne.

Le 10 juillet

Inédit ***H.O.T. - 1 - Divins plaisirs***

Lacey Alexander
Pour les habitants de Turnbridge, Carly Winters est une jeune femme des plus respectables. Or personne ne sait ce qu'elle fait à des kilomètres de là, lorsqu'elle devient Désirée... Une séductrice qui entraîne avec elle des hommes pour des nuits enflammées. Loin de Turnbridge, elle peut se livrer à des expériences inédites, à ses rêves les plus fous. Jusqu'à ce qu'elle rencontre Jake Lockhart...

PROMESSES

Le 3 juillet

L'amour par petite annonce ☙ **Debbie Macomber**
Débordé par ses trois neveux dont il a désormais la charge, Travis Thompson n'a pas vraiment le choix : il lui faut trouver une épouse. Alors sans trop y croire, il publie une annonce et finit par sélectionner la lettre de la douce et solitaire Mary Warner. Mais peut-on réellement trouver l'amour par petite annonce ?

Et toujours la reine du roman sentimental :

Barbara Cartland

« Les romans de Barbara Cartland nous transportent dans un monde passé, mais si proche de nous en ce qui concerne les sentiments.
L'amour y est un protagoniste à part entière : un amour parfois contrarié, qui souvent arrive de façon imprévue.
Grâce à son style, Barbara Cartland nous apprend que les rêves peuvent toujours se réaliser et qu'il ne faut jamais désespérer. »

Angela Fracchiolla, lectrice, Italie

Le 3 juillet
Un duc à vendre

10142

Composition
FACOMPO

Achevé d'imprimer en Italie
par GRAFICA VENETA
Le 6 mai 2013

Dépôt légal : mai 2013
EAN 9782290037621
L21EPSN000802N001

ÉDITIONS J'AI LU
87, quai Panhard-et-Levassor, 75013 Paris

Diffusion France et étranger : Flammarion